MIX
Papier aus verantwortungsvollen Quellen
FSC® C014496
www.fsc.org

Originalausgabe
Veröffentlicht im Carlsen Verlag
März 2015

Lektorat: Anna Herberhold
Innenillustrationen: Maria Hecher
Umschlagbild: Arcangel Images © Caryn Drexl;
shutterstock.com © detibarto
© Sergey Nivens © iordani
Umschlaggestaltung: formlabor
Corporate Design Taschenbuch: bell étage
Herstellung: Gunta Lauck
Satz: Pinkuin Satz und Datentechnik, Berlin
Druck und Bindung: GGP Media GmbH, Pößneck
ISBN: 978-3-551-31362-1
Printed in Germany

Rebekka Pax

Das Herz der HARPYIE

CARLSEN

~ Den Rabenvögeln ~

~ ERWACHEN ~

Der hohen Taten Ruhm muss wie ein Traum vergehn.
Soll denn das Spiel der Zeit,
der leichte Mensch bestehn?

Andreas Gryphius

Milena biss sich auf die Lippen, um nicht laut zu schreien. Ihr Blick ruhte auf einem Straßenschild. Es war braun, mit Silhouetten weißer Fördertürme darauf. *Willkommen im Ruhrgebiet!*

Pah! ›Willkommen in deinem persönlichen Albtraum‹, das hätte da stehen sollen, dachte sie.

Aus ihrem iPod dröhnte wütende Rockmusik von einer Band, deren Namen sie längst vergessen hatte, während ihre Mutter den altersschwachen Ford ein Rennen gegen einen weiteren Lkw antreten ließ.

Das Wochenende bei Milenas Tante in Paderborn war viel zu schnell vergangen. Es war Sonntagabend, fast schon Montag, und ihr Herz tat noch immer so schrecklich weh, als hätte es ihr jemand aus der Brust gerissen, darauf herumgetrampelt und es dann zerquetscht und verdreckt wieder zurückgestopft.

Noch eine Woche zuvor hatte ihr Stefan in den schönsten Worten erklärt, wie sie in den Sommerferien den ersten gemeinsamen Urlaub machen würden. Meine Güte, was hatte sie sich gefreut und sich immer wieder ausgemalt, wie es sein würde, mit ihm. Abends in Holland am Strand liegen, vielleicht sogar in den Dünen unter den Sternen übernachten. Sie wollten mit dem Bus dorthin und dann zelten, eine Woche lang. Nur sie beide.

Milena hatte an nichts anderes mehr denken können. Sie war von ihren Lehrern ermahnt worden, weil sie Löcher in die Tafel starrte und ihre Gedanken weit, weit weg auf Reisen gingen, und sogar ihre Mutter hatte sie ein paarmal besorgt angeschaut. Aber das war ihr alles egal gewesen. Nur Stefan zählte.

Und dann kam der Schlag ins Gesicht.

Es geschah am Donnerstag. Die Biolehrerin war krank geworden, und da es keine Vertretung gab, hatten sie eine Freistunde. Milena ging nicht mit ihren Freunden zu McDonald's. Sie mochte kein Fastfood und außerdem war es so ein schöner Frühlingstag, dass sie am liebsten jede freie Minute draußen verbracht hätte.

Sie wollte zumindest einen Teil ihrer Hausaufgaben jetzt schon erledigen, vielleicht konnte sie den Nachmittag dann doch noch bei Stefan verbringen. Und was war der beste Ort, um ungestört zu sein? Der Schulgarten. Hierher verirrte sich außer den Fünft- und Sechstklässlern, die sich nachmittags in einer AG um die Pflanzen kümmerten, niemand.

Schnurstracks, ihren geliebten abgewetzten Rucksack mit den Schulsachen unterm Arm, steuerte Milena auf ihren Stammplatz zu. Doch die Bank am Seerosenteich war bereits besetzt. Der Junge, der dort saß, sah fast aus wie ihr Stefan. Nein, es *war* Stefan! Und zu ihrem Entsetzen war er nicht allein.

Im Nachhinein wusste Milena nicht, warum sie sich nicht direkt bemerkbar gemacht hatte. Sie war einfach stehen geblieben, hinter dem hohen vergilbten Schilfsaum, in dem die ersten grünen Schösslinge wuchsen, und hatte ihn beobachtet.

Es war Desirée, die neben Stefan saß und sich wie eine schlechte Schauspielerin durch ihre blonden langen Haare fuhr, um die sie jedes Mädchen beneidete. Die von Milena waren mittelbraun und mittellang, eben Durchschnitt. Für Stefan machte Milena sich gerne hübsch, doch nicht unbedingt in der Schule, und wenn sie ganz ehrlich war, interessierte sie sich einfach nicht für Mode. Desirée war das genaue Gegenteil. Sie war immer so perfekt geschminkt, als wolle sie gleich auf eine Party gehen, eine typische aufgetakelte dumme Gans, von denen es einem unbekannten Gesetz zufolge in jeder Schulklasse mindestens drei geben musste.

Hatte Stefan nicht neulich noch gesagt, dass er Desirée für aufgeblasen und eitel hielt und sie so gar nicht sein Typ war? Warum saß er dann hier mit ihr? Und warum sah er sie auf diese Weise an?

Desirée kicherte und spielte wieder mit ihrem Haar.

Milena hatte das Gefühl, ihr Herz schrumpfe mit jedem Schlag ein wenig mehr zusammen. Es fühlte sich jetzt schon an wie ein Stein, der gegen ihre Rippen hämmerte, doch als Stefan plötzlich einen Arm um Desirées Schultern legte, sie an sich zog und küsste, schien es einfach stehenzubleiben. Er küsste sie, als hätte er es schon tausendmal getan.

In Milenas Kopf setzte jeder klare Gedanke aus. Die Tasche rutschte ihr aus der Hand und fiel mit einem dumpfen Geräusch ins Gras. Stefan sah auf und entdeckte sie. Sein entgeisterter Blick brach den Bann. Sie musste weg hier, einfach nur weg! Hastig hob sie ihre Tasche auf.

»Milena? Milena, was machst du denn hier?«

»Ich … ich habe eine Freistunde …«, sagte sie unsicher.

»Es ist nichts passiert.«

»Nichts?«, stotterte sie, während er auf sie zulief, die Hände, mit denen er eben noch Desirée gehalten hatte, vorgestreckt, als wolle er ihr zeigen, dass er unbewaffnet war. Er wirkte überrascht und auf eine seltsame Art auch unschuldig. Die braunen Augen, in denen sie sich so gern verlor, waren geweitet, sein Mund noch feucht von Desirées Kuss.

»Ich … ich wünschte, es gäbe einen Knall und du würdest auf Nimmerwiedersehen verschwinden«, keuchte Milena. Was Klügeres wollte ihr in dem Moment einfach nicht einfallen. »Ich hasse dich.« Und dann rannte sie fort, als sei der Teufel hinter ihr her.

Den Freitag hatte sie heulend im Bett verbracht, krank vor

Kummer und Wut. Das Wochenende in Paderborn war eine gute Ablenkung gewesen, doch jetzt, mit der Rückkehr nach Hause, kam alles mit voller Macht wieder zurück.

»Er ist ein Idiot, es gibt auch noch andere Jungs auf der Welt«, hörte sie die tröstende Stimme ihrer Mutter.

Milena zog die Nase hoch und starrte wieder aus dem Autofenster. Ärgerlich wischte sie sich eine Träne von der Wange. Sie hatte sich eigentlich geschworen, Stefan keine einzige nachzuweinen, doch die Realität sah mal wieder gänzlich anders aus. Mit all den Tränen, die sie vergossen hatte, hätte sie ein ganzes Schwimmbad auffüllen können.

»Jetzt kommt ja erst mal das Praktikum, Milena. In zwei Wochen sieht die Welt schon wieder besser aus.«

»Ja, ich weiß«, gab sie zurück, aber daran glauben mochte sie dennoch nicht. Zwei Wochen, was waren schon zwei Wochen? Gar nichts würde sich in zwei Wochen verändert haben, davon war sie überzeugt. Sie schaute zu ihrer Mutter hinüber, die den Blick konzentriert auf die Straße richtete. Angeblich sah Milena wie eine jüngere Ausgabe von ihr aus. Die gleiche Haarfarbe, die gleichen grünbraunen Augen, der gleiche zierliche Körperbau. Sie war nur ein Stückchen größer als ihre Mutter, was immer noch nicht sehr groß war, sondern wieder durchschnittlich.

»Ist was? Wenn du reden willst …?«

»Nein, nein. Dazu gibt es ja eigentlich gar nichts zu sagen«, knurrte Milena.

»Außer, dass Stefan Kern ein verdammter Idiot ist.«

Milena musste wider Willen grinsen. »Außer, dass er ein verdammter Idiot ist!«, wiederholte sie und blickte wieder aus dem Fenster.

Fünfzigerjahrebauten in Gelb-, Ocker- und Blautönen, einheitlich überpinselt mit Abgasgrau, zogen am Autofenster vorüber. Immer wieder Fabriken, Tankstellen, Überführungen für Autos oder Fußgänger. Hin und wieder lagen überraschend ein paar Felder zwischen den aneinandergereihten Städten, gesäumt von knorrigen Bäumen, in der Mitte ein alter Hof mit Fachwerkfassade.

Die Landschaft beiderseits der A 40 war ihr vertraut. Milena trat einen erneuten Kampf gegen die Tränen an, verlor aber diesmal endgültig. Dass es Stefan wieder gelungen war, sie zum Heulen zu bringen, machte sie wütend.

Unter der Wut auf ihn stoben die Bilder von Desirée auseinander wie ein Schwarm aufgeschreckter Krähen. Das Echo ihrer krächzenden Protestschreie klang noch eine Weile nach, bis Milena die Gedanken an ihren Ex und sein blödes Blondchen energisch aus ihrem Kopf verbannte. Schluss damit, jetzt wurde nach vorne geschaut.

Vor ihr lag eine wunderbare Aufgabe. Das Praktikum bei der Vogelstation war wirklich ein kleiner, wahr gewordener Traum für Milena. Seit über einem Jahr schon half sie dort ehrenamtlich aus, doch nun würde sie endlich mehr tun dürfen als Kindergruppen durch die Natur führen und Vögel zählen. Anja, die Leiterin der Station, hatte versprochen, dass sie eigenständig einige brütende Raubvögel und Eulen betreuen dürfte, da Anjas Kollegin kurzfristig ein Stipendium an einer entfernten Uni bewilligt bekommen hatte und es an Arbeitskräften mangelte. Besser hätte es nicht kommen können. Das Berufspraktikum war für Milena wie ein Geschenk.

Merkwürdigerweise passierten lauter gute Dinge, seitdem Stefan sie betrogen hatte. So, als hätte das Schicksal doch einen weichen Kern und würde versuchen, den Schlag ins Gesicht mit ein paar kleinen Freundlichkeiten wiedergutzumachen. Milena fühlte sich zwar noch immer wie ein Boxer, der überraschend k. o. gegangen war, aber das Praktikum bot genau die richtige Ablenkung, um das alles fürs Erste zu vergessen. Sie würde sich in die Arbeit stürzen, am besten von Sonnenaufgang bis Sonnenuntergang, und jeden Abend wie erschlagen ins Bett fallen.

»Beeilen wir uns, Mama«, sagte Milena entschlossen und verschränkte die Arme.

»Zu Befehl!« Birgit Weyergräber lächelte, trat das Gaspedal durch, bis der Wagen vor lauter Aufregung mit den Türen klapperte, und zog auf die linke Spur. Milena streckte einem vor sich hin trödelnden BMW-Fahrer die Zunge raus, und schon jagten sie am ausnahmsweise freien Kreuz Kaiserberg vorbei.

~FLÜGEL~

Dir ist, als ob dich große Flügel decken,
Als ob du stiegst und fühltest nicht das Steigen,
Als ob du schwiegst und redetest im Schweigen,
Als ob dich, nachtbeklemmt, Gesichte schrecken,
Als ob dich, früh am Morgen, Lerchen wecken –
Doch was du siehst ist nicht die Erde mehr.

Gustav Schüler

Die Träume kündigten sich immer gleich an: Herzrasen, das plötzliche Bewusstsein davon, dass sie träumte, gekoppelt mit der Unmöglichkeit aufzuwachen. Ihr Herz schlug so schnell, dass sie glaubte, es müsse ihr im nächsten Moment aus der Brust springen. Dann kam der Fall, ein Sturz wie durch einen engen Brunnen, so unendlich lang wie der Märchensturz zu Frau Holle. Doch an Stelle des Aufpralls leuchtete ein greller Blitz auf und entfachte ein neues Körpergefühl.

Wind, schwarze Nacht, die Leichtigkeit des Fliegens.

Ihre Hände waren zu Schwingen geworden. Graue, glänzende Federn ersetzten die Finger. Jeder Lufthauch war wie ein Streicheln. Jede Bö die starken Hände eines Freundes, die sie emporhoben, drehten, führten.

Sie segelte und genoss. Das war Freiheit.

Milena liebte diesen Teil des Traums, den vom Fliegen. Doch es würde nicht dabei bleiben. Nach dem Flug kam der Tod, manchmal blutig, selten sanft, immer unaufhaltsam.

Die Stadt, in die der Wind sie diesmal führte, war erhellt von Laternen und dem Licht, das aus Fenstern fiel. Autos fuhren auf einem Netzwerk aus Straßen und schienen von den Lichtkegeln ihrer Scheinwerfer auf vorbestimmten Bahnen entlanggezogen zu werden.

Milena sank tiefer, folgte ihrem Gefühl. Sie wäre lieber ewig so weitergeflogen, doch ihre Träume verliefen immer nach demselben Muster.

Schon begannen Gebäude den zuvor gleichmäßigen Luftstrom so zu beeinflussen, wie Felsblöcke Wasserläufe ändern. An einer Fassade wurde sie emporgerissen, so plötzlich, dass ihr ein überraschter Schrei entfuhr. Schrill. Ein Raubvogelruf, doch einer, den sie keinem Tier der realen Welt würde zuordnen können.

Milena zog die Flügel dichter an ihren Körper und tauchte hinab. Backsteinwände rasten vorbei, zahllose Satellitenschüsseln sprossen wie Pilze aus den Häusern, deutsche, türkische und arabische Fernsehprogramme hallten aus Wohnungen, vermischten sich zu einer exotischen Kakofonie.

Trotz des Lichts zahlreicher Straßenlaternen warf ihr Körper keinen Schatten. Unsichtbar, wie immer.

Ihre klauenbewehrten Füße fanden Halt auf dem knorrigen Ast einer Platane. Borkensplitter lösten sich und taumelten gleich schwarzen Schneeflocken zu Boden. Milena neigte ihren Kopf und starrte den Punkten hinterher, bis sie den von Schlaglöchern zersiebten Beton unter ihr erreichten. Stimmen ließen sie aufhorchen. Eine davon klang sehr angenehm.

Milena balancierte den Ast hinauf, näher an ein Fenster heran, hinter dem eine heftige Diskussion geführt wurde, und spähte in die Wohnung hinein.

Ein Mann von vielleicht sechzig Jahren saß an einem Schreibtisch und redete auf jemanden ein, der offenbar im Zimmer auf und ab ging. Wahrscheinlich war einer von den beiden der Mörder. Denn darum ging es in diesen Träumen. Ein Mensch würde sterben: durch Krankheit oder einen Unfall oder eben von menschlicher Hand. Milena wurde flau. Was würde es diesmal sein? Ihrem Gefühl nach würde dies ein gewaltsames Ende nehmen.

War es ein Streit unter Freunden? Oder gar innerhalb der Familie?

In ihren Traumreisen hatte Milena schon fast jede Spielart des Todes beobachtet. Und der Tod war kreativ.

Leises Bedauern schlich sich in ihre Gedanken, als sich der zweite Sprecher endlich in ihrem Blickfeld befand. Er war jung, kaum älter als sie, und sah sympathisch aus. »Ich habe selber kein Geld«, sagte er gerade, und seine angenehme Stimme wurde energisch, fast scharf. »Das ist doch sicher nur ein Trick. Sobald sie den Umschlag haben, saugen sie sich irgendwas aus den Fingern, womit sie dich abspeisen können.«

Der junge Typ trat an das Fenster und sah hinaus, direkt zu Milena und doch einfach durch sie hindurch. Sie schüttelte ihr Gefieder, krächzte ihn an, blieb unbemerkt.

Seine blaugrauen Augen waren klar wie Bergseen und genauso kühl. Dunkle Strähnen fielen ihm in die Stirn, Reste eines längst herausgewachsenen Haarschnitts. Er mochte vielleicht knapp achtzehn Jahre alt sein.

»Ich gehe jetzt, Onkel, tut mir leid.« Ruckartig drehte er sich um und ließ seinen Worten Taten folgen.

Sosehr Milena ihren Hals auch reckte, sie konnte ihn nicht mehr sehen. Sein Onkel schien ihn zur Tür zu bringen. Sie sprachen leise, wollten wohl den Zwist nicht mit den Nachbarn teilen.

Der Tod kam immer noch nicht. Normalerweise konnte sie sein Herannahen spüren. Ein Gefühl ähnlich dem Summen, das ein tiefer Basston im Körper auslöst, nur kalt, aber auf eine angenehme Art. Aber da war nichts.

Die Wohnungstür wurde geschlossen. Sekunden später verließ der Junge das Gebäude. Er lief eilig die Straße hinunter. Die Hände hatte er tief in den Taschen vergraben zum Schutz vor der Kühle der Frühlingsnacht, die scheinbar noch dem Winter nachtrauerte. Der Stoff seiner Jacke schmiegte sich eng an seinen Rücken, verriet breite, kräftige Schultern. Das war der bestaussehende Junge, den Milena seit langem gesehen hatte. Warum sollte ausgerechnet er sterben? Das war doch nicht fair!

Sie schüttelte das Gefieder, bereit, ihm zu folgen. Doch der erwartete Sog kam nicht. Sie wurde nicht weitergetrieben, das Schicksal meinte es gut mit ihm. Und das konnte nur eines bedeuten: Der ältere Mann würde sterben.

Milena rutschte unruhig auf dem Ast hin und her und lugte wieder durch das Fenster. Der ahnungslose Fremde hatte sich an seinen Schreibtisch gesetzt und schob Notizzettel und Bücher von einer Seite zur anderen. Das Gespräch mit seinem Besuch schien nicht von Erfolg gekrönt gewesen zu sein, denn er wirkte ratlos. Als sei die Arbeit, die seinen Schreibtisch mehr als nur füllte, nun umsonst gewesen.

Milena krächzte laut, ihre messerscharfen Krallen malträtierten ungeduldig den Ast, auf dem sie hockte, und schickten einen erneuten Regen aus Borkenstückchen zu Boden. Dann war es so weit. Der Tod kam, und mit ihm das Basstongefühl, das sie in höchste Alarmbereitschaft versetzte.

Der Tod saß in einem dunkelblauen Volvo, der langsam die Straße hinunterfuhr, durch die Schlaglöcher rumpelte und schließlich in einer freien Parkbucht hielt.

Der Mann, der ausstieg, trug Jeans und einen schwarzen Kapuzenpulli, dessen Tasche von einem schweren, eckigen Gegenstand ausgebeult wurde.

Hoffentlich geht es schnell, dachte Milena und fragte sich, was wohl geschehen würde, wenn sie versuchte einzugreifen und etwas zu verändern.

Das hatte sie noch nie gewagt. Sie hatte ein wenig über Träume gelesen. Nur eine geringe Zahl von Menschen konnte sich während des Schlafens darüber bewusst werden, dass sie träumten. Angeblich waren solche Klarträume etwas Besonderes und ließen sich sogar steuern, und Milena hätte so gerne eingegriffen und die Menschen vor ihrem nahenden Ende gewarnt. Doch wie sollte sie sich überhaupt bemerkbar machen, solange sie unsichtbar war?

Der Mörder klingelte, und sein ahnungsloses Opfer stand auf, um ihm die Tür zu öffnen. Der ältere Mann glaubte wohl, dass sein Neffe noch einmal zurückkehrte. Kurze Zeit später erklangen von der Eingangstür her Stimmen und schließlich Kampfgeräusche. Der Todgeweihte wurde zurück- und damit wieder in Milenas Blickfeld gestoßen. Als sein Oberkörper unter den Einschlägen der Kugeln zu zucken begann, kannte Milena kein Halten mehr.

Der Tod zog sie an wie ein Magnet. Sie konnte die Seele fühlen, die all die Jahre in diesem Körper ausgeharrt hatte und nun verloren darin umherirrte.

Milena streckte die Flügel und schoss pfeilschnell durch das Fensterglas. Es gab keine Scherben. Das Glas ging nicht zu Bruch. Sie war wie ein Geist, ein Geist, der in der Lage war, Seelen zu fangen. Noch ehe der Sterbende zu Boden fiel, gruben sich ihre langen, schwarz glänzenden Klauen in seine Brust und zerrten das Licht heraus.

Mit einem Seufzer entwich dem Mann sein letzter Atemzug, während die schallgedämpfte Waffe des Mörders weitere

Geschosse ausspie, die die Lungen des Toten in Fetzen rissen.

Milena legte die Flügel an und ließ sich fallen. Hinab durch den Fußboden, durch weitere Etagen, den Keller, schwarze Erde, dann absolute Dunkelheit.

Das Seelenlicht in ihren Klauen leuchtete im endlosen Raum, pulsierte warm und ahnungslos.

Unter Milena schälte sich eine weite Landschaft aus dem Nichts. Berge, Ebenen und unruhige Wasserflächen einer anderen Welt. Es *musste* eine andere Welt sein, solch einen Ort gab es sicher nicht auf der Erde, so grau und leer und leblos. Dessen war sich Milena vollkommen gewiss. Unter ihr schnitt ein Fluss die Ebene entzwei und grub sich tief in weiches Gestein. Es gab eine kleine Furt, in einer Bucht gelegen. Ein Fährmann, die dürre Gestalt in einen langen Mantel gehüllt, legte den Kopf in den Nacken und reckte Milena zornig die Faust entgegen.

Sie schrie ihm ihre Verachtung zu, fasste das Seelenlicht fester und überquerte den Fluss, gerade so hoch, dass der missmutige Alte sie nicht mit seinem Ruder erreichen konnte. Er schlug jedes Mal nach ihr.

Auf der anderen Seite angelangt, landete sie behutsam. Vor ihr wuchs ein Tor in den grau verhangenen Himmel. Antike Säulen flankierten zwei blendend weiße Türflügel. Woher der makellose Marmor das Licht nahm, das in den Steinstrukturen funkelte, würde wohl auf immer sein Geheimnis bleiben. In diesem Land gab es weder Mond noch Sterne.

Milena erinnerte sich noch genau, wie seltsam ihr das alles in ihrem ersten Traum vorgekommen war. Damals hatte sie sich einfach treiben lassen, war vollkommen passiv geblieben, doch auch so verlief alles immer gleich. Sie konnte ihren Pfad nicht verlassen, den Ablauf nicht verändern, wie ein Zug auf Schienen. Nur mit Gewalt ließe sich daran etwas ändern und Milena wusste instinktiv, dass es dann nicht mehr so einfach sein würde aufzuwachen. Zu entgleisen hieße, nicht mehr von allein auf die Spur zurückzufinden. Ein Gedanke, der sie ängstigte.

Die Seele in ihren Klauen, die sich nun zu einer schemenhaften Menschengestalt formte, gab kaum noch Licht ab. Milena ließ sie los. Die Seele richtete sich auf, unberührt von der Reise in Milenas Klauen. Drei tiefe Schläge dröhnten, kaum dass das blasse Abbild des Verstorbenen die Hand hob.

Und dann öffneten sich knirschend die Torflügel …

Milena schrak hoch und saß im nächsten Moment aufrecht im Bett. Sie war von der tiefen Sehnsucht erfüllt, zu sehen, was sich hinter dem Tor verbarg. Sie wollte das Licht auf ihrer Haut spüren, dieses weiße, wärmende Licht auf der anderen Seite, das sie immer nur erahnen, mehr spüren als sehen konnte.

Ihr Herz donnerte. Sie drückte eine Hand auf die Brust, um es zur Ruhe zu mahnen, doch der Puls, der in ihren Ohren rauschte, raste weiter, derart schnell, als sei sie vor einer tödlichen Gefahr auf der Flucht.

Die Sehnsucht nach dem Licht wurde schwächer.

Wieder so ein verdammter Albtraum!

Das Gesicht des Verstorbenen spukte in ihrem Kopf herum. Freundliche, von Lachfalten umkränzte Augen, ein roter schmaler Strich auf der Nase, der Abdruck, den seine Brille hinterlassen hatte. Die Schusswunden, die auf seinem gemusterten Pullover sprossen wie tödliche Blumen in Scharlachrot.

Milena zog die Knie an, stützte das Kinn auf und ließ den Blick schweifen. Meistens half es ihr, irgendetwas zu betrachten, um die Traumbilder endgültig aus ihrem Kopf zu verbannen.

Blaugraues Nachtlicht fiel durch die Jalousien und pinselte unregelmäßige, blasse Streifen auf Wände und Möbel. Konturen verwischten. Schrank, Schreibtisch, Kommode, das Regal mit ihren Lieblingsbüchern und ein kleiner hässlicher Schutzengel, den sie einst von ihrer Oma geschenkt bekommen hatte.

Der Raum wirkte fremd, obwohl es ihr eigenes Zuhause war. Es schien, als sei alles Persönliche daraus entfernt worden. Milena hatte ausgemistet. Nichts sollte mehr an Stefan erinnern, der ihr in den vergangenen Monaten so wichtig geworden war. Viele Gegenstände in ihrem Zimmer waren Erinnerungen an ihn gewesen, CDs, die sie von ihm hatte, Fotos und kleine Geschenke, wie das Lebkuchenherz von der Cranger Kirmes. Und doch hatte alles in einen einzigen Schuhkarton gepasst.

Ihr Zimmer hatte auch nicht mehr den vertrauten Geruch,

dafür sorgte das blühende Zitronenbäumchen, das sie aus dem Wohnzimmer entführt hatte. Vielen Leuten wäre das wohl merkwürdig vorgekommen, doch für Milena hatten Gerüche, gute wie schlechte, eine große Bedeutung. Alle ihre Erinnerungen wurden von einem ganzen Kaleidoskop von Düften begleitet. Jetzt hatte ein neuer Abschnitt in ihrem Leben begonnen und dafür brauchte sie einen neuen Duft.

Seufzend griff Milena nach ihrem Tagebuch, in dem sie ihre Träume notierte. Sie hatte mal gelesen, dass es wichtig war, diese direkt nach dem Aufwachen aufzuschreiben, sonst verfälschten sie sich mit der Zeit, weil man bewusst oder unbewusst versuchte, einen Sinn hineinzuinterpretieren. Warum sie ihre nächtlichen Erlebnisse aufschrieb, wusste sie nicht genau. Es erschien ihr wichtig, denn obwohl nichts davon wirklich passierte, waren sie erschreckend real. Vielleicht würde Milena doch irgendwann den Rat ihrer Mutter befolgen und regelmäßig zu der Psychologin gehen, bei der sie ein einziges Mal gewesen war, kurz nachdem die Sache mit den Albträumen begonnen hatte. Das war direkt nach ihrem sechzehnten Geburtstag gewesen, also über ein Jahr her.

Der Stift klemmte am Deckel des Tagebuchs. Er war schwarz und schmal. Die Kugelschreibervariante eines edlen Füllers, so schwer, dass man nur kurz damit schreiben konnte. Ein typisches Geschenk von Stefan. Unpraktisch, aber elegant. Das Ding hatte sie bei ihrer Aufräumaktion vergessen.

Milena war kurz davor, den Stift an die Wand zu werfen, besann sich dann aber und atmete tief durch. Der Kloß in ihrem Hals, der in ihr ein Gefühl zwischen Übelkeit und Tränen hervorrief, löste sich langsam auf.

Sie musste den Traum notieren.

Hastig kritzelte sie ihn in ihr Buch und schlug es zu. Im selben Augenblick blitzte für eine Sekunde das Gesicht des Jungen auf, den der Tod verschont hatte. Blaugraue Augen, mit einem Stich ins Grünliche. Die Ahnung eines verschmitzten Lächelns, das sich selbst bei ernster Miene noch in den Mundwinkeln versteckte.

Die Hände, die er im Traum kurz auf die Fensterbank gestützt hatte, waren kräftig gewesen, ebenso wie die Schultern. Das war nicht der Körper eines schlaksigen Schülers, der vielleicht hin und wieder mal Fußball spielte. *Ehrliche Arbeit*, der altmodische Begriff wehte durch ihre Gedanken. Wer war er? Er kam ihr auf eine seltsame Weise vertraut vor. Hatte sie ihn schon einmal gesehen? Vielleicht als sie neulich mit ihren Freundinnen tanzen gewesen war?

Unsinn, schalt sie sich, *es war nur ein Traum*. Und im Moment hatte sie die Nase voll von Jungs. Die konnten ihr gestohlen bleiben!

Sie knallte das Buch auf den Nachttisch und ließ sich in die Kissen fallen, als sei ihr Körper zentnerschwer. Die schnelle Bewegung wirbelte etwas von der Matratze auf. Einen flüchtigen Schatten. Milena haschte danach und wusste sofort, was es war. Eine Feder. Mit zusammengekniffenen Augen hielt sie ihre Entdeckung in das Licht der Nachttischlampe. Schwarz mit grauer Spitze, die untere Hälfte zarter Flaum.

Das war keine Daunenfeder aus dem Kopfkissen, aber auch keine ihrer auf Spaziergängen gefundenen Raubvogelfedern, die sie wie Schätze behandelte und in einem Glas im Regal aufbewahrte. Doch Milena war zu müde, um ihrem Fang weitere Beachtung zu schenken. Sie schob ihn in das Notizbuch und schaltete das Licht aus.

~ FROSTSCHATTEN ~

Mit diesem Wind kommt Schicksal; laß, o laß
es kommen, all das Drängende und Blinde,
von dem wir glühen werden –: alles das.
(Sei still und rühr dich nicht, daß es uns finde.)
O unser Schicksal kommt mit diesem Winde.

Rainer Maria Rilke

Die Nacht endete so kalt, wie sie begonnen hatte. Nebel dämpfte das Licht der Morgensonne und verschaffte den glänzenden Schichten bläulicher Eiskristalle eine letzte Galgenfrist. John trat auf eine gefrorene Pfütze und erhöhte langsam den Druck seines Fußes. Das Eis knarrte erst, dann brach die dünne Schicht mit einem hellen Klirren. Es war ungewöhnlich kalt für Ende April. Schon schmerzten seine Zehen in dem doppelten Paar Socken. Daran waren die verdammten Sicherheitsschuhe schuld, in denen fror er immer.

John war früh aufgestanden, noch früher als eigentlich notwendig. Wirre Träume hatten ihn aufgeweckt. Die Erinnerung an den Streit mit Onkel Peter schlich sich immer wieder in seinen Kopf. Seit seinem überstürzten Aufbruch am vorherigen Abend hatte ihn eine innere Unruhe erfasst, die gleich einem bösen kleinen Tier an seinen Nerven fraß.

Während der Autofahrt zur neuen Ausgrabungsstätte im Süden von Essen hatte er versucht, Onkel Peter zu erreichen, um sich bei ihm zu entschuldigen. Wenn es ihm so wichtig war, in den unbekannten Kapiteln ihrer Familiengeschichte zu wühlen, würde John ihm das nötige Geld für den Ahnenforscher geben. Zumindest leihen konnte er es ihm, immerhin hatte er in letzter Zeit viel gejobbt, so gut wie nichts unternommen und dadurch etwas Geld gespart.

John zog die Mütze tiefer und vergrub sich förmlich in Parka und Pullover, der wie die Socken noch von Oma Else gestrickt worden war. Sie hatte sich immer gesorgt, dass er auf den Ausgrabungen seiner Eltern frieren würde. John verbot sich, an sie zu denken. Else war im Dezember gestorben. Das Weihnachtsfest eine Woche später war das traurigste gewesen, das er je erlebt hatte, obwohl seine Eltern versucht hatten, das Fest mit neuen Ritualen zu gestalten. Er war mehr oder weniger bei Else aufgewachsen, während seine Eltern als Archäologen die Welt bereisten.

John zertrat eine weitere Pfütze und ließ den Blick noch einmal über die Wiese gleiten, die im Morgenlicht schimmerte. Den beiden alten Apfelbäumen würde es heute an den Kragen gehen, ebenso dem morschen Schuppen und den Johannisbeersträuchern. Ein alter Garten wurde Bauland. John hasste diesen Teil der Ausgrabungen: zuzusehen, wie

Natur zerstört wurde, um anonymen Neubauten oder einer Ortsumgehungsstraße zu weichen.

So traurig es auch war, langsam wurde es wirklich spät. Er kramte sein Handy aus der Tasche. Sein Zeitgefühl trog ihn nicht. Es war schon fast acht, die Baufirma ließ ihn jetzt bereits eine geschlagene Stunde warten. Um acht würde er anrufen.

In diesem Moment erklang das Dröhnen eines Lkws und zerstörte ein für alle Mal den morgendlichen Frieden. Der Bagger kam. Endlich.

John seufzte. Der Bauunternehmer, der *Heller-Archäologie* und damit ihn beauftragt hatte, war vom ersten Moment an alles andere als kooperativ gewesen. Sicher, John konnte dessen Position nachvollziehen. Wer wollte schon eine fünfstellige Summe dafür ausgeben, dass Archäologen Siedlungsreste oder Ähnliches ausgruben, die für Laien allenfalls dunkle Flecke in den Bodenschichten waren. Es gab weder Gold noch andere Schätze im Neubaugebiet zu finden.

Dennoch half es niemandem, wenn das vereinbarte Gerät verspätet geliefert wurde. Das verzögerte nur die gesamte Baumaßnahme.

John ging dem Baggerfahrer entgegen und erklärte ihm, auf welche Weise er den Mutterboden abziehen sollte, um die archäologisch relevanten Schichten freizulegen. Der Mann musterte ihn skeptisch. »Du bist ein bisschen jung für einen Archäologen, aber das Kauderwelsch beherrschst du schon ganz gut.«

John grinste. Das hörte er nicht zum ersten Mal. »Mein Vater macht die Grabungsleitung, er ist noch bei der Baubesprechung. Sobald sie fertig sind, kommt er her.«

»Ah, Familienunternehmen«, brummte der Mann und nickte freundlich. »Und du willst den gleichen Unsinn machen wie der Senior?«

John zuckte mit den Schultern. »Bin mir noch nicht sicher.« Er wusste es wirklich noch nicht. Das war auch der Grund, weshalb er nach dem Abitur nicht direkt angefangen hatte zu studieren. Obwohl er, seit er laufen konnte, in den Ferien auf Grabungen geholfen oder seine Eltern ins Ausland begleitet hatte, wurde er nicht recht froh bei der Vorstellung, sein restliches Leben so zu verbringen. Da musste es doch noch mehr geben. Er hatte nie Zeit gehabt, sich für andere Dinge zu interessieren, und auch jetzt stand er an diesem eisigen Morgen wieder draußen auf der Baustelle, statt sich über alternative Berufsmöglichkeiten zu informieren. Vielleicht waren Zweifel eine ganz natürliche Sache, bevor man endgültig in die Fußstapfen seiner Eltern trat.

Der Baggerfahrer hatte glücklicherweise schon Erfahrung mit Ausgrabungen, und so blieb John nicht viel mehr zu tun, als zu warten, bis die oberste, uninteressante Bodenschicht abgetragen war.

Noch fehlte der Bauwagen, in dem sie ihr Büro einrichten konnten, und bis zu dessen Lieferung würden sicherlich auch noch einige Tage vergehen.

Vielen Bauherren gefiel der Gedanke, ihnen die Arbeit so

schwer wie möglich zu machen. Doch die Hellers waren darauf vorbereitet. Johns Auto war Materiallager und Büro in einem. Alles, was er jetzt brauchte, passte ohnehin in einen schwarzen Plastikeimer. Er schob sich ein paar Fundtüten in die Hosentasche, schnappte sich Kelle und Schaufel und bezog vor dem Bagger Position. Er konzentrierte sich auf den Boden vor ihm. Nein, da war nichts. Schon seit seiner Kindheit besaß er ein seltsames Gespür für Gräber in der Erde. Er konnte die Toten förmlich sehen. Wie bläuliche Schemen zeichneten sie sich vor seinem inneren Auge ab. Als er seinen Eltern vor vielen Jahren davon erzählt hatte, waren sie belustigt gewesen und hatten ihn damit aufgezogen. Seitdem behielt er sein Geheimnis für sich. Es ging niemanden etwas an.

Der Wind stand schlecht und blies ihm die Abgase des Baggers ins Gesicht. John zog den Kopf ein, vergrub sich tiefer im wärmenden Parka und in dem grauen Pullover und verfolgte jede Bewegung der Schaufel.

Der frisch aufgebrochene Boden hatte einen satten Geruch. John hob die linke Hand. Der Baggerfahrer nickte und wartete, bis er das erste kleine Keramikfragment aus dem Boden gepult hatte, dann ging es weiter.

Mittlerweile hatten sich die ersten Schaulustigen eingefunden und John seufzte. Er wartete schon auf die erste, immer gleiche Frage: *Was machen Sie da?*

~

Am Morgen war Milena zwar ziemlich müde, ein wenig Freude auf das Praktikum stellte sich dennoch ein. Sie frühstückte fast nichts und packte das meiste für später in ihre Tasche.

Als ihre Mutter sie schließlich mit dem Auto vor der Vogelstation absetzte, war sie sogar ein wenig aufgeregt. Sie küsste ihre Mutter zum Abschied auf die Wange.

»Viel Spaß, Milena, trotz … na du weißt schon.«

»Danke, Mama, bis nachher!«

Milena schlug die Autotür zu und schwang sich ihren Rucksack über die Schulter. Sie war schon so oft hier gewesen, und doch fühlte es sich heute anders an. Aufregender.

Sie drückte die Tür der Vogelstation auf. Niemand war zu sehen, doch das war zu dieser Uhrzeit nicht ungewöhnlich. »Hallo? Bin da!«, rief sie und betrachtete die vertrauten Aufsteller mit Informationsbroschüren des NABU und die ausgestopften Vögel in den Schaukästen.

»Milena? Bist du das?«

»Ja.«

»Guten Morgen. Ich bin hier hinten. Es kann gleich losgehen.«

Milena folgte der Stimme in den Bereich, der nicht öffentlich war. Dort saß Anja Hofmann in der Küche. Anja war nicht nur die Chefin, sondern auch die gute Seele der Einrichtung. Ihr lockiges Haar stand meist in alle Richtungen ab, das spitze Gesicht und die Brille mit den runden Gläsern gaben ihr selbst etwas Vogelartiges.

»Soll ich meine Sachen hierlassen?«, fragte Milena, ließ

ihren Rucksack von der Schulter rutschen und spähte in die kleine Küche.

»Ich mache uns Tee zum Mitnehmen«, nuschelte Anja und knabberte dabei an einem Müsliriegel, der sicherlich genauso bio war wie alles andere an ihr. »Deine Sachen? Nein, die nimm besser mit. Das wird heute ein spannender Tag für dich, und für mich auch.«

Das klang doch gut. Milenas Stimmung stieg. Also würden sie ihr tatsächlich keine langweiligen Aufgaben geben, wie Notizen jahrelanger Feldarbeit in den Computer zu übertragen oder Vitrinen zu putzen oder …

Zuerst ging es nach Duisburg in die Salvatorkirche. In dem beeindruckenden spätgotischen Bauwerk mitten in der Innenstadt, das im Zweiten Weltkrieg seine Spitze eingebüßt hatte, lebte ein Turmfalkenpaar.

»Das ist Milena Weyergräber, sie macht ein Schülerpraktikum bei uns«, stellte Anja sie dem Organisten vor, der ihnen die Tür geöffnet hatte, und schob Milena in den dunklen Bau hinein. »Sie kennen sich ja aus«, sagte der Bärtige geistesabwesend.

»Ja, machen Sie sich keine Umstände. Vielleicht kommt Milena in den nächsten zwei Wochen mal alleine her, um das Gelege zu überprüfen«, rief Anja dem Mann hinterher, der nur zustimmend die Hand hob und auf Filzpantoffeln zurück zu seiner Orgel schlurfte. Was für ein komischer Typ. Doch was interessierte Milena der Organist? Viel wichtiger war, was

Anja soeben gesagt hatte. Sie durfte alleine herkommen? So viel Glück konnte sie kaum fassen.

Nach einem anstrengenden Aufstieg in den Turm erreichten sie den Nistkasten, der in einem leeren Raum über den Glocken untergebracht war. »Stört der Lärm die Falken denn nicht?«, erkundigte sie sich.

»Der nicht, da haben sie sich dran gewöhnt, aber wir machen sie nervös. Hörst du? Einer ist schon ausgeflogen.«

»Nein, ich hab nichts gehört«, flüsterte Milena aufgeregt und gab sich Mühe, ganz leise und vorsichtig aufzutreten.

Sie schlichen zu dem großen hellen Holzkasten, und Anja zeigte auf eine kleine Klappe, die mit einem Häkchen verschlossen war. Milena hielt den Atem an und öffnete das Türchen. Der zweite Falke saß auf seinem Gelege und zischte sie drohend an.

»Oh, verdammt, der ist noch drin«, hauchte Anja. »Aber bis wir alles vorbereitet haben, haut der sicher ab.«

Milena hörte sie gar nicht. Sie sah nur den wunderschönen Vogel, sein rotbraun gesprenkeltes Gefieder und diese unvergleichlichen Augen. Der Anblick war wie Magie, es gab nur noch sie und das Falkenweibchen.

»Keine Angst, du bekommst deine Eier sofort wieder«, sagte Milena weich und glaubte, das kleine, starke Herz des Tieres schlagen zu hören.

Sie war wie in Trance. Vorsichtig streckte sie die Hand aus, streifte das weiche, cremefarbene Brustgefieder und schob den Vogel sanft zur Seite. Dann griff sie nach einem Ei.

»Milena! Was …?«, zischte Anja, die gerade dabei gewesen war, die Waage und ein Notizbuch auszupacken, fassungslos.

Milena drehte sich lächelnd um und reichte ihrer Chefin, die sie nur ungläubig anstarrte, das Ei.

»Sie … sie könnte dir die Hand zerfetzen«, stotterte die Ornithologin. »Wie hast du das gemacht?«

Milena zuckte mit den Schultern. Sie wusste es selber nicht. Sie fühlte sich noch immer ein wenig seltsam, fast wie in einem Traum. »Ich habe einen guten Draht zu Tieren.«

Anja blinzelte ungläubig, dann wog und vermaß sie das kleine, gesprenkelte Ei, während Milena stumme Zwiesprache mit dem Turmfalken hielt und die beiden anderen Eier unter dem Tier hervorzog.

»Das glaubt mir kein Mensch«, wiederholte Anja immer wieder, während sie die Treppen hinabstiegen.

Milena wusste nichts dazu zu sagen. Nie zuvor war sie einem Greifvogel derart nahe gewesen, außer in ihren Träumen. Aber sie konnte doch nicht erzählen, dass sie sich, wenn sie schlief, in einen großen Vogel verwandelte und Menschen beim Sterben zusah. Und selbst das war keine Begründung dafür, weshalb sie ohne einen Schutzhandschuh einfach so einen Falken berührte, ihm die Eier wegnahm und trotzdem nicht attackiert wurde. Aber der Vogel hatte gewusst, dass sie ihm nichts tun würde. Milena hatte es in seinen Augen gesehen.

»Davon muss doch keiner wissen«, sagte sie schließlich betreten, als sie wieder am Auto angekommen waren.

Anja lächelte zögernd. »Es glaubt uns sowieso keiner. Versprich mir nur eines …«

»Ja?«

»Mach das nie, nie wieder. Wenn dir was passiert, dann bin ich dran. Ich darf meine Praktikantin nicht in gefährliche Situationen bringen, und das war eindeutig gefährlich.«

»Versprochen«, sagte Milena schnell, doch eigentlich wusste sie nicht, ob sie ihr Versprechen würde halten können. Sie war nicht ganz bei sich gewesen dort oben auf dem Turm, ihr war es eher vorgekommen, als würde sie tagträumen.

»Und jetzt?«, erkundigte sie sich, um nicht mehr darüber nachdenken zu müssen.

»Jetzt trinken wir einen Tee, und danach fahren wir in den Binnenhafen und schauen, ob es dort, wie im letzten Jahr, ein Brutpaar gibt.«

Am Nachmittag standen Milena und Anja in einem Hinterraum der Vogelstation. Hier gab es einen kleinen Bereich, in dem Tiere seziert wurden. Nun kam der unangenehme, aber nicht weniger interessante Teil von Milenas Praktikum. Sie hatte Anja gebeten zusehen zu dürfen, während diese einen toten Rotmilan untersuchte, der seit zwei Wochen im Gefrierfach lagerte. Die Todesursache musste herausgefunden werden, und Anja wurde schnell fündig. Schrot. Die Vogelleiche war regelrecht durchsiebt. Dennoch hatte das zähe Tier noch eine Weile gelebt, denn die Wunden waren oberflächlich verheilt und daher auf den ersten Blick nicht sichtbar gewesen.

Während Milena noch ein wenig mit ihrer Übelkeit kämpfte, meldete Anja den illegalen Abschuss pflichtgemäß. Da der Vogel nicht direkt gestorben war, ließ sich der Tatort nicht bestimmen und die Wilderei voraussichtlich nicht aufdecken.

Als Milena am späten Nachmittag nach Hause kam, stellte sie mit Erstaunen fest, dass sie tatsächlich kein einziges Mal an Stefan gedacht hatte. Nachdem sie gemeinsam mit ihrer Mutter gekocht hatte und allen neugierigen Fragen ausgewichen war, verzog sich Milena in die Badewanne und danach in ihr Bett. Sie war schrecklich müde. Immer wieder drifteten ihre Gedanken von dem Turmfalken zu ihrem Albtraum der letzten Nacht und dann zu Stefan und Desirée. Hoffentlich würde sie schlafen können, hoffentlich …

Milena zuckte und fühlte sich plötzlich wieder hellwach. Ihr wurde klar, dass auch der anstrengende Praktikumstag und der Beruhigungstee mit Hopfen und Baldrian sie nicht vor dem Traum bewahren konnten.

Sie stürzte. Erst durch Dunkelheit, dann durch Licht, und schließlich flog sie. Graue Schwingen reckten sich in den Wind. Sie schrie einen wütenden Raubvogelschrei. Schicksalsergeben folgte Milena dem Traumstrom, der sie an den Ort ihrer Bestimmung zog.

Unter ihr breiteten sich Felder aus. Zwischen sanften Hängen bahnte sich ein Fluss seinen Weg. Eine lange Brücke, die das Tal in der Ferne überspannte, gab ihr den entscheidenden Hinweis. Sie flog über Mülheim an der Ruhr, war an der Grenze zu Essen, auf dem Land. Diese Strecke war sie im Sommer noch mit dem Fahrrad zum Schwimmbad gefahren, mit Stefan. Die Erinnerung an ihn war blass, als sei ihr gebrochenes Herz in der Traumwelt nicht von Bedeutung.

Milena winkelte die Flügel an und sank tiefer.

Vereinzelt leuchtete Licht in den Gehöften. Pferde dösten auf Koppeln und blühenden Streuobstwiesen und sahen nicht auf, als sie mit pfeifendem Flügelschlag über sie hinwegzog.

Milena sank einer Straße entgegen. Einzelne Nebelbänke verhüllten Schilder und Begrenzungspfosten.

Bitte lass es einen Autounfall sein und nicht wieder einen Mord, flehte sie stumm. Die Straße war verlassen. Sie legte die Flügel an, landete und balancierte auf einem rostigen Schlagbaum, der die Zufahrt eines Feldwegs versperrte.

Eine Weile geschah nichts, dann durchbrach Motorenlärm die Stille.

Ein qualmender Diesel quälte sich die Anhöhe hinauf. Den Fahrer schien die Kälte nicht zu stören. Aus den heruntergelassenen Fenstern dröhnte Iron Maidens *Run to the Hills*.

Einen besseren Soundtrack für einen Autounfall auf einer hügeligen Straße kann man sich wohl kaum einfallen lassen, dachte Milena bitter und schwang sich in die Luft. Jetzt konnte sie ins Innere des Fahrzeugs sehen und erschrak. Am Steuer des klapperigen Golfs saß kein anderer als der sympathische Dunkelhaarige aus dem Traum der vergangenen Nacht. Und er wurde verfolgt, ohne es zu merken.

Ein Volvo war ihm ganz dicht auf den Fersen.

Milena legte die Flügel an und rauschte pfeilschnell näher. Auf dem Armaturenbrett des hinteren Autos glänzte eine schalldämpferbestückte Pistole. Diesmal waren die Killer zu zweit.

Ihr Vogelherz begann zu rasen. Sie hatte es so satt, immer wieder Menschen sterben zu sehen und nichts, aber auch gar nichts dagegen tun zu können! Irgendwie musste sie den Todgeweihten warnen. Sie holte rasch auf und flog bald parallel zum knatternden Golf des Jungen.

Der Fahrtwind zerzauste sein Haar. Er sah verbissen aus. Die Hände um das abgewetzte Lenkrad gekrampft, nahm er die nächste Kurve in Angriff.

Schau in den Rückspiegel, verdammt! Gleich bringen sie dich um! Milenas Hals entwich ein hoher Schrei, doch nicht mal den hörte er.

Dann ging alles ganz schnell. Der Volvo beschleunigte und war plötzlich gleichauf.

Endlich bemerkte der Fahrer die Gefahr, doch da war es auch schon zu spät. Er sah direkt in den Lauf der Pistole. Nur ein erschrockener Ruck am Lenkrad brachte ihn aus der Schussbahn. Zwei Kugeln gingen fehl.

Die Fahrzeuge rasten durch Milena hindurch. Sie verspürte nicht mehr als einen kühlen Hauch, doch das Erlebnis irritierte sie so lange, dass die Autos hinter der nächsten Kuppe verschwinden konnten.

~

John trat das Gaspedal bis zum Boden durch. Der alte Golf röhrte verzweifelt, doch mehr schaffte der Motor nicht.

Was wollten diese verdammten Kerle von ihm, warum spielte die Welt plötzlich völlig verrückt? Erst war Onkel Peter wie vom Erdboden verschluckt und jetzt wurde er von zwei Wahnsinnigen gejagt.

Der Volvo holte auf. John duckte sich gerade noch rechtzeitig, als seine Heckscheibe auch schon im Kugelhagel zerplatzte. Dann krachten die Stoßstangen gegeneinander. John wurde nach vorne geschleudert.

Der Sicherheitsgurt grub sich in seinen Körper und ließ sein Schlüsselbein gefährlich knirschen. Er keuchte, kämpfte mit dem schlingernden Fahrzeug und riss es zurück in die Spur.

Diese Kerle ließen einfach nicht locker. Merkten sie nicht, dass sie den Falschen verfolgten?

Es ging bergab, und endlich wurde sein Wagen schneller, die Distanz zu seinen Verfolgern wuchs. John sah sich fieberhaft nach einer Waffe um. Er hatte nur sein Werkzeug und das Messer, mit dem er seine Brote schmierte, im Handschuhfach. Aber Schaufel und Spaten waren für die neue Ausgrabung frisch geschärft.

Die Senke war erreicht und es ging wieder bergauf. Mit einem lauten *Plöng* durchschlug die nächste Kugel den Kofferraum. *Bitte nicht das Nivelliergerät,* flehte John und sah im Rückspiegel, wie der Golf eine schwarze Wolke auskeuchte. *Verflucht!* Er musste etwas unternehmen!

Ein dumpfes Rumpeln brachte ihm die rettende Idee. Er beugte sich auf die Beifahrerseite und tastete den Fußraum ab. Da war sie, groß, rostig und mehrere Kilo schwer. Entschlossen griff er nach der eisernen Kanonenkugel, die ihm ein älterer Herr vergangene Woche als Zufallsfund aus dem Garten überreicht hatte, und wog sie in der Hand. Sie hatte genau die richtige Größe, um sie mit fünf Fingern sicher zu halten.

John atmete tief durch. Er hatte nur eine Chance. *Jetzt darfst du keinen Fehler machen!*

Der Volvo schob sich näher heran. Scherte nach links aus.

Noch ein Stück … noch ein Stück. John ging ruckartig vom Gas und warf mit der rechten Hand die Kugel aus dem Seitenfenster. Kurz sah er in überraschte Gesichter, dann zertrümmerte das historische Fundstück die Frontscheibe des Autos.

Der Fahrer verriss das Lenkrad. John blieb keine Zeit für einen Fluch, als der Volvo auch schon gegen seinen Kotflügel prallte und beide Wagen von der Straße schossen.

Der Motor tuckerte noch, jetzt aber friedlicher.

Ein Vogel mit riesigen Klauen ließ sich auf der Motorhaube nieder, legte den Kopf schief und starrte ihn mit leuchtenden Augen an.

John schreckte hoch. Der Vogel war fort, doch der Rest war kein Hirngespinst. Sein Kopf wummerte mit dem sterbenden Motor um die Wette. Blut lief aus einer Platzwunde auf der Stirn direkt in sein Auge und überzog seine Sicht mit roten Schlieren. Er wischte sich mit dem Handrücken über die Augen und versuchte einen Überblick über die Situation zu bekommen. Ein Dickicht aus Schlehen und Weißdorn hatte der Fahrt ein verhältnismäßig sanftes Ende bereitet. Der Volvo war nur wenige Meter weiter zum Stehen gekommen. Im Wagen bewegte sich etwas. Zumindest einer seiner Verfolger hatte den unsanften Halt lebend überstanden.

John schätzte seine Lage ab. Ringsum waren nur Felder, der nächste Hof ein ganzes Stück entfernt. Wenn er versuchte davonzurennen, würden sie ihn abknallen wie ein Karnickel. Es blieb ihm nur eine Wahl: Er musste kämpfen.

Leise stieß er die Beifahrertür auf und verließ den Wagen auf der Seite, auf der ihn seine Verfolger nicht sehen würden. Das Messer aus dem Handschuhfach schob er sich einfach in den Gürtel, der Spaten würde die grobe Arbeit tun müssen.

Die improvisierte Waffe mit beiden Händen umklammert, blieb er einen Augenblick still hinter dem Wagen hocken und lauschte. Schritte näherten sich.

Dann fluchte jemand. »Der ist abgehauen!«

Von wegen, dachte John grimmig. Adrenalin feuerte durch seine Adern und verdrängte die Angst. Er leckte salziges Blut von seinen Lippen, während er darauf wartete, dass der Schütze um den Wagen herumging. Die Scheinwerfer des

Golfs verwandelten das Gebüsch in ein Gitternetz aus Licht und Schatten. Eine dunkle Silhouette schob sich davor. Der Schütze kam näher.

John hielt den Atem an. Näher, noch ein bisschen näher. Er konnte schon die Füße seines Angreifers sehen.

Jetzt! John schwang den Spaten mit beiden Händen. Das geschärfte Blatt traf den Fremden mit voller Wucht an den Schienbeinen. Der Mann schrie auf und schoss. Die Kugel verfehlte John um ein Haar und perforierte die Beifahrertür.

John sprang hinter der Tür hervor und ließ die flache Seite des Spatens auf den Kopf des Angreifers krachen. Dieser sackte ohne einen einzigen Schmerzenslaut zusammen.

John starrte auf das Gesicht des Fremden hinab. Es war ihm gänzlich unbekannt.

Der Mann war Anfang dreißig. Ein Bartschatten bedeckte seine Wangen, sein lockiges Haar ringelte sich wie ein Heiligenschein um seinen Kopf. Ein Heiligenschein, aus dem Blut lief.

Der Spaten hatte dem Mann eine große Platzwunde an der Schläfe beschert, die Hose zerfetzt und tiefe blutende Wunden an den Schienbeinen hinterlassen.

Jetzt mache ich Indiana Jones alle Ehre, dachte John in einem Anflug hysterischer Erleichterung, *fehlt nur noch die Peitsche.* Doch dass der Fremde völlig still blieb, ernüchterte ihn schnell. Hastig ging er in die Knie und fühlte den Puls. Ja, da war einer, schwach, aber regelmäßig.

»Kristos? Wo bist du? Hast du den Bastard erwischt?«

John erstarrte. Der zweite Kerl war also nicht durch den Unfall k.o. gegangen. Johns Puls galoppierte wie ein durchgehendes Pferd, pochend stieg er ihm in die Kehle und drückte ihm die Luft ab. Kalter Schweiß machte seine Hände feucht und den Halt an der improvisierten Waffe unsicher.

Was du einmal geschafft hast, schaffst du wieder, beschwor er sich und spürte, wie die Panik versiegte. Schritte raschelten durch das trockene Laub des Vorjahrs.

Der zweite Typ war ganz nah, irgendwo zwischen der Motorhaube des Golfs und der kleinen Schlehenhecke mit ihren weißen Blütensternen.

~

Milena kreiste über der Unfallstelle wie ein Geier über einem sterbenden Tier. *Wie passend,* dachte sie. Denn mittlerweile war ihr klar, wer sterben sollte. Es würde den jungen Dunkelhaarigen treffen, der sein Leben so tapfer gegen den ersten Angreifer verteidigt hatte.

Milena kam es vor, als hätte der Tod ihn markiert, mit einem Kainsmal, so rot wie das Blut auf seiner Stirn.

Alles in Milena sträubte sich dagegen, diesem Zeichen zu folgen, aber der Sog war stärker. Sie legte die Flügel an, schoss wie ein Pfeil hinab und landete auf dem Autodach. Ihre Krallen klickten laut auf dem Blech, doch weder hörten das die Kontrahenten, noch hinterließen die scharfen Klauen Spuren im Blech.

Als der Fahrer des Volvos seinen ohnmächtigen Kumpan entdeckte, war er für einen Augenblick abgelenkt. Der Dunkelhaarige ließ sich die Chance nicht entgehen, verließ die Deckung und schwang seine ungewöhnliche Waffe. Der Spaten zischte durch die Luft. Nur seine schnelle Reaktionsfähigkeit schützte den Volvo-Fahrer davor, dass sein Schädel eingeschlagen wurde. Er duckte sich und warf etwas.

Der Dunkelhaarige schrie auf, ließ den Spaten fallen und riss sich einen Ninjastern aus der Schulter.

Im Nu war der Angreifer bei ihm und schlug ihm ins Gesicht. Es folgte ein heftiger Schlagabtausch und beide Männer gingen zu Boden, ineinander verkeilt wie zwei Kampfhunde im Blutrausch.

Milena verließ ihren Posten auf dem Autodach und landete dicht neben den Kämpfenden. Der Dunkelhaarige hatte plötzlich ein Messer in der Hand, doch auch der Angreifer führte eine lange Klinge. In ihrer Aufregung schrie Milena und flatterte wie wild mit den Flügeln.

Schon wendete sich das Blatt und der Killer gewann die Oberhand. Er drückte den rechten Arm seines Opfers mit dem Knie auf den Boden. Dann schlug er ihm wieder und wieder die linke Faust ins Gesicht, bis dem Dunkelhaarigen völlig ermattet das Messer aus der Hand rutschte. »Was wollt ihr von mir?«, keuchte er.

Die Waffe des Attentäters lag an seiner Kehle, und Milena wusste, dass dieser nicht zögern würde. Der Mann tötete nicht zum ersten Mal.

»Das weißt du nicht?«, knurrte der Überlegene. »Du weißt wirklich nicht, wer wir sind, wer du bist, John, wessen Blut in deinen Adern fließt?«

»Nein, nein, ihr müsst mich verwechseln!«

»Es ist ein Spiel, John. Deine Familie und meine, wir spielen dieses Spiel schon seit Jahrhunderten. Doch jetzt ist es vorbei und wir haben gewonnen.«

Milena merkte, dass John sich seinem Schicksal ergab. Seine Tapferkeit erstaunte sie.

Die meisten Todgeweihten flehten, bettelten darum, verschont zu werden. Der Junge mit dem Namen John blieb still und blickte seinem Mörder in Erwartung des Todes gefasst in die Augen.

Die Zeit schien sich zu verlangsamen. Der Killer packte sein Messer fester, um John die Kehle aufzuschlitzen. Schon sah Milena die Seele des zum Tode verurteilten Jungen als hellen Umriss in seinem Körper leuchten. Das Licht war bereit für die Reise.

Milena breitete die Schwingen aus und zog sich mit einem einzigen Flügelschlag in die Luft. Sie stieg höher und höher und ließ den Jungen nicht aus den Augen. Plötzlich hatte sie das Gefühl, dass John sie sehen konnte. Er riss die graublauen Augen auf, die ihr schon bei ihrer ersten Begegnung so aufgefallen waren.

Milena wünschte, sie könnte ihn verschonen, wünschte es von ganzem Herzen! Doch es war unmöglich. Sie musste eine Seele zum weißen Tor bringen. Dort endete der Weg jeder

Seele und auch ihr Albtraum. Und sie musste unbedingt aus diesem Traum heraus!

Milena hasste es, keine Wahl zu haben, und schrie verzweifelt auf. Sie fühlte sich wie eine Marionette. Dann wurde der Sog zu stark. Mit angelegten Flügeln schoss Milena abwärts und grub ihre schwarzen Klauendolche tief in den warmen Körper. Die Seele klammerte sich verzweifelt an den Leib. Milena hackte mit dem Schnabel nach der hellen Lichtgestalt, packte sie an der Kehle und zerrte mit aller Kraft.

Wenn Seelen bluten könnten, hätte sie in rotem Regen gebadet. Dann riss etwas. Die Atmosphäre klirrte wie zerberstendes Glas.

Für den Bruchteil einer Sekunde begegnete Milena Johns Blick mit ihren Raubvogelaugen, dann stürzte sie mit ihrer Beute durch die Erde, hinab in die Unterwelt, fort zum weißen Tor.

~EIN ZWEITES LEBEN~

Bist du nun tot? Da hebt die Brust sich noch,
Es war ein Schatten, der darüber fegt,
Der in der ungewissen Dämmrung kroch
Vom Vorhang, der im Nachtwind Falten schlägt.

Georg Heym

Sirenen hallten durch die Nacht und wurden beständig lauter. Blaulicht huschte durchs Gebüsch.

John konnte sich nicht rühren. Seine Welt war geschrumpft, und in dem kleinen Winkel, den sein Bewusstsein noch wahrnahm, roch alles nach Erde und Blut.

Etwas drückte ihm die Luft ab, sein Brustkorb hob und senkte sich wie gegen Bleigewichte. Dann erinnerte er sich plötzlich wieder.

Der Kampf … er hatte sterben sollen, das Gefühl war ganz deutlich gewesen, als hätte sich seine Seele bereits von seinem Körper gelöst und auf etwas gewartet. Doch er lebte.

O nein! Das Gewicht, das ihm die Luft abdrückte, war eine Leiche! John riss die Augen auf. Mit der Sehkraft kehrten auch alle anderen Sinne zurück. Stimmen wirbelten durcheinander, Schemen verdichteten sich zu menschlichen Gestalten. Blaulicht zerhackte ihre Bewegungen wie bei einem zu langsam laufenden Film. Er versuchte sich zu bewegen, doch schon das Atmen tat schrecklich weh. Seine rechte Gesichtshälfte fühlte sich an wie verbrannt. Er konnte spüren, wie seine Haut überall da anschwoll, wo ihn die Faust des Angreifers getroffen hatte.

»Hey, der hier kommt zu sich!«, rief jemand.

Ein dicker blonder Sanitäter, dem das fransige Haar auf der verschwitzten Stirn klebte, beugte sich über John. Er stöhnte, als der Sanitäter ihm mit der Taschenlampe ins Auge leuchtete. »Hast 'nen ordentlichen Schlag auf den Kopf bekommen«, befand der Dicke.

Plötzlich wurden Befehle geschrien, die Sanitäter vom Tatort verscheucht. Ein Streifenpolizist hatte die Einschusslöcher an Johns Wagen bemerkt. John wurde auf eine Trage gelegt, und dann schloss sich das kalte Metall von Handschellen um seine Handgelenke.

Scheiße!, dachte John.

Die Trage wurde unsanft angehoben.

Die Bewegung kollidierte mit Johns Kopfschmerzen. Ohnmacht schwappte schließlich wie eine schwarze Flut durch seinen Geist.

Er hatte mehrere Stunden im Krankenhaus verbracht und nie hatten ihn die Polizisten aus den Augen gelassen. Nun saß er auf der Polizeiwache und konnte kaum noch die Augen offen halten. Sie hatten ihm Schmerzmittel gegeben, doch ihm tat trotzdem alles weh und er fragte sich, wie schlimm die Schmerzen wohl ohne die Tabletten wären. Sie machten ihn furchtbar müde.

John starrte in die schwarze Brühe, die wohl mal ein Kaffee gewesen war. Wenn er die Tasse bewegte, zerriss eine fettige Haut auf der Oberfläche in eckige Fetzen und setzte sich dann langsam wieder zusammen.

Sein Kopf dröhnte wie eine ganze Flotte startender Düsenjets, und hinter seiner rechten Schläfe schien sich ein widerliches Tier eingenistet zu haben, das in seinem Hirn herumgrub.

Eine Gehirnerschütterung, mehrere oberflächliche Schnitte und einige angebrochene und geprellte Rippen waren die Bilanz der Nacht. Jetzt saß er auf der Polizeiwache und sie ließen ihn schon eine Ewigkeit warten.

Seine linke Gesichtshälfte sah aus, als hätte jemand eine Landkarte daraufgemalt, mit sehr vielen Wasserflächen in hübschen Blautönen, von den Blutergüssen und Abschürfungen an den Händen, die er sich bei seiner Verteidigung zugezogen hatte, ganz zu schweigen.

Das Zimmer auf der Wache war karg, fade, gelbe Wände luden dazu ein, sich zu übergeben. Seinem angeschlagenen Magen war auch danach, aber er riss sich zusammen. John wartete darauf, seine Aussage zu Protokoll zu geben. Niemand hatte bislang seine Fragen beantwortet. Erst hielt er die schroffe Art der Polizisten nur für eine Masche, um den Verdächtigen nervös zu machen. Nachdem er den Kaffee probiert hatte, den die Beamten tagtäglich trinken mussten, wusste er, warum alle so schlecht gelaunt waren.

Das Einzige, was er bislang erreicht hatte, war ein Anruf bei seinen Eltern, die mal wieder nicht zu Hause waren, sondern auf einer Tagung in Bonn.

Es war spät und er hatte seinem Vater nur auf die Mailbox sprechen können. John hoffte, dass seine Eltern sie noch einmal abhören würden, bevor sie im Hotel schlafen gingen.

Während die Polizisten ihn warten ließen, vollführten seine Gedanken merkwürdige Sprünge. Sein Auto, der alte Golf, den ihm seine Oma Else geschenkt hatte, damit er für sie Besorgungen machen konnte, war Schrott. Totalschaden. Er hatte den Wagen immer mit einer Art Hassliebe betrachtet. Doch dass er nun kaputt war, machte ihn wütend. Die ganze Situation, in der er sich befand, machte ihn wütend, und gleichzeitig fühlte er sich verdammt hilflos, ein Gefühl, das ihm zuwider war.

Er war nie hilflos, er konnte sich immer gut selbst helfen. Jetzt war er der Willkür der Polizisten ausgesetzt und es gab nichts, was er dagegen machen konnte.

Deshalb klammerte sich John an seinen Zorn, denn er half ihm dabei, nicht über den Angriff nachzudenken. Es kostete ihn viel Kraft, die Nerven zu bewahren. Hin und wieder überfiel ihn ein Zittern, dann atmete er krampfhaft dagegen an, hob die Tasse sicherheitshalber mit beiden Händen an den Mund und trank einen Schluck kalten Kaffee.

Sein Leben war so plötzlich aus den Fugen geraten, dass er es noch immer nicht ganz glauben konnte. Er sah auf seine Hände. Diese Hände hatten womöglich einen Mann getötet. Doch er wusste nicht wie!

John konnte sich nur an eines erinnern: Heute hatte er sterben sollen. Noch nie war ihm etwas so klar gewesen wie in dem Moment, als der Fremde, der jetzt tot war, das Messer hob, um ihm die Kehle durchzuschneiden. John war ruhig gewesen, gefasst, mit einem seltsamen Frieden im Herzen.

Und dann war nichts geschehen. Es war unbegreiflich! Noch immer fühlte er sich nicht richtig zurück in seinem Körper, als lebe er von geborgter Zeit. Er schüttelte den Kopf. Das klang, als sei es irgendeinem Fantasy-Helden passiert und nicht ihm, John Heller, Grabungshelfer, Einzelgänger, echter Mensch, der von seinen Eltern seit frühester Kindheit wissenschaftliches Denken eingetrichtert bekommen hatte.

Sein Leben hatte sich mit einem Schlag verändert. Was, wenn er diesen Typen wirklich umgebracht hatte? Würde er ins Gefängnis kommen oder war es Notwehr gewesen? Noch hing alles in der Schwebe.

Warum waren die Männer überhaupt hinter ihm her gewesen?

John klammerte sich an die Vorstellung, dass sie ihn verwechselt hatten. Doch das war Unsinn und das wusste er eigentlich genau. Der Mann, der jetzt tot war, hatte ihn mit Namen angesprochen. Was hatte er gemeint mit diesem Spiel, dem tödlichen Spiel, dessen Teilnehmer sie waren?

Wieder hallten Schritte auf dem Gang. John horchte auf. Ob sie diesmal endlich zu ihm wollten? Sein schmerzender Körper verkrampfte sich noch ein wenig mehr. Tatsächlich, die Tür schwang auf. Ein sympathischer Mittfünfziger mit Halbglatze und leichtem Bauchansatz trat ein.

Er musterte John kurz und setzte sich ihm gegenüber.

»Kommissar Steinbach«, stellte er sich vor, trommelte mit den Fingern auf die mitgebrachte Kladde aus braunem Recyclingpapier und seufzte. »Wie geht es Ihnen, Herr Heller?«

Handschellen klirrten, als John sich eine Strähne aus der Stirn wischte. »Ich lebe … also gut.«

»Erzählen Sie mir ein bisschen über sich selbst, junger Mann.«

»Ich weiß nicht, was Sie hören wollen.«

»Was ich hören will, hmm. Sie haben im letzten Jahr das Abitur gemacht, nicht in der Schule, im Fernstudium …«

»Meine Eltern sind beruflich oft unterwegs, hin und wieder begleite ich sie. Es bot sich an. Ich bin kein geselliger Mensch, also warum nicht.«

»Ihre Eltern sind Archäologen?«

»Ja.«

»Und Sie streben den gleichen Beruf an?«

»Vielleicht.« John zuckte mit den Schultern, was er sofort bereute, denn sein Körper beantwortete die Bewegung mit stechendem Schmerz. Warum stellte der Polizist ihm diese unwichtigen Fragen?

Noch bevor er diesen Gedankengang ganz zu Ende gebracht

hatte, veränderte sich Kommissar Steinbachs Körperhaltung. Es war unheimlich, beinahe als verwandele sich ein harmloser Labrador plötzlich in einen Wolf. Er tippte mit dem Finger auf den Tisch. »Sagen Sie mir, junger Mann, wie passen Archäologie und organisiertes Verbrechen zusammen?« Steinbach zog etwas aus der Kladde und legte es vor John hin. Es war ein Polizeifoto des Toten. Der Mann auf dem Bild hatte sein pechschwarzes Haar zu einem strammen Pferdeschwanz zurückgegelt. Sein Blick war stechend, wie der eines Falken. *Timaios Tsirkas* stand darunter.

»Ich habe diesen Mann noch nie gesehen, also nicht bevor er mich angegriffen hat«, begann John und erzählte alles, woran er sich erinnern konnte. Steinbach unterbrach ihn kein einziges Mal.

»Haben Sie in dem Volvo eine Eisenkugel gefunden?«, erkundigte John sich abschließend.

Die Miene des Polizisten blieb frostig. Er hob fragend die Braue.

»Es ist nur so … Ich brauche sie wieder. Es ist ein archäologischer Fund. Ich muss die Kanonenkugel noch als Lesefund melden.«

»Und wie kommt dieses Ding in den Besitz von Timaios Tsirkas? Ging es darum in dem Streit?«

John versuchte gestikulierend die Hände zu heben, doch die Handschellen ließen kaum eine Bewegung zu. »Nein, ich kenne diese Leute doch gar nicht. Ich habe die Kugel geworfen.«

»Geworfen?!«

»Die Kerle haben auf mich geschossen und versucht, mich von der Straße abzudrängen. Was hätten Sie denn getan?«

Die Mundwinkel des Polizisten zuckten nach oben. »Sie werfen mit antiken Kanonenkugeln nach Verbrechern?«

~

Milena lag die zweite Hälfte der Nacht wach und wartete darauf, dass der Wecker endlich klingelte.

Ihr Albtraum ließ sie einfach nicht los, er haftete an ihr, zerrte an ihrem Verstand. War sie gerade dabei, verrückt zu werden? Der Traum hatte sich so echt angefühlt, beinahe, als existiere sie in zwei Realitäten zugleich. Im Traum hatte sie eine Entscheidung gefällt, die wie ein Schritt durch eine Tür gewesen war. Sie war nicht nur Zuschauerin geblieben, sondern hatte etwas verändert.

Du hast deinen Auftrag nicht erfüllt, hallte es durch ihren Körper wie ein Glockenschlag durch eine Kathedrale, genauso laut, genauso markerschütternd. Aber das war Unsinn. Es gab keinen Auftrag. Sie hatte nie etwas anderes geträumt, als im Leib des riesigen Vogels zu sein und Sterbenden diese seltsamen Lichter aus der Brust zu reißen.

Der Ablauf war immer gleich, nur die Menschen und ihre Art, aus dem Leben zu treten, waren unterschiedlich. Es gab immer nur sie und die fremden Sterbenden, jemand, der ihr einen Auftrag erteilte, war nie in einem der Träume vorgekommen. Und doch hallte es in ihr wider: *Du hast deinen Auftrag nicht erfüllt. Du hast einen gewaltigen Fehler begangen, Milena!*

Milena setzte sich im Bett auf und rieb sich getrocknete Tränen aus den Augenwinkeln.

Wie sollte sie nur den heutigen Tag überstehen? In der Vogelstation würde sie viel zu viel Zeit haben, um nachzudenken. Im Gegensatz zum Vortag war die geplante Arbeit denkbar langweilig. Sie sollte Informationsbroschüren falten. Freie Fahrt also für die Erinnerung an ihre Träume oder Liebeskummer oder beides. Grauenhaft.

Der Tag würde im Schneckentempo dahinkriechen und am Abend wartete schon wieder ein neuer Albtraum auf sie. Sie konnte ihn fühlen, als hätte er sich bereits in ihrem Hinterkopf eingenistet.

»Na dann, es hilft nichts. Zum Angriff, Milena-Weyergräber-mit-Dachschaden«, seufzte sie und quälte sich endgültig aus dem Bett.

~

John hatte seine Meinung über Kommissar Steinbach mittlerweile gründlich revidiert. Er war nicht so freundlich, wie sein gemütliches Äußeres ihn wirken ließ, und auch seine Scherze bedeuteten nicht, dass er John für das unschuldige Opfer eines Überfalls hielt. Mittlerweile dämmerte es draußen und John hatte die ganze Nacht seine Fragen über sich ergehen lassen müssen.

»Sie haben im letzten Sommer auf einer Ausgrabung gearbeitet, in Büderich«, begann der Kommissar nun. »Und es gibt einen Grund, weshalb Sie mit Ihren gerade mal achtzehn Jahren in unseren Akten stehen.«

John hatte das Gefühl, jemand schlage ihm mit aller Kraft ins Gesicht. Was, verdammt, wollte die Polizei eigentlich von ihm? Warum wühlten sie jetzt diese grauenhafte Geschichte hervor?

»Ja, ich habe dort gearbeitet, und ich habe meinen besten Freund dort verloren. Ich will nicht darüber sprechen. Sebastians Tod hat hiermit nichts zu tun.«

»Zwei Tote in Ihrem Umfeld in weniger als neun Monaten, das klingt nicht unbedingt nach Zufall.«

John begegnete dem Blick des Polizisten. Er hätte ihn gerne in Grund und Boden gestarrt und wusste zugleich, dass provokantes Verhalten ihn nicht weiterbringen würde. John kämpfte die Aggression und die schmerzhaften Erinnerungen hinunter. »Es war eine alte Handgranate aus dem Zweiten Weltkrieg. Hin und wieder finden wir solche Dinger.« Er raufte sich das Haar. »Ich war eine Woche im Krankenhaus, Sebastian ist noch auf dem Acker verblutet. Es war grauenhaft, aber ein Unfall.« John gab sich noch immer die Schuld an Sebastians Tod. Sie waren schon außerhalb des fest abgesteckten Grabungsgeländes gewesen, vorbei an der Absperrung des Kampfmittelräumdienstes. Doch Johns Gabe hatte ihn weitergezogen. Er konnte die uralte römische Begräbnisstelle im Boden spüren. Das blaue Leuchten hatte ihn dazu gebracht, jegliche Vernunft zu vergessen. Sebastian hatte sich von seiner Begeisterung anstecken lassen und nun war er tot.

»Der Vorfall ist damals nicht genauer untersucht worden«, sagte der Polizist mit Blick in die Akte.

»Weil es ein Unfall war!«, rief John.

»Schreien bringt hier nichts, Herr Heller. Vielleicht sollten wir uns den Fall noch einmal ansehen.«

John starrte den Polizisten zornig an. Er wusste nicht, was er noch sagen sollte. Auch der Kommissar schien einen Moment ins Grübeln verfallen zu sein, als auf dem Gang plötzlich Stimmen laut wurden. John fiel ein Stein vom Herzen.

»Ich will sofort zu meinem Sohn!«

John konnte sich nicht erinnern, wann er jemals so froh gewesen war, seinen Vater wütend zu erleben.

»Sie können jetzt nicht zu ihm, das Verhör ist noch nicht zu Ende.«

»Und ob ich das kann. Und so etwas in Deutschland! Halten den Jungen die halbe Nacht lang fest. Da sind die Polizisten in Jordanien ja kooperativer als Sie!«

John musste trotz seiner misslichen Lage und seines schmerzenden Gesichts grinsen. *Die Jordaniengeschichte wieder, das ist ja klar!*, dachte er amüsiert.

Es klopfte an der Tür. Das Geräusch ließ Kommissar Steinbach zusammenzucken. Er erwartete wohl, sich nun mit einem aufgebrachten Vater streiten zu müssen, doch nicht Michael Heller trat in den Raum, sondern eine junge Polizistin. Sie reichte ihrem überraschten Kollegen ein Dokument.

»Erste Ergebnisse aus der Rechtsmedizin«, vermeldete sie und war im nächsten Moment wieder fort.

John atmete ein paarmal tief durch und versuchte krampfhaft, nicht an Sebastian zu denken. Er fühlte sich schuldig, es war sein Fehler gewesen, dass der Unfall passiert war. Der Tod seines besten Freundes war der Grund, weshalb er daran zweifelte, den Weg seiner Eltern einzuschlagen und auch Archäologie zu studieren.

Kommissar Steinbach räusperte sich. Er wirkte unzufrieden mit dem Ergebnis des Berichts. »Es sieht so aus, als hätten Sie noch einmal Glück gehabt, Herr Heller.«

»Was?«

»Herr Tsirkas hatte einen Herzinfarkt.«

Er stand auf und öffnete die Tür des Verhörraums. Sofort drängten Johns Eltern hinein. John sprang auf und ließ sich in die Arme schließen.

»Mir geht es gut«, sagte er leise, als er die Tränen seiner Mutter sah. »Mir geht es gut, wirklich.«

~MASKENGESICHTER~

Ich schlief, ich schlief –,
Aus tiefem Traum bin ich erwacht: –
Die Welt ist tief,
Und tiefer als der Tag gedacht.

Friedrich Nietzsche

Der Praktikumstag war wie erwartet schleichend verlaufen, doch zumindest schickte Anja sie früh nach Hause, und weil es ein warmer Frühlingstag war, hatte Milena nicht den Bus genommen, sondern beschlossen zu Fuß zu gehen. Zu Hause wartete ohnehin nichts auf sie.

Jetzt war ihr anfängliches Schlendern einem strammen Tempo gewichen. Die sonnigen Seitenstraßen hatten eine bedrohliche Atmosphäre angenommen, als lauere etwas hinter Jägerzäunen und Gartenhäuschen.

Milena sah sich um. Den schwarzen Mercedes Sprinter hatte sie schon einmal gesehen. Ein Lieferwagen mit getönten Scheiben war auffällig. Folgte er ihr? Nein, bestimmt nicht!

Sie musste an den Jungen aus ihren Träumen denken, auch er hatte so lange nichts von der Gefahr geahnt, in der er schwebte, bis es zu spät war.

Mein Gott! Jetzt werde ich auch noch paranoid, schalt sie sich. *Ich träume, ich sei ein mordender Vogel, und werde jetzt auch noch von eingebildeten Gangsterautos verfolgt. Wunderbar, vielleicht sollte ich mich gleich in die Klapse einliefern lassen!*

Doch sie schob die Hände in die Jackentaschen und beschleunigte ihren Schritt noch ein wenig mehr.

Unter ihren Schuhen klebten Kirschblüten. Milena zwang ihren Blick auf den Boden. *Geh langsamer, das ist doch albern.* Links, rechts, links, rechts, einfach weiterlaufen, aber langsam. In diesem Moment wäre Liebeskummer fast eine Erleichterung gewesen, denn dieses seltsame Gefühl der Beunruhigung war viel schlimmer. Links, rechts, links, rechts … Sie konzentrierte sich auf die teils rosigen, teils zu klebrigem Braun zermatschten Blütenblätter, die an ihren Chucks hängen blieben. Auffrischender Wind rupfte einen weiteren Schauer von den Bäumen und verquirlte seine Beute mit Müll zu kleinen Strudeln, die sich in einem Hauseingang fingen.

Die Luft schien noch etwas anderes mit sich zu tragen. Eine seltsame Kraft, die alles zäh machte, an Milenas Verstand zerrte und ihre Lunge zudrückte, als ob jemand sie ersticken wollte.

Unsinn, und doch …

Der Lieferwagen war noch immer hinter ihr. Sie hörte ihn. *Wahrscheinlich ist der Fahrer nur ortsfremd und sucht nach der richtigen Hausnummer,* beruhigte sie sich. *Na bitte, jetzt gibt er endlich Gas.*

Das Gefühl von Bedrohung schwand. Erleichtert stieß Milena den Fuß in einen kleinen rosa Blütenberg und ließ ihn auseinanderstieben. Dann erstarrte sie in der Bewegung und blickte auf.

Der Lieferwagen schoss quer über den Gehweg. Die Bremsen des Wagens quietschten und der Transporter ragte plötzlich wie eine Mauer vor ihr auf. Schnurrend flog die Schiebetür zur Seite.

Zwei Männer mit seltsam verzerrten Fratzen stürzten auf sie zu. Milena stolperte zurück. Sie wollte schreien. Sie war mitten in einem Wohngebiet, jemand würde ihr helfen. Doch es kam kein einziger Ton aus ihrem aufgerissenen Mund. Angst steckte wie ein Watteklumpen in ihrer Kehle und ließ nichts vorbei.

Die Männer packten sie an den Armen. Ihre Hände waren kalt und hart wie Eisen. Milena kämpfte, landete einen saftigen Tritt gegen das Schienbein des Größeren.

Dieser zuckte nicht einmal.

Der Griff der Männer lockerte sich kein bisschen, sosehr sie auch Widerstand leistete. Schläge und Tritte wurden klaglos hingenommen.

Sie zerrten sie mühelos mit sich. Milenas Füße wirbelten Kirschblüten auf. Ihr Rucksack, den sie nur lässig an einem Riemen getragen hatte, rutschte von der Schulter und schleifte über den Boden. Sie sollte wirklich schreien. Der Watteklumpen in ihrem Hals wuchs, schnürte ihr jetzt auch den Atem ab. Was, wenn die Männer sie umbringen wollten, oder Schlimmeres?

Schrei, Milena! Ihr Wille lief gegen eine Wand an. Ihr Körper hatte kapituliert, und sie kannte nur noch Flüche für sich selbst.

Verdammte Hilflosigkeit!

›*Nein, ich kann mich wehren*‹, hatte sie neulich noch laut herumposaunt, als das Gespräch mit ihren Freundinnen darauf gekommen war. Immerhin hatte sie in den letzten Sommerferien im Jugendzentrum einen Selbstverteidigungskurs gemacht. Und jetzt wurde sie am helllichten Tag überfallen und schaffte es nicht einmal zu schreien!

Ein dritter Fratzenmann half den anderen Milena hinten in den Wagen zu hieven. Dann stiegen sie ein und einer zog von innen die Tür zu. Getönte Fenster tauchten die Welt in Asche.

Milena presste sich in den hintersten Winkel der Sitzbank und starrte ihre Entführer ungläubig an. Mit dem Fahrer waren es vier, zwei saßen neben ihr, zwei vorne. Alle trugen Schwarz.

Ihre Kleidung war seltsam geschnitten, weit und aus einem weichen, fließenden Stoff, der die Konturen ihrer Körper mit den dunklen Sitzen des Wagens verschmelzen ließ.

Ihre Hände und Gesichter waren blass, wie mit weißer Theaterfarbe überschminkt, die Falten und Vertiefungen grau akzentuiert. Was sie zuerst für Masken gehalten hatte, schienen ihre wirklichen Gesichter zu sein. Nein! Sicher nicht, so etwas gab es nicht. Das waren nur gute, elastische Masken. Niemand sah im echten Leben aus wie eine Mischung aus Mensch und Ziege. Niemandem ragten kleine, gefurchte Hörner aus der Stirn.

Milena blinzelte, sah genauer hin. Der Ziegenköpfige hatte ganz normale Beine und trug vornehme, glänzende Halbschuhe wie ein Banker.

Warum erleichterte sie das so sehr?

Der Motor heulte auf. Als der Wagen rückwärts auf die Straße zurückfuhr, lief draußen gerade ein junges Paar vorbei.

Jetzt oder nie!

Milena stürzte zur Tür, der Hebel bewegte sich, dann wurde sie unsanft an den Schultern zurückgerissen. Sie fiel hin, stieß mit dem Rücken gegen die Sitzbank.

Weiße Hände zogen sie zurück auf die Polster.

Der Transporter hatte sein Manöver abgeschlossen und ließ das Wohngebiet mit der Kirschbaumallee hinter sich.

Brennend heiße Tränen bahnten sich den Weg über Milenas Wangen und wuschen endlich das erstickende Wattegefühl weg, das sie stumm gemacht hatte.

»Wo bringen Sie mich hin? Ich habe nichts getan. Sie müssen mich verwechseln!« Milena strich sich wütend die Tränen von den Wangen, doch eigentlich war es gleich, ob die Maskierten sie weinen sahen.

»Dein Name ist Milena Weyergräber?«, fragte der Ziegenköpfige mit hartem Akzent in der Stimme.

Milena schwieg stur. Sie hatten also tatsächlich nach ihr gesucht. Aber warum? Und noch drängender war die Frage: Was hatten sie mit ihr vor?

Die Fahrt dauerte fast zwanzig Minuten, und Milena hatte längst die Orientierung verloren. Vielleicht waren sie noch in Mülheim, womöglich aber auch in Oberhausen oder Duisburg. In diesem Teil des Ruhrgebiets gingen die Städte oft ohne erkennbare Grenzen ineinander über.

Die Maskierten schwiegen. Solange Milena ebenfalls ruhig blieb, saßen sie wie Schaufensterpuppen bewegungslos auf ihren Plätzen. An zwei Kreuzungen wagte sie Fluchtversuche, die jedes Mal im Keim erstickt wurden. Die Maskenmänner taten ihr nicht übermäßig weh, aber sie machten ihr klar, dass sie ihr überlegen waren.

Milena gab es auf, noch aus dem Wagen zu fliehen, und sparte ihre Kräfte für eine spätere Gelegenheit. Vielleicht würden sie irgendwann unaufmerksam werden.

Stattdessen verlegte sie sich darauf, den Männern Fragen zu stellen. Für wen arbeiteten sie? Wo brachten sie sie hin? Warum, verdammt, geschah das mit ihr?

Sie hatte auch versucht ihr Handy zu benutzen, doch sobald sie *110* wählte, nahm ihr der Traurige, wie sie den Maskierten mit den hängenden Mundwinkeln insgeheim getauft hatte, das Telefon ab. Die Bewegung war blitzschnell gewesen, doch nach der kurzen Aufregung verfielen ihre Entführer wieder in ihr enervierendes Schweigen.

Der Wagen wurde immer langsamer und Milenas Panik war nervöser Erwartung gewichen.

Als draußen heruntergekommene Gründerzeitbauten vorbeizogen, deren hässliche, modernisierte Fassaden aus Plastikklinker mit hingekritzelten Edding-Tags beschmiert waren, kam Unruhe in die Maskenmänner.

Milenas Angst entfachte einen heißen Flächenbrand auf ihrer Haut, der jeden Zentimeter von ihr zum Glühen brachte. Zugleich pochte Eiseskälte in ihrem Nacken und schickte ihre Fühler aus.

Der Fahrer setzte den Blinker. Tick tack, tick tack. Linkskurve. Hände an ihren Schultern. Ziegengesicht hielt sie fest. Milena schrie. Trat um sich. Der Traurige stülpte ihr einen Sack über den Kopf. Durch das feinmaschige Gewebe blieben nur Schemen sichtbar und der Stoff presste sich bei jedem Atemzug dichter an Nase und Mund.

Milena bekam keine Luft mehr. Sie erstickte!

»Bleib ruhig, Mädchen!«, drängte die Stimme des Ziegenmannes. »Niemand will dir wehtun.«

Der Griff an ihren Schultern war unnachgiebig. Eisenfinger drückten zu, bis ihre Arme taub wurden. Von wegen, niemand wollte ihr wehtun! Was machten sie denn gerade? Milena schrie wieder, und der Stoff rutschte endgültig in ihren Mund.

Dann, als sie sich nicht mehr wehren konnte, zog ihr jemand den Stoff vom Gesicht weg und lockerte ihn. Sie atmete japsend, der Schwindel verschwand, doch der Sack blieb über ihren Kopf gestülpt.

Der Transporter änderte erneut die Richtung, bremste und rumpelte über eine Kante. Dann parkten sie. Jetzt würden die Kerle sie umbringen! Milena mobilisierte ihre letzten Kräfte, doch die Männer waren einfach zu stark.

»Bleib ruhig, dir passiert wirklich nichts. Es gibt nur ein paar Leute, die mit dir reden wollen«, erklärte Ziegengesicht mit brummiger Stimme, während die Schiebetür des Transporters geöffnet wurde.

Sie gaben Milena Zeit, sich ihren Weg blind zu ertasten. Doch sobald ihre Füße Asphalt berührten, wurde sie von zwei Seiten an den Armen gefasst und zügig fortgeführt.

Der Boden unter ihren Turnschuhen war warm von der Frühlingssonne. Spatzen lärmten. Es roch ein bisschen nach Benzin. Auffrischender Wind trug den Hauch von gärendem Müll heran, dann klackte ein Schlüssel in einem Schloss. Eine Tür schwang auf und gänzlich neue Eindrücke brachen auf Milena herein: viele Menschen, die durcheinandersprachen, klapperndes Geschirr, Essensgeruch. Eine Großküche.

Milena fühlte sich an die klischeeüberladenen Actionfilme erinnert, die Stefan sich so gerne ansah. Sie hatte viele davon mit ihm geschaut, um an ihn gekuschelt seine Wärme zu genießen, um sein Lachen zu hören, während sie den Kopf an seine Brust presste. Die Handlung hatte sie kaum interessiert. In den Filmen kamen oft chinesische Restaurants vor, sie waren scheinbar ideal, um Drogengeschäfte abzuwickeln, während nebenan fragwürdiges Fleisch zu Suppe verkocht wurde.

Doch der Duft, der Milenas Nase kitzelte, war eindeutig. Lammfleisch, Knoblauch, Thymian. Das hier war definitiv kein chinesisches Restaurant.

Ihre Entführer bellten Befehle in einer fremden Sprache. Jemand brüllte genauso zornig zurück, Schritte polterten los und sie wurde weitergeschoben.

Wieder eine Tür. Eiseskälte. Feuchter Nebel legte sich in ihre Atemwege. Panik!

Wollten diese Kerle sie etwa in einer Kühlkammer ermorden?

Wie um ihre Angst zu besänftigen, wurde der Griff des Ziegenmannes auf ihrer Schulter weicher. Die nebelig-kalte Luft begann elektrisch zu knistern. Milena hatte das Gefühl, dass sich ihre Haare aufluden.

Dann schlug ihr eine Bö ins Gesicht und steigerte sich zu kräftigem Wind. Die heranströmende Luft roch nach Frühling. Milena musste sich dagegenstemmen, um nicht umgerissen zu werden.

»Wir gehen«, befahl ihr Entführer. »Vorsicht, Stufe!«

»Jetzt?« Milena hob unsicher den Fuß und trat einen Schritt nach vorn. Sie stemmte sich gegen den Wind, dann war er plötzlich fort. Die Stille kam unvermittelt. Weicher Rasen wisperte unter ihren Füßen.

Es roch nach … Urlaub, nach Salz und heißem Stein, wie letztes Jahr in der Türkei. Sonne wärmte ihre Haut.

Hinter ihnen fiel eine schwere Tür ins Schloss.

»Wo sind wir?«

»Wir sind nicht befugt, dir das zu sagen.« Die Stimme des Traurigen klang amüsiert. »Aber jetzt dauert es nicht mehr lange und du wirst erfahren, warum all das geschieht, Kleine.«

Für eine Weile stolperte Milena an der Seite der Männer durch das Gras. Nachdem sie weitere Stufen erklommen hatte, hallten ihre Schritte schwer über polierten Stein und ihr wurde endlich die Kapuze vom Kopf gezogen.

Es war blendend hell.

»Milena Weyergräber!«, dröhnte eine befehlsgewohnte Stimme, die sie bis ins Mark erschaudern ließ.

Erst nach und nach schälte sich eine seltsame Szenerie aus dem gleißenden Licht und erfüllte Milena mit Staunen. Sie befand sich in einer riesigen Halle. Milena fühlte sich in das Pergamonmuseum versetzt, das sie bei ihrer Klassenfahrt nach Berlin besucht hatte.

Säule um Säule ragte vor ihr hinauf. Sie waren bunt bemalt und verloren sich in einer hölzernen Decke, unter der Schwalben kreisten. Eine Schleiereule saß blinzelnd im Schatten eines gewaltigen Kupferkessels. Kunstvolle, goldglänzende Öllampen erhellten auch den letzten Winkel der Halle.

Aber am erstaunlichsten waren wohl die drei Gestalten, die auf einer kleinen Empore saßen und sich an einer üppig gefüllten Tafel gütlich taten.

Ein hübscher Junge, nein, bei ihm traf wohl eher der altmodische Ausdruck *schöner Jüngling* zu, dessen Engelsgesicht von schwarzen, kurzen Locken gerahmt wurde, streckte seinen perfekten Körper auf einer Liege aus. Doch sein Anblick war noch gar nichts im Gegensatz zu dem der geflügelten Frau an seiner Seite! Ihre Flügel waren jedoch nicht etwa die eines Engels, sondern ähnelten eher denen eines Vogels. Die samtenen Schwingen hatte sie auf dem Rücken gefaltet. Menschliches langes Haar ging am Hals in Federn über. Ihre bloßen Brüste wurden einzig durch einen breiten Halsschmuck verdeckt, dessen goldblitzende Anhänger aus Scheiben und Tropfen weit hinabreichten. Sie hatte einen menschlichen Körper, doch ihre Füße waren die eines Vogels.

Der Mann in der Mitte, ein Mittfünfziger mit gepflegtem ergrauendem Bart, sah dagegen fast normal aus. Normal bis auf die Toga, die er trug …

»Tritt näher, Milena!«, kommandierte er erneut mit tiefer Stimme.

Die Maskierten warteten ihre Reaktion gar nicht erst ab, packten sie an den Ellenbogen und zogen sie einfach vorwärts. Milena strauchelte, drückte aber, sobald sie losgelassen wurde, entschlossen den Rücken durch und sah auf.

Sie wurde also verrückt, jetzt war sie sich sicher. Sie träumte schon wieder, nur diesmal war sie nicht als Vogel, sondern als Mensch in eine seltsam verschobene Welt geraten. Es war irgendwie erleichternd. Die Entführung war nicht wirklich, nichts war real. Das alles entsprang ihrer Fantasie. Die Psychologin hatte es doch ganz einfach erklärt. Die Träume waren Milenas etwas spezielle Art, damit umzugehen, dass sich ihre Eltern hatten scheiden lassen. Zusammen mit ihrem *schwierigen Alter* war das für die Psychologin Erklärung genug gewesen. Heute war Milena sehr geneigt, ihr zu glauben. Diese Welt war ein Produkt ihrer Fantasie, von der sie schon immer zu viel gehabt hatte. Stress, der Ärger mit Stefan, das mussten die Auslöser sein. Ja, Stefan war schuld, dass sie von Entführungen träumte, von Vogelmenschen und einem Tempel aus dem Pergamonmuseum, der sich hinter der Kühlkammer eines Restaurants verbarg.

Milena musste plötzlich lachen. Das alles war so schrecklich absurd und an den Haaren herbeigezogen, dass sie einfach drauflos kicherte.

»Was ist so lustig, Mädchen?«, erkundigte sich die Vogelfrau und ließ dabei die Krallen ihrer Füße über den Marmor kratzen. Es klang, als ziehe jemand Fingernägel über eine Tafel, einfach ekelhaft. Das Lachen verging Milena gleich wieder.

Aber es war immer noch ein Traum, *ihr* Traum, und sie würde keine Angst vor den Produkten ihrer eigenen Fantasie haben, wie schauerlich sie auch waren. Nein, sie würde ihnen trotzig die Stirn bieten und hoffen, bald wieder aufzuwachen. Vielleicht gab es auch hier ein weißes Tor, das ihren Aufenthalt in dieser rätselhaften Welt beendete.

»Das ist doch alles nur ein Traum«, sagte sie und stemmte die Hände in die Hüften. Die Bewegung geriet zwar etwas ungelenk, doch die Geste würde ihren Zweck erfüllen.

»Ein Traum? Diesmal nicht, Kind«, entgegnete der Grauhaarige.

Milena seufzte. Sie würde dieses Spiel also mitspielen müssen. »Wenn das kein Traum ist, warum werde ich auf offener Straße überfallen, verschleppt und hierhergebracht?« Sie ließ den Blick schweifen. »Wo sind wir? In einem Klub, in dem man sich verkleidet? Was soll ich hier?«

Die Frau lachte und klang dabei wie ein Raubvogel. Der Jüngling griff uninteressiert nach einem Häppchen vom Tisch. Der Bärtige besaß schließlich die Güte, ihr zu antworten.

»Du bist zwar fast noch ein Kind, aber auch Kinder begehen Fehler. Und dein Fehler war groß!«

»Ja, Sie haben Recht. Ich hätte Stefan von Anfang an nicht trauen sollen«, stöhnte Milena leise und verdrehte die Augen.

Den seltsamen Typen in der Toga schienen ihre Worte nicht zu kümmern. Er redete einfach weiter. »Du hast einen Lebensfaden zerrissen. Das Gewebe der Welt hat nun eine Schwachstelle. Das wird Folgen haben. Es wird zerreißen. Du ändertest den Lauf der Welt.«

»Was? Ich habe überhaupt nichts gemacht! Ich kenne Sie doch gar nicht«, protestierte Milena und hieß den Zorn willkommen, der sich nun in ihr ausbreitete.

»Es reicht, dass wir dich kennen. Dich und deine Träume«, sagte die Vogelfrau und raschelte mit ihren Schwingen. »Du dienst mir, und du hast versagt!«

»Ich diene überhaupt niemandem!«, erwiderte Milena energisch. Doch was, wenn das hier alles wirklich geschah? Es fühlte sich so echt an. »Die Träume! Meinen Sie meine Träume? Passiert das etwa alles tatsächlich?«

Ein Teil von ihr war sich sicher, dass sie einfach verrückt

geworden war, dass sie halluzinierte, träumte, doch diese Überzeugung stand auf einem rissigen Fundament, das beständig weiterbröckelte. Es fühlte sich alles so unglaublich real an. Ihre Schultern schmerzten dort, wo die Maskenmänner sie gepackt hatten, sie konnte fühlen, riechen, bewusste Entscheidungen treffen.

Was, wenn …? Was … Nicht vorzustellen, wenn die Worte der Vogelfrau die Wahrheit wären. So viele Tode! Und sie hatte sie untätig mit angesehen. Wie viele Mörder hätten durch ihre Hinweise gefasst werden können, wie viele Todkranke gerettet!

»Hast du jetzt genug gegrübelt, Mädchen? Hast du verstanden, dass du nicht träumst? John Heller sollte sterben. Seine Seele wurde bereits erwartet. Du hast die falsche Seele über den Styx getragen, du hast sie aus dem lebendigen Körper des Timaios Tsirkas gerissen! Warum hast du das getan?«

Die Vogelfrau war aufgestanden, während sie sprach. Binnen Augenblicken streckten sich die kurzen Vogelklauen zu schlanken Frauenbeinen. Die Flügel verschwanden, zurück blieben einzelne Federn, die rußflockengleich durch die Luft taumelten.

Milena kam aus dem Staunen gar nicht mehr heraus, während die Frau einen Umhang aufhob und sich den blutroten Stoff elegant um den Körper schlang.

»Wer … was bist du?«

»Ich bin Aello, die Tochter des Thaumas und der Elektra. Alle Harpyien sind mir untertan, so auch du.«

Ihre Stimme nahm einen feierlichen Tonfall an. »Wir säen Frieden oder auch Zwietracht, strafen, belohnen und tragen auserwählte Seelen in das Totenreich.«

»Die … die Lichter«, stotterte Milena und hatte das Gefühl, im nächsten Moment ohnmächtig zu werden. Seit einem Jahr wurde sie von diesen Träumen geplagt, schrieb jeden einzelnen auf, um irgendwann vielleicht doch noch einmal zu der Psychiaterin zu gehen und mit ihr ihre geheimen Sehnsüchte und Ängste zu besprechen, in denen angeblich die Ursache lag.

Jetzt stand sie hier, neben einer Frau, die gleichzeitig Vogel und Mensch war und so schrecklich real wirkte, dass Milena es beinahe glaubte. Während ihr Kopf beharrlich darauf bestand, sie befinde sich in einem Traum, sagte ihr Bauchgefühl etwas völlig anderes. Waren die Lichter Seelen? War es das, was diese seltsame Märchengestalt vor ihr behauptete? Sie rang um Fassung, entschlossen der Sache auf den Grund zu gehen. Vielleicht würde sie so erfahren, wie sie diesen nächtlichen Explosionen ihrer Fantasie wirkungsvoll entgegentreten konnte. »Die Lichter sind also Seelen und was habe ich damit zu tun?«, fragte sie mutiger.

Aello nickte. »In deinen Träumen hast du den Nachfahren der Erhabenen einen letzten Dienst erwiesen und sie auf den Weg gebracht. Ich habe dich beobachtet. Bis gestern ist alles immer zu meiner vollen Zufriedenheit geschehen.«

»Sie haben mich beobachtet? Was soll das heißen?«

»Ich sehe alles, was ich will.«

Du hast deinen Auftrag nicht erfüllt, hallte es erneut durch Milenas Gedanken und diesmal fröstelte sie.

Ein Schatten glitt über sie hinweg. Flügel rauschten. Sie sah auf. Ein riesenhafter Raubvogel glitt durch die Halle und landete mit heftigem Flügelschlagen keine drei Meter von ihr entfernt. Rotbraune, stechende Augen bohrten sich in ihre. Der Blick war misstrauisch und erschreckend intelligent. Das Gefieder der Harpyie war dunkelgrau mit schwarzen Flecken. So eine Feder hatte sie vor zwei Nächten in ihrem Bett gefunden!

Das Tier schrie. Der Ruf glich dem aus ihren Träumen. Das konnte doch nicht wahr sein!

»Was ist das für ein Vogel?«

»Das, mein Kind, bist du in deiner Seelengestalt, als Harpyie!« Aello trat noch einen Schritt näher und legte ihr eine Hand auf die Schulter. »Bislang warst du nur in deinen Träumen mit deiner Seelengestalt verbunden, jetzt wird sich das ändern. Ihr werdet eins sein! Für immer!«

Aello trat blitzschnell zurück.

Ein Feuerkreis schoss aus dem Boden. Die grünlichen Flammen schlossen Milena und den Vogel ein. Aello stand außerhalb. Sie hob die Arme, dirigierte die Flammen, die höher und höher wuchsen.

Milena und der Vogel schrien gleichzeitig. Es roch nach verbranntem Haar. Feuer leckte gierig über die Schwanzfedern des Vogels und zwang das Tier weiter vor, näher an Milena heran. Wenn sie gedacht hatte, während der Entführung schreckliche Angst gelitten zu haben, so war das nichts verglichen mit dem, was sie nun empfand.

»Schließ sie in deine Arme, damit sich eure Herzen verbinden können!«

Hatte Aello völlig den Verstand verloren? Sie sollte diese krallenbewehrte Furie umarmen? Milena versuchte die dämonische Frau hinter dem glühenden Vorhang zu erkennen, doch sie sah nur einen Schemen. *Aufwachen,* dachte sie, *aufwachen, verdammt!*

»Tu es, Mädchen! Jetzt!« Wie von einer unsichtbaren Hand gepackt, wurde sie in die Mitte des Kreises gezerrt. Der Vogel schrie in wilder Panik. Auch ihn zwang eine erbarmungslose Kraft nach vorn. Protestierend schlug er mit den Flügeln und streckte die gewaltigen Klauen in Milenas Richtung.

Dann hörte sie es. Ein dumpfes Klopfen, mehr zu spüren, als tatsächlich mit den Ohren zu erfassen. Das Geräusch war betörend und schrecklich vertraut. Es war ein Herz, das dort pochte. Ein Klang, der all ihre Träume begleitete. Das Harpyienherz und ihr eigenes schlugen im gleichen Rhythmus. Die roten, scharfen Augen reflektierten ihre Gefühle. Das Tier war wirklich ihr Spiegel, es war *sie*!

Mit einem Mal wurde die Welt um Milena dumpf, verschwamm wie hinter Milchglas. Die Flammen züngelten langsamer, der Kreis zog sich unablässig zusammen.

Die Harpyie schwang sich mit gewaltigem Flügelschlag auf und hieb die Klauen in Milenas Brust. Höllischer Schmerz raubte ihr den Atem. Sie versuchte das Tier von sich zu stoßen, doch die Krallen saßen wie Krummdolche unverrückbar in ihrem Fleisch. Die Luft war voller Federn und Vogelkreischen.

»Eine Seele, ein Herz, ein Leben!« Aellos Spruch fuhr durch jede Faser von Milenas Körper. Die Flammen des magischen Kreises schienen jetzt auch sie erfasst zu haben. Die Schwingen des Vogels brannten grünlich und verwischten alle Konturen in einem Leuchtfeuer aus Magie.

Und dann geschah es.

Milenas Körper verschlang das Tier. Stück um Stück wurde die Harpyie in ihre Brust gezerrt. Erst die Klauen, dann die schuppigen Beine, der Körper verschwand zuletzt. Für einen Augenblick spürte Milena, wie sich die Flügel als brennende Schwerter in ihre Arme streckten und Raum für das neue Wesen in ihr Fleisch schnitten. Ihr Brustkorb dehnte sich unter der Gewalt scharfer Krallen, die ihr von innen gegen die Rippen drückten.

Nach einer kleinen Ewigkeit, bestehend aus Agonie und Glut, ließ der Schmerz langsam nach. Milena sank in die Knie. Die Flammen des magischen Kreises schwanden. Sie war frei, doch jetzt war sie viel zu schwach, um noch davonzulaufen. Wohin auch, das Monster war nun in ihr und würde ihr überallhin folgen.

Als ihr Kopf den Steinboden berührte, war ihr letzter Gedanke Verwunderung darüber, warum das Feuer den Marmor nicht erwärmt hatte. Die Kälte tat gut und zog sie wie eine freundliche Umarmung ins Dunkel.

Als Milena wieder zu sich kam, fixierten sie Aellos stechende Augen. Die Vogelfrau hockte neben ihr und sah sie beinahe mitleidig an, was völlig absurd war, da sie doch schuld an Milenas Misere war. Aello half ihr in eine sitzende Position.

Sobald Milena stark genug war, schlug sie die helfende Hand fort. Ihr tat alles weh. Jede Faser ihres Körpers schmerzte und dann war da noch dieses Glühen, als hätte sie eine rotierende Feuerkugel im Leib.

»Komm, trink etwas, Kind, dann geht es dir gleich besser!«

Ein Maskenmann brachte einen funkelnden Kelch. Aello nahm ihn entgegen und hielt ihn Milena hin.

»Was ist das?«, fragte sie mit rauer Stimme. Ihre Kehle war trocken von der Hitze des grünen Feuers und all den nutzlosen Schreien.

»Das ist gewürzter Wein, verdünnt mit Wasser aus unserer Welt. Nichts kühlt den Seelenbrand besser.«

»Seelenbrand?«, krächzte Milena und griff zögernd nach dem geschliffenen Pokal. Kondenswasser perlte über die glatte Oberfläche. Die angenehme Kühle ließ sie jede Vorsicht über Bord werfen. Was sollte ihr diese merkwürdige Frau noch antun, nachdem sie entführt, fast verbrannt und von einem gigantischen Raubvogel zerfetzt worden war?

Der würzige Trank brachte den heißen Strudel in ihr tatsächlich zur Ruhe. Sie leerte das Gefäß zur Gänze und stand ohne Hilfe auf. Aello lächelte, nahm ihr das Glas ab und kehrte dann mit schnellen Schritten zu ihrem Platz auf der Empore zurück. Als sie sich setzte, war ihr Gesicht wieder eisig.

»Mein Teil ist getan!«, verkündete sie und erhielt von dem Adonis und dem Togaträger zustimmende Blicke.

»Nun, da du eine echte Harpyie geworden bist, tritt vor!«, donnerte der bärtige Mann.

Milenas Füße bewegten sich wie von allein.

»Bist du geständig, John Hellers Leben verschont und an dessen Stelle die Seele des Timaios Tsirkas über den Styx getragen zu haben?«

Sie starrte ihn an. Der zweite Name sagte ihr nichts, aber John war sie im Traum begegnet. John mit den dunklen Haaren und geheimnisvollen Augen. Sie hatte es einfach nicht übers Herz gebracht, ihn sterben zu lassen, also hatte sie dem Verbrecher das Licht aus der Brust gezogen, dem Verbrecher namens Timaios Tsirkas. Offenbar war er nun ihretwegen tot. Aber er hatte es verdient, oder nicht? Er hatte einen Mann ermordet, es bei einem zweiten versucht, und wer weiß, wie oft er es zuvor schon getan hatte.

»Ja, ich denke, das habe ich gemacht«, sagte sie also.

»Dann wirst du jetzt erfahren, wie du deine Schuld zu sühnen hast.«

~SÜHNE~

– Ich möchte die Welt der Menschen verlassen.
Auf Höhen die Einsamkeit umfassen;
Ich möchte zu Fremdem und kaum Geahnten,
Auf Gründe, die niemals Menschen bahnten!
Vor mir die Leere! – ich muß sie durchmessen,
Um das wilde Irrlicht des Scheins zu vergessen.

Alberta von Puttkamer

Milena erwachte mit höllischen Kopfschmerzen. Stöhnend drehte sie sich auf die Seite, tastete und fand eine Schwellung an ihrem Hinterkopf, in der es beständig pochte. Wahrscheinlich war sie in ihrer Unachtsamkeit irgendwo gegengelaufen und gestürzt.

Erst jetzt nahm sie den intensiven Erdgeruch wahr. Blätter raschelten, als sie sich bewegte. Ein kleines, flinkes Insekt huschte über ihren nackten Unterarm. Milena schüttelte es aus Reflex ab, obwohl sie weder Käfer noch Spinnen fürchtete. Dann wurde ihr klar, dass sie mitten im Wald lag, und sie setzte sich hastig auf.

Wie, verdammt, war sie hierhergekommen? War sie nicht zuletzt zu Fuß auf dem Heimweg von der Vogelstation gewesen?

Sie erinnerte sich an die Straße mit den Kirschbäumen, zweigeschossige Wohnhäuser und kleine Gärten mit Jägerzäunen. Dort gab es weit und breit keinen Wald.

Doch es bestand kein Zweifel. Sie befand sich nicht in einem kleinen Park, sondern in einem richtigen Wald.

Der weiche Ton des Lichts und die immer länger werdenden Schatten trieben sie endgültig auf die Beine. Gleich würde es zu dunkel sein, um noch etwas zu erkennen. Und dann erinnerte sie sich wieder.

Der schwarze Transporter, die weißgesichtigen Fratzenmänner in ihren seltsamen Umhängen. Ein Traum, oder nicht? War sie wirklich entführt worden? Anders ließ sich nicht erklären, wie sie hier gelandet war. Während Milena den entfernten Geräuschen einer Straße aus dem Wald hinaus folgte, kehrte die Erinnerung an die vergangenen Stunden zurück. Diese drei merkwürdigen Menschen hatten ihr einen Befehl erteilt. Einen schrecklichen Befehl.

Sie sollte den Jungen töten, den sie im Traum gerettet hatte. Wenn sie sich weigerte, und das hatte sie versucht, würde sie ihres Lebens nicht mehr froh. Denn wenn sie ihre grausame Aufgabe nicht bis nächsten Mittwoch erfüllte, sollte der Junge sterben, den sie liebte. Sie wünschte, dass der verdammte Platz in ihrem Herzen leer wäre, doch der gehörte noch immer Stefan.

Der Buchenwald endete unvermittelt an einer Nebenstraße. Das Lokal an der Ecke kam Milena bekannt vor, in der Ferne fuhr ein Bus vorbei, dort sollte auch eine Haltestelle sein.

Sie beschleunigte ihren Schritt und biss gegen den pochenden Schmerz in ihrem Kopf die Zähne zusammen.

So langsam sollte sie sich wirklich Sorgen machen wegen ihrer Träume. Nicht nur, dass diese Hirngespinste sie jetzt auch am helllichten Tag verfolgten, nein, sie stifteten sie auch noch zum Mord an! Und sie hatte offenbar Blackouts, die mehrere Stunden dauerten. Sie musste mit jemanden darüber reden. Zuerst mit ihrer Mutter und wenn Birgit es für richtig hielt, würde sie doch noch mal zu der Psychologin gehen.

Als sie die Straßenecke erreichte, stellte sie mit Erleichterung fest, dass die nächste Bushaltestelle keine dreihundert Meter entfernt war. Es warteten schon eine ganze Menge Menschen dort, größtenteils Erwachsene. Es war Feierabendzeit. Wie lange sie wohl ohnmächtig gewesen war? Sie hatte die Vogelstation um kurz nach zwei verlassen, jetzt war es, wenn sie richtig schätzte, fast schon sechs. Als sie ihr Handy aus der Hosentasche wühlte, um auf die Uhr zu sehen, leuchtete auf dem Display ein kleines Briefsymbol. Drei verpasste Anrufe von immer der gleichen unbekannten Nummer. Auch das noch.

Milenas Puls beschleunigte sich wie auf ein geheimes Zeichen hin. Sie atmete tief durch, lehnte sich gegen eine Hauswand und betätigte die Rückruffunktion.

»O mein Gott, endlich!«, ertönte eine fremde weibliche Stimme. Sie zitterte, klang jung und nach Tränen.

»Sie haben bei mir angerufen? Mit wem spreche ich?«

»Desirée, aus der Schule. Ich bin …«

»Ich weiß, wer du bist«, fauchte Milena mit plötzlicher Heftigkeit. »Was willst du?«

»Stefan hatte einen Unfall.«

»Was?«

»Er ist angefahren worden, das Auto kam wie aus dem Nichts. Sie, sie sagen … die Chancen stehen fünfzig zu fünfzig, dass er durchkommt. Er fragt ständig nach dir.«

»Ich bin sofort da!«

Milena brauchte eine Dreiviertelstunde, um das Katholische Krankenhaus in der Stadtmitte zu erreichen. Die ganze Fahrt über kannte ihr Verstand nur einen einzigen Gedanken: Stefan durfte nicht sterben, er durfte nicht! Sosehr sie ihn in den vergangenen Tagen gehasst hatte, er war immer noch wie ein Teil von ihr. Er hatte nach ihr gefragt, nach Milena, und nicht nach Desirée, die offenbar bei ihm war. Das bedeutete doch etwas!

Mit zitternder Stimme erkundigte sie sich im Krankenhaus nach seinem Aufenthaltsort. Log, behauptete, sie sei Stefans Schwester, damit sie sie überhaupt zu ihm ließen. Sie hetzte durch lange Krankenhausflure zur Intensivstation. Schwerer Geruch von Desinfektionsmittel und Leid machte jeden Atemzug zur Qual.

Schließlich entdeckte sie Desirée in einem kleinen Warteraum. Das Mädchen saß vornübergebeugt, ihr blondes, langes Haar verdeckte das Gesicht. Milenas Schritte wurden langsamer, als sich die Tür zur Intensivstation öffnete und Stefans Eltern herauskamen. Sie trugen Schutzkleidung. Stefans Mutter war bleich, als würde sie gleich ohnmächtig, und sie schien um Jahre gealtert zu sein. Ihr Mann klammerte sich an sie und weinte. Die Tränen liefen einfach so über sein rundliches Gesicht.

»Milena, Kind«, sagte Frau Kern leise. Milena ging mit steifen Schritten auf das Paar zu. Sie war in den vergangenen Monaten oft bei ihnen gewesen, hatte hin und wieder mit der Familie zu Abend gegessen.

Nun wusste sie nicht, was sie sagen sollte. Dass es ihr leidtat? Aber er war doch nicht tot. *Noch nicht,* sagte eine bösartige Stimme in ihr. *Aber bald, wenn du dich nicht beeilst.* Sie ließ zu, dass Herr Kern sie in den Arm nahm, fühlte seine Brust beben, als sei er kurz davor, seine Verzweiflung hinauszuschreien.

»Kann … kann ich ihn sehen?«, stotterte Milena schließlich.

»Er hat nach dir gefragt«, sagte Frau Kern leise.

Milena folgte den Erwachsenen wie in Trance, zog sich Schutzkleidung an, desinfizierte sich die Hände.

»Stefan ist ins Koma gefallen, sie wissen nicht, ob und wann er wieder aufwacht«, erklärte Frau Kern mit leerer Stimme.

Milena betrat den Raum. Geräte piepten und summten.

Aus gleich zwei Infusionsbeuteln rann klare Flüssigkeit durch Schläuche und sickerte durch Nadeln in Stefans Adern.

Milena erkannte ihn kaum wieder. Es schien keinen Teil seines Körpers zu geben, der nicht in Mitleidenschaft gezogen worden war. Ganz gleich, was er ihr angetan hatte, Stefan so zu sehen, tat ihr schrecklich leid. Fassungslos starrte sie ihn an. Bandagen, teils durchgeblutet, verhüllten seinen Kopf und sein Gesicht. Die Haut, die dazwischen hervorschaute, war geschwollen und stark gerötet. Es sah aus, als seien beide Beine und mindestens ein Arm gebrochen.

»Ich … ich lass euch einen Moment allein«, flüsterte seine Mutter und schlich auf leisen Sohlen fort.

Milena brauchte einen Augenblick, um sich zu sammeln. Eigentlich wollte sie Stefan berühren, hob die Hand, doch dann ließ sie sie wieder sinken und grub die Finger in die Bettwäsche. Sie war zutiefst erschüttert. Das war doch sicher alles nur ein Zufall! Das durfte doch nicht …?

Milena konnte es nicht glauben, sie *wollte* nicht. Das war einfach zu verrückt. Doch da lag Stefan, direkt vor ihr, der Junge, dem trotz allem, was geschehen war, ihr Herz gehörte. Und er rang mit dem Tod.

Die Wut war mit einem Mal da und flammte durch ihren Körper, als wolle sie jeden einzelnen Muskel verzehren. Milena hatte das Gefühl, sie würde verbrennen, wie in dem Traum, der vielleicht doch kein Traum gewesen war, als sie in einem Ring aus magischem Feuer gestanden und die Harpyie die Klauen in ihre Brust geschlagen hatte.

»Es tut mir so schrecklich leid«, würgte Milena hervor und legte endlich ihre Hand auf eine Stelle von Stefans Schulter, die nicht bandagiert war. Er reagierte nicht, natürlich nicht, er war im Koma. Aber vielleicht hörte er sie ja dennoch.

»Alles wird wieder gut, Stefan, versprochen!«

Ein merkwürdiger Schauer kroch über Milenas Arme. Sie musste wieder an die Harpyie denken und an das schreckliche Ultimatum. Stefan lag hier wegen ihr und nur sie konnte ihn retten. *Du bist schuld, Milena, nur du. Jetzt musst du es auch wieder in Ordnung bringen. Du hast den falschen Lebensfaden zerrissen, du hast das Gewebe der Welt durcheinandergebracht! Stelle dich deiner Verantwortung, Harpyie.* Das Schaudern verstärkte sich, wuchs zu einem Nadelmeer, das sich von innen durch ihre Haut zu bohren schien. Ein Schatten huschte am Rand ihres Sichtfeldes vorbei. Milena riss sich von Stefans Anblick los und dann sah sie es. Da waren wirklich Nadeln in ihrer Haut. Dicke, dunkle Nadeln!

Sie unterdrückte einen Schrei. Nein, das waren keine Nadeln, sondern Federkiele wie bei einem Vogel!

Die ersten dunklen Spitzen durchstießen ihre Haut, platzten auf und entfalteten sich zu dunkelgrauen Federn. Schuppen erschienen auf ihren Fingern, die Nägel waren plötzlich tintenschwarz.

»Nein!«

Milena sprang auf und kannte nur noch einen Gedanken: Weg von hier, ganz weit weg, irgendwohin, wo sie niemand sah.

Verzweifelt drückte sie ihren entstellten Arm an die Brust und stürmte ohne einen letzten Blick auf Stefan aus dem Zimmer.

Seine Eltern riefen ihr etwas hinterher, Desirée starrte sie noch mit verheulten Augen an, da riss Milena auch schon die nächste Tür auf. Eine Abstellkammer, genau das Richtige. Beißender Geruch von Reinigungsmitteln umfing sie und eine Halogenlampe erwachte flackernd zum Leben. Milena drückte sich zwischen zwei Regale, rang keuchend nach Atem. Hoffentlich folgte ihr niemand.

Sie lauschte, doch auf dem Gang blieb es still. Ihr Herz hämmerte. Ihr Kopf war ein einziges Pulsieren. Milena zitterte am ganzen Körper. *Na los, sieh schon hin. Sieh hin, verdammt!*

Die Federkiele waren noch immer da, steckten wie seltsame schwarze Blumen in ihrer Haut. Milena streifte einen mit dem Finger. Die einzelnen Härchen der Feder rollten sich wieder zusammen, verschwanden im Kiel und der in ihrer Haut. Es tat ein wenig weh, doch nicht allzu sehr. Das war der Beweis, der noch gefehlt hatte. Ihr Traum war Wirklichkeit, alle ihre Träume waren es!

Milena drückte die Hände auf die geschlossenen Augen und ließ sich langsam auf den Boden sinken. Das Linoleum war kalt und glatt. Warum konnte es sich nicht einfach auftun und sie verschlingen wie in einem billigen Horrorfilm? Wahrscheinlich, weil das Unglück niemals dann zuschlug, wenn man es sich wünschte.

Es ist wahr, es ist alles wirklich wahr!

Milena drückte sich fester gegen den angenehm kalten Beton der Wand. Ganz langsam verschwanden auch die letzten Federn in ihren Poren, ihre Nägel waren wieder normal und glänzend von schlichtem Klarlack.

Als letzte Erinnerung blieb eine hartnäckige Gänsehaut. Milena rieb darüber und verzog den Mund. Gänsehaut? *Harpyienhaut* traf es wohl besser. Unweigerlich musste sie an Stefan denken, der nur einen Raum weiter um sein Leben kämpfte. Alles nur wegen eines blöden Traums, der irgendwie Realität geworden war. Sie hatte ihm in den vergangenen Tagen alles Mögliche an den Hals gewünscht, aber doch nicht das! Wehmütig dachte sie an romantische Winterspaziergänge, ihre Hand mit seiner verschränkt, in der Tasche seiner Jacke vergraben, und jetzt lag er da, starb womöglich und ihr wuchsen Federn aus der Haut.

Milena hatte das Zeitgefühl verloren, doch es musste schon eine ganze Weile vergangen sein, seitdem sie sich in der Kammer versteckt und die Tür zugeschlagen hatte. Sie hörte Schritte auf dem Gang und eine wohlvertraute Stimme, die nach ihr fragte.

Milena wischte sich hastig über das Gesicht. Als ihre Mutter zögerlich an die Kammertür klopfte, stand sie bereits und atmete tief durch. Der Stein, der in ihrem Magen lag, blieb.

»Milena, bist du da drin? Darf ich aufmachen?«

Wieder einmal war Milena froh darüber, wie gut sie sich mit ihrer Mutter Birgit verstand. Sie öffnete selbst und fiel ihr in die Arme. Eine Weile drückte sie sich einfach an ihre

Mutter, genoss, wie sie ihr kreisend über den Rücken strich, genau wie sie es schon getan hatte, als Milena noch ganz klein war. Wie sehr wünschte sie, dass auch das Unglück so schnell verschwinden würde wie früher.

»Fahren wir heim?«, fragte Milena leise.

»Natürlich. Komm.«

Milena hob die Hand zum Abschied, doch vor dem Zimmer saß nur noch Desirée. Stefans Eltern waren sicher wieder bei ihm. Sie ließ sich von ihrer Mutter davonführen, ohne auf den Weg zu achten, starrte nur auf den Linoleumboden, auf durchgetretene Quadrate, die je nach Abteilung eine andere, triste Farbe hatten. Im Abgasmief der Tiefgarage konnte sie endlich wieder durchatmen. Milena hasste Krankenhausgeruch, er gab ihr das Gefühl, selber krank zu werden und sich elend zu fühlen. Aber wann betrat man ein Krankenhaus auch zu einem guten Anlass?

»Es ist schrecklich, was da passiert ist«, brach Birgit schließlich die Stille, sobald sie beide im Auto saßen. Milena nickte nur.

»Wenn du irgendwas brauchst, ich bin für dich da.«

»Ja, Mama, ich weiß.«

»Na gut, dann fahren wir jetzt erst mal nach Hause und ich mach dir einen Cappuccino.«

»Den könnte ich gebrauchen.«

Nachdem sie eine Weile gemeinsam in der Küche gesessen und über Stefans Unfall gesprochen hatten, zog sich Milena in ihr Zimmer zurück. Sie konnte noch immer nicht wirklich fassen, was seit dem Mittag alles geschehen war. Nun lag sie auf dem Bett, starrte an die Decke und rieb sich immer wieder über die Arme. Das seltsame Gefühl, sich den eigenen Körper mit einem fremden Wesen teilen zu müssen, blieb.

Draußen tobte der Wind. Schatten zuckten über die Zimmerdecke, als reichten die Zweige der Birke, die zwischen Haus und Straßenlaterne wuchs, bis zu ihr hinein.

»Was soll ich nur tun?«, sagte sie leise und kämpfte gegen die Tränen, die sie nicht weinen wollte. Wieder schien sich das andere Wesen in ihr zu regen, kratzte mit seinen Klauen über ihr Inneres. Kratzte über die Erinnerung an Stefan im Krankenbett. Sie war immer noch wütend auf ihn, doch nicht mehr in gleicher Intensität. Durch den Unfall hatte er eine Art Immunität bekommen, als hätte sie kein Anrecht mehr, ihm seine Untreue vorzuwerfen.

Vielleicht stirbt er.

Nein, er stirbt ganz bestimmt, wenn ich nicht mache, was die drei Irren aus dem Tempel wollen, dachte sie.

Die Schatten vor dem Fenster wurden mit einem Mal dichter. Milenas Herz begann zu rasen, ohne dass sie wusste warum. Sie setzte sich ruckartig auf. Konzentriert betrachtete sie die dichter werdende Dunkelheit. Da war doch etwas. Sie stand auf und trat näher an das Fenster heran, obwohl jede Faser ihres Körpers danach schrie, wegzulaufen. Das Licht der Straßenlaterne wurde von einem glatten Körper zurückgeworfen. Aus Schemen wurden feste Konturen und plötzlich blickte sie in ein Paar intelligenter brauner Augen.

Was da auf ihrer Fensterbank hockte und nun mit dem Schnabel kräftig gegen das Glas klopfte, war ein Rabe. Keine kleine Rabenkrähe, wie sie im Ruhrgebiet üblich waren, sondern ein echter Kolkrabe. Milena starrte das Tier ungläubig an. Der Vogel hielt einen Moment inne, starrte zurück und begann die Dichtung aus dem Fenster zu fetzen, dann hämmerte er wieder gegen die Scheibe. Sicher war der Lärm bis ins Wohnzimmer zu hören.

Zögernd ging Milena zum Fenster und öffnete es.

Der Rabe erschreckte sich nicht, ganz im Gegenteil. Er krächzte sie zornig an, hob ein kleines Päckchen auf, das auf der Fensterbank gelegen hatte, und hopste dann ins Zimmer, direkt auf ihren Schreibtisch. Dort schüttelte er sein Gefieder und begann sich dann in aller Ruhe zu putzen. Offenbar fühlte er sich bei ihr wie zu Hause.

Milena war starr vor Überraschung, doch sie fing sich schnell wieder. An diesem Tag war einfach schon zu viel passiert.

Sie schloss das Fenster und sah unschlüssig auf den Vogel und sein kleines Päckchen. Kein Zweifel, dies war kein normaler Kolkrabe und sie war sich beinahe hundertprozentig sicher, wer ihn geschickt hatte.

Aello.

Raben gehörten zu Milenas absoluten Lieblingsvögeln. Sie hatte so viel über sie gelesen wie möglich, angefangen bei Berichten über Intelligenztests, bei denen sie besser abschnitten als Affen, bis hin zu Märchen und Mythen aus aller Welt.

Kolkraben waren Boten der Götter. Natürlich.

Milena unterdrückte ein Zittern. Sie durfte jetzt nicht die Nerven verlieren. Vorsichtig näherte sie sich dem Tier und streckte die Hand aus. Der Rabe krächzte sie an und öffnete den Schnabel wie zu einer Drohung.

»Na wenn du mir etwas bringst, sollte ich es auch haben dürfen«, sagte sie leise und griff nach dem Päckchen. Der Rabe hackte nach ihr, doch es tat nicht weh.

Milena ließ sich auf ihren Schreibtischstuhl fallen, warf dem gefiederten Boten noch einen misstrauischen Blick zu und wickelte dann das Päckchen aus. Unter ungefärbtem Stoff kam eine Schatulle zum Vorschein, darauf lag ein zusammengefaltetes Stück Papier. Milena klappte es auf. Die Schrift war winzig.

Milena, dies ist ein kleines Geschenk von mir. Das Gift wirkt schnell und beinahe schmerzlos. Gib es in einen Trank, einige Tropfen genügen. So fällt es Dir sicher leicht, Deine Aufgabe zu erfüllen. Rok, so heißt der Vogel, wird Dich begleiten. Die meisten Menschen werden ihn nicht bemerken. Aello

Beigefügt war eine Adresse, John Hellers Adresse.

Milena hätte am liebsten aus voller Kehle geschrien und das Päckchen mitsamt tödlichem Inhalt gegen die Wand geworfen oder besser noch auf den schwarz gefiederten Götterboten. Stattdessen musterte sie den Kolkraben. Die Zimmerbeleuchtung ließ sein Gefieder in allen Farben schimmern. Er schüttelte sich.

»Du steckst also mit der Hexe unter einer Decke, Rok?« Mit einem leisen *Krah* hopste er näher und blinzelte sie an.

»Mitgefangen, mitgehangen«, sagte Milena an den Vogel gerichtet. Mit spitzen Fingern hob sie eine kleine Phiole aus dem Kästchen. Sie war aus geschliffenem bläulichem Glas mit winzigen eingeschlossenen Bläschen, hübsch anzusehen, wenn nicht der tödliche Inhalt gewesen wäre.

Der Rabe trippelte bis zum Ende der Tischkante und legte fragend den Kopf schief. Sie zögerte kurz, dann kraulte sie ihm das Nackengefieder. Er fühlte sich real an und benahm sich wie ein echtes Tier, obwohl sie doch genau gesehen hatte, wie er sich aus den Schatten vor ihrem Fenster formte. Jetzt gab er leise klackernde Töne von sich und genoss mit geschlossenen Augen, gekrault zu werden. Milena zog die Hand weg. »Eigentlich hast du das gar nicht verdient!«

Rok krächzte sie missmutig an.

»Leise, was, wenn Mama dich hört? Wie soll ich ihr einen Raben in meinem Zimmer erklären? Wohl kaum mit der Geschichte, dass dich alte Griechengötter geschickt haben, um mir Gift zu bringen.«

Milena schlug die Hände vors Gesicht. Sie wollte nicht wieder weinen. Sie wollte nicht darüber nachdenken, was die kleine Phiole bedeutete. Mord! Sie sollte zur Mörderin werden, um Stefan zu retten! Und wenn sie es richtig verstanden hatte, würden ihr nur noch neun Tage bleiben, um das Verbrechen zu begehen.

~

John hatte den halben Tag verschlafen und verbrachte den Nachmittag im Wohnzimmer auf dem Sofa, wo ihn seine Mutter umsorgte und sich immer wieder erkundigte, ob er auch wirklich keine Schmerzen hatte. Er sah scheußlich aus, das wusste er selbst. Er hatte mehrere blaue Flecke im Gesicht, eine genähte Platzwunde über der Braue, war bleich wie der Tod, weil sein Kreislauf einfach nicht wieder in Gang kommen wollte, und beinahe überall pochte und klopfte es schmerzhaft. Der Autounfall oder die Prügelei, eines von beidem hätte vollkommen gereicht. Doch es waren alles erträgliche Schmerzen, kein Grund, Tabletten zu nehmen, die er immer schon gehasst hatte. Außerdem wollte er sich nicht zudröhnen. Diese Leute konnten jederzeit erneut auftauchen.

»John, es ist nur für heute und morgen. Die Ärzte wissen schon, was sie tun«, drängte seine Mutter und hielt ihm die Packung Schmerztabletten hin. Ihm entging der flehende Unterton in ihrer Stimme nicht, doch er schüttelte nur den Kopf und zappte weiter durch das Fernsehprogramm, bis er an einer reißerischen Sendung über Ausgrabungen in Ägypten hängenblieb. Er hatte zwar die Augen auf den Fernseher gerichtet, doch er hörte nicht hin, sah auch die Bilder nicht wirklich. Ihn ließ der Angriff nicht los. Die Erinnerung kam wieder und wieder hervor. Was hatte Tsirkas gesagt, bevor er plötzlich den Herzinfarkt bekam?

Seine und Johns Familie würden ein Spiel spielen, und das schon seit Jahrhunderten! John war so sicher gewesen, sterben zu müssen, und nun lag er auf dem Sofa und sah fern. Es fühlte sich alles so falsch an. So, als gehöre er nicht hierher, sondern in kalte Erde. *Ich sollte tot sein,* dachte er immer wieder. *Ich sollte tot sein!*

Im Fernsehen hatte unterdessen die nächste Sendung begonnen. Statt Ägyptern war nun eine archäologische Fundstätte in Phrygien in der heutigen Türkei zu sehen. Dort hatte man angeblich das Tor zum Hades, der griechischen Unterwelt, gefunden. In Hierapolis gab es mitten zwischen den Ruinen einen Höhlenausgang, dem giftige Dämpfe entströmten. Vorbeifliegende Vögel stürzten tot aus der Luft. Der Erzähler der Reportage berichtete vom Jenseitsglauben der alten Kulturen, dazu wurden Fresken gezeigt. John erstarrte. Auf dem Bildschirm war eine Harpyie zu sehen. Allein beim Anblick der jahrtausendealten Darstellung zog es ihm die Brust zusammen, als strebe etwas aus seinem Inneren der Vogelfrau zu.

»Na John? Wie geht es dir?«

John fuhr zusammen. Er hatte seinen Vater gar nicht heimkommen hören. Nun jagte sein Herz wie verrückt und er schaltete hastig den Fernseher aus. »Gut, alles in Ordnung, eigentlich.«

Nichts war in Ordnung. Gar nichts. Als wolle seine Seele

ins Jenseits verschwinden, so fühlte er sich und das Fresko von der Harpyie hatte auch die Erinnerung an den Überfall aufgefrischt. Gestern war er sich sicher gewesen einen riesigen, halb durchsichtigen Vogel gesehen zu haben, der Tsirkas etwas aus der Brust riss.

Doch es war Einbildung gewesen, oder nicht? Er hatte schließlich einen Schlag auf den Kopf bekommen. Womöglich war es für jemanden, der von Kind auf mit den Mythen und Hinterlassenschaften fremder Völker aufgewachsen war, ganz normal, als Nahtoderfahrung eine Harpyie zu sehen. Er verzog den Mund zu einem unglücklichen Grinsen. Sein Vater erwiderte es aufmunternd. »In ein paar Tagen bist du wieder fit.«

»Ja, sonst sterbe ich auch vor Langeweile.« Seltsam, wie seine Eltern das Thema umgingen. Als hätte er wirklich nur einen Autounfall gehabt, statt von griechischen Gangstern überfallen worden zu sein. Vielleicht fühlten sie sich damit besser, alles zu verharmlosen, oder merkten gar nicht, was sie taten.

Sein Vater hatte noch seine Arbeitsjacke an. Ein intensiver Erdgeruch entströmte der Kleidung und ließ John wehmütig seufzen. Ihm fiel jetzt schon die Decke auf den Kopf und ihm fehlte die frische Luft.

Eine Weile darauf saß John gemeinsam mit seinen Eltern im Wohnzimmer. Er hatte mehrfach versucht, das Gespräch vorsichtig auf den toten Tsirkas und seinen Kumpan zu lenken, doch sein Vater hatte immer wieder abgeblockt. Nun schwiegen sie gereizt. Der Fernseher lief schon wieder. John schaltete ihn ab.

Die hereinbrechende Stille breitete sich wie unheimlicher Nebel aus, doch plötzlich klingelte das Telefon. John zuckte zusammen. Sie waren alle wie erstarrt. Wollte denn niemand abnehmen? Eigentlich war es nicht ungewöhnlich, dass um kurz vor neun noch jemand bei den Hellers anrief, doch dieses Klingeln wirkte auf seltsame Weise bedrohlich. John fühlte es. Er sah auf, wechselte einen schnellen Blick mit seinen Eltern. Spürten sie es auch? Sicherlich, denn seit wann zögerte seine Mutter ans Telefon zu gehen?

Sie meldete sich, lauschte und biss sich dabei auf die Unterlippe. John glaubte zu sehen, wie sie blasser wurde.

Schließlich reichte sie das Telefon an seinen Vater weiter und sagte dabei nur ein Wort. »Polizei.«

John und seine Mutter standen im Hof und sahen dem Auto nach, das langsam die Auffahrt hinunterrollte. Schaudernd dachte John an die vergangene Stunde.

Zwischen trockenen Schluchzern hatte sein Vater immer das Gleiche hervorgewürgt: »Peter hätte nie in der Familiengeschichte wühlen dürfen!« Warum nicht? Was hatten die Hellers zu verbergen? Und warum mahnte sein Vater John, vorsichtig zu sein? Wusste er, warum diese Männer hinter ihm her waren?

John konnte es noch immer nicht glauben, sein gutmütiger

Onkel, den er noch vor wenigen Tagen in Duisburg besucht hatte, war tot. Womöglich ermordet.

Sein Vater fuhr in die Pathologie, um Peters Leiche zu identifizieren.

Ein kalter Lufthauch fuhr durch die Bäume und brachte den Geruch von Frühling mit sich. Vögel zwitscherten und es war noch immer nicht ganz dunkel. Es war ein trügerischer Frieden. Johns Mutter seufzte. Er umarmte sie und wunderte sich, warum sie ihm heute so klein und verletzlich vorkam. Sie erwiderte seine Geste mit aller Kraft.

»John, ich glaube, es gibt da etwas, das du wissen solltest. Komm mit.«

Verwundert ging er mit ihr über den Hof. Der alte Schäferhund Max trottete hinter ihnen her. »Wohin gehen wir?«

»Zum Schuppen. Du musst wissen, als dein Vater und ich geheiratet haben, lebte dein Großvater noch. Er war ein harter Mann, ein Kämpfer, ganz anders als dein Vater. Er hat uns nach der Hochzeit zu sich gerufen. Das war ein Gespräch, das ich nie vergessen werde.«

Sie hatten den kleinen Schuppen erreicht, der an den Hühnerstall angrenzte. Er war das Reich seiner Großmutter gewesen, hier hatte sie ihre Gartengerätschaften untergebracht, Pflanzen umgetopft und Tiere versorgt.

Johns Mutter schob den Riegel zurück, öffnete die klapperige Tür. Drinnen an der Wand befand sich ein uralter schwarzer Lichtschalter. John drehte daran und mit einem lauten Knacken schloss sich der Stromkreislauf. Im flackernden Licht war ein Durcheinander aus Gerätschaften, Säcken und Kisten auszumachen, allesamt von einer dicken Staubschicht und Spinnweben überzogen. John wunderte sich immer mehr, warum ihn seine Mutter ausgerechnet an diesem Abend hierherführte. Es musste etwas mit dem Mord zu tun haben!

»Dein Großvater sagte, dass eine Zeit des Blutes auf uns zukommen würde, so nannte er es. Angeblich hat er alles Menschenmögliche getan, damit wir von diesem Schicksal verschont bleiben, aber wenn nicht …«

»Was? Eine *Zeit des Blutes*? Das klingt wie ein schlechter Horrorroman!«

»Er hat nie gesagt, was genau er damit meinte. Los, hilf mir mal, in der Ecke ein wenig Platz zu schaffen.«

John schob Säcke zur Seite und eine Rolle Kaninchendraht. Jede Bewegung klang als schmerzhaftes Echo durch seinen Körper. Sein Puls beschleunigte sich immer mehr. Am liebsten hätte er das Gerümpel einfach hinter sich geworfen, so dringend wollte er wissen, was sich in dem Winkel verbarg.

»Da drin ist es«, sagte seine Mutter schließlich und klappte den Deckel einer schlichten Holzkiste hoch. John hob eine ungleich hochwertigere Kiste hinaus und wischte mit der Hand die Staubschicht herunter. Der Lack war an manchen Stellen angestoßen, das große Schloss voller Rostflecken.

»Was ist das?«, fragte er.

»Dein Großvater hat sie deinem Vater gegeben. Er soll sie öffnen, wenn die Zeit gekommen ist.«

»Und du meinst, jetzt ist die Zeit? Warum hat Papa nicht schon gestern ...«

»Dein Vater weiß nicht, dass es die Kiste noch gibt. Du weißt, wie er sein kann. Damals wurde er wütend und hat sich geweigert noch einmal darüber zu sprechen. Ich habe die Kiste angenommen, weil es deinem Großvater sehr wichtig schien. Es gibt keinen Schlüssel dazu, aber ich denke, du wirst keine Schwierigkeiten haben, sie zu öffnen.«

John untersuchte das Schloss. Es war groß und massiv, aber mit dem Trennschleifer aus dem Werkraum sollte es zu öffnen sein. Aufgeregt strich er darüber.

»Das bleibt vorerst ein Geheimnis zwischen dir und mir, John, das musst du mir versprechen. Ich hab nie etwas vor meinem Mann verheimlicht, nichts, bis auf diese Kiste.«

»Papa wird nichts erfahren, bevor wir darüber gesprochen haben.«

»Gut. Ich geh rein und warte dort auf ihn. Er soll sich keine Sorgen machen, falls er anruft.«

»In Ordnung. Ich schaue mal, ob ich die Kiste aufbekomme. Sobald etwas ist, sagst du Bescheid, ja? Ich hab das Handy immer bei mir.«

»Der Hund ist ja auch noch da«, sagte Johns Mutter, lächelte traurig und schaltete das Licht aus. Gemeinsam verließen sie den Schuppen. Ihre Wege trennten sich im Hof. Seit einigen Monaten wohnte John in einem winzigen verschachtelten Fachwerkhaus, das zwanzig Meter vom Haus seiner Eltern entfernt auf dem Hof stand. Es war kleiner als der ausgebaute Dachboden, der früher sein Zimmer gewesen war, doch es war sein Reich. Nach einem Umweg über die Garage, bei dem er den Trennschleifer mitnahm, betrat er sein kleines Häuschen. Er zögerte, dann schloss er die Tür ab und ließ den Schlüssel sicherheitshalber von innen stecken. In der kleinen Küche, die beinahe noch genauso aussah, wie seine verstorbene Oma sie hinterlassen hatte, schloss er die Maschine an und zerschnitt das Schloss der Kiste. Es ging erstaunlich mühelos. Ein kurzes, schrilles Kreischen, Funken flogen und dann war der Riegel Geschichte.

Zögernd legte er beide Hände an den Deckel. Sollte er nicht besser seine Mutter rufen? *Nein.* Ein unwirkliches Gefühl sagte ihm, dass diese Aufgabe für ihn bestimmt war, ganz allein für ihn.

John saß am Küchentisch, eine Tasse mit einer in Wasser aufgelösten Aspirin vor sich, und starrte auf die Pistole, die ganz obenauf in der Truhe gelegen hatte.

John konnte schießen. Er hatte es als Junge genossen, wenn er seinen Großvater zum Schützenverein hatte begleiten dürfen.

Die Waffe war gut geölt und eingeschossen. Er rieb sich über die Brust, die Schnitte unter den Verbänden juckten. Schnitte, die aussahen wie tiefe Kratzer von Klauen, direkt über seinem Herzen, dort, wo ihn der Geistervogel berührt hatte.

Unsinn!

John nahm einen tiefen Schluck aufgelöster Aspirin und

verzog angewidert den Mund. Dann lud er die Glock und das Reservemagazin mit den Patronen, die mit in der Schachtel gelegen hatten. Es war ein merkwürdiges Gefühl, als er sich die Waffe in den Hosenbund schob, aber das Gewicht der Pistole beruhigte ihn auch. Der zweite Angreifer lief immer noch frei herum. Diesmal würde John ihm nicht unvorbereitet gegenübertreten.

Es befanden sich noch andere Gegenstände in der Kiste. Eingewickelt in ein Baumwolltuch war ein großes Messer. Es sah aus, als sei es einige Hundert Jahre alt. Es war handgeschmiedet und die Verzierungen auf dem Griff waren mindestens vierhundert, vielleicht sogar fünfhundert Jahre alt, so genau kannte er sich damit nicht aus. »Irgendwas läuft in dieser Familie gewaltig schief«, sagte er leise und legte seinen Fund auf den Tisch. Zwei alte Funkgeräte schob er achtlos zur Seite, die ausgelaufenen Batterien hatten sie grün verklebt, die Technik war längst überholt.

Ganz unten in der Kiste lag ein Brief. Er war an seinen Vater adressiert. John zögerte nur kurz.

Mein lieber Sohn, falls Du diese Kiste nur aus Neugier geöffnet hast, so lies nicht weiter, leg zurück, was Du gefunden hast, und gib die Kiste an die nächste Generation weiter. Wenn Du das hier liest, weil in unserer Familie Blut geflossen ist, haben meine Vorsichtsmaßnahmen versagt. Ich wünschte so sehr, es wäre mir gelungen, diesen Fluch von Euch abzuwenden.

John schluckte. Seine Ahnung hatte ihn nicht getrogen. Alles hing zusammen. John überflog den Brief und las ihn dann ungläubig ein weiteres Mal. Es gab eine Fehde zwischen seiner Familie und der Sippe der Tsirkas, die offenbar schon seit Generationen bestand. Sein Großvater schrieb etwas von Jahrhunderten, doch das konnte er beim besten Willen nicht glauben. Sie seien die Ahnen der Götter und einem Fluch unterworfen, einander ewig zu bekriegen. Als er diesen Satz las, verwarf er seine Überlegung, zur Polizei zu gehen, sofort wieder. Sie würden ihm nicht glauben und ihm die Waffe abnehmen. Wahrscheinlich würden sie ihn sogar einsperren und Sebastians Tod und den des Timaios Tsirkas so lange drehen und wenden, bis sie ihn zum Schuldigen machen konnten. Ein Verrückter, der von einer göttlichen Bestimmung sprach, passte doch perfekt ins Bild.

John atmete tief durch und versuchte seine Möglichkeiten abzuschätzen. Zweifellos war die Gefahr real, ganz gleich, weshalb der Tsirkas-Clan es auf ihn abgesehen hatte. Weglaufen schien nur für eine Weile funktioniert zu haben. Großvater hatte den Familiennamen geändert und versucht auf die Weise dem Fluch zu entgehen. Weshalb waren sie plötzlich entdeckt worden? Weil Onkel Peter ein wenig Ahnenforschung betrieben hatte? Waren die Tsirkas ihnen auf diese Weise auf die Spur gekommen?

Ja, so musste es gewesen sein. John kämpfte gegen den bitteren Verlustschmerz an. Er hatte seinen Onkel gemocht und diese Schweine hatten ihn wegen irgendeiner Fehde umgebracht, deren Ursprung viele Generationen zurücklag. Ein Fluch der Götter. Ja, so kam es ihm vor.

In dem Brief seines Großvaters stand nichts darüber, was die Familien einst zur Blutrache getrieben hatte. Doch John hatte sich genug mit Geschichte beschäftigt, um zu wissen, dass früher oft Kleinigkeiten ganze Kriege heraufbeschworen hatten. Eine Beleidigung, ein nicht erwidertes Geschenk und schon schlachteten zwei Familien einander ab.

Und in solch ein sinnloses Blutvergießen sollte er jetzt auch verstrickt worden sein? Das war doch nicht zu glauben!

John stand mühsam auf. Ihm tat noch immer alles weh.

Die Pistole drückte im Gürtel, war Mahnung daran, dass er nun auf der Abschussliste einer ihm völlig fremden Sippe stand. Er wollte die Waffe nicht benutzen, aber er würde sich auch nicht so einfach umbringen lassen. Er wollte um sein Leben kämpfen, bis zum Letzten.

John lief durch die kleine Küche, sah immer wieder auf die Kiste und ihren tödlichen Inhalt, dann wieder hinaus auf den Hof. Eine einzelne Lampe brannte, darunter hatte sich der Hund zusammengerollt. Also war alles ruhig.

Was sollte er tun?

Die Waffe seiner Mutter zeigen? Sie würde ihm die Glock wegnehmen und dann womöglich das Gleiche tun, worüber er bereits nachgedacht hatte: damit zur Polizei gehen. Doch selbst wenn er den seltsamen Brief verschwieg, konnte die Polizei sie überhaupt schützen? Nicht, wenn die Fehde schon seit Generationen im Gange war. Dann würden die Tsirkas einfach abwarten, vielleicht Jahre, vielleicht Jahrzehnte, bis sie sich wieder in Sicherheit wiegten und plötzlich zuschlagen.

Vermutlich würde es nie aufhören. Was hatte sein Großvater geschrieben? *Bis der letzte zeugungsfähige Nachkomme tot ist.* John überlegte. Er hatte weder Geschwister noch Cousins oder Cousinen. Sein Vater hatte mal erzählt, er habe sich sterilisieren lassen. Nach Onkel Peter gab es nur noch ihn. John selbst war der Letzte!

Es war ein Spiel, nach Tsirkas' Worten, ein Spiel, das ihre Familien schon seit Jahrhunderten spielten. Wenn sie John umbrachten, hatten die anderen gewonnen.

Was hatte er also für eine Wahl? Entweder sie ermordeten ihn, oder er kämpfte und siegte womöglich zum Preis einer Gefängnisstrafe. Er wollte sich nicht einfach kampflos geschlagen geben.

»Na dann«, sagte John mit einem mulmigen Gefühl, »leicht werde ich es euch nicht machen.« Er ging eine letzte Runde über den Hof, strich dem alten Schäferhund Max über die graue Schnauze und fiel dann ins Bett. Die geladene Pistole neben sich, versuchte er zu schlafen.

~

Die Dunkelheit drückte gegen das kleine Fenster, als wolle die Nacht Milena mit ihrer Schwärze ersticken. Und vielleicht würde es ihr sogar gelingen.

Milena ging das Bild von Stefan nicht aus dem Kopf, wie er im Krankenhaus lag, angeschlossen an Maschinen, die gebrochenen Beine an Stahlfäden gespannt wie eine zerstörte

Marionette. Und an alldem war sie schuld, weil sie versucht hatte jemanden zu retten, den sie nur aus einem Traum kannte. *Verdammt.* Sie schlug mit der Faust auf die Tischplatte.

Der Rabe krächzte leise, als murmele er einen Fluch, weil sie ihn geweckt hatte. Das Tier schüttelte sich, bis es völlig strubbelig war, und schloss dann wieder die grauen Augenlider. Milena hätte es ihm am liebsten gleichgetan, doch für sie gab es keinen Schlaf, noch nicht.

Sie schob die Maus ihres Rechners hin und her, bis dieser wieder ansprang. Dem Internet sei Dank hatte sie Johns Familie schnell gefunden. Die Adressen stimmten überein. Sie hatten sogar eine eigene kleine Website. *Heller-Archäologie, Ausgrabung und Prospektion*, hieß es dort. John wohnte am Stadtrand von Essen, nicht weit von der Stelle, wo er angegriffen worden war.

Als Nächstes fütterte sie die Suchmaschine mit dem Wort ›*Harpyie*‹. *Wikipedia* listete mehrere Artikel. Erst nahm sie sich die *Mythologischen Figuren* vor. Die Zeichnungen waren allesamt schauerlich anzusehen. Hässliche Vögel mit Frauenköpfen und Hängebrüsten, die Vorstellung, sie sei jetzt auch so ein Biest, war furchtbar.

Die Aufgaben, die sie erfüllten, waren keinen Deut besser als ihr Aussehen. Sie brachten Seelen in eine Unterwelt namens Tartarus und schreckten in Zeus' Auftrag auch vor Mord nicht zurück. Sie quälten Menschen, stahlen ihnen das Essen aus dem Mund und verbreiteten Leid und Elend.

Ältere Quellen beschrieben sie allerdings als wunderschöne, unverwundbare Töchter der Sturmwinde. Woher auch immer die älteren Quellen ihre Informationen hatten, sie gefielen ihr wesentlich besser.

Milena rieb sich über den Arm und sah ihre Haut mit Argusaugen an. Sie konnte keinen einzigen verräterischen Federkiel entdecken.

Es gab noch eine andere Art Harpyie, einen gewaltigen Greifvogel aus dem südamerikanischen Urwald. Milena kannte diese Vögel aus den Tier-Dokus, die sie mittags nach der Schule so gerne schaute. Der Vogel aus ihrem Traum sah dem echten Tier ähnlich und doch auch wieder nicht. Die Harpyie in der Säulenhalle hatte graues Gefieder gehabt, weich wie das einer Eule und so veränderlich wie Schatten. Die schiere Größe war der gravierendste Unterschied. Und dieses Wesen war nun mit ihr verschmolzen, irgendwie in ihr drin. Angst legte sich als kalte Faust in ihren Nacken. Sie konnte die Harpyie in ihrem Inneren spüren, die Vogelglieder in ihren eigenen, ein fremdes Herz, das mit ihrem um die Wette schlug!

Je mehr sie daran dachte, desto intensiver wurde das Körpergefühl. Die Harpyie spreizte die Federn, bis sie von innen an ihrer Haut schabten, da waren Klauen, die sich strecken wollten, messerscharfe Dolche, und Flügel, ja Flügel. Die merkwürdigen Gefühle schienen einander zu befeuern. Milena sprang fluchend auf. Da waren sie wieder, die Dornen in ihrer Haut. Sie rieb über ihre Arme, doch die Dornen wuchsen weiter, platzten auf und wurden zu Federn. Sie presste die Hand auf den Mund, um nicht laut zu schreien. Es war so furchtbar!

Dieses Wesen rekelte sich in ihr und wollte nicht wieder verschwinden. Ihre Arme brannten wie Feuer! Es sollte aufhören. Bitte!

Milena lauschte kurz in den Flur, rannte hinüber und stieß die Badezimmertür auf. Dort schloss sie blitzschnell ab und drehte den Hahn auf. Sie ließ eiskaltes Wasser über ihre Unterarme laufen und das minderte das Brennen ein wenig. Schließlich stützte sie sich haltsuchend auf das Waschbecken und sah in den Spiegel. Besser, sie hätte nicht hingesehen. Rotbraune Vogelaugen starrten sie aus einem erschrockenen Mädchengesicht an! Ihre Mutter durfte sie so auf keinen Fall sehen.

»Okay, okay, jetzt ganz ruhig bleiben, Milena«, beschwor sie sich und glaubte sich doch kein einziges Wort. Sie schloss die Augen und atmete langsam und tief, wie bei ihren Yoga-Übungen. Der Yoga-Ferienkurs war eine Idee ihrer Mutter gewesen. *Vielleicht hilft es dir gegen die Albträume.* Das war damals Wunschdenken gewesen, doch jetzt half es tatsächlich. Die aufgezwungene Ruhe übertrug sich auf die Kreatur in ihrem Inneren. Die Harpyie fuhr die Klauen ein, glättete das Gefieder und schien irgendwie zu schrumpfen.

Ein Blick in den Spiegel bestätigte es. Milenas Augen hatten wieder ihre übliche Farbe.

Wie es wohl sein würde, die Verwandlung zuzulassen? Würde sie ihren Verstand behalten oder nur noch instinktgesteuert sein wie ein Tier? Würde die Harpyie sich dann trotzdem zurückziehen, wenn sie es wollte?

Milena dachte an einen Werwolf-Roman, den ihr eine Freundin zum Geburtstag geschenkt hatte, die darauf bestand, dass Milena berichtete, wie er ihr gefiel. Darin war der Gestaltwandel mit starken Schmerzen verbunden gewesen. Die Knochen des Wesens waren gebrochen und wieder zusammengewachsen. Sie ahnte, bei ihr würde es anders sein. Es tat nicht weh, wenn die Federn durch ihre Haut stießen. Es kitzelte und sie verspürte einen Sog, als stünde sie in rasch fließendem Wasser. Erst wenn sie dagegen ankämpfte, begann es zu brennen.

Milena verließ das Bad und schlug zornig die Tür zu.

Was für ein Unsinn! Jetzt bezog sie ihr Wissen schon aus romantischen Teenie-Romanen. Und so jemand wollte einmal studieren und Ornithologin werden! Demnächst würde sie für ihre Aufsätze noch Märchenbücher zitieren. Sie lachte trocken und ließ sich wieder in ihren Schreibtischstuhl fallen. Eigentlich sehnte sich jede Faser ihres Körpers nach dem Bett, doch vorerst musste sie noch das Wichtigste herausfinden: Konnte sie jemandem schaden, um Stefan zu retten? Und wie tötete man einen netten Jungen mit Gift, ohne dabei erwischt zu werden?

~BEGEGNUNG~

Puppen sind wir, von unbekannten Gewalten
am Draht gezogen; nichts, nichts wir selbst!

Georg Büchner

Fünf Stunden Schlaf voller Albträume. Milena fühlte sich grauenhaft. Birgit hatte sie für die nächsten beiden Tage beim Praktikum entschuldigt und war nach dem gemeinsamen Frühstück später zur Arbeit gefahren. Sobald sie weg war, fütterte Milena den Raben, der geduldig in ihrem Zimmer ausharrte und sein tödliches Päckchen bewachte.

Sie fuhr nicht wieder ins Krankenhaus zu Stefan. Es würde ihm nicht helfen, wenn sie dort bei ihm saß und sich die Augen ausweinte.

Es gab nur einen Weg, um ihn zu retten, und Milena wollte es so schnell wie möglich hinter sich bringen. Mit dem Fahrrad machte sie sich auf den Weg zu der Adresse, wo John Heller wohnte. Die kleine Schachtel mit dem Gift war sicherheitshalber in einen Pullover eingewickelt und in ihrem Rucksack verstaut. Außerdem hatte sie ein Fernglas, ihr Bestimmungsbuch für wilde Vögel und ihr kleines Taschenmesser dabei. Der Rabe Rok zog über ihr seine Kreise und wenn sein Schatten auf sie fiel, fror sie.

Sie fuhr die gleiche Strecke, auf der John Heller die unglückliche Begegnung mit Timaios Tsirkas und dessen Kumpan Kristos gehabt hatte. Es war ein nebeliger Frühlingsmorgen. Reif glänzte auf Wiesen, Zäunen und Schildern und glitzerte in den kunstvollen Netzen der Spinnen wie Diamantsplitter.

Milenas Nervosität wuchs, je näher sie ihrem Ziel kam. *Google Maps* hatte ihr einen relativ guten Überblick über den alten Bauernhof vermittelt, auf dem die Familie Heller wohnte. Er lag am Rande eines Landschaftsschutzgebietes mit Streuobstwiesen und einem kleinen Gemüsebeet hinter dem Haupthaus. Das Gelände beherbergte drei Häuser und mehrere Schuppen.

Milena zerrte das Lenkrad herum und trat auf die Bremse. Hier war es. Langsam rollte sie über einen kleinen, geschotterten Parkplatz, auf dem zu dieser frühen Stunde nur ein einziges Auto parkte. Es konnte nun nicht mehr weit sein. Sie stieg ab und schob ihr Fahrrad über einen kleinen Trampelpfad weiter. Sie wollte sich dem Hof von der Seite nähern. Schon konnte sie ihn sehen. Er sah idyllisch aus, so, wie sie selbst immer in ihren Träumen wohnte. Vor ihr wuchs ein dichtes Gebüsch aus Ebereschen und Holunder. Das war ein perfekter Platz, um ihr Fahrrad zu verstecken. Sie schob es tief ins Gebüsch, dann hockte sie sich in den Schatten und schloss kurz die Augen.

Sie sollte einen Menschen ermorden, ausgerechnet sie, die es nicht einmal übers Herz brachte, Fische zu essen, geschweige denn andere Tiere!

Sie zwang sich zur Ruhe, befahl sich, langsam und tief zu atmen und der Harpyie in ihr keine Chance zu geben. Jetzt brauchte sie ihren Verstand. Wollte sie Stefan wirklich retten, musste sie klar denken und überlegt vorgehen.

Wenn es nach der Vogelfrau ging, die hinter alldem steckte, gab es an dem *Wie* keinen Zweifel. John musste sterben. Sie griff in ihre Jeanstasche und zog den Zettel heraus, der bei der Phiole gelegen hatte. *Muskarin* und *Amanitin,* hatte Aello darauf vermerkt. Es waren Pilzgifte, die schnell und zuverlässig töteten. Hoffentlich würde John nicht leiden müssen.

Draußen stolzierte der Rabe durch das Gras und krächzte ungehalten.

»Du hältst den Schnabel!«

Der Rabe starrte sie boshaft an und krächzte wieder. Als sie keine Anstalten machte, ihr Versteck zu verlassen, hackte das Biest nach ihr. »Vielleicht sollte ich das Gift jetzt gleich ausprobieren«, sagte sie zornig, »und zwar an dir!«

Der Vogel schien sie zu verstehen, blinzelte mit seinen grauen Augenlidern und begann sich eifrig zu putzen.

Was würde Aello wohl tun, wenn ich ihren Spion töte?, überlegte Milena kurz. Doch es war müßig, darüber nachzudenken. Stefan würde sie durch solch eine kindische Aktion nicht retten können.

Stefan …

Milena stieß einen Seufzer aus und schlich aus der Deckung. Der Rabe flog sofort auf und begann über ihr zu kreisen. Sie sah kurz durch ihr Fernglas. Auf dem Hof war alles ruhig und kein Auto zu sehen. Sie machte sich über einen Feldweg auf zur Einfahrt.

Die Erlen an dem kleinen Bachlauf, der den Weg flankierte, hatten bereits ausgetrieben. Zwischen den grauen, abgestorbenen Schilfhalmen schoben sich neue grüne Triebe empor. Kurz blitzte etwas Blaues auf. Ein Eisvogel. Eigentlich freute sich Milena immer, wenn sie einen der kleinen, flinken Fischer entdeckte. Aber nicht heute.

Die Talsohle war erreicht und mit ihr eine Weggabelung. Eine Auffahrt führte vom Hauptweg ab. *Hausnummer 4*, dahin wollte sie.

Milena schluckte gegen den Druck in ihrer Kehle an. Der Kolkrabe saß genau über ihr im Baum, riss wie aus Arglist junge Blätter ab und krächzte zu ihr hinunter. Sie gab sich einen Ruck. Je schneller sie es hinter sich brachte, desto besser. Wer wusste schon, ob Stefan nicht doch bleibende Schäden davontragen würde, wenn sie zögerte.

Das Holztor war nicht abgeschlossen. Milena schob sich hindurch. Ein Hohlweg schloss an. Kornelkirschen, Haselsträucher und Zirbelkiefer bildeten ein dichtes Dach, das unvermittelt auf dem Hof endete.

Milena bekam das Gefühl, versehentlich auf das Set irgendeines Kitschfilms gestolpert zu sein. Vor ihr standen schmucke Fachwerkhäuschen, dahinter ein Schuppen, an dem Kletterrosen hinaufrankten. Im Hof liefen tatsächlich ein paar Zierhühner umher, die sich gackernd in ihren Stall flüchteten, sobald sie den Kolkraben entdeckten.

Die fehlenden Hühner milderten das Idyll kaum.

Hier sollte tatsächlich John Heller wohnen? Ein grauäugiger Junge, der Heavy Metal hörte, schwarze Strickpullis trug und vermutlich genauso zufällig in die Sache hineingeraten war wie sie?

Ehe Milena die Chance bekam, auf das Klingelschild zu schauen, hörte sie ein Geräusch aus dem kleinen Fachwerkhaus. Jemand lief eine Treppe hinunter. Sie hatte vermutet, dass eher das große Haus bewohnt sein würde, und hier weniger achtgegeben. War sie entdeckt worden?

Ein Schemen erschien am Fenster. Hastig überquerte sie den Hof und quetschte sich durch das Scheunentor, welches ein wenig offen stand.

Ihr Herz raste schon jetzt. Das laute Pochen in ihren Ohren schaltete für einen Moment alle anderen Geräusche aus. Doch auf dem Hof blieb es ruhig. Der Kolkrabe landete, pickte einige Körner auf, schritt dann regelrecht anmutig auf die Scheune zu und huschte hinein.

Durch Lücken zwischen Dachsparren fiel Licht bis auf den Boden. Staub tanzte in den hellen Streifen. Es roch nach Stroh, Erde und Benzin.

Milena sah sich um. Ein schwarzer Mercedes nahm fast die Hälfte des Innenraums ein. Der Lack glänzte wie frisch poliert. Eine Plane, mit der der Wagen offenbar abgedeckt gewesen war, lag achtlos zur Seite gezogen auf dem Boden. Klar, mit seinem kugeldurchsiebten Golf konnte John Heller wohl kaum noch fahren. Milena umrundete das Gefährt und zuckte zusammen. Das Auto war ein Leichenwagen. Milena überwand den ersten Schrecken, der sich einem eisigen Keil gleich in ihren Rücken gebohrt hatte, und trat näher.

In einer großen Wanne schwammen Knochen. Zwei leere Augenhöhlen glotzten sie aus einem schlammverschmierten Schädel an. Sie stolperte rückwärts, presste eine Hand auf den Mund und stieß gegen den Wagen. Erst jetzt fiel ihr der silberne Schriftzug auf der Seite des Fahrzeugs auf.

Heller-Bestattungen. Seit 1904 im Dienst des Kunden.

Und die Knochen?

Sparten sie sich das Geld für die Kremierung und verbuddelten die Leichen einfach zu Hause auf dem Hof? Und hatte sie nicht im Internet gelesen, dass die Familie eine Archäologie-Firma betrieb?

In diesem Moment knarrte die Tür. Eine spitze Schnauze schob sich durch den Türspalt hinein. Gleich darauf war ein massiger schwarzer Hund in der Scheune.

O nein! Milena war starr vor Entsetzen. Wie in Zeitlupe schoben sich die Lefzen des Tieres zurück, Geifer tropfte.

Und mit einem Schlag war es da, das Kribbeln in ihren Armen, die Klauen in ihrer Brust, die hinauswollten, um ihren Gegner in Stücke zu reißen. Jetzt, da die Harpyie endlich kein Geist aus dem Jenseits mehr war, gierte sie danach, das Leben zu kosten und in blutigen Stücken runterzuschlingen.

»Nein!«, schrie Milena und presste sich mit dem Rücken gegen den Leichenwagen. Doch das kühle Metall konnte das Feuer in ihrem Leib nicht löschen. Die Furcht vor dem Hund war längst abgelöst worden von einer anderen Angst. Die Kreatur in ihrem Inneren, das war das wirkliche Monster!

~

»Ach sei ruhig, Max! Du erwischst die Katze sowieso nicht!« Die Katze vom Nachbarhof zu jagen, gehörte zu den Lieblingsbeschäftigungen des halb blinden Schäferhundes und war fast schon etwas wie ein morgendliches Ritual.

John wunderte sich, wie gut er trotz all der schrecklichen Ereignisse geschlafen hatte. Seine Eltern waren längst zur Arbeit gefahren. Die Ausgrabung konnte nicht einfach so stillgelegt werden, auch nicht, wenn der Bruder des Grabungsleiters einem Mord zum Opfer gefallen war.

Die geladene Pistole steckte griffbereit in der rechten Tasche von Johns Bademantel und zog den ausgewaschenen Frotteestoff nach unten. An diesem schönen Morgen eine Waffe zu tragen, kam ihm völlig absurd vor. Ein Risiko eingehen wollte er dennoch nicht.

John setzte Teewasser auf und sah aus dem Küchenfenster. Von Max fehlte jede Spur. Das war merkwürdig. Sonst fand der ungleiche Wettstreit zwischen dem Schäferhund und der Katze immer im Hof am kleinen Schuppen statt. Leises Unbehagen machte sich breit. Besser, er sah nach.

Ich bin nicht paranoid, nur vorsichtig, und wenn ich nichts sehe, hole ich mir eben ein Frühstücksei und dann hat sich der Gang in die Kälte auch gelohnt, überlegte er und schloss trotzdem die Hand um die Waffe in seiner Tasche.

Die Tür öffnete sich beinahe geräuschlos. Der Hof war immer noch leer, aber jetzt hörte er das heisere Bellen von Max und das laute Krächzen eines Raben. Beides kam aus der Scheune. Erleichtert, dass der Eindringling nur ein Vogel war, der sich verflogen hatte, eilte er zur Scheune.

Dann ging alles ganz schnell. In dem Moment, in dem er die Tür öffnete, stolperte eine dunkel gekleidete Gestalt auf ihn zu. Max setzte ihr mit gefletschten Zähnen nach und John reagierte aus Reflex. Er riss die Pistole aus der Tasche und ließ sie auf den Kopf des Eindringlings niedersausen. Der Fremde sackte ohne einen Ton in die Knie, als plötzlich ein dunkler Schatten heranraste. John schlug mit dem linken Arm danach und traf. Federn stoben. Ein wütendes Krächzen. Der Vogel ging zu Boden und bevor er sich flatternd wieder aufraffen konnte, hatte Max zugeschnappt und schüttelte den großen schwarzen Raben, bis etwas in dessen Körper knackte. Jeglicher Widerstand erstarb.

John erwartete halb, den Mann vorzufinden, den Timaios Tsirkas Kristos gerufen hatte. Mit beiden Händen richtete er die Pistole auf seinen Widersacher.

»Eine falsche Bewegung und du hast eine Kugel im Kopf«, drohte er. Als der andere nicht reagierte, schob er eine Fußspitze unter dessen Schulter und drehte ihn um. Es war eine

Frau, ein Mädchen! Braunrote Haare rutschten unter der Kapuze hervor. Sie hatte ein schmales Gesicht mit auffallenden Wangenknochen, sehr blass und so ganz anders, als er sich das einer Mörderin vorstellte. Doch ganz gleich, wie hübsch sie war und wie sehr sie sich sträuben würde, John wusste, was er tun musste.

Sie würde ihm sagen, was hier vor sich ging, warum man ihn verfolgte und was das für ein seltsames Spiel war, von dem Tsirkas gesprochen hatte.

In John erwachte eine Kälte, die ihn selbst überraschte. Er würde die Information aus ihr herausbekommen, um jeden Preis.

~

Als Milena zu sich kam, tat ihr alles weh. Ihr Hinterkopf fühlte sich an, als hätte sie eine Beule, groß wie eine Faust. Krämpfe durchzuckten ihre Schultern, die Hände spürte sie fast gar nicht, an ihrer Stelle war nur Kälte.

Sie zwang ihre Augen auf und mit der sich klärenden Sicht wurde ihr auch bewusst, in welch schrecklicher Lage sie sich befand. Sie war noch immer in der Scheune, aber jetzt saß sie auf einem unbequemen Holzstuhl, Arme und Beine waren mit Kabelbindern gefesselt.

Auf dem Boden zu ihren Füßen lag ein alter Schäferhund mit struppigem schwarzem Fell und ergrauter Schnauze. Mit großer Hingabe rupfte er Federn aus dem Balg des toten

Kolkraben. Wäre ihre eigene Lage nicht so furchtbar, hätte sie dieser Anblick gefreut. Aellos Spion war Hundefutter!

Womöglich bin ich bald selber welches, dachte sie im nächsten Moment.

John Heller hatte sie erwischt, bevor sie auch nur die Chance bekam, Aellos Auftrag auszuführen, und es sah nicht so aus, als würde er sie einfach so wieder gehen lassen.

Sie hörte Schritte. Der Hund wendete den Kopf kurz dem eintretenden John zu, klopfte mit dem Schwanz auf den Boden und widmete sich dann wieder seiner Beute.

»Wach? Na endlich!«, sagte John, ging um sie herum und setzte sich auf eine blaue Plastikkiste. Er war wieder ganz in Schwarz gekleidet und musterte sie aus kalten, blaugrauen Augen, die sie einmal so sympathisch gefunden hatte. Nun sah er aus wie ein Killer. Die Pistole in seinem Hosenbund war nicht zu übersehen. *Er wird sie sich wohl kaum über Nacht besorgt haben,* überlegte Milena. Und sie hatte gedacht, er sei genauso unschuldig in die Sache hineingeraten wie sie. *Von wegen!* Offensichtlich war sie in den Krieg zweier verfeindeter Familien geraten und die Archäologie war nur Tarnung.

Milenas Hoffnung, aus dieser Situation lebend herauszukommen, sank. Warum hatte sie sich nur je eingemischt? Jetzt würde nicht nur Stefan sterben, sondern auch sie.

John Heller atmete tief durch, griff hinter sich und hielt plötzlich ein Messer in der Hand. Er drehte es, bis sich Sonnenlicht auf der Scheide brach und sie blendete. »Ich habe da ein paar Fragen«, begann er.

»Nein, bitte nicht!«

Milena zerrte an ihren Fesseln. Hoffnungslos! Er würde sie foltern und es gab weder ein Entkommen noch Antworten, die ihn zufriedenstellen würden.

Als John sich erhob und das Messer an ihre Kehle legte, wünschte sie sich ohnmächtig zu werden, doch da war nur Angst, himmelschreiende Angst und das kalte Metall an ihrer Haut. Warum rührte sich die Harpyie in ihr jetzt nicht?

»Beginnen wir mit einer einfachen Frage: deinem Namen.«

»Milena, Milena Weyergräber«, antwortete sie hastig. Er würde sowieso rausfinden, wie sie hieß, in ihrem Rucksack war ihre Schülerfahrkarte mit ihrem Namen darauf.

»Weyergräber?«, wiederholte er. »Nicht zufällig doch Tsirkas?«

»Nein, nein, wirklich nicht.« Milena riss die Augen auf. Wenn er sie für ein Mitglied der gegnerischen Familie hielt, würde er sie sicherlich sofort umbringen. Vielleicht gelang es ihr, ihn von ihrer Unschuld zu überzeugen. »Bitte nimm das Messer weg, ich sage dir alles, was du wissen willst!«

»Du bist aber schnell zu überzeugen.«

»Warum hältst du mich hier fest, ich versteh das alles nicht.«

John nahm die Klinge tatsächlich von ihrem Hals, ging kurz im Schuppen auf und ab und setzte sich dann wieder auf die blaue Plastikkiste.

»Du bist doch hier eingedrungen, meinst du nicht, dass du diejenige bist, die einiges zu erklären hat, statt Fragen zu stellen?«

Milena überlegte fieberhaft. Am besten war es wohl, wenn sie möglichst nah an der Realität blieb. »Ich hab nach Schleiereulen gesucht.«

John zog ungläubig die Brauen zusammen und sah dabei fast freundlich aus. »Schleiereulen?«

»Ja, ich mache ein Schulpraktikum in der Vogelstation, da dokumentieren wir die Brutpaare und der Hof hier ist perfekt …«

»… für Schleiereulen?!« John lachte herzlich. Sie glaubte schon ihn überzeugt zu haben, als er plötzlich wieder ernst wurde. »Wieso sollte ich das glauben?«

Kalter Schweiß trat ihr auf die Stirn. »Ich habe ein Fernglas dabei, ein Bestimmungsbuch …« Diese Dinge konnte jeder mitnehmen, wurde ihr sofort klar. »… oder du könntest in der Vogelstation anrufen und nach mir fragen.«

John rieb sich das Kinn, wirkte unschlüssig. Jetzt sah er beinahe wieder so sympathisch aus wie in ihrem Traum, als sie beschlossen hatte nicht mehr länger nur Zuschauerin zu sein. Seine Augen waren es gewesen, die sie ein bisschen verzaubert hatten.

»Willst du nicht anrufen?«, hakte sie nach.

Er seufzte, zog ein Handy aus der Hosentasche und tippte ein wenig darauf herum. Milena nannte ihm die Adresse. »Du darfst aber nicht sagen, wo ich bin. Meine Mutter hat mich heute entschuldigt …«

»Damit du hier herumspionieren kannst?«

Milena zuckte mit den Schultern.

John zeigte ihr auf dem Display die Homepage der Vogelstation. »Ja, das ist es.«

Gebannt verfolgte Milena, wie John bei ihrer Praktikumsstelle anrief. Anja meldete sich. Sie erkannte die Stimme der guten Seele der Station selbst jetzt, gedämpft durch das Handy. John erkundigte sich, ob eine Milena Weyergräber bei ihnen Praktikum mache und ob sie zu sprechen sei.

Ich sollte jetzt um Hilfe rufen, dachte sie. *Vielleicht hört mich Anja.*

Doch selbst wenn, so wusste doch niemand, wo sie war. Nein, sie würde es darauf ankommen lassen müssen.

John legte auf, musterte sie kurz und zog dann ihren Rucksack zu sich heran. Bangen Herzens wartete sie, bis er ihn grob durchsucht hatte und ihr Portemonnaie in der Hand hielt. Offenbar beruhigte ihn, was er darin fand. Er steckte den Schülerausweis zurück. »Auf dem Foto bist du nicht gut getroffen«, sagte er und seine Mundwinkel zuckten. »Siebzehn ist vielleicht auch noch ein wenig jung für eine Mörderin.«

»Dann lässt du mich gehen?«

John kraulte den alten Schäferhund und musterte sie dabei. Seine Miene wurde weicher, eine Veränderung, die ihm selbst wohl gar nicht auffiel. Milena jedoch schöpfte Hoffnung. Ihre Angst schwand immer weiter. Jemand, der so liebevoll mit einem Tier umging, konnte kein durch und durch schlechter Mensch sein. »Wie heißt er?«

»Der Hund? Max.«

»Deiner?«

»Ja, mittlerweile schon. Er gehörte meiner Oma.«

Kurz breitete sich Schweigen zwischen ihnen aus, dann stand John mit einem Mal auf. Das Messer in seiner Hand blitzte bedrohlich und Milenas Angst war mit einem Schlag zurück.

»Ich mach dich los, du kannst gehen«, sagte John erklärend. Der alte Max erhob sich, kam zu ihr getapst und legte ihr den Kopf auf den Schoß. Während John die Kabelbinder durchtrennte, mit denen er sie an den Stuhl gefesselt hatte, sah sein Hund mit trüben Augen zu ihr auf. Erleichtert rieb sie sich die Handgelenke.

John kniete sich vor sie, um ihre Beine zu befreien, und sah mit einem Mal gar nicht mehr so furchteinflößend aus. »Ich denke, ich schulde dir eine Erklärung, aber die kann ich dir nicht geben, nur, dass vieles bei mir in letzter Zeit reichlich durcheinandergelaufen ist. Wenn ich mich entschuldige, nimmst du es an?«

Milena wusste nicht, was sie sagen sollte. Schließlich nickte sie.

»Gehst du zur Polizei?«

»Ich weiß nicht, ob ich so bald überhaupt irgendwo hingehe, meine Füße fühlen sich an, als gehörten sie nicht zu mir.« Milena rieb sich über die geschwollenen Knöchel, das zurückströmende Blut brachte Schmerzen. Es war nicht schlimm, sie konnte laufen, im Notfall sicherlich sogar rennen, doch sie hatte ihre Aufgabe noch nicht erfüllt.

John war nicht so ein harter Kerl, wie er vorgegeben hatte. Betreten beobachtete er, wie sie auf die Beine kam.

»Willst du einen Tee oder einen Kaffee?«, brachte er schließlich heraus.

»Wär vielleicht nicht schlecht.«

Milena hob ihren Rucksack auf und schlang sich einen Träger über die Schulter. Sie ließ zu, dass John ihr unter die Arme fasste und sie stützte. Sollte er ruhig glauben, dass sie schwach und hilflos war.

Gemeinsam verließen sie den Schuppen. John brachte Milena zu dem kleinen Fachwerkhaus und stieß die Tür auf. Sie sah sich staunend um. Das Gebäude war völlig verwinkelt. Eine steile Treppe führte ins Obergeschoss. Unten gab es eine kleine alte Küche und ein Wohnzimmer, das in neueren Gebäuden wohl eher als Abstellkammer durchgegangen wäre.

John machte sich an der Kaffeemaschine zu schaffen.

»Wohnst du hier ganz alleine?«, erkundigte sich Milena.

»Ja … also hier in dem Häuschen seit drei Monaten, nebenan wohnen meine Eltern.« Milenas Blick wanderte über einige Ziertöpfe aus Kupfer an den Wänden und sorgfältig beschriftete Kräutertöpfchen. So wohnte doch niemand in seinem Alter! John hatte ihren Gesichtsausdruck wohl verstanden. Er zuckte mit den Schultern. »Ich weiß. Ich sollte renovieren, aber es fällt mir nicht so leicht, die Sachen von meiner Oma wegzuschmeißen.«

»Klar, verstehe ich.« Milena schloss ihre Hände fest um

die Kaffeetasse, die er ihr hingestellt hatte, und sog den aufsteigenden Dampf ein. Allein schon der Geruch weckte ihre Lebensgeister.

John wirkte rastlos, als wäre er am liebsten im Zimmer auf und ab gelaufen oder mit gezogener Pistole neben dem Fenster in Lauerposition gegangen. Die Waffe steckte noch immer in seinem Hosenbund und erinnerte Milena daran, warum sie hier war.

Aber John machte keine Anstalten, sie mit seinem Getränk allein zu lassen oder ihr auch nur den Rücken zuzudrehen.

Sie hatte den Rucksack auf den Schoß genommen und vorsichtig überprüft, ob das Gift noch da war. Die Phiole war unversehrt. Wenn sie es machen wollte, musste sie Zeit schinden. Milena nippte am Kaffee.

»John?«

Er hob eine Braue. »Hmm?«

»Kann ich dir eine Frage stellen?«

»Sicher. Ich beantworte sie gerne, wenn ich kann.«

»Die Knochen in dem Schuppen …«

Er grinste breit und kratzte sich dann verlegen im Nacken. »Es sind Menschenknochen, ja. Falls du das wissen wolltest. Aber sie sind sehr alt. Einige fast zweitausend Jahre. Meine Eltern sind Archäologen, wir waschen und beschriften die Funde hier. Keramik vor allem, aber auch Knochen.«

»Oh, ich verstehe«, sagte sie erleichtert. »Die haben mir einen ganz schönen Schrecken eingejagt. Und der Leichenwagen?«

»Mein Opa ist Bestatter gewesen.«

»Eine interessante Familie«, sagte Milena nüchtern und verbrannte sich beinahe am Kaffee.

John lachte. »Seltsam trifft es wohl besser. Irgendwie suchen wir uns alle Berufe aus, die mit dem Tod zusammenhängen.«

Ich ahne auch warum, dachte Milena und versuchte sich nichts anmerken zu lassen. Sicherlich hatte auch das mit dem seltsamen Spiel zu tun. Sie erinnerte sich noch an die geheimnisvollen Worte von Johns Widersacher, kurz bevor sie ihm die Seele aus dem Leib gerissen hatte.

»Und du?«, fragte sie.

»Ich hab schon auf Ausgrabungen gejobbt, aber ich bin mir noch nicht sicher, ob ich das auch wirklich studieren will.« John seufzte und setzte sich ihr gegenüber an den kleinen Tisch. Irritiert nahm Milena wahr, wie gut er roch. Mit jeder verstreichenden Minute fiel ihr die Vorstellung, ihn zu vergiften, schwerer.

»Und du?«

Milena zuckte zusammen. »Was?«

»Was du später mal machen willst?«

»Irgendwas mit Tieren und im Freien wäre toll. Ich kann nicht immer nur drinnen hocken.«

John lächelte wieder. »Nein, ich auch nicht.«

Sie unterhielten sich eine Weile, er stellte ihr Fragen über ihr Praktikum und hörte aufmerksam zu, während sie von den Raubvögeln im Ruhrgebiet erzählte. Dabei sah er sie unablässig mit seinen geheimnisvollen blaugrauen Augen an, die eine schreckliche Sogwirkung auf sie hatten. Es war, als würde er eine Schicht tiefer blicken können als andere Menschen. Spürte er die Harpyie? Sah er sie vielleicht sogar als gefiederten Schatten in ihrem Inneren?

Nein, das war verrückt.

Sie waren längst beim zweiten Kaffee angelangt und Milena hatte immer größere Mühe, ihre wachsende Zuneigung zu überspielen, als plötzlich ein Telefon klingelte.

»Entschuldige mich bitte«, seufzte er und stand auf.

»Kein Problem.«

Mit rasendem Herzen sah Milena John nach, der in den Flur zu einem altmodischen Telefon mit Wählscheibe ging und den Hörer abnahm. »Heller?«

Er drehte ihr den Rücken zu. Dies war ihre Chance. Doch sie fühlte sich wie gelähmt. In Johns Gegenwart fiel es ihr schwer an Stefan zu denken. Statt dem Bild des Todgeweihten auf dem Krankenbett sah sie ihn allenfalls mit Desirée vor ihrem inneren Auge.

Schließlich hob Milena ihren Rucksack auf den Schoß, griff hinein und die Phiole mit dem Gift rutschte wie durch Zauberei in ihre Hand. Es war beinahe, als hätte sie keine Kontrolle mehr über ihren Körper und ihre Gedanken. Die Zweifel verschwanden.

Sie würde es tun.

John war noch immer in das Telefongespräch vertieft und bewegte sich sogar noch etwas weiter in den Flur hinein.

Jetzt oder nie! Der Stopfen löste sich geräuschlos aus der Phiole. *Für Stefan, damit er lebt,* hallte es durch ihre Gedanken. Wasserklar fielen die Tropfen in Johns Kaffee. Einige wenige genügten, hatte Aello geschrieben. Doch sie wollte nicht, dass er litt.

Als Milena die Phiole wieder verschloss, war sie bis zur Hälfte geleert. Unbemerkt legte sie das Gefäß in den Rucksack und diesen zurück auf den Boden. Auf ihrer Stirn bildete sich kalter Schweiß. Ihre Knie waren weich. Am liebsten wäre sie jetzt sofort davongestürmt, doch dann schöpfte John womöglich Verdacht. Sie wollte nicht sehen, wie er den Kaffee trank, nicht, wie das tödliche Pilzgift sein Herz zum Stillstand brachte. *Aber ich tue es für Stefan!,* wiederholte sie in Gedanken, doch es fühlte sich dadurch nicht besser an.

John legte in diesem Moment auf und kehrte zu ihr in die Küche zurück. Er war blass.

»Schlechte Nachrichten?«, fragte Milena aus ehrlichem Mitgefühl.

John zuckte mit den Schultern und sah dabei elend aus. »Zumindest keine neuen schlechten Nachrichten. Mein Onkel ist vor drei Tagen …«, er stutzte kurz, »er ist gestorben und es gibt einiges, worum meine Eltern sich kümmern müssen. Ich soll mir keine Sorgen machen, wenn sie spät nach Hause kommen.«

Weil euch Mörder auf den Fersen sind, ergänzte Milena in Gedanken, *und einer sitzt direkt bei dir am Tisch.* John griff nach seiner Kaffeetasse und Milena glaubte, ihr Herz setze für einen Moment aus. Sie wischte ihre Hand an der Hose ab. Der kalte Schweiß darauf ekelte sie, alles ekelte sie.

John hob den Becher zum Mund. Sie wollte ihn warnen und zugleich hoffte sie, dass er trank. Er hielt inne. Hatte er etwas bemerkt? John umschloss die Tasse mit beiden Händen und sah Milena durchdringend an. Sie schluckte panisch.

Ruckartig wandte er sich dem Fenster zu. »Entschuldige, ich glaube, ich mache dir noch immer Angst. Ich wollte dich nicht anstarren.«

»Nicht schlimm«, brachte sie heraus.

»Es ist nur so, in den letzten Tagen ist so schrecklich viel passiert und dein Auftauchen hier ist das einzig Gute.«

Milena glaubte ihren Ohren nicht zu trauen. Sie war hergekommen, um diesen Typen umzubringen, und er machte ihr auch noch Komplimente? Am liebsten hätte sie John die Tasse mit dem vergifteten Kaffee aus der Hand geschlagen, aber sie tat es nicht. Als hätte Aello Gewalt über ihre Gedanken bekommen, sah sie wieder Stefan vor sich. Stefan, wie er litt.

»Ich glaube, ich sollte jetzt gehen.«

Johns Miene verfinsterte sich. »Ja, wahrscheinlich hast du Recht. Es ist schon spät geworden.«

Es war erst Nachmittag, doch sicher hatte John noch einiges zu tun. Er hob die Tasse zum Mund, hielt aber wieder inne und trank nicht. Es war zum Verrücktwerden.

Milena nahm ihren Rucksack und stand auf. John behielt die Tasse in der Hand und begleitete sie zur Tür.

»Milena?« Er legte ihr eine Hand auf die Schulter und sie konnte sich plötzlich nicht mehr rühren. »Ich will dir noch etwas zeigen.«

Er stellte die Tasse nun endgültig ab und ging ihr voraus. Sie überquerten den Hof.

Erleichtert und enttäuscht zugleich folgte Milena ihm. Sie umrundeten den Schuppen, in dem sie einige Stunden als Gefangene verbracht hatte.

»Dort oben, es sind zwar keine Schleiereulen, aber …«

»Turmfalken! John, da sind ja Turmfalken!«

»Wundert mich, dass du sie nicht schon vorher gehört hast, die machen ziemlichen Radau.«

Für einen Moment vergaß sie, warum sie überhaupt hergekommen war. John grinste breit. Dann sah er wieder hinauf, zu dem kleinen Einflugloch im Scheunengiebel, wo in diesem Moment ein Vogel landete.

»Ich hoffe, das ist eine kleine Wiedergutmachung und du hast einen Grund, noch mal herzukommen.«

Milena nickte schnell. Was sollte sie antworten? Sie kam nicht dazu, sich etwas zu überlegen. John packte sie plötzlich an den Schultern, riss sie herum und drückte sie gegen die Scheunenwand. Der Aufprall presste ihr die Luft aus den Lungen und erweckte die Harpyie in ihr sofort zum Leben.

»Was soll das? Bist du verrückt geworden?«

John drückte ihr eine Hand auf den Mund. »Schht! Ich glaube, hier ist jemand. Leute sind hinter mir her. Du musst leise sein, sonst bringen sie dich um.«

Milena nickte, nickte noch einmal, damit er sie losließ.

Er tat es.

»Wo sind sie?«, flüsterte sie.

»An meinem Häuschen. Hoffentlich lassen sie Max in Ruhe.«

Da waren Männer, die sein Leben bedrohten und es schon einmal fast geschafft hatten, ihn zu ermorden, und John dachte an seinen alten Schäferhund? Wenn Milena noch Zweifel an seinem Charakter gehegt hatte, so waren diese nun endgültig ausgeräumt. John zog seine Pistole und entsicherte sie umständlich. Im gleichen Moment jaulte Max auf.

»Oh, diese verdammten Schweine!«

Milena presste sich mit jagendem Herzen dicht an die Mauer und lugte um die Ecke. Ja, da war jemand im Haus. Sie konnte Schatten an den Fenstern vorbeihuschen sehen. Waren es einer oder zwei?

John schob sich an ihr vorbei. Er atmete gepresst. Milena ahnte, dass er am liebsten losstürmen würde, um seinen Hund zu retten, doch das wäre Selbstmord. Noch, so war sie sich sicher, wussten die Killer nicht, wo sie sich versteckten. Leises Winseln klang zu ihnen herüber und jagte Milena einen Schauder über den Rücken. Adrenalin pumpte durch ihre Adern und in ihr regte sich die Harpyie. Unter ihrer Haut kribbelten die Federn, Krallen fuhren ihre Rippen entlang, noch, ohne ihr wehzutun. Wie lange würde es ihr gelingen auszuharren und das Wesen in ihrem Inneren zur Ruhe zu zwingen?

Etwas raschelte und es kam nicht aus Richtung des Hauses.

»Hinter uns!«, flüsterte Milena.

»Duck dich, sie haben es nur auf mich abgesehen.« John fasste sie beinahe grob an der Schulter und drückte Milena hinunter.

»Wir gehen beide in Deckung«, gab sie zurück.

John ließ sich auf die Knie fallen. Er tat es gerade noch rechtzeitig, denn nun zischten Kugeln über sie hinweg und bohrten sich in die Ziegelwand der Scheune. Splitter regneten auf sie nieder. Milena unterdrückte einen Schrei.

Diese Leute feuerten mit schalldämpferbestückten Waffen auf sie. Niemand würde sie hören, niemand die Polizei rufen!

»Scheiße, verflucht!«, knurrte John.

»Schieß doch!«

»Es geht nicht, die Pistole funktioniert nicht!«

John zielte und drückte auf den Abzug, ohne Erfolg. Kugeln zischten an ihnen vorbei und schlugen um sie herum ein.

»Wir müssen etwas tun, sie werden uns abknallen!«

»Komm, wir müssen in die Scheune, vielleicht können wir sie da drin irgendwie überrumpeln. Zumindest sind wir da in Deckung.«

John schob die unbrauchbare Pistole in seinen Hosenbund, drückte sich flach auf den Boden und begann vorwärtszukriechen. Milena blieb nichts anderes übrig, als ihm zu folgen. Es war anstrengender als gedacht. Milena konnte sich kaum noch konzentrieren, die Harpyie in ihr wütete. Sie wollte raus, wollte sich verwandeln. Fast glaubte Milena, die Stimme der

Bestie hören zu können. *Ich kann sie besiegen, ich habe keine Angst vor den Männern. Sollen sie nur meine Klauen spüren!*

»Nein!«

Milena merkte erst, dass sie laut gesprochen hatte, als John innehielt und sich besorgt nach ihr umsah.

»Bist du verletzt?«

Milena kämpfte gegen ihren inneren Dämon und biss so fest die Zähne zusammen, dass ihr Kiefer schmerzte. Sie konnte nicht antworten und schüttelte einfach nur den Kopf. Er sollte weiterkriechen, einfach weiter. John drehte sich um und setzte seinen Weg fort.

Die Attentäter hatten ihr Feuer eingestellt, wohl weil sie merkten, dass ihre Opfer nicht mehr da waren, wo sie sie zuerst entdeckt hatten. Das konnte nur eines bedeuten: Auch sie änderten jetzt ihre Positionen.

Als die Harpyie sich für einen winzigen Moment beruhigte, fand Milena ihre Stimme wieder. »Schneller, wir müssen uns beeilen.« John war plötzlich hinter einem dichten Holunderbusch verschwunden, der sich eng an die Scheune schmiegte. »Hier rein«, hörte Milena seine Stimme.

Milena schob sich noch ein Stück näher. Überrascht und erleichtert stellte sie fest, dass sich hinter dem Strauch eine Tür verbarg! John zögerte nicht lang, er nahm seine nutzlose Pistole als Hebel und brach den rostigen Riegel ab, mit dem die Tür verschlossen war. Rasch krochen sie aus der Helligkeit des Frühlingsnachmittags in das staubige Dämmerlicht der Scheune. John drückte die Tür zu und stapelte rasch einige große Säcke davor. Einer platzte auf und Erde verteilte sich auf dem Boden.

»Eine Bodenprobe weniger«, knurrte John und richtete sich keuchend auf. An seiner Kehle klopfte die Halsschlagader. Sein Puls raste wie Milenas.

»Was machen wir jetzt?«

»Es wird nicht lange dauern, bis sie raushaben, wo wir sind. Am besten, du versteckst dich irgendwo. Ich werde versuchen sie davon abzuhalten, uns beide umzubringen.«

Milena sah sich hektisch um. Die Scheune war klein und übersichtlich. Es gab kaum Versteckmöglichkeiten. John wies auf eine Leiter, die zum Oberboden hinaufführte. Milena erklomm die Sprossen der Leiter ohne weitere Worte. Sie überlegte, John zu helfen, doch wenn sie es nicht tat, würden die Angreifer ihr womöglich ihre schreckliche Aufgabe abnehmen und ihn umbringen. Sie fühlte sich fürchterlich dabei. Es war einfach nicht richtig, aber sie hatte keine Wahl. Sobald sie oben angekommen war, legte sie sich ganz flach auf den Boden und sah sich um. In einem Winkel türmte sich noch ein wenig Heu, das sicher schon jahrzehntealt war. Dachziegel lagen aufgestapelt da und waren wohl zum Ausbessern vorgesehen, ebenso wie einige Balken.

Milena spähte hinab. John hatte sich neben dem Tor positioniert, das spaltbreit offen stand.

Er hielt einen Spaten als provisorische Waffe in der Hand, wie vor einigen Tagen beim ersten Angriff.

John sah sie an und Milena glaubte den Blick seiner blaugrauen Augen wie eine Berührung auf der Haut zu spüren. Dann wandte er sich ruckartig um. Offenbar hatte er etwas gehört. Langsam, wie eine sich aufrichtende Schlange, hob er den Spaten über den Kopf.

Milena hielt den Atem an. Ein Schatten fiel durch das leicht geöffnete Tor.

Sekunden streckten sich zu Ewigkeiten und dann ging plötzlich alles ganz schnell.

Der Killer betrat die Scheune mit gezogener Waffe und John zögerte nicht. Er schlug mit aller Kraft zu. Der Spatenstiel traf den Fremden am Handgelenk. Er schrie, ließ seine Pistole fallen und wollte aus dem Gebäude flüchten, doch John brachte ihn mit einem gezielten Tritt gegen den Oberschenkel zu Fall. Fast im gleichen Moment brach die kleine Tür, durch die Milena und John hineingekommen waren, aus den Angeln. Der zweite Angreifer hatte seine Waffe noch und er schoss.

Kugeln sirrten wie wütende Insekten umher, prallten von der Mauer ab und durchschlugen die Bretter des Dachbodens mühelos. Milena fühlte einen Luftzug, als ein Geschoss ganz nah an ihrer Wange vorbeizischte.

Es war das totale Chaos. John rang mit dem ersten Attentäter, während der zweite offenbar blindwütig um sich schoss. In Milena kreischte die Harpyie, wetzte ihre Krallen und jetzt tat es weh. Das Wesen versuchte sich mit Schnabel und Klauen einen Weg nach draußen zu erkämpfen. Schon schoben sich Federkiele durch ihre Haut.

Milena schrie. Sie versuchte die Verwandlung zu unterdrücken, doch es tat so weh!

~

Milenas Schmerzensschrei traf John wie eine eisige Schockwelle. Jetzt hatten sie das Mädchen erschossen!

Wut überrollte ihn und stellte all seine vorherigen Gefühle in den Schatten. Er holte mit dem Spaten aus und drosch auf den Angreifer ein, ohne noch einen Gedanken an seine eigene Deckung zu verschwenden. Das Blatt des Spatens krachte auf die Schulter des Fremden, dann rammte John ihm den Stiel in den Magen. Mit einem Grunzen ging sein Gegner zu Boden und kam nicht wieder hoch.

»Milena?« Hoffentlich lebte sie noch. Doch was John sah, als er sich umwandte, war weit außerhalb seiner Vorstellungskraft.

Milena lebte. Zumindest bewegte sie sich schwach. Aus ihrem Körper strömte schwarzer Rauch, doch er stieg nicht einfach hoch. Nein, er wirbelte um sie, schien sie emporzuheben, an ihr zu ziehen und zu zerren. Der zweite Angreifer sah dem Geschehen auf dem Oberboden mit dem gleichen Entsetzen zu, das auch von John Besitz ergriffen hatte. Milena stöhnte, als habe sie Schmerzen. Elektrizität prickelte über Mauern und Böden und ließ einem die Haare zu Berge stehen. Dann hörte das statische Knistern plötzlich auf und der gesamte Dachboden war in Dunkelheit gehüllt. Stille.

Eine einzelne Feder trudelte hinab. John blinzelte ungläubig. Wo war das Mädchen hin?

Sogar der Killer sah sich ungläubig nach John um, als wolle er sich vergewissern, dass er auch gesehen hatte, wie sich das Mädchen in Rauch auflöste.

Ein gellendes Kreischen durchschnitt die angespannte Stille. Es ging durch Mark und Bein. John zuckte zusammen.

Dann erhob sich ein riesiger Schemen aus dem Dunkel. Was war das? Ein Ungeheuer?

Kohlschwarze Augen blitzten, ein ebenso schwarzer Schnabel, lang wie eine menschliche Hand, schnappte in die Luft.

Auf dem Dachboden stand ein gewaltiger grauer Vogel. Das Tier legte die Flügel an und sprang herunter. John wollte nur noch fliehen. Der Fremde schrie vor Entsetzen. Er schaffte es nicht mehr rechtzeitig, seine Pistole hochzureißen. Zwei Schüsse konnte er noch abfeuern, doch sie gingen in die falsche Richtung und dann war es zu spät. Riesige schwarze Klauen bohrten sich in seine Brust.

»Scheiße, was ist das?«, hörte John plötzlich jemanden rufen. Sein anderer Gegner war wieder zu Kräften gekommen und rappelte sich nun panisch auf. Als er zum Tor stürzte, folgte ihm John. Unterdessen entbrannte zwischen dem Vogel und dem anderen Mann ein ungleicher Kampf.

John war einen Moment lang von schrecklicher Angst erfüllt und rannte ebenfalls aus der Scheune. Draußen fasste er sich sehr schnell. Der andere war nicht weit vor ihm, rannte, ohne sich umzusehen, in blinder Panik vom Grundstück. Er war jedoch nicht sehr schnell, weil er hinkte.

John nahm die Verfolgung auf. Es ging quer über den Hof, durch ein Haselgebüsch in Richtung Äcker. Einige Hundert Meter entfernt war ein Feldweg, auf dem die Männer wahrscheinlich ihren Wagen geparkt hatten. John lief, so schnell er konnte, und holte auf. Sein Herz raste mit seinen Schritten um die Wette. Noch wusste er nicht, was er tun würde, wenn er den Fliehenden erreicht hatte. Seine Waffe war in der überstürzten Flucht zurückgeblieben.

Beim Laufen musste John unweigerlich an den riesigen Vogel denken und versuchte die Erinnerung sogleich zu verdrängen. Es war das Tier vom ersten Angriff. Und wieder kämpfte es auf seiner Seite. Beschützte es ihn? Diesmal war er sich sicher, dass es sich nicht um ein Produkt seiner Fantasie handelte. Und irgendwie hatte Milena damit zu tun.

Immer näher kam er dem Flüchtenden, konnte ihn schon keuchend nach Atem ringen hören. Der Acker war bald zu Ende. Vor ihnen lag eine dichte Brombeerhecke. John mobilisierte seine letzten Kräfte, wurde noch mal schneller, dann hatte er den anderen endlich eingeholt. Er bekam ihn an der Jacke zu fassen und riss daran. Der Fremde kam aus dem Tritt, stolperte und fiel. Es gab ein dumpfes Geräusch, als er mit dem Kopf gegen einen im Brombeerdickicht verborgenen Wegstein krachte. Sofort kniete sich John auf die Brust des Mannes, der sich nur träge bewegte, und klemmte einen seiner Arme fest.

John musterte den Fremden. Der Mann war nicht viel

älter als er selbst, hatte dunkles Haar, seine Haut war von einem warmen Oliveton. Brombeerdornen hatten sein Gesicht zerkratzt. Er sah dem toten Timaios Tsirkas ein wenig ähnlich, was an der Charakternase und der stark geschwungenen Oberlippe lag. Er blutete stark an der Stirn, das Blut lief ihm ins Auge. Noch merkte der Mann nicht einmal, dass er überwältigt worden war. Daran war der heftige Schlag auf den Kopf schuld.

John durchsuchte die Taschen des Mannes und fand nichts außer einem Klappmesser. Aber das reichte aus.

Er ließ es aufschnappen und atmete tief durch. Es fiel John nicht leicht, jemanden zu bedrohen, aber er überwand sich und drückte dem Mann die Klinge an die Kehle. Er brauchte dringend Informationen.

Die zuvor eher unkoordinierten Bewegungen des Fremden hörten schlagartig auf. Er blinzelte mehrfach, doch das Blut in den Augen trübte weiterhin seine Sicht. Wahrscheinlich konnte er John nicht deutlich erkennen.

»Hey, kannst du mich hören?«

»Ja«, stöhnte der Mann.

»Ich will wissen, was hier los ist!«

»Was meinst du?«

»Ihr bringt meinen Onkel um, schießt auf mich und dein Kumpel wird in der Scheune gerade von einem riesigen Vogel zerfetzt. Was wird hier gespielt, raus damit. Sofort!«

»Nimm das Messer weg«, keuchte der Mann, »nimm das Messer weg und ich erzähle dir alles.«

»Nein, so läuft das nicht. Du redest, sonst …« John übte etwas mehr Druck auf die Waffe aus.

»Das wagst du nicht.«

Wie konnte sich der andere so sicher sein, dass John nicht hart genug war für diese Sache? Doch wahrscheinlich hatte er Recht. John konnte sich nicht vorstellen einen Menschen zu töten, aber er musste zumindest den Eindruck erwecken, dass es ihm nichts ausmachen würde.

John versuchte sich von allen Gefühlen in seinem Inneren frei zu machen außer von der unglaublichen Wut, die er empfand, weil diese Kerle in sein Leben eingebrochen waren und einen Menschen ermordet hatten, der ihm viel bedeutete.

Diese Wut ließ er Tsirkas' Kumpan in seinen Augen sehen.

Als die Haut unter der Klinge nachgab und Blut floss, hatte John sein Ziel erreicht.

»Ich rede, ich rede ja!«

»Gut, dann haben wir uns jetzt verstanden. Warum seid ihr hinter meiner Familie her? Und sag mir jetzt nicht etwas von irgendeinem Spiel, das reicht nicht!«

»Es ist eine Wette.«

»Was?«

»Du hast wirklich keine Ahnung, oder? Dein Großvater hat nicht nur euren Namen geändert, um euch feige zu verstecken, sondern alles verschwiegen. Du weißt von nichts?«

John schüttelte den Kopf. »Nein, keine Ahnung, was ihr von uns wollt.«

Der Mann grinste hämisch und John verspürte den Impuls, ihm nun doch die Kehle aufzuschlitzen.

»Ihr seid so unvorbereitet, so dumm, es wird leicht sein, zu gewinnen.«

»Rede endlich«, knurrte John und stach die Messerspitze weiter in die Haut. Nun konnte er die Vibrationen des Kehlkopfs bis in den Griff spüren.

»Es ist eine Wette, John *Heller*«.

»Und wer hat diese Wette abgeschlossen?«

»Unsere Ahnen, die Tsirkas aus dem Blute des Ares und deine Sippe, Ossian aus Thanatos' Geschlecht.«

»Das sind die Namen von Göttern.«

»Sie sind in meinem Blut und in deinem, ja, Junge. Wir sind Nachfahren der Götter. Sie haben ihre Sprösslinge in einen Kampf bis zum letzten Erben geschickt. Wir sind viele, aber du, John Ossian, bist der Letzte. Wenn du stirbst und die Harpyien dich holen, hat Thanatos verloren, dann bekommen wir alles.«

»Das ist Unsinn«, erwiderte John und fühlte, wie ihm die Kehle eng wurde. *Das konnte nicht sein!*

»Glaub nur, was du willst, wir kriegen dich!«

Der Mann nutzte Johns Verwirrung, stieß seine Hand zur Seite, rammte ihm das Knie zwischen die Beine und kam schwankend hoch. John schrie vor Schmerzen auf.

Für einen kurzen Moment war er wehrlos, doch der andere war selbst zu angeschlagen, um sich auf einen Kampf einzulassen. John presste eine Hand in den Schritt, mit der anderen reckte er das Messer vor. Tsirkas musterte ihn kurz.

»Es ist noch nicht zu Ende. Aber bald, John Ossian!«, knurrte er und lief, so schnell er konnte, davon.

Als der Schmerz endlich abebbte und John auf die Beine kam, hörte er gerade noch, wie ein Motor gestartet wurde. Es war zu spät. Einen Moment lang versuchte er sich zu sammeln, dann dachte er wieder an Milena und das Ungeheuer im Schuppen. Er musste so schnell wie möglich nachsehen, ob sie Hilfe brauchte.

~ BEKENNTNISSE ~

Und der Rabe weichet nimmer –
sitzt noch immer, sitzt noch immer
Auf der blassen Pallasbüste ob der Thüre hoch und hehr;
Sitzt mit geisterhaftem Munkeln, seine Feueraugen funkeln
Gar dämonisch aus dem dunkeln, düstern Schatten um ihn her;
Und mein Geist wird aus dem Schatten,
den er breitet um mich her,
Sich erheben – nimmermehr!

Edgar Allan Poe

Milena fühlte sich, als würde sie nach einer Vollmondnacht aus unruhigem Schlaf erwachen, ermattet, mit schwerem Kopf und noch schwereren Gliedern. Doch sie war weder zu Hause noch in einem Bett. Ihre Finger kratzten über staubigen Boden, wie die Reflexe eines Tieres, das versuchte auf die Beine zu kommen. Sie schmeckte Staub und hatte einen seltsamen Geschmack nach Eisen in ihrem Mund und ihrer Kehle. Hatte sie sich auf die Zunge gebissen?

Dann kehrte mit einem Schlag die Erinnerung zurück. Sie

riss die Augen auf und sah nur Staub. Die Luft war trübe, die Scheune in dämmeriges Zwielicht getaucht.

»Milena?«

Johns Ruf ließ sie zusammenzucken. Er lebte. Erleichterung strömte durch ihren Körper und wurde sogleich von einem Hauch Bitterkeit verdrängt.

»Milena! Geht es dir gut? Sag etwas!«

»Ja«, keuchte sie. »Ja, ich glaube schon.«

Sie hatte keine Zeit mehr, sich weiter umzusehen, denn in diesem Moment stieß John das Scheunentor auf. Licht flutete herein und färbte den Staub in der Luft gelb.

Sie starrten einander an. John war fast schwarz im Gegenlicht, in der Hand hielt er ein Messer. Er blutete aus kleineren Wunden an der Stirn und am Arm und schien es kaum zu bemerken.

Nur langsam ließ er die Hand mit der Waffe sinken. Er starrte wie gebannt an Milena vorbei.

Was sah er dort?

Mit jedem Herzschlag, der verstrich, fühlte es sich an, als würde das Blut in ihren Adern kälter. Sie drehte sich ganz langsam um. Die Angst war lähmend. Und dann sah sie ihn, den Mann, der auf sie und John geschossen hatte. Er war kaum noch wiederzuerkennen. Überall war Blut.

Milena schrie. Sie rappelte sich auf, strauchelte und kroch weiter, bis John sie fasste und ihr hochhalf. Einen Moment lang hielt er sie in den Armen und sie presste sich mit dem Rücken an seine Brust, hätte ihn am liebsten auf diese Weise rückwärts aus der Scheune geschoben. Sie wollte den Toten nicht sehen, wollte nicht wahrhaben, was die langen, blutigen Striemen auf dem verrenkten Körper bedeuteten.

John atmete heftig und sein Atem strich warm über ihre Haut, hüllte sie ein, wie ein winziges Stückchen Geborgenheit. *Du bist nicht allein mit diesem schrecklichen Unglück,* schien er zu sagen.

»Ist er tot?«, erkundigte sich John schließlich, obwohl sich die Frage bei dem Anblick erübrigte.

»Ich … ich glaube schon.«

Als er merkte, wie sich Milenas Körper versteifte, löste John seinen Griff und trat neben sie. Er haschte nach einer Feder, die durch die Luft trudelte. Sie war grau mit schwarzer Spitze. Der Flaum war blutverklebt.

»All die Federn …« John durfte nicht weitersprechen. Sie wollte nicht, dass er es tat. Wie sollte sie ihm erklären, was sie war, wenn sie es selber nicht wahrhaben wollte?

Milena ging zögernd vorwärts und blieb schließlich neben dem Toten stehen. Sie zitterte.

»Ich … ich hab das getan«, sagte sie leise.

»Du hast dich verteidigt, das war Notwehr.« John war neben sie getreten. Er sprach zögernd. Seine Stimme war belegt, die Worte trotzdem bestimmt. »Wir können nichts mehr daran ändern. Wo ist dieses Viech hin? Du hast den Vogel doch auch gesehen, oder?«

Milena ignorierte seine Frage. »Bitte ruf nicht die Polizei.«

»Nein, sicher nicht.« Er überlegte, sein Blick huschte kurz

zu dem Toten. Sie sah ihn bei dem Anblick schlucken. »Wir können ihn nicht einfach so hier liegen lassen. Er muss hier weg.«

»Du willst die Leiche verschwinden lassen? Aber wie?«

»Ich muss überlegen.«

John begann in der Scheune auf und ab zu gehen. Dabei drehte er noch immer die Harpyienfeder zwischen den Fingern. Milena hätte sie ihm am liebsten aus der Hand gerissen. *Was habe ich nur getan?*

Der Geschmack nach Eisen in ihrer Kehle ähnelte auf erschreckende Weise dem Blutgeruch, der vom Scheunenboden aufstieg. Hatte sie den Mann gebissen oder gar etwas von ihm gefressen, als sie eine Harpyie gewesen war?

Plötzlich wurden Milenas Knie wieder weich und eine furchtbare Übelkeit überkam sie. Sie stolperte an John vorbei, der sein Handy in der Hand hielt.

Draußen angelangt, konnte sie die Krämpfe in ihrem Magen nicht länger unterdrücken. Sie würgte und würgte, bis ihr alles wehtat und sie sich ermattet gegen die Scheunenwand lehnen musste, um nicht umzufallen.

Von drinnen klang Johns Stimme heraus. Milena verstand nur einzelne Worte. *Baustelle, Ausgrabung abgeschlossen* und vom *Gießen der Sauberkeitsschicht* war die Rede. Führte er jetzt etwa ein Gespräch über die Arbeit? Ließ ihn das alles so kalt?

»Milena? Hast du ein Auto?«, rief er.

»Ich? Nein. Ich kann nicht Auto fahren, ich bin mit dem Rad hier.«

»Verflucht.«

Sie wischte sich über den Mund und überwand den inneren Widerstand. Ihre Schritte trugen sie zurück in die Scheune.

John musterte sie von oben bis unten. Sein stechender Blick war ihr unangenehm.

»Wofür brauchen wir ein Auto?«

»Um den Toten verschwinden zu lassen. Wir müssen uns beeilen, bevor meine Eltern zurückkommen. Hilfst du mir?«

Am liebsten wäre sie weggelaufen, doch das konnte sie nicht. »Ja, ich versuche es. Ich hab ihn immerhin auf dem Gewissen, nicht wahr?«

John trat vor sie und wieder fühlte sie sich von ihm zugleich abgestoßen und angezogen. Als er ihr die Hände auf die Schultern legte, hielt sie ganz still. Er wusste es. Er kannte ihr Geheimnis.

»Ich habe gesehen, was passiert ist, auch wenn sich mein Verstand keinen Reim darauf machen kann und sich alles in mir dagegen sträubt, es zu glauben. Aber es ist wahr, oder? Du warst der Vogel.«

Sie nickte.

»Ich erinnere mich, Milena. Als diese Typen mich zum ersten Mal angriffen, warst du auch da. Du hast mir das Leben gerettet.«

Milena senkte den Blick. Ja, sie hatte ihm das Leben gerettet, Stefan damit beinahe umgebracht und nun sollte sie auch John ermorden. Was sollte sie da sagen?

Er strich ihr über die Wange und ehe Milena wusste, wie

ihr geschah, hatte John sie auf die Stirn geküsst. Flüchtig nur, nicht mehr als eine freundschaftliche Geste und doch brannte die Stelle wie Feuer.

»Danke! Ich weiß nicht wirklich, wer oder … was du bist, aber danke. Milena?«

»Ja?«

»Versprichst du mir etwas?«

»Wenn ich kann.«

»Wenn oder falls wir das alles lebend überstehen, erklärst du mir dann, was du bist?«

Milena fühlte, wie ihr jegliche Farbe aus dem Gesicht wich. »Wenn wir überleben, ja. Aber ich weiß nicht viel. Das Einzige, was ich weiß, ist … ich bin eine Harpyie, seit zwei Tagen bin ich eine Harpyie!« Sie hätte das Wort am liebsten geschrien, doch es erstarb in ihrem Mund.

John atmete tief durch, setzte an, um etwas zu erwidern, und schüttelte dann den Kopf. »Da hinten steht eine Rolle mit dicker Plastikplane, darin wickeln wir ihn ein. Beeilen wir uns.«

Milena half John die graue Folie abzuwickeln und mit einem Messer zuzuschneiden. »Wofür braucht ihr die?«

»Die Plane? Damit decken meine Eltern auf Ausgrabungen normalerweise wichtige Fundstellen ab. Damit sie nicht austrocknen oder um sie vor Regen zu schützen.«

»Soll ich dir helfen, bei … du weißt, dem Toten …«

»Nein, ich mach das schon. Du kannst in der Zwischenzeit versuchen hier ein bisschen Ordnung zu schaffen.«

»Gut, okay.«

Milena war erleichtert, sie wollte die Leiche nicht berühren. John klemmte sich die Folie unter den Arm, zog Arbeitshandschuhe an und nahm eine Rolle starkes Klebeband mit. An seinem steifen Gang merkte Milena, dass die Aufgabe auch ihm nicht leichtfiel, und bekam ein schlechtes Gewissen. »Falls ich doch …«

»Geht schon.«

Milena sammelte die größeren Federn ein und kratzte so lange mit einem Schaber über den Lehmboden der Scheune, bis von dem vergossenen Blut kaum noch etwas zu sehen war.

Die Klauen der Harpyie hatten im Boden und in den Holzbalken tiefe Scharten hinterlassen. Die ließen sich nicht so leicht verbergen.

John zerrte den Toten zum Leichenwagen und wuchtete ihn hinein. Milena zwang sich zuzusehen, denn schließlich hatte sie den Fremden umgebracht. John lud noch eine Schubkarre, Schaufeln und weitere Säcke in den Wagen, dann schlug er die Tür zu.

»Ich hoffe, die Karre läuft. Ich hab versucht sie ein wenig fit zu machen.« Er lachte trocken. »Heute Morgen hab ich mir noch Sorgen gemacht, wie es aussehen würde, wenn ich mit dem alten Leichenwagen meines Opas zur Arbeit fahre …«

»… und jetzt liegt sogar ein Toter drin«, ergänzte Milena.

John ließ prüfend den Blick schweifen. Die Scheune sah

fast wieder aus wie zuvor. Erst jetzt bemerkte Milena, dass die Rabenleiche nirgendwo lag. Womöglich hatte der Schäferhund sie fortgeschleppt. Ihr war es gleich.

»Wir sollten aufbrechen«, seufzte John.

»Kann ich vorher kurz noch zur Toilette?«

Auf Milenas Frage hin wurde John blass. Er ging zögernd auf sie zu, seine blaugrauen Augen wirkten dunkel, fast schwarz. »Sicher, ich … komm, gehen wir.«

Er verhielt sich merkwürdig, als scheue er den Gang zurück zum Haus. Dann wurde Milena klar, weshalb John zögerte. Sein Hund! Sein Hund Max war im Haus. Sie erinnerte sich wieder an das hohe Winseln, als die Killer dort eingedrungen waren. Wahrscheinlich war das arme Tier tot. »Dein Hund«, sagte sie leise, mehr Worte brachte sie nicht heraus. Sie wollte sich gar nicht vorstellen, wie er sich jetzt fühlte.

John schwieg und wich ihrem Blick aus.

Die Tür des kleinen Häuschens stand offen. Das war kein gutes Zeichen. Milenas Kehle wurde schon wieder eng und ihr Puls schoss hoch, als seien die Angreifer zurückgekehrt, um sie diesmal endgültig umzubringen. »Soll ich nachsehen, John?« Ihr war klar, wie furchtbar es für ihn sein würde. John schüttelte nur den Kopf.

Im Flur war es still. Alles war so, wie sie es verlassen hatten, auch in der Küche, die direkt neben dem Eingang lag, war nichts zu sehen.

Milena wartete an der Haustür. John öffnete die Badezimmertür. An der Art, wie sich seine Schultern versteiften, konnte sie erkennen, dass er gefunden hatte, was sie beide befürchteten. John fiel auf die Knie.

Als Milena das kleine Bad erreichte, streichelte er den Kopf seines leblos daliegenden Schäferhundes. In der Luft hing der intensive Geruch von Hundefell und Angst.

»Diese verdammten Schweine. Ist er …?«

John antwortete nicht. Er sprach leise auf das Tier ein, vergrub seine Hände in dessen Fell. Plötzlich zuckte eine Pfote. Dann leckte Max ihm über die Hand. Milena glaubte John weinen zu hören. Sie hatte das Gefühl, völlig fehl am Platz zu sein.

Der Hund wurde lebhafter. Als er den Kopf hob, konnte sie eine Wunde über dem linken Ohr sehen. Blut verklebte das Fell und eine Lefze war aufgerissen. Sie hatten ihn geschlagen, bis er das Bewusstsein verlor.

»Meinst du, er wird wieder?«

John tastete Max ab. Es schien nur die Verletzungen am Kopf zu geben. »Ich denke, ja.«

Als John aufstand, kam auch der Hund wackelig auf die Beine.

Er folgte seinem Herrchen in den Flur. John wischte sich verstohlen die Tränen aus dem Gesicht und Milena war so gerührt, dass sie beinahe selber weinen musste. Hastig ging sie zur Toilette und als sie wieder herauskam, lag der Hund mit einem nassen Handtuch auf dem Kopf im Körbchen in der Küche und John wartete an der geöffneten Tür. Sie mussten los, es war höchste Zeit.

Die Landstraße führte durch sanft wogende Felder, vorbei an blühenden Obstbäumen und Pferdekoppeln. Sie fuhren eine Weile schweigend. Milena mochte gar nicht darüber nachdenken, in was für einem Auto sie saßen und was hinter ihr in eine Plane eingewickelt lag.

John sah starr geradeaus. »Willst du irgendwem Bescheid sagen, dass du länger unterwegs bist?«, sagte er mit einem Mal.

»Daran hab ich gar nicht gedacht, danke.«

Milena schrieb erst ihrer Freundin Linda, für die sie schon oft Alibis geliefert hatte, wenn diese sich mal wieder mit ihrem Freund treffen wollte und ihre Eltern es nicht erlaubten. Sie hielt die Nachricht kurz. *Habe netten Jungen kennengelernt, ich sag meiner Mama, ich bin bei dir. Morgen erfährst du alles.* Die nächste SMS war für ihre Mutter. *Bin bei Linda, mach dir keine Sorgen.* Milena drückte auf *Senden* und seufzte.

Schließlich setzte John den Blinker und bog in ein Neubaugebiet ab. Dahinter schloss ein kleiner Buchenhain an, aus dem Weg wurde eine Schotterpiste. Zwischen den Bäumen ragte ein Baukran empor. Jetzt verstand Milena, warum John vor ihrer Abfahrt hinten im Wagen ein Schild angebracht hatte, auf dem groß *»Baustellenfahrzeug, Heller – Archäologie«* stand. Es war die beste Tarnung, die sie sich wünschen konnten.

John hielt vor einem Bauzaun. »Meine Eltern haben hier bis vor zwei Tagen gearbeitet«, sagte John, stieg aus dem

Wagen und schloss den Eingang auf. Milena half ihm das Tor zu öffnen und schob es hinter dem Wagen wieder zu. Sie sah sich um. Weit und breit war keine Menschenseele zu sehen. Die nächsten Häuser lagen hinter dem Buchenwäldchen. Der Bauzaun war an zwei Seiten mit blauen Planen verhangen, Bagger und ein Container schützten sie auf der dritten Seite vor Blicken. Aber würden die Bauarbeiter den Toten nicht finden?

John lud bereits die Schubkarre aus dem Auto, als Milena zu ihm trat. Sie kämpfte mit der Übelkeit.

»Was machen wir jetzt?«

Er drückte ihr eine Schaufel in die Hand. »Wir heben eine flache Grube aus. Morgen gießen sie die Sauberkeitsschicht, dann wird ihn niemand mehr finden.«

»Die was?«

»Beton, eine Betonschicht, auf die später gebaut wird.«

»Ach so.«

»Wir müssen uns vorsichtig bewegen, der Boden ist zentimetergenau eingeebnet.«

John schob eine Planke vom Rand auf den Boden der Baugrube und Milena folgte ihm in das Loch hinein. Hier sah der Untergrund wirklich so aus, als hätte ihn jemand mit größter Sorgfalt platt gedrückt. Sie befanden sich fast zwei Meter unter der Erdoberfläche. John wählte eine Stelle am Rand aus und zog mit der Schaufelkante eine Linie, dann begann er zu graben. Milena bekam die Aufgabe, einige Plastiktüten mit Erde zu füllen und an den Rand zu stellen.

»Wofür sind die? Kippen wir die später wieder obendrauf?«

»Nein, die Tüten sind unsere Ausrede, falls jemand kommt und Fragen stellt. Du sagst dann, dass wir noch Bodenproben machen müssen, was wir in der Eile der letzten Tage vergessen haben. Wenn sie sich wundern, wer du bist, dann machst du bei uns ein Praktikum.«

»Verstanden.« Die Tüten zu füllen, war schnell erledigt. Nun saß Milena auf dem Boden, während John schaufelte. Er hatte ihre Hilfe abgelehnt. Als sie ihn arbeiten sah, wusste sie auch warum. Seine Bewegungen waren geschmeidig und so gleichmäßig wie ein Uhrwerk. Sie hätte ihn wahrscheinlich nur gestört. Binnen kürzester Zeit hatte er ein Loch in der Größe des Toten ausgehoben und arbeitete sich rasch weiter nach unten vor. Er schwitzte, Muskeln spielten unter seinem Shirt. Sein dunkles Haar rutschte ihm bei jeder Vorwärtsbewegung in die Stirn und verdeckte seine geheimnisvollen Augen.

John war genauso, wie sie ihn sich nach ihrer ersten Begegnung ausgemalt hatte, nur noch viel sympathischer. Sie schauderte. Nach diesem Tag, an dem so viel Schreckliches passiert war und John sogar den Toten vergrub, den sie auf dem Gewissen hatte, war es für sie unvorstellbar, ihn umzubringen.

Als hätte Aello ihre Gedanken gelesen, krächzte in der Ferne ein Rabe. Milena lief es kalt über den Rücken.

»Ich bin fertig«, sagte John leise und wischte sich den Schweiß von der Stirn. Er war trotz der Anstrengung blass.

Auch wenn er äußerlich beeindruckend ruhig blieb, fraß das schreckliche Erlebnis wahrscheinlich genauso an ihm wie an ihr.

Milena lud mehrere der Säcke mit Erde in die Schubkarre, nahm einen weiteren in die Hand und folgte John zum Auto. Sie stellten die gefälschten Bodenproben neben den Wagen, überprüften noch einmal, ob auch wirklich niemand in der Nähe war, und dann war es so weit. John zog den Toten von der Ladefläche, Milena hielt die Schubkarre fest, damit sie nicht wegrutschte, und achtete darauf, dass die Plane an Ort und Stelle blieb.

So schnell wie möglich schob John die Schubkarre über die Planke in die Baugrube. »Du musst von vorne bremsen«, wies er sie an. Auf dem schrägen Brett brauchte John alle Kraft, damit seine Fracht nicht zu viel Geschwindigkeit bekam. Milena drückte von vorne dagegen. Immer wieder stieß sie dabei gegen den Körper des Toten, gegen die Schulter, gegen den Kopf.

Rumpelnd kam die Schubkarre hinter der Planke zum Stehen. Milena drückte die Hände auf den Bauch. Sie war völlig außer Atem und ihr war schon wieder übel. Wenn in ihrem Magen noch etwas gewesen wäre, hätte sie sich übergeben.

Sie kämpfte gegen den Ekel und das schreckliche Schuldgefühl. John musterte sie, sah ihr in die Augen und plötzlich fühlte sie sich wieder stark genug, um die Sache zu Ende zu bringen.

Sie fasste die Füße des Toten, John die Schultern und sie wuchteten ihn gemeinsam in die Grube. Hastig schaufelten sie Erde über die Leiche. Milenas Arme begannen zu brennen, ihr Rücken schmerzte von der ungewohnten Anstrengung, doch sie erlaubte sich erst zu verschnaufen, als der Boden eingeebnet war. Sie konnte kaum zusehen, wie John die Erde über dem Toten feststampfte. Er gab sich große Mühe, alle Spuren zu verwischen, und bald sah der gesamte Grund der Baugrube aus, als hätte sie nie jemand betreten. Milena wartete mit der Schubkarre neben dem Auto, während John die letzten Säcke hinauftrug und die Planke entfernte.

»Wir haben es geschafft«, seufzte John erleichtert.

»Ich hoffe es.«

Plötzlich erklang in der Luft ein allzu bekanntes Flattern und Milena fühlte Panik in sich aufsteigen. Ein großer schwarzer Vogel kreiste über ihnen. Es war ein Kolkrabe. Auch John fiel das Tier nun auf. Er blickte in den dunkler werdenden Abendhimmel.

Der Kolkrabe legte die Flügel an und stürzte direkt auf Milena zu. Sie schrie, duckte sich und riss schützend die Arme über ihren Kopf. Der Windstoß zerrte an ihrem Haar, doch der Rabe griff nicht an. Geschickt landete er auf dem Rand der Schubkarre.

»Verdammtes Mistvieh!«, schrie Milena. »Verschwinde und sag deiner Herrin, sie soll dich nie wieder herschicken!«

»Wo kommt der Vogel her?« John trat näher.

Der Rabe krächzte John zornig an und hackte nach ihm. »Ist das dein Vogel? Ist er dir hierher gefolgt? Ich dachte, Max hätte ihn totgebissen.«

Milena schnaubte. Sie war so sauer, dass sie kurz davor war zu weinen, und das machte sie noch wütender.

»Nein, dieser verdammte Vogel ist ein Spion oder ein Wachhund, such dir eins davon aus.«

John zog die Brauen zusammen. »Ich versteh kein Wort.«

Milena seufzte. »Gleich, lass uns bitte erst von hier verschwinden.«

»Klar, du hast Recht.«

Sie packten die Schubkarre und alles andere ein. Milena übernahm es wieder, das Tor zu öffnen und zu schließen, nachdem John den Wagen hindurchgefahren hatte. Als sie auf den Beifahrersitz stieg, flog der Rabe krächzend auf ihren Schoß. »Nein! Verschwinde!«

Milena versuchte den Vogel fortzuschubsen, doch dieser schlug nur seine Krallen in ihre Beine, krächzte sie an und hackte ihr schmerzhaft in den Finger.

»Soll ich dir helfen?«

»Nein, es bringt eh nichts«, seufzte sie und schloss die Beifahrertür.

John trat aufs Gas und beobachtete sie von der Seite, während er den Wagen aus dem Neubaugebiet lenkte.

Milena starrte den Raben an und hatte das Gefühl, direkt in Aellos Augen zu blicken. Es wunderte sie kaum, dass der Vogel erst nachdenklich den Kopf schief legte, einen kleinen

Zettel unter seinem Flügel hervorzog und ihn ihr vorsichtig hinhielt. »Schönen Dank auch«, sagte sie zornig und faltete den Brief auseinander.

8 stand dort und darunter: *Gib dieses Mal besser acht auf Rok.*

Milena kurbelte das Fenster herunter und überließ den Zettel dem Wind. Die Zahl Acht war eine Erinnerung daran, wie viele Tage ihr noch blieben, bis die Frist ablief, und die Worte betrafen den Vogel. Rok, so hatte auch schon der erste Rabe geheißen. War der Rabenkörper unsterblich oder schickte die Harpyienkönigin immer dieselbe Tierseele in verschiedenen Körpern zu ihr? Sie würde es nicht herausfinden und eigentlich war es auch unwichtig. Wichtiger war etwas anderes und sie lächelte triumphierend bei dem Gedanken daran.

»John, um wie viel Uhr hat dein Max den anderen Vogel erwischt?«

»Mittags. Vielleicht so gegen halb zwölf. Warum?«

»Nur so.« Das bedeutete, Aello brauchte fast einen halben Tag, um einen neuen gefiederten Spion zu schicken. Vielleicht würde ihr dieses Wissen in den nächsten Tagen noch nützlich sein.

»Bekomme ich eine Erklärung?«, fragte John.

Milena seufzte. »Du glaubst es mir sowieso nicht.«

»Nicht? Immerhin habe ich gesehen, wie du dich in einen Vogel verwandelt hast. Versuch es.« Er lächelte, obwohl an diesem Tag so viel Schreckliches geschehen war.

»Ich kann dir nicht alles sagen, aber ich versuche es.«

»In Ordnung.«

Milena wusste selbst nicht, warum sie es tat, warum sie dem Menschen, den sie umbringen sollte, auf eine seltsame Weise vertraute, doch sie tat es. Für heute wollte sie nicht mehr an ihre Aufgabe denken.

Dann fing sie an zu erzählen, berichtete von ihren Träumen, dann, wie sie ihn gerettet hatte und daraufhin entführt wurde. Sie behauptete, ihre Strafe für ihren Ungehorsam seien ihre Verwandlung in eine echte Harpyie und der Rabe als Wächter. John gab sich damit zufrieden.

»Und dann suchst du für dein Praktikum nach Schleiereulen und triffst ausgerechnet mich.«

»So in der Art, ja.«

»Das ist so absurd. Aber was an dieser Geschichte ist es nicht.«

Sie hatten ihr Haus beinahe erreicht.

»Kannst du mich an der Straßenecke rauslassen?«

»Klar, aber ist es nicht noch ein Stückchen?«

»Ich hab meiner Mama geschrieben, dass ich bei einer Freundin bin.«

»Ach so, dann sollte deine Tarnung besser nicht auffliegen.« John parkte, stellte den Motor ab und wandte sich im Sitz zu ihr.

»Milena, das klingt jetzt seltsam und ich bin mir sicher, dass ich so was vor diesem Tag zu keinem Mädchen gesagt hätte …«, unsicher wich er ihrem Blick aus und holte tief

Luft. »Ich glaube, das Schicksal hat uns irgendwie zusammengeführt. Ich würde dich gerne wiedersehen, aber erst, wenn diese Leute nicht mehr hinter mir her sind. Ich will nicht, dass noch jemand in die Sache hineingezogen wird.«

Milena schluckte. Ihr Herz pochte plötzlich wie verrückt. Das durfte doch nicht sein!

»Du sagst nichts?« Er krampfte seine Hände um das Lenkrad. Milena konnte seine Enttäuschung spüren. Die Situation wurde immer fürchterlicher. Sie fühlte sich doch auch zu ihm hingezogen. Es war wie verflucht!

»John, ich …«, stotterte sie.

»Überlege es dir. Ich will dich nicht überrumpeln.« Er kramte einen Zettel aus dem Handschuhfach, schrieb eine Nummer darauf und reichte ihn ihr. »Du kannst mich anrufen. Ich würde mich freuen.«

»Vielleicht mache ich das. Bis dann.«

»Bis dann.« Er streifte ihre Hand mit den Fingern. Milena hatte es plötzlich eilig. Sie stieß die Tür auf, der Vogel flog hinaus. Ohne John noch einmal anzusehen, stieg sie aus, winkte und ging die Straße hinunter.

Es dauerte eine Weile, bis er schließlich den Wagen startete und davonfuhr. Wahrscheinlich hatte er darauf gewartet, dass sie ihm noch einmal zuwinkte. Und fast hätte sie es sogar getan.

Was für ein Tag. Erst jetzt fiel ihr ein, dass ihr Fahrrad noch immer versteckt im Gebüsch bei Johns Hof lag. Aber sie würde ohnehin wieder zu John zurückkehren müssen, um ihre Aufgabe zu Ende zu bringen. Sie schloss ihre Hand fester um den Zettel. Sollte sie ihn schon morgen anrufen oder einfach hinfahren?

Der Rabe hüpfte neben ihr auf einem Zaun entlang und krächzte bei jedem Sprung.

»Zuerst fahre ich morgen zu Stefan, dann sehen wir weiter.«

Der Rabe krächzte wieder, diesmal protestierend.

~ERBE DER GÖTTER~

Und es trat der Wind an meine Pforte,
Und er that sie auf. Kam wer herein?
Wie ein feiner Ruf, wie Koseworte
Tönt es, – und die Nacht besiegt ein Schein.

Und der Schein wuchs auf zu grossem Glanze.
Eines Jünglings herrliche Gestalt,
Bleich die Stirn umreift vom Lotoskranze,
Trat daher mit süsser Allgewalt.

Alberta von Puttkamer

Als John heimkam, waren seine Eltern noch immer nicht zurück. Stattdessen hatten sie ihm eine kurze Nachricht geschickt. Sie waren noch in Onkel Peters Wohnung, um einige persönliche Dinge zusammenzupacken. John war erleichtert. So musste er keine Lügen darüber erfinden, wo er die letzten Stunden gewesen war. Noch einmal sah er in der Scheune nach, ob wirklich alle Kampfspuren beseitigt waren. Nirgendwo entdeckte er Blut, Einschusslöcher waren in dem

Zwielicht, das in der Scheune herrschte, wahrscheinlich auch bei Tag nicht zu sehen, die Patronenhülsen hatte Milena alle eingesammelt.

John schloss einen Moment lang die Augen. Es fiel ihm noch immer schwer, zu begreifen, was er heute gesehen und erfahren hatte.

Mit den Fingern fuhr er die tiefen Furchen nach, welche die Klauen der Bestie im Holz hinterlassen hatten. Wie konnte so eine schreckliche Kreatur in einem zarten Mädchen wie Milena hausen? Er musste an die Werwolf-Geschichten denken, die in den letzten Jahren so beliebt geworden waren. Doch sie war kein Wer-Irgendwas. Sie war eine Harpyie. Ein Wesen, das aus der gleichen Mythologie stammte wie die Götter, die angeblich ihr grausames Spiel mit Johns Familie trieben.

Von diesem Tag an glaubte John nicht mehr an Zufälle. Dass sie einander begegnet waren, musste etwas zu bedeuten haben. Trotzdem war es ihm lieber, Milena nicht in seiner Nähe zu wissen. Sie faszinierte ihn. Er wollte sie nicht in Gefahr bringen.

Nachdenklich verließ John die Scheune, ging in das Haus seiner Eltern, durchstöberte ihre Bibliothek und kehrte mit einem Stapel Bücher in das kleine Fachwerkhaus zurück.

Drinnen angekommen wurde er von Max begrüßt. Der alte Hund blieb in seinem Körbchen liegen, klopfte mit der Rute gegen die Wand und winselte.

John streichelte ihm vorsichtig über den Kopf. Die Wunde

hatte sich geschlossen und blutete nicht mehr. »Tapferer alter Junge, hast dir eine Belohnung verdient.«

Er gab Max ein Leckerchen und sah sich dann in der Küche um. »Wenn ich nicht gleich tot umfallen will, dann sollte ich mir was zu essen machen.«

Sein Blick fiel auf den Becher mit kaltem Kaffee. Schon beim Gedanken daran verzog er angewidert den Mund. Aber ohne Kaffee würde er nicht mal lange genug wach bleiben, um auch nur die Hälfte der Bücher durchzugehen.

Er stellte die Tasse in die Mikrowelle und machte sich ein paar Brote, dann zog er sich mit seiner Lektüre in das kleine gemütliche Wohnzimmer zurück.

Die Bücher hatten alle das gleiche Thema: *Griechische Mythologie*. Es waren alte Sagen, Schriften über die Kulte der alten Griechen oder Ausgrabungsberichte.

John überflog die Texte und nippte dabei am Kaffee, der noch widerlicher schmeckte als jeder andere aufgewärmte Kaffee, den er zuvor getrunken hatte.

Das Buch mit den Sagen erwies sich als wichtige Quelle. Fast in jeder Geschichte war von Duellen und Fehden der Götter die Rede, die ihn allzu sehr an das Spiel erinnerten, von dem der Angreifer geredet hatte.

Doch was sollte er tun? Wie konnte er einen Kampf gewinnen, in dem die anderen so viele Vorteile hatten? Es schien, als würde sich das Leben der Familie Tsirkas ausschließlich um den Wettstreit drehen. Sie hatten Waffen, konnten kämpfen und wussten sehr genau, worum es in dieser Sache ging, während John offenbar das einzige lebendige Mitglied seiner Familie war, das überhaupt von der Fehde wusste.

Sein Großvater, der die dringend notwendigen Antworten auf seine Fragen gekannt hätte, war seit über zehn Jahren tot. Und selbst er hatte das Heil in der Flucht gesucht.

»John Ossian«, sprach er seinen richtigen Namen aus. Der Klang gefiel ihm.

Eigentlich ist es kein Wunder, dass die Tsirkas so viel mehr auf den Kampf brennen, dachte John, *wenn Ares ihr Stammvater und Beschützer ist.*

Er blätterte in einem Buch über Mythologie, bis er eine Abbildung fand. Ares war der Gott des Kampfes. Sein Name bedeutete *Verderber* oder *Rächer*. Massaker und blutiges Gemetzel waren eng mit ihm verknüpft und angeblich liebte er den Klang von Waffen und die Schreie der Sterbenden. Selbst seinem eigenen Vater Zeus war er verhasst und wurde von den anderen Göttern auf Grund seiner Rohheit verachtet.

Wenn seine Nachkommen nur einen Bruchteil seines Charakters geerbt hatten, dann war es ein ungleicher Kampf.

John durchsuchte das Buch nach dem Gott, der angeblich Stammvater seiner eigenen Familie war. Thanatos. Ein Bild zeigte einen dunklen, geflügelten Gott in der Gestalt eines Jünglings. *Er ist der Daimon des friedvollen Todes und seine Farbe ist Schwarz,* stand dort. *Er wohnt, wo Nacht und Tag einander begegnen.*

»Schön«, seufzte John. »Die bekommen den Gott des

Gemetzels und wir ausgerechnet den des friedlichen Entschlafens? Großartig!«

Verwundert bemerkte er, wie ihm selbst beinahe die Augen zufielen. Er trank noch einen weiteren Schluck Kaffee und verzog angewidert den Mund. Die Schläfrigkeit blieb und wurde sogar noch stärker. John rieb sich die Augen und konzentrierte sich wieder auf den Text.

Wenn ein Mensch in einen derartigen Kampf verwickelt war, gab es für ihn scheinbar nur zwei Möglichkeiten, wieder herauszukommen. Entweder er starb oder siegte und zum Siegen brauchte er vor allem eines: die Unterstützung eines Gottes.

John lachte trocken auf, als ihm klar wurde, wie absurd seine Lage war. Vor drei Tagen hatte noch nichts darauf hingedeutet, dass sein Dasein nicht in normalen Bahnen verlief. Nun hatte er schon zwei Mal um sein Leben kämpfen müssen und gemeinsam mit einem Mädchen, das eine Harpyie war, eine Leiche versteckt.

»Thanatos, wenn es dir wichtig ist diese Sache zu gewinnen und du mich hören kannst, dann hilf mir!«, sagte er, nur halb im Scherz. Dann schüttelte er den Kopf.

Vielleicht war es die schreckliche Müdigkeit, die ihn mit sich selber sprechen ließ.

John legte mit letzter Kraft seine bleischweren Beine hoch. Er wollte schlafen, ein wenig ausruhen. Doch kurz bevor er endgültig einnickte, überkam ihn Panik. Etwas war nicht richtig. Die Müdigkeit fühlte sich falsch an, sein Herz wurde immer langsamer und das Atmen fiel ihm schwer, als lastete ein riesiges Gewicht auf seiner Brust. Verzweifelt versuchte er dagegen anzukämpfen, dann war es zu spät.

»John Ossian, mein Sohn, wach auf!«

John wälzte sich herum, der fremden Stimme zu. Seine Augenlider waren so schwer, dass es ihn alle Kraft kostete, die er aufbringen konnte, um sie zu heben.

Es war dunkel in dem kleinen Wohnzimmer. Das lähmende Gefühl, das seinen Körper befallen hatte, war noch immer da.

Er versuchte sich aufzurichten, doch seine Mühen waren vergeblich. War da jemand mit ihm im Zimmer? Max hätte doch sicherlich gebellt. Es sei denn, sie hatten Max endgültig umgebracht.

Ein kalter Schauer rann ihm den Rücken hinab.

Hatte er die Pistole bei sich? Nein! Sie lag wahrscheinlich noch in der Küche neben der Spüle.

John konnte kaum etwas sehen. Neben dem Sofa brannte die Leselampe, doch außerhalb ihres schwachen Lichtscheins war nur diffuses Dunkel. Die Schatten bewegten sich. Es raschelte wie Flügelschlagen.

»Hallo? Wer ist da?« Seine Stimme klang erschreckend schwach, jedes Wort war mühsam.

»Du hast nach mir gerufen, John. Ich habe dich erhört.«

»Ich habe niemanden gerufen … ich …«

»Ist deine Erinnerung so schlecht? ›*Thanatos, hilf mir*‹, das waren deine Worte.«

John glaubte seinen Ohren nicht zu trauen. »Du bist hier?«

Wie zum Beweis verdichteten sich die Schatten außerhalb des Lichtkreises, flossen zusammen wie Teer und formten ein schimmerndes Gebilde. Flügel, schwarz wie Rabenfedern, umhüllten eine Gestalt.

John presste sich tiefer in das Sofa. Thanatos teilte seine Schwingen und trat als bleicher junger Mann mit schwarzen Locken und finsterem Blick ins Licht.

Eine schreckliche, urtümliche Angst ergriff von John Besitz. Dies war der Tod, der leibhaftige Tod! Und er war zu ihm gekommen, weil er nach ihm gerufen hatte!

John griff nach dem Kaffee, er brauchte jetzt etwas, das ihn wach machte.

»Wenn du noch mehr von diesem Gebräu trinkst, mein Sohn, benötigst du meine Hilfe nicht. Dann wird eine Harpyie kommen und deine Seele in den Hades bringen.«

»Was bedeutet das?«

»Es ist Gift darin.«

John ließ vor Schreck die Tasse fallen. Der Kaffee mitsamt Gift versickerte im Teppich. Thanatos war im nächsten Moment bei ihm und legte eine Hand auf seine Stirn. Die Berührung war eisig. Kalter Schweiß trat unter der Hand hervor und wurde mit weichem Tuch abgewischt. Ganz deutlich spürte John, wie die Schwäche aus seinem Körper gesogen wurde. Einen Moment lang fühlte er sich leer, wie nach dem ersten Angriff, als Milena nicht seine Seele, sondern die seines

Angreifers mitgenommen hatte. Er war dem Tod entkommen, zum zweiten Mal.

»Ich weiß nicht, wie du das gemacht hast, aber danke«, sagte er mit belegter Stimme.

»Erwähne es nicht, niemals.«

John nickte schnell und setzte sich auf. »Ich habe Fragen.«

»Ja, mein Sohn, das glaube ich. Dir ist so viel verheimlicht worden.«

Erst jetzt fiel ihm auf, wie Thanatos ihn anredete. »Mein Sohn? Ich bin nicht dein Sohn, oder?«

Thanatos hob die Schwingen, die halb aus Haut bestanden, halb mit glänzenden schwarzen Federn bedeckt waren, und setzte sich vor John auf den Sofatisch. »Doch, das bist du.«

»Unsinn, meine Eltern … mein Vater …«

»Der Mann deiner Mutter weiß es nicht und deine Mutter glaubt, sie habe nur geträumt. Eure Blutlinie war schwach geworden, ich sah mich genötigt, sie aufzubessern.«

John starrte ungläubig in das makellose, jugendliche Antlitz des Totengottes und hätte ihn in diesem Moment am liebsten gewürgt oder angeschrien.

»Ich verstehe deinen Zorn, John, aber es war notwendig.«

»Notwendig, meine Mutter zu schwängern? Ohne ihr Wissen?!«

»Nicht ohne ihr Wissen.« Thanatos wich seinem Blick aus. War es ihm etwa peinlich? »Ich wartete den richtigen Moment ab. Deine Eltern stritten sich. Sie trennten sich sogar, wenn auch nur für einige Tage. Ich verführte deine Mutter und nahm ihr danach die Erinnerungen. Wenn sie überhaupt noch von mir weiß, dann glaubt sie nur geträumt zu haben.«

John starrte ihn fassungslos an. Ihm fehlten die Worte. Seine Eltern waren getrennt gewesen? Seine Mutter hatte sich von Thanatos verführen lassen?

Thanatos beobachtete ihn aus graublauen Augen, die seinen eigenen schrecklich ähnlich sahen.

»Du hast dafür gesorgt, dass sie sich streiten«, stellte John fest.

Der Totengott zuckte in einer erschreckend menschlichen Geste mit den Schultern. »Vielleicht.« Er raschelte mit den Flügeln. »Hast du dich denn nie gewundert, warum du die Toten in der Erde spüren kannst und dein Vater nicht? Warum du dich in der Nähe eines Menschen nie wohlfühlst, warum du die Einsamkeit suchst und nur in der Stille Frieden findest?«

»Ich dachte, es sei einfach meine Art. Und was die Toten angeht … ich war mir nicht sicher. Ich wollte meine Eltern auch nicht fragen. Sie würden mich für verrückt erklären.«

»Niemand aus deiner Sippe kann es. Seit ich vor sechs Generationen zum letzten Mal einen Nachkommen zeugte, hat es keinen Ossian mehr mit deinen Fähigkeiten gegeben.«

John konnte das alles nicht glauben. Er rieb sich mit den Händen über das Gesicht und über die Augen, bis rote Punkte hinter seinen geschlossenen Lidern tanzten. Als er sie wieder öffnete, war Thanatos noch immer da und sah ihn mit stoischer Miene an.

Die Augen des Totengottes waren blaugrau, wie die seinen. Er hatte sich immer gewundert, warum er nicht wie seine Eltern braune Augen hatte. Wenn er ehrlich war, sah er dem Daimon sogar sehr ähnlich.

Er atmete tief durch. »Es lässt sich also weder leugnen, dass du existierst, noch kann ich vor dieser Fehde davonlaufen. Was also nun? Was soll ich machen?«

»Ich kann nicht aktiv in den Kampf eingreifen, John, damit verstoße ich gegen die Regeln.«

»Aber so wie ich es verstanden habe, bin ich der Letzte aus unserer Familie und die anderen sind so viele. Ich weiß überhaupt nicht, wie man kämpft!«

»Dafür schlägst du dich gut, John. Du hast mein Vertrauen.«

Thanatos lächelte ihn an. Der Tod lächelte! Mit einem Mal fühlte John eine schreckliche Wut in sich aufsteigen. *Wie kann dieses Wesen einfach nur dasitzen und lächeln und zusehen, wie seine Nachkommen – nein,* korrigierte er sich in Gedanken, *wie sein Sohn ermordet wird?* Er sprang auf. Die Benommenheit war gänzlich verflogen.

»Sag mir nur eines, Thanatos.«

»Was begehrst du zu wissen?«

»Warum das alles? Warum spielt ihr mit Menschenleben wie grausame Kinder, die Insekten auf Ameisennester werfen?«

Thanatos' Blick verfinsterte sich. Das Grau seiner Augen breitete sich über die Iris hinaus aus, wogte wie die See.

»Vielleicht genau deshalb. Aus Neugier, aus Langeweile. Um zu sehen, was passiert.«

»Aus Langeweile?« John schüttelte den Kopf und begann in dem kleinen Zimmer ruhelos auf und ab zu gehen. Immer, wenn er hinter Thanatos vorbeiging, raschelte der mit seinen Schwingen, als sei es ihm unangenehm, den wütenden Menschen im Rücken zu haben. Am liebsten hätte John ihm einen Stuhl über den Kopf geschlagen, doch das würde seine Lage nicht ändern.

»Wirst du auch irgendwann wieder aufhören herumzulaufen?«

»Ich kann in meinem Haus machen, was ich will, oder nicht?«, sagte John gereizt.

»Natürlich kannst du das.«

Plötzlich stand Thanatos vor ihm und versperrte ihm mit ausgestreckten Schwingen den Weg. John, der nicht gesehen hatte, dass sich der Gott bewegte, war kurz davor zu schreien. Thanatos fasste ihn an den Schultern. Sein Griff war hart wie Eisen und genau so kalt.

»John, glaube nicht, dass mir egal ist, was geschieht. Immerhin bin ich dein Vater.«

John schüttelte langsam den Kopf. »Ich weiß, wer mein Vater ist, und das bist nicht du.«

»Ich hätte diese Wette mit Ares nie eingehen sollen, aber dafür ist es nun zu spät. Du wirst kämpfen und siegen oder sterben und all deine Verwandten mit dir. Feigheit steckt nicht in dir, John. Siege und lebe den Rest deiner Erdenzeit in Frieden.«

»Ich wünschte, dies würde alles nicht geschehen.«

»Die Moiren sehen dich, John.«

»Schicksalsgöttinnen?«

»Ja. Du kannst ihnen nicht entkommen. Also kämpfe!«

John stieß Thanatos' Hände zur Seite. »Ja, das werde ich.«

»Schwörst du es?«

»Ja. Aber ich mache es nicht für dich, nicht für diesen lächerlichen Wettstreit, sondern um meine Eltern zu schützen, meine richtigen Eltern.«

»Dann gebe ich dir etwas«, sagte Thanatos, offensichtlich unberührt von Johns Ausbruch. Er griff in den Schatten unter seinem linken Flügel und zog einen Gegenstand heraus, der in dunkles Tuch gewickelt war. Er reichte ihn John. Der ahnte sofort, worum es sich handelte. »Aber die anderen benutzen Schusswaffen und Gift …«

»Und sie sind feige. Der edle Krieger sieht seinem Gegner in die Augen, während er ihn tötet. Dies ist nicht irgendein Schwert, John. Dieser Klinge folgt der Tod.«

John schlug das Tuch zurück. Beim Anblick des Kurzschwertes verschlug es ihm den Atem. Es war alt. John zog die Klinge aus der Scheide. Die Schneide sprach von zahlreichen Kämpfen. Nicht alle Scharten waren ausgewetzt, doch die Waffe war gepflegt und wunderschön. Der Knauf ging in einen Vogelkopf über, vielleicht ein Rabe.

»Seit Äonen ist es mein Schwert gewesen, John. Ich schenke es dir, aber kämpfen musst du allein, das kann ich nicht für dich tun.«

»Danke«, sagte John zögernd

»Danke mir nicht. Erfülle dein Schicksal, dann ist uns beiden geholfen.«

John betrachtete die Klinge, die sein verzerrtes Spiegelbild zurückwarf, als plötzlich ein kalter Windstoß durch das Zimmer fuhr. Dort, wo eben noch Thanatos gestanden hatte, war nur noch ein Schatten, der sich in glitzernden, schwarzen Staub auflöste und dann einfach davongeweht wurde.

»Ich glaube es nicht!« John drehte sich fassungslos um die eigene Achse, das Schwert noch immer in den Händen. Vorsichtig machte er einige Probeschläge. Die Klinge fuhr mit hohem Singen durch die Luft. Dies war mehr als ein normales Schwert. Dies war die Waffe eines Gottes und er, John Heller, war der Sohn eines Gottes!

Max kam in das Wohnzimmer getapst, sah seinen Herrn müde an und winselte.

»Ja verdammt, gehen wir schlafen«, sagte John, schob das Schwert in die Scheide und wickelte es wieder in den Stoff. Dann stieg er mit der Waffe unter dem Arm die Treppe zum Schlafzimmer hinauf.

~ABGRÜNDE~

Jeder Mensch ist ein Abgrund; es schwindelt einem, wenn man hinabsieht.

Georg Büchner

Der Rabe begleitete Milena wie ein gefiederter Unglücksbote auf Schritt und Tritt, doch die Menschen um sie herum schienen ihn nicht wahrzunehmen. Mal hüpfte er neben ihr über den Gehweg, mal flog er kurze Strecken voraus, krächzte sie mit aufgeplustertem Gefieder an oder setzte sich sogar auf ihre Schulter. Früher hätte Milena fast alles für einen zahmen Kolkraben gegeben, jetzt machte das Tier sie nur noch wütend.

Sie hatte die Nacht über wach gelegen. Ihre Träume machten ihr Angst, doch die Erinnerungen waren auch nicht besser. Fieberhaft war sie immer wieder den Tod des Attentäters durchgegangen. Hatten sie wirklich an alles gedacht? Was, wenn jemand den Toten fand, weil man auf der Baustelle etwas bemerkte oder weil sie doch noch ein Kabel verlegen mussten oder …? Sicher war irgendwo noch ein Haar von ihr an der Leiche. »Oder eine Feder«, sagte sie leise und erntete dafür den irritierten Blick einer älteren Dame, an der sie in diesem Moment vorbeiging.

Den Raben, der sie beinahe mit seinen Schwingen streifte, bemerkte sie nicht.

War es John ähnlich gegangen? Hatte er auch nicht schlafen können? Jetzt wusste er ja, warum die Attentäter hinter ihm her waren. Oder war er bereits tot? Hatte er das Gift doch noch getrunken? Milena schluckte. Sie wollte nicht daran denken und tat es doch fast die ganze Zeit.

Erst als das Krankenhaus in Sicht war, verdrängte die Sorge um Stefan alles andere.

Der Rabe flog auf und landete auf ihrer Schulter. Sie beschloss, es darauf ankommen zu lassen, und ging mit dem Vogel durch die Schiebetür. Obwohl sie den Raben in der Spiegelung der Glasscheibe deutlich sehen konnte, blieb er den anderen Menschen verborgen. Weder die Angestellten am Empfang noch die Patienten in der Ambulanz sahen sie mit besonderem Interesse an. Ob der Vogel ein richtiger Geist war? Nein. John hatte das Tier auch wahrnehmen können und Max hatte Roks vorherigen Körper sogar zerstört.

Die Flure lagen wie ausgestorben vor ihr. Wie immer machte Milena besonders der Krankenhausgeruch zu schaffen. Diese Mischung aus Desinfektionsmitteln, Medikamenten und Angst weckte den Wunsch, sofort umzudrehen und wegzulaufen.

Ihre Sorge um Stefan nahm mit jedem Schritt zu. Sie hatte sich den Weg zu ihm genau eingeprägt. Die Flure mit ihren Linoleumböden kamen ihr dennoch schier endlos vor.

Der Rabe auf ihrer Schulter war ganz still. Nur hin und wieder, wenn der Vogel das Gewicht verlagerte, spürte sie seine Krallen durch ihren Kapuzenpulli.

Die Gänge vor der Intensivstation waren hellgelb gestrichen. Eine Farbe, die wohl heiter und beruhigend wirken sollte. Milena fand sie einfach nur scheußlich.

Als sie die Station erreichte, arbeitete dort dieselbe Krankenschwester wie zwei Tage zuvor. Sie erkannte Milena sofort wieder.

»Du willst zu Stefan Kern, nicht wahr?«

»Ja, genau.«

»Er hat jetzt ein eigenes Zimmer, komm mit.«

Während Milena ihr folgte, sah sich die junge Frau nach ihr um und lächelte aufmunternd. »Ich weiß mittlerweile, dass du nicht seine Schwester bist, aber wenn er dir so wichtig ist, dass du lügst, um zu ihm zu kommen …«

Milena schoss die Röte ins Gesicht. Beschämt senkte sie den Blick. »Entschuldigung, ich dachte, Sie würden mich sonst nicht zu ihm lassen.«

»Schon in Ordnung.« Sie wollte Milena die Hand auf die Schulter legen, streifte dabei den Raben und zog ihre Rechte erschrocken zurück.

»Hier ist es«, stammelte sie verwirrt.

»Wie geht es ihm?«

»Leider unverändert. Er ist noch immer im Koma, aber das bedeutet nicht, dass er dich nicht hören kann. Sprich mit ihm, versuch ihn davon zu überzeugen, wieder zu uns zurückzukehren.«

»Und das soll helfen?«, fragte Milena und dachte dabei an die Götter, die sie vermutlich in diesem Moment sehen konnten und sich über sie lustig machten.

»Natürlich hilft es, wenn du mit ihm sprichst. Viele ehemalige Komapatienten berichten davon, die Stimmen ihrer Lieben gehört zu haben und dass sie aufgewacht sind, weil sie sie vermissten.«

»Danke.« Mehr fiel Milena nicht ein. Sie wartete, bis die Krankenschwester gegangen war, atmete tief durch und öffnete die Tür. Ihr schossen die Tränen in die Augen, sobald sie das Bett mit dem reglosen Menschen darin sah, doch sie hielt sie zurück. Diesmal würde sie nicht die Fassung verlieren. Die Harpyie, die sich den ganzen Tag noch nicht geregt hatte, durfte keinen Weg aus ihr heraus finden. Falls Stefan sie wirklich hören konnte, wollte sie stark für ihn sein.

Sein Anblick war beinahe genauso erschreckend wie zwei Tage zuvor. Kopf, Arme und Beine waren bandagiert. Aus einem Oberschenkel ragten Stahlstifte, die Haut darunter war orange vom Jod.

»Hey Stefan, ich bin es, Milena.« Sie zog sich einen Stuhl heran und nahm vorsichtig seine Hand in ihre. »Vielleicht hat die Krankenschwester ja Recht und du kannst mich wirklich hören, wenn ja … ach …« Sie suchte nach Worten. »Ich wünschte, ich könnte dir erklären, was in den letzten Tagen passiert ist, aber es geht nicht. Du musst nur eines wissen, das alles tut mir schrecklich leid.«

Und dann kamen die Tränen doch.

Milena stützte das Gesicht in die Hände und ließ sie einfach laufen, über ihre Wangen, das Kinn hinunter, von wo sie auf den Boden tropften. Warum auch nicht, es sah sie niemand, nicht mal Stefan. Es gab niemanden, vor dem sie sich genieren oder die Fassung wahren musste. Ihr Schluchzen fügte sich nahtlos in das Piepen und Seufzen der Geräte ein.

Milena hob den Kopf. Sie konnte nicht anders, als Stefan anzustarren, immer darauf hoffend, er würde sich bewegen, nur ein Wimpernzucken, mehr nicht, damit sie wusste, dass er sie hörte.

Sein Mund war seltsam unversehrt zwischen Schürfwunden, blauen Flecken und Verbänden. Sie hatte ihn immer so gerne geküsst, doch jetzt war das Einzige, woran sie denken konnte, der Anblick von Stefan und Desirée im Schulgarten, küssend Arm in Arm.

Gedankenverloren streichelte Milena den Raben auf ihrem Schoß. Die Berührung des weichen Gefieders war auf nahezu magische Weise beruhigend. Der Vogel gab leise, genießerische Laute von sich und wenn er in der Lage gewesen wäre zu schnurren, so hätte er sicher auch das getan.

Als es leise an der Tür klopfte, waren Milenas Tränen längst versiegt. »Ja?«, sagte sie leise und schob den Vogel von ihrem Schoß. Er verzog sich hüpfend unter das Bett.

Die Tür wurde vorsichtig geöffnet und herein kam die Person, die Milena am wenigsten hier sehen wollte.

»Du hier? Oh …«

»Komm rein, Desirée«, seufzte Milena. »Ich wollte sowieso gleich gehen.«

Milena musterte ihre Kontrahentin. Sie hatte sich aufgedonnert wie immer. Unter dem vielen Make-up konnte man ihr eigentlich eher durchschnittliches Gesicht kaum erkennen. Trotzdem war ihr anzusehen, dass Stefans Unfall sie mitnahm.

Desirée ging mit steifen Schritten um das Bett herum. Sie beugte ihr Gesicht zu Stefan hinunter, als wolle sie ihm einen Kuss geben, hielt dann aber inne und warf Milena einen schuldbewussten Blick zu. Schließlich zog sie sich einen Stuhl heran und setzte sich.

Das Schweigen im Raum wuchs zu einer Mauer. Milena fühlte, wie die Harpyie in ihr langsam erwachte. Sie sollte gehen, doch ein sturer Teil von ihr konnte Desirée nicht einfach so das Feld überlassen. Zumindest einige Minuten wollte sie noch ausharren.

»Milena?«

Sie sah irritiert auf. Desirée hatte ihre Hände im Schoß verkrampft und sah starr auf Stefans Gesicht. »Ich möchte dir sagen, dass mir leidtut, wie alles gelaufen ist.«

»Nicht, Desirée, es ist doch egal.«

»Nein, das ist es nicht. Ich hab Stefan schon vor Monaten gesagt, dass er mit dir reden soll. Es war unfair dir gegenüber. Hättest du uns nicht gesehen, dann …«

Milena wollte ihren Ohren nicht trauen. »Monate?«, wiederholte sie fassungslos. »Ihr habt seit Monaten …?«

»Ja, seit November. Es ist einfach so passiert. Er hat gesagt, er würde mit dir Schluss machen, aber dann hat er es immer weiter rausgeschoben.«

Milena sprang auf und stieß dabei beinahe den Stuhl um. »Ich dachte, ihr trefft euch erst seit kurzem. Desirée, wie konntet ihr nur?«

Das Mädchen schaffte es, unter der ganzen Schminke blass zu werden. »Milena, ich hab mich verliebt.«

»Hast du denn kein bisschen Anstand? Wie kannst du nur?«

»Ich habe niemanden betrogen!«

Beide sahen sie nun auf Stefan, der still, beinahe wie tot dalag. Sein Atem war ein Produkt der Maschinen. Hörte er sie?

»Verdammt, ich wünschte, du würdest jetzt aufwachen und auch was dazu sagen, Stefan!«, schrie Milena und verspürte den Drang, Stefan an der Schulter zu packen und zu schütteln. Sie tat es nicht. Desirée sackte auf ihrem Stuhl zusammen. »Es tut mir leid. Ich hätte den Mund halten sollen.«

Milena schüttelte den Kopf. »Nein, es ist besser so. Ich hätte es früher oder später sowieso rausgefunden. Jetzt weiß ich wenigstens, woran ich bin.«

»Wirst du ihn jetzt nicht mehr besuchen kommen?«

»Doch, natürlich.«

»Wenn du es schaffst, dass er wach wird, schwöre ich, dass

ich mit ihm Schluss mache. Er soll nur wieder gesund werden! Dann könnt ihr …«

»Nein, Desirée. Ich will gar nicht mehr mit ihm zusammen sein. Nicht nach alledem.«

Milena wandte sich der Tür zu. Der Rabe hüpfte unter dem Bett hervor und blieb wie ein wohlerzogener Hund neben ihrem Fuß hocken. »Bis bald.«

»Ja«, flüsterte Desirée leise und hatte sich bereits auf Stefans Bettkante gesetzt.

Als Milena das Krankenhaus verließ, fühlte sie sich leer, als habe das Gespräch mit Desirée endgültig etwas in ihr zerstört. Alle Erinnerungen an ihre gemeinsame Zeit mit Stefan hatten nun einen bitteren Beigeschmack. Wie oft er sie angelogen hatte. Sie versuchte sich an besonders schöne Momente zu erinnern, aber die waren oft, viel zu oft, nach November gewesen.

Er hatte ihr in die Augen gesehen, ihr gesagt, wie sehr er sie liebte, und in Wirklichkeit hatte er längst Desirée getroffen und hinter Milenas Rücken mit ihr rumgemacht. All die Gespräche, nichts als hohles Geschwätz. Warum hatte er überhaupt noch mit ihr in den Sommerferien in den Urlaub fahren wollen?

»Ich hasse dich, Stefan Kern«, seufzte Milena leise. Ein Teil von ihr tat es sogar wirklich. Und für einen Lügner wie Stefan sollte sie ihr Leben riskieren und einen anderen Jungen, der bislang nur großartig zu ihr gewesen war, umbringen?

Es war so schrecklich unfair.

Aber Stefan einfach so sterben lassen konnte sie auch nicht.

Wenn du deine Aufgabe nicht erfüllst, wird der Junge sterben, dem dein Herz gehört. Das waren Aellos Worte gewesen. Plötzlich schöpfte Milena neue Hoffnung.

»Und wenn mein Herz niemandem gehört, du blödes Vogelvieh? Was macht ihr dann? Dann habt ihr Pech gehabt!«

Der Rabe krächzte sie zornig an, als hätte er jedes einzelne Wort verstanden.

Milena lächelte bitter. Ja, so könnte es gehen. Doch was, wenn ihr Herz nicht tat, was ihr Verstand für richtig hielt?

Stefan hat sich wie ein verdammtes Arschloch benommen, dachte sie zornig. *Warum sollte ich ihn dann noch lieb haben? Das wäre total bescheuert.*

»Bescheuert, aber typisch ich«, seufzte sie.

Es begann zu regnen. Sie setzte sich die Kapuze ihres Pullis auf und ging mit eingezogenem Kopf weiter. Als sie die Hände in die Taschen schob, fand sie einen zusammengefalteten Zettel. Sie wusste, was darauf stand, ohne ihn anzusehen. Johns Telefonnummer.

Sie widerstand der Versuchung, bei ihm anzurufen, um herauszufinden, ob er das Gift getrunken hatte oder nicht. Die Ungewissheit war schrecklich. Was würde sie mehr erleichtern? Seine Stimme zu hören und zu wissen, dass sie nicht zur Mörderin eines Unschuldigen geworden war oder ihn nicht zu erreichen und damit die Vermutung zu nähren, dass er tot war?

Sie sollte noch einmal zu seinem Haus fahren und ihr Fahrrad aus dem Versteck im Gebüsch holen. Vielleicht würde sie dann auch einen Blick auf den Hof werfen und herausfinden können, ob es ihm gut ging.

Sie sollte nicht zu ihm kommen, das hatte John deutlich gesagt, erst wollte er es mit den Mördern aufnehmen, die hinter seiner Familie her waren, und zwar ganz allein.

Milena wusste nicht, ob sie ihn für diesen Mut bewundern oder es schwachsinnig finden sollte, dass er sehenden Auges in den Tod lief.

»Sollte mir doch eigentlich auch recht sein«, murmelte sie und versuchte nicht mehr an das Ultimatum zu denken. Der Rabe, der beständig über ihr kreiste und krächzte, machte das jedoch beinahe unmöglich.

~

John hatte seine Eltern angelogen. Es war ihm nicht leichtgefallen, doch er wollte ihr Leben nicht riskieren. Jedes Mal, wenn John sich in ihrer Nähe befand, konnten sie den Tsirkas in die Hände fallen. Und so hatte er behauptet sich noch nicht gesund genug zu fühlen, um wieder auf einer Ausgrabung zu arbeiten. Zwar hatte er tatsächlich noch Schmerzen, doch weder die kleine Stichwunde an seiner Schulter noch die vielen Abschürfungen und Prellungen waren ein Hindernis, wenn es darum ging, die Grabungsfläche zu zeichnen oder Funde zu fotografieren. Die Verletzungen würden wehtun, ganz gleich, wo er sich befand.

Er hatte aus dem Fenster beobachtet, wie seine Eltern abfuhren. Erst als ihr Wagen nicht mehr zu sehen war, fiel die nervenzerfressende Spannung von ihm ab. Für die nächsten Stunden waren sie in Sicherheit. Max hatte ihm den Kopf auf den Schoß gelegt. John massierte dem Hund die Ohren und der kommentierte die Streicheleinheiten mit zufriedenem Grunzen. Die Wunde am Kopf des Tieres fing schon an zu verheilen. Auch für Max' Verletzung war eine Lüge nötig gewesen. Angeblich war er bei einem Spaziergang von einem anderen Hund gebissen worden.

»Los, genug gefaulenzt«, seufzte John, stand auf und ging ins Bad. Die Pistole, die er dem Toten abgenommen hatte, konnte er nun wieder offen bei sich tragen, ohne fürchten zu müssen von seinen Eltern überrascht zu werden.

Der Blick in den Spiegel war gewöhnungsbedürftig. Er sah immer noch aus, als hätte er einen Zusammenstoß mit einer Betonwand gehabt, nur dass die Blutergüsse langsam ihre Farbe von Blau zu einem nicht weniger ungesunden Grünton änderten.

John duschte schnell und rasierte sich dann, bemüht, keine der Krusten zu erwischen und so ein kleines Blutbad zu veranstalten. Schließlich stützte er beide Hände auf das Waschbecken und beugte sich ganz nah an den noch halb beschlagenen Spiegel heran.

War Thanatos wirklich sein Vater? Hatte der düstere, geflügelte Gott wirklich seine Mutter verführt und ihn gezeugt?

John fuhr sich durchs nasse dunkle Haar, das ihm fransig bis zum Kinn reichte. Es war dunkler als das seiner Mutter, sein Vater war sogar blond. Sosehr er sich gegen den Gedanken sträubte, er sah seinen Eltern nicht ähnlich. Wie anders seine Gesichtszüge waren, fiel ihm erst jetzt in aller Deutlichkeit auf. Die Wangenknochen gaben seinem Gesicht etwas Markantes und seine graublauen Augen hatte schon seine erste Freundin als geheimnisvoll, aber irgendwie auch ein wenig unheimlich bezeichnet. Kein Wunder, wenn er sie tatsächlich von Thanatos geerbt hatte.

»Und warum hab ich keine Flügel bekommen, *Vater?*«, sagte er sarkastisch. »Das einzig Praktische vererbst du mir nicht.«

Haben die Halbgötter – es klang absurd, sobald er es auch nur dachte – *in den Sagen nicht immer irgendwelche besonderen Fähigkeiten?*, überlegte er. Und doch hatte auch er seine Gabe. Aber was nutzte ihm die? Sie machte ihn weder zum besseren Kämpfer, noch verschaffte es ihm anderweitige Vorteile gegen die Tsirkas.

»Hoffentlich hat ihnen Ares genauso unnütze Fähigkeiten vererbt«, seufzte er.

John rieb sich über das Gesicht und zuckte zurück, als der Schmerz an seiner Schläfe zu stark wurde. *Thanatos ist also mein Erzeuger, na und?*

John horchte in sich hinein. Wie stand er nach all diesen

neuen Eindrücken seinem menschlichen Vater gegenüber? Es war alles gleich geblieben. Der geflügelte Totengott konnte behaupten ihn gezeugt zu haben, sooft er wollte, das Verhältnis zu seinem Vater würde sich dadurch kein bisschen verändern. Und er würde alles dafür tun, dass seine Eltern auch weiterhin in Frieden leben konnten und wenn möglich niemals von der Fehde der Götter erfuhren.

Doch dafür musste er die Tsirkas zuerst aufspüren und … umbringen. An den Gedanken konnte er sich schwer gewöhnen.

Aber was hatte er für eine Wahl? Zur Polizei gehen konnte er nicht, die würden ihn allenfalls in die Klapsmühle stecken. Weglaufen? Das hatte sein Großvater versucht und nur mit mäßigem Erfolg.

Im Wohnzimmer verschaffte sich John einen Überblick über seine Ausrüstung. Er besaß nun zwei Pistolen, von denen nur eine funktionierte, das Messer seines Großvaters und Thanatos' Schwert. Eine wunderschöne Klinge mit deutlichen Nachteilen. Zum einen wusste er nicht, wie man sie benutzte, zum anderen war sie nur schlecht zu verstecken. Er konnte die Waffe wohl kaum an seinem Gürtel befestigen.

»Das wäre wohl das erste Problem, das ich lösen sollte.«

John nahm das Schwert vom Wohnzimmertisch, zog es aus der Scheide und hielt es am gestreckten Arm vor sich hin. Licht fiel durch das Fenster und brach sich auf der Klinge, hob jede noch so winzige Scharte hervor. Dies war keine normale Waffe. Das Schwert schien zu leben, ja beinahe zu atmen.

Verblüfft spürte John ein schwaches Vibrieren im Griff, beinahe wie ein Puls. Sein eigener Herzschlag passte sich sofort diesem Rhythmus an. Schneller nun, aufgeregter.

John strich mit der freien Hand über die Klinge. So etwas hatte er noch nie erlebt. Verglichen mit dem Schwert war das magische Leuchten der Toten im Boden nichts. Ein schwaches Flimmern zuckte über die Klinge.

Spürst du es? Es erkennt mein Blut in dir. Mein Schwert ist an unsere Familie gebunden. Es ist der treuste Freund, den du dir vorstellen kannst, John Ossian. Nutze dieses Geschenk gut.

»Thanatos?«, sagte John verwundert. Doch die Präsenz des Gottes war bereits wieder verschwunden. Pulsierend kroch die Schwertmagie durch Johns Arm, ergriff Besitz von Muskeln, Sehnen und Knochen. Doch er hatte keine Angst. Es war ein betörendes Gefühl, fast wie ein Rausch.

John wurde immer aufgeregter. Besaß er nun eine magische Waffe, wie in einem Märchen? Das wäre kaum weniger unglaublich als alles andere, was in den vergangenen Tagen geschehen war. Vielleicht war es nicht mehr unmöglich gegen die Tsirkas zu siegen! John schwang die Waffe zur Probe ein paarmal durch die Luft. So schlecht stellte er sich gar nicht an. Ausfallschritt, zuschlagen, parieren und zurück. Die Perfektion seiner eigenen Bewegungen überraschte ihn.

John übte noch einige Minuten, bis er Max bemerkte. Der Hund saß in der Tür, beobachtete ihn und gähnte.

»Du denkst bestimmt, dein Mensch ist völlig durchgeknallt.«

Max stand auf, streckte sich und winselte. Er wartete auf seinen morgendlichen Spaziergang, den John immer mit ihm unternahm, wenn er nicht arbeiten musste. Woher sollte der Hund wissen, dass sich die Dinge geändert hatten.

John hätte das Schwert am liebsten gar nicht mehr aus der Hand gelegt, doch zum Üben würde später noch genug Zeit sein. Zuerst musste er die Helligkeit des Vormittags nutzen, um auch die letzten Spuren des Kampfes zu beseitigen, und dann herausfinden, wie er seinen Widersachern am besten entgegentreten konnte. Wenn er einfach nur zu Hause abwartete, würden sie sicher irgendwann einen weiteren Versuch wagen, doch das hieße auch, seine Eltern in Gefahr zu bringen.

John schob das Schwert zurück in die Scheide, zupfte das Shirt über die Pistole in seinem Hosenbund und ging zur Tür. Max hüpfte auf und ab, so gut es seine alten Knochen zuließen, und trabte bellend in den Hof, sobald die Tür aufging. Im gleichen Moment hörte John das Auto, das rasch die Einfahrt heraufkam.

»Verdammt«, fluchte er, »Max, hierher, sofort!«

Ließen Tsirkas' Männer ihn denn keinen einzigen Tag in Ruhe?

Sein Puls hämmerte in seinen Ohren und machte es beinahe unmöglich zu hören, woher die Angreifer kamen. Tief hinter die Tür geduckt wartete er darauf, dass etwas geschah. Max kam langsam zu ihm zurückgetrabt, als hätte er alle Zeit der Welt. Sobald er in Reichweite war, packte John zu und riss den Hund am Halsband hinter die Tür in Deckung.

Dann begann das Warten. Die Zeit verstrich quälend langsam. Der Wagen hatte in der Einfahrt angehalten, der Motor lief noch und überdeckte zuverlässig jedes Geräusch von Schritten oder anderen Annäherungsversuchen.

Ein Film aus kaltem Schweiß breitete sich über Johns Stirn aus, während er hektisch versuchte, sich den besten Fluchtplan auszudenken. Er war noch nicht bereit für einen Kampf, musste sich besser vorbereiten.

Max stieß ihn ungeduldig mit der Schnauze an und winselte aufgeregt. Er sah gar nicht ein, warum er noch länger auf seinen Spaziergang warten sollte. Laut klopfte er mit der Rute gegen Johns Bein, der ihn nur unwirsch mit dem Knie wegstieß.

Dann wurde das Motorengeräusch draußen wieder lauter, eine Tür knallend zugeschlagen. Max bellte enttäuscht dem sich entfernenden Fahrzeug hinterher und dann wurde John plötzlich klar, dass es nicht die Tsirkas, sondern nur der Postbote gewesen war. Er nahm die Hand vom Schwertgriff. Seine Knie zitterten.

»Was bin ich für ein Idiot.«

Der Hund hatte ihm eigentlich deutliche Signale gegeben. Im Gegensatz zu ihm hatte Max den Wagen erkannt und sich wie jeden Morgen seine Streicheleinheiten abholen wollen.

Seufzend stieß John die Tür auf. Max trabte hinaus und sah ihn auffordernd an.

»Du musst alleine Gassi gehen, los, lauf!«

Während der Schäferhund schnüffelnd weiterlief, schlug

John den Weg zur Scheune ein. Es gab noch viel zu tun, bevor er den Tsirkas entgegentreten konnte. Aber erst einmal musste das Puddinggefühl in seinen Beinen verschwinden.

~

Mit dem Bus zu John zu gelangen, war viel schwieriger und langwieriger als mit dem Rad. Aber sie musste zu ihm. Milena hielt die Ungewissheit einfach nicht länger aus, zugleich scheute sie den Moment der Wahrheit.

Das letzte Stück musste sie laufen. Es dauerte fast eine halbe Stunde und je näher sie kam, desto langsamer wurden ihre Schritte. Der Weg führte an Pferdekoppeln vorbei und Milena wäre am liebsten an jeder einzelnen stehen geblieben. Der Blick in die warmen, freundlichen Augen der Tiere ließ sie einen Moment lang vergessen, dass John womöglich längst tot in seinem kleinen Häuschen lag und sie allein die Schuld daran trug. Milena zwang sich weiterzugehen und sie versuchte an nichts zu denken. Ein einziges Mal kam ihr ein Rentnerehepaar in Wanderbekleidung entgegen, dann war sie endlich in Sichtweite ihres Verstecks angekommen.

Ihr Fahrrad war noch da. Erleichtert öffnete sie ihren Rucksack, holte das Fernglas heraus und nahm die Häuser der Familie Heller genauer unter die Lupe. Doch da war nichts. Auf dem Hof war alles still. Nicht einmal der Hund war zu sehen.

Milena schöpfte ein wenig Hoffnung. Wenn John gestorben wäre, dann wären seine Eltern sicher da und die Polizei vor Ort, der leere Hof war also ein gutes Zeichen. Dann fielen ihr die anderen Möglichkeiten ein. Er war tot und nur noch nicht gefunden worden oder die Gangster hatten gleich die gesamte Familie ermordet.

Seit wann hoffte sie überhaupt, dass John lebte? Wann war er wichtiger geworden als Stefan?

Doch eigentlich ging es weder um ihn noch um ihren Ex, sondern um sie selbst. Darum, ob es moralisch richtig war, jemanden zu töten, um einen anderen zu retten. Hier stand ihre eigene Seele auf dem Spiel. Wenn auch nur im Traum und in Gestalt der Harpyie, so hatte sie doch eine Entscheidung getroffen und diese war von Anfang an die richtige gewesen: John sollte leben!

Sie bereute nun, Aellos Plan mit dem Gift nachgegeben zu haben. Es war ein kurzer Moment der Schwäche gewesen. Sie war überrumpelt worden. Die Situation hatte sie überfordert. Hoffentlich war es noch nicht zu spät. Entschlossen zerrte sie ihr Fahrrad aus dem Gebüsch und schob es zurück auf den Weg, als ihr plötzlich ein Hund entgegengelaufen kam. Und es war nicht irgendein Hund.

»Max? Was machst du denn hier? Wo ist dein Herrchen?«

Der Schäferhund trottete auf sie zu und drückte auf der Suche nach Streicheleinheiten den Kopf an ihr Bein. Sie wollte ihm gerade das Ohr kraulen, als er auch schon wieder aufsprang, loslief und sich winselnd nach ihr umsah. Der Hund war nervös. Da stimmte etwas nicht.

»Na los, Max, lauf, ich komme mit.«

Als hätte der Hund jedes Wort verstanden, trabte er den Weg hinunter. Milena schwang sich auf ihr Rad und folgte ihm. Der schmale Trampelpfad führte einen Feldrand entlang.

Milena erwartete jeden Moment John zu sehen, leblos oder gar tot, seine Füße, die zwischen dem wogenden, grünen Korn hervorschauten, doch Max trabte einfach weiter, über Schleichwege hinab zum Hof.

Milena blieb auf der Grenze zum Hof kurz stehen. Noch immer konnte sie niemanden sehen.

Max lief schnurstracks zur Scheune und verschwand durch das offen stehende Tor.

»Hallo? John, bist du hier?«

Milena biss sich auf die Unterlippe, wartete. Wie lange wollte sie hier stehen bleiben, bevor sie nachsah? Noch fühlten sich ihre Füße an wie festgefroren. Die Harpyie regte sich in ihrem Inneren, jederzeit bereit hervorzubrechen und über einen Angreifer herzufallen. Der Rabe, Aellos Spion, war auf einer Weide gelandet und balancierte über die dünnen, nachgiebigen Äste.

In der Scheune war jemand! Sie hörte Geräusche, die nicht allein von dem Hund verursacht wurden.

Milenas Hände wurden feucht von Schweiß. Sie trat vorsichtig den Fahrradständer hinunter und stellte das Rad ab, dann ging sie einige Schritte auf das Gebäude zu.

»John? Bist du da? Ich bin es.« Die Worte kamen ihr nur

leise über die Lippen. Was, wenn es gar nicht John war und sie geradewegs den Attentätern in die Arme lief?

Schritte.

Etwas glänzte in der Toröffnung. War das ein Pistolenlauf?

»Wer ist da?«

Johns Stimme, eindeutig. Er lebte also. Das schreckliche Schuldgefühl löste sich sofort auf. Sie hatte es nicht getan.

»Ich bin's, Milena. John, ich …«

»Du? Was willst du hier?«

Auf die Frage war sie nicht vorbereitet. Sie stutzte.

»Egal, komm rein, beeil dich.«

Milena schluckte, auf einmal war sie wieder nervös. Sollte sie ihr Fahrrad stehenlassen? Warum nicht. Holen konnte sie es immer noch. Mittlerweile war der Pistolenlauf nicht mehr zu sehen. Milena gab sich einen Ruck und betrat die Scheune.

John stand vor ihr, die Haut glänzend vor Schweiß. Viel Haut, denn er trug sein T-Shirt nicht. Die Pistole hatte er sich vorn in die Hose geschoben. Milena konnte den Blick kaum von seiner trainierten Brust abwenden. Ihre Wangen glühten.

»Du solltest doch nicht herkommen!«

»Ich … entschuldige.« Nun endlich gelang es ihr, ihm ins Gesicht zu schauen, doch der Anblick seiner blaugrauen Augen machte alles nur noch schlimmer. Sie wandte sich ab und das Denken fiel ihr sofort leichter. »Ich wollte nicht herkommen, also nicht hierher. Eigentlich wollte ich nur mein Rad holen. Max hat mich gefunden. Er war ganz nervös und dann hatte ich plötzlich so eine schlimme Ahnung.«

»Max hat seinen eigenen Kopf und er mag dich.«

John lächelte und kraulte seinen Hund hinter den Ohren.

Milena war bei einem Balken stehen geblieben und drückte ihre Finger in die tiefen Furchen, die ihre Klauen im Eichenholz hinterlassen hatten. Max mochte sie also. Ob John es auch tat? Er trat zu ihr, berührte den Balken ebenfalls. »Wenn ich es nicht mit eigenen Augen gesehen hätte, würde ich es nicht glauben.«

»Ich wünschte, es wäre nur ein Traum, so wie früher«, seufzte Milena. Johns Nähe war elektrisierend. Sein bloßer Oberkörper irritierte sie. »Habe ich dich bei etwas gestört?«, fragte sie schließlich.

John sah an sich herab. »Gestört nicht, ich probiere etwas aus.«

Als Milena ihn nur irritiert ansah, schüttelte er wie zu sich selbst den Kopf. »Wenn du nicht selbst ein wenig aus der Realität gefallen wärst«, sagte er und lachte leise, »dann würde ich jetzt besser den Mund halten. Aber wenn mich jemand versteht und nicht direkt in die Klapse stecken will, dann bist das du.« Milena horchte auf. Was war geschehen?

»Komm, ich zeige dir etwas.«

Sie folgte John zu einer Werkbank. Auf dem zerfurchten Holz lag eine glänzende Klinge, kein gewöhnliches Schwert, das sah sie sofort. Die Klinge war aus Bronze und der Griff mit altertümlichen Ornamenten verziert. Sie scheute sich, die

Waffe zu berühren, und als sie schließlich zögernd die Hand danach ausstreckte, erstarrte die Harpyie in ihrem Inneren und schrie. Die Harpyie hatte Angst vor der Waffe!

Milena stolperte zurück. »Was ist das? Wo hast du das her?«

John zuckte mit den Schultern und sah dabei verlegen aus. »Wenn ich dir sage, dass ich gestern Abend Besuch von einem griechischen Gott hatte, glaubst du mir?«

»Ein Gott? Hier?«

John hob eine Braue. »Nicht mal du glaubst es, dabei habe ich selber schon Schwierigkeiten, es zu verstehen.«

»Doch, doch, ich glaube dir. Wer war es? Ein bärtiger in einer Toga oder so ein nackter Schönling?«

John grinste schief und Milenas Herz machte einen Sprung. Doch dann wurde sein Blick dunkel. »Thanatos, kleidet sich vorzugsweise in Schatten, schwarze Flügel, ziemlich bleich. Ach ja, nicht zu vergessen, überheblich.«

»Von dem habe ich noch nie gehört.«

»Na ja, er ist auch eher selten in den Sagen. Thanatos ist ein Totengott und übrigens angeblich mein Vater.«

»Dein was?«, keuchte sie.

John verzog das Gesicht und streckte theatralisch die Hand aus. »Luke … ich bin dein Vaaaater.«

Milena prustete los. »Das ist nicht dein Ernst!«

»Doch, richtig gehört. Er hat sich angeblich irgendwie in das Bett meiner Mutter geschlichen und dann ihre Erinnerungen gelöscht.«

»Das ist ja krank!«

»Genau. Und er konnte gestern nur zu mir kommen, weil ich mich irgendwie vergiftet habe und schon mit einem Bein im Grab stand.«

Milena lief ein eisiger Schauer den Rücken hinunter. Ihre Ahnung war also richtig gewesen. John hatte das Gift getrunken. Aber er lebte noch! Es war ein Wunder. Sie hatte noch eine Chance bekommen, alles richtig zu machen. Nur verraten durfte sie sich nicht. »Gift?«, fragte sie nur und versuchte John nicht merken zu lassen, wie erschüttert sie war.

»Ja, das sagte er zumindest und ich habe es auch gespürt. Wahrscheinlich hat einer von den Tsirkas etwas vergiftet. Ich habe sicherheitshalber alles Essen, das ich noch dahatte, weggeschmissen.«

Es war im Kaffee gewesen und er ahnte nichts. »Und Thanatos hat dich gerettet?«

»Ja. Er hat mich berührt und es ging mir sofort besser. Aber es war das letzte Mal, dass er mir hilft, meinte er. Alles andere sei gegen die Regeln. Dann hat er mir das Schwert gegeben und ist einfach so wieder in die Schatten verschwunden. Als könnte ich jetzt einfach so funktionieren, wie er es gerne hätte«, sagte John wütend.

»Ich kann mir genau vorstellen, wie du dich fühlst, John.«

Er nickte, sah zu Boden und Milena verspürte den irritierenden Wunsch, ihm durch das strubbelige Haar zu streichen. »Und du meinst, dieser Thanatos sagt die Wahrheit? Ist er wirklich dein Vater?«

»Ich wünschte, es wäre nicht so, aber ich sehe ihm verdammt ähnlich. Und da ist noch was … Es klingt völlig verrückt …« John brach ab.

»Noch verrückter als der Rest?« Milena lachte und es tat ihr gut, auch John lachen zu sehen. Er hatte ein zauberhaftes Grinsen.

»Nein, nicht viel verrückter. Ich habe gewisse Fähigkeiten, die andere in meiner Familie nicht haben.« Verlegen wich er ihrem Blick aus. »Na ja, wie du sicher bemerkt hast, haben wir alle Jobs, die irgendwie mit dem Tod in Verbindung stehen. Bestatter, Archäologen, so was eben, aber … ich kann Tote spüren.«

Milena traute ihren Ohren nicht. »Geister? Du kannst Geister sehen?«

John schüttelte schnell den Kopf. »Nein, nur Gräber, aber das ist schon unheimlich genug. Ich könnte gut und gerne darauf verzichten.«

Milena verstand genau, was er meinte. Am liebsten wollte sie auch wieder ein ganz normales Mädchen sein, dessen einzige Merkwürdigkeit das Interesse an Ornithologie war. Sie setzte sich auf die Werkbank, zog die Beine an und schloss die Arme um ihre Knie. »Hier sind wir also, eine Harpyie, die ein Praktikum bei einer Vogelstation macht, und ein Halbgott mit einem eingebauten Bodenscanner.«

»Ich würde gerne drüber lachen«, sagte John, verzog grimmig das Gesicht und griff nach dem Schwert. »Leider ist das alles kein Witz. Ich muss lernen mit diesem Ding umzugehen und vor allem muss ich eine Möglichkeit finden, es mit mir rumzutragen, ohne dass es sofort bemerkt wird. Wenn Thanatos mir sein Schwert gibt, dann nicht ohne Grund.«

John ließ die Waffe in der Scheide, hielt sie sich mit dem Griff nach unten hinter den Rücken und stellte sich vor Milena. »So sollte es doch gehen, unter einer Jacke.«

»Deshalb rennst du hier halb nackt durch die Gegend.«

»Ja, entschuldige.«

»Och … nicht schlimm.« John sah sie überrascht an. Milena hätte sich am liebsten auf die Zunge gebissen. Jetzt musste sie wieder ihre geröteten Wangen verstecken. Sie hüpfte von der Werkbank und ging geschäftig um John herum. »Wie willst du es denn befestigen?«

»Das ist ja das Problem. Ich hab ein paar alte Gürtel, Tape und Schnur.«

»Klingt nach einem Plan«, lachte Milena. »Los, ich helfe dir.«

Es dauerte nicht lange, bis sie gemeinsam eine Lösung gefunden hatten. Die Schwertscheide besaß zwei Ösen zur Befestigung und mit einiger Tüftelei hatten sie bald die beiden Ledergürtel passend zugeschnitten und daran befestigt. Kabelbinder und Klebeband sorgten dafür, dass nichts verrutschte. Milena ertappte sich dabei, wie sie es genoss, John so nahe zu sein. Hin und wieder berührte sie verstohlen seine Haut. Auf seinen Schultern waren Sommersprossen und zwei Blutergüsse, die so aussahen, als ob sie wirklich wehtaten.

Schließlich überprüfte sie noch einmal alle Verbindungsstellen. Ein Gurt lag direkt auf einem der blauen Flecken, doch John verzog keine Miene. Dann waren sie fertig, der Schwertgurt passte. Kurz spielte Milena mit dem Gedanken, John die Hand auf die Schulter zu legen, doch sie wagte es nicht. Sie ließ ihre Finger nur knapp darüber schweben und verschränkte dann die Arme.

»Fertig, sollte halten.«

»Danke.« John wandte sich um und zupfte an dem Gurt, der über seine Brust lief. »Ich komme mir ein wenig bescheuert vor.«

Milena öffnete den Mund und verschluckte sich dann an dem Kompliment, das ihr beinahe herausgerutscht wäre. *Du benimmst dich völlig daneben, Milena,* dachte sie stattdessen. *Gestern hättest du ihn noch fast umgebracht und heute verwandelst du dich in eine sabbernde Idiotin, nur weil er sein Shirt nicht trägt und zufällig die tollsten Augen der Welt hat.*

Milena war erleichtert und enttäuscht zugleich, als John sich ein schwarzes Shirt und eine Motorradjacke überzog. Nun war von dem Schwert wirklich nichts mehr zu sehen. Er drehte sich einmal um die eigene Achse und Milena nickte.

»Es funktioniert. Man sieht nichts.«

»Gut. Damit wäre das erste Problem gelöst.«

Blitzschnell griff er hinter sich, zog das Schwert und schlug zu. Seine Bewegungen waren unglaublich. Er stach und parierte, duckte sich und führte Schläge aus, dann schob er das

Schwert zurück. Schwer atmend wandte er sich Milena zu, die ihn ungläubig anstarrte.

»Nicht schlecht, was?«

»Wo hast du das gelernt?«

»Gar nicht. Die Fähigkeiten sind *in der Waffe*. Ich weiß nicht, wie ich es sonst sagen soll. Thanatos sagte, die Klinge würde mich erkennen. Ich denke, das hat er gemeint. Ich hab vorher allenfalls mal so ein billiges Dekoschwert in der Hand gehabt, aber das …«

»Das ist wie Zauberei!«

»Nicht *wie*, es *ist* Zauberei. Und ich will nicht länger darüber nachdenken. Wenn ich Glück habe, dann ist es mein Trumpf im Kampf gegen die Tsirkas.«

Milena trat vor ihn. »Und du willst das wirklich durchziehen?«

»Was soll ich denn sonst machen? Weglaufen kann ich nicht und die Vorstellung, dass sie meine Eltern umbringen …« Er raufte sich das Haar.

»Ich versteh schon. John, du bist der mutigste Mensch, den ich kenne.«

»Unsinn!« Er grinste verlegen und sah dabei total süß aus. Als er plötzlich die Hände auf Milenas Schultern legte und ihr tief in die Augen sah, blieb ihr der Atem weg. »Und du?«, fragte er sanft. »Was steht bei dir auf dem Spiel?«

»John, ich … viel, es steht viel auf dem Spiel!«, brachte sie hervor. »Aber ich kann dir nicht mehr sagen. Tut mir leid. Vielleicht irgendwann.«

»In Ordnung.« Er sah enttäuscht aus.

»Wenn ich könnte, würde ich es dir sagen. Ich will dir helfen, reicht das nicht erst mal?«

»Mir wäre wohler dabei, wenn nicht noch jemand mit reingezogen würde.«

»Ich bin schon mittendrin. Die Verwandlung in die Harpyie war eine Strafe und damit habe ich nur einen Teil meiner angeblichen Schuld abbezahlt.«

»So ist es wohl.«

John sah sie an, dann nahm er die Hände von ihren Schultern. »Aber vielleicht ist die Harpyie ein Geschenk, so wie mein Schwert. Du musst sie benutzen.«

Milena schüttelte schnell den Kopf und wich vor ihm zurück. Ihre Schultern waren warm von seiner Berührung und sie wünschte seine Hände sofort dorthin zurück.

»Milena, kannst du es kontrollieren? Wie funktioniert die Verwandlung?« Er ließ nicht so schnell locker.

»Ich weiß es nicht, verdammt! Es ist doch gestern zum ersten Mal in der Wirklichkeit passiert, vorher waren es immer nur Träume. Aber ich kann sie spüren, eigentlich fast die ganze Zeit, und wenn ich Angst habe oder wütend bin, will sie ausbrechen.«

»Tut es weh?«, fragte er neugierig.

»Wenn ich mich dagegen wehre, ja.«

»Dann musst du versuchen dich bewusst zu verwandeln! Hier ist der beste Ort dafür.«

Sein Vorschlag machte sie nervös. Er hatte Recht, sie musste lernen mit der neuen dunklen Seite in ihrem Inneren umzugehen. Aber wie sollte sie diese schreckliche Kreatur kontrollieren? Es war doch jetzt schon schwierig, wenn sie nicht verwandelt war. »Ich fürchte mich davor, John. Was, wenn sie macht, was sie will? Ich habe Angst, dir wehzutun.«

»Das wirst du nicht, Milena. Sie ist doch ein Teil von dir, oder nicht? Wenn du mir nicht ans Leben willst, warum sollte sie es wollen?«

Wenn du wüsstest, John, dachte Milena bitter. »Also gut, ich versuche es.«

In diesem Moment kam der Rabe, den sie beinahe vergessen hatte, durch die schmale Öffnung im Scheunentor geflogen und landete krächzend auf dem Leichenwagen. Max war sofort auf den Beinen und kläffte den schwarzen Vogel an, der mit überheblicher Miene und gesträubtem Kopfgefieder auf dem Blechdach umherstolzierte.

»Na das war klar«, seufzte Milena. »Nie ohne Spion.«

»Lass ihn diesmal am Leben, Max. Hierher!« Enttäuscht wandte sich der Hund ab und trottete zu seinem Herrn zurück.

Milena sah sich um und stellte sich dann dorthin, wo sie den meisten Platz hatte. »John, du musst versprechen, mir nicht zu nahe zu kommen. Stell dich am besten ganz dicht ans Tor und wenn etwas schiefläuft, mach es zu und komm erst wieder rein, wenn ich dich rufe. Versprochen?«

»Alles klar. Milena, wenn du deine Meinung änderst, du musst nicht … also nicht für mich.« Er klang besorgt.

»Nein, ich sollte herausfinden, wie es geht.«

»Aber riskier nichts. Viel Glück.«

Sobald John sich am Tor positioniert hatte, schloss Milena die Augen und konzentrierte sich. Erst geschah nichts. Die Geräusche kamen ihr lauter vor, der Geruch von Staub und altem Heu wirkte intensiver, doch das Wesen in ihrem Inneren schlief.

Wahrscheinlich brauchte die Harpyie starke Gefühle, um ihren Körper zu verlassen. Sie wollte schon aufgeben, als sich plötzlich etwas änderte. Der Gedanke an die Kreatur war wie ein Weckruf. Milena stellte sich vor, wie die Harpyie ihren Kopf hob und sie ansah. »Komm«, wisperte sie leise. »Komm und breite deine Flügel aus.«

Die Harpyie schüttelte ihr Gefieder und krümmte ihre fingerlangen Klauen wie Dolche. Milena fürchtete sich einen Augenblick lang vor dem Schmerz, doch weil sie keinen Widerstand leistete, kam er diesmal nicht. Jetzt wollte sie die Verwandlung. Dennoch brauchte sie all ihre Willenskraft, um ihren Körper dem fremden Wesen zu überlassen. Die Harpyie streckte ihre Flügel aus. Elektrisierend schoss die Magie in Milenas Arme und weckte die Federn, die sich nadelfein durch ihre Haut bohrten. Milena hielt die Augen krampfhaft geschlossen. Sie wollte es nicht sehen. Geheimnisvolle Kräfte zogen und zerrten an ihr, bis sich ihr Körper plötzlich leicht, ja beinahe schwerelos anfühlte. Alles war nun klar, ihre Sinne schärfer. Von dem Durcheinander, das zuvor in ihr geherrscht hatte, war nichts mehr geblieben. Als sie nun die Augen öffnete, verzogen sich die letzten magischen Nebelfetzen und sie sah die Scheune auf ganz neue Weise. Am Tag zuvor war die Verwandlung ohne ihr Zutun geschehen und der reine Überlebenswille der Kreatur hatte das Regiment übernommen. Nun war es anders. Milena hatte die Kontrolle.

Ihr Kopf ruckte herum. Dort stand John neben der Tür. Er hatte Angst, aber er versuchte sie nicht zu zeigen.

»Milena? Erkennst du mich?«

Sie wollte bejahen, aber nun besaß sie einen Schnabel und keinen Mund mehr. Heraus kam ein schrilles Krächzen, das John zusammenzucken ließ. Seine Hand bewegte sich zum Schwertgriff, aber er zog die Klinge nicht, weil sie keine Anstalten machte, ihn anzugreifen.

Milena sah auf ihre Füße hinab. An ihrer Stelle waren nun schuppige graue Zehen mit messerscharfen Krallen. Sie krümmte sie und schon teilten sie den harten Lehmboden wie Butter. Ihre Kraft war beängstigend. Kein Wunder, dass sie nie Mühe gehabt hatte, den Sterbenden die Seelen aus der Brust zu reißen. Milena streckte ihre riesigen Flügel aus, sie reichten beinahe quer durch die Scheune und waren mit grauen und schwarzen Federn bedeckt. Flügel, welch ein Wunder! Sie verspürte den sehnlichen Wunsch zu fliegen. Ein, zwei Mal bewegte sie die Schwingen nach unten und schon hob sie die Wucht des Luftstoßes für einen Moment lang hoch.

John riss die Hand vor die Augen. Stroh und Staub wirbelten durch die Luft. »Nein, Milena, nicht hier drin!«

Sie kreischte ihn an. Sollte er doch die Tür aufmachen und sie herauslassen.

Die Flügel angewinkelt, den Kopf drohend vorgestreckt, bewegte sie sich auf ihn zu. Sie konnte seine Angst beinahe schmecken. Warum machte er keinen Platz? Er musste doch verstehen, was sie wollte. *Geh weg!*, dachte sie, *mach mich nicht wütend. Ich will fliegen, muss fliegen! Du kannst mich nicht aufhalten.*

Doch John tat genau das Gegenteil. Er zog das Tor ins Schloss und legte den Riegel vor, dann stellte er sich mit ausgebreiteten Armen in ihren Weg. Er zitterte. Schweiß stand auf seiner Stirn, doch er schien nicht weichen zu wollen. Max stand seinem Herrn bei. Mit gesträubtem Nackenfell und gefletschten Zähnen baute er sich genau zwischen ihm und Milena auf.

Der Zorn über diese Unverschämtheit war wie ein roter Nebel, der nach und nach jeden klaren Gedanken zu verschlingen drohte. Die Harpyie schrie wieder und ließ ihre gewaltigen Schwingen niedersausen, so dass John eine Wolke von Staub und Dreck ins Gesicht getrieben wurde. Dennoch rührte er sich nicht von der Stelle.

»Milena, du bist da drin, ich weiß es. Du musst mich anhören. Niemand darf dich so sehen, du kannst nicht raus. Erst in der Dunkelheit, verstehst du?«

Der rote Nebel wurde immer dichter und John wurde zu einem Fremden. Er verblasste mehr und mehr, bis er als bloßes Hindernis aus Fleisch und Blut vor ihr stand. Ein Hindernis, das so leicht zu zerstören war. Die Harpyie zuckte mit den Krallen.

Tue es jetzt! Es ist so leicht. Nur ein Schlag und deine Aufgabe ist erfüllt. Ich werde stolz auf dich sein, wehte Aellos Stimme durch ihren Kopf.

Plötzlich wurde Milena von Erinnerungen an Stefan überflutet. Jeder einzelne schöne Moment rauschte an ihr vorbei. Und nun litt er, weil sie einen Fehler gemacht hatte. *Ich kann alles wiedergutmachen!* Sie musste es tun! Warum zögerte sie noch? Milena schrie gellend und riss ihren Körper mit einem einzigen gewaltigen Flügelschlag in die Luft.

~ HARPYIE ~

Und ich – meine arme sind matt
Die sie in wolken sich gruben.

Die unvergleichlichen sterne
Die glänzend am himmelsgrund stehn
Lassen die augen nur ferne
Sonnen-erinnrungen sehn.

Ich wollte des ungeheuern
Mitte finden und schluss
Ich fühle wie unter feuern
Mein flügel zerfallen muss.

Charles Baudelaire

John war schnell klar geworden, dass seine Idee ein gewaltiger Fehler gewesen war. Nun stand er mit dem Rücken zur Wand und hatte sich den einzigen Fluchtweg selbst versperrt. Das Scheunentor war zu und der Monstervogel würde ihm den Rücken aufschlitzen, bevor er es wieder öffnen könnte.

Die Harpyie aus nächster Nähe zu sehen, ließ ihm das Blut in den Adern gefrieren. Jetzt erinnerte er sich wieder an alles. Sie war immer da gewesen, jedes einzelne Mal, wenn etwas geschah, das mit der Fehde zu tun hatte. Bei seinem Onkel, als er beim Streit aus dem Fenster gesehen hatte. Beim ersten Angriff der Tsirkas ...

Jetzt war sie hier und es sah nicht gut aus. Er erkannte Milena nicht wieder. In den kalten Vogelaugen war nichts von ihr zu entdecken. Er sah nur Hass.

Das Gefühl, nur von geschenkter Zeit zu leben, stellte sich wieder ein. Diesmal würde er dem Tod nicht entkommen. Sein Ende würde durch ebenjene Klauen kommen, die ihn beim letzten Mal davor bewahrt hatten.

Die Harpyie landete und lief beinahe anmutig auf ihn zu, den Kopf leicht geneigt, die grauen Schopffedern gesträubt. Sie schrie ohrenbetäubend, dazu bellte Max in Todesangst und jetzt schoss auch noch der Rabe krächzend von einem Balken herunter und machte einen Sturzflug auf John zu.

»Milena! Du musst dich zurückverwandeln!«, rief John verzweifelt, doch er hatte die Hoffnung längst aufgegeben.

Sollte er sein Schwert benutzen? Nein, er würde es sich nie verzeihen, das Mädchen umgebracht zu haben. Er streckte die Arme vor, bereit für den Tod.

Die Harpyie legte den Kopf von einer Seite auf die andere, der Rabe machte einen weiteren Sturzflug und dann riss der mythische Vogel die Schwingen hoch. John schloss die Augen.

Doch der erwartete Schmerz kam nicht.

Kühl streiften Federn sein Gesicht, eine Schwinge stieß ihm gegen die Schulter, er verlor kurz das Gleichgewicht, dann fing er sich wieder. Es gab einen dumpfen Knall und das Krächzen des Raben klang plötzlich sehr kläglich. Als John es wagte, die Augen zu öffnen, sah er zuerst den zerquetschten Rabenkörper, den die Harpyie mit der Klaue zu Boden drückte.

In Johns Ohren rauschte das Blut. Es hämmerte so laut, dass er keinen klaren Gedanken fassen konnte. Sie hatte ihn nicht getötet. Noch nicht.

Die Harpyie stand vor ihm, bebend vor Anspannung. Sie blinzelte oft, den Schnabel hielt sie halb geöffnet. War Johns Ahnung richtig? Kämpfte der Teil der Kreatur, der das Mädchen Milena war, gegen einen animalischen, blutrünstigen Instinkt?

John nahm all seinen Mut zusammen und beugte sich langsam vor. Er konnte dieser Bestie nicht entfliehen, warum sollte er also nicht versuchen ihr Vertrauen zu erringen?

Ganz vorsichtig streckte er seine Hand aus und berührte sacht die Schulter der Harpyie.

Sie fauchte und öffnete den Schnabel drohend ein wenig weiter. John zuckte nicht zurück. Die Federn waren weich, viel weicher als erwartet. Er streichelte sie vorsichtig und langsam änderte sich das drohende Fauchen der Kreatur zu einem leiseren Zischen.

»Ich weiß, dass du mich erkennst, Milena. Ich fürchte dich nicht«, flüsterte er.

Die Harpyie legte den Kopf schief und schloss den Schnabel. John nahm das als gutes Zeichen und kraulte ihr das Halsgefieder. Aus dem Augenwinkel bemerkte er, wie auch Max ruhiger wurde und sich, erschöpft von der Aufregung, ungelenk hinsetzte und mit weit heraushängender Zunge hechelte. Dorthin, wo der Rabe noch immer sterbend zuckte, sah John lieber nicht.

Die Harpyie beobachtete ihn mit beängstigender Ruhe.

Alles war nun still.

Er strich über die Flügel, nahm die zweite Hand hinzu, atmete schließlich tief ein und umarmte die Harpyie. Dann kam die Magie.

John weigerte sich Abstand zu nehmen und so war im nächsten Moment alles um ihn herum voll samtschwarzem Nebel, in dem es knisterte und funkte. Die feste Gestalt der Harpyie löste sich auf, machte Wärme Platz und dann hielt er plötzlich einen weichen Mädchenkörper in den Armen. Milena war ohnmächtig. Er fing sie auf und ließ sich mit ihr zu Boden sinken.

Der Nebel verzog sich in dem windstillen Schuppen nur sehr, sehr langsam, doch das war John gleich. Er lebte und Milena lebte auch. Er konnte ihr Herz schlagen fühlen und hörte ihren leisen Atem. Sie hatten es noch einmal geschafft.

Nach und nach enthüllte der Nebel ihr rotbraunes Haar, das einen glänzenden Fächer auf seinem Oberschenkel bildete. Er berührte es, noch vorsichtiger, als er zuvor die Federn ihrer anderen Gestalt berührt hatte. Es war genauso weich.

Sie hatte Sommersprossen im Gesicht. Sogar auf ihre geschlossenen Lider hatten sich einige verirrt. John verlor sich in dem irritierenden Gedanken, wie es sein würde, sie genau dorthin zu küssen. Er könnte es sogar jetzt tun, während sie schlief. Doch das war es nicht, was er wollte. Er wollte sie auch noch in den Armen halten dürfen, wenn sie wach war.

Ob sie ahnte, wie sehr sie ihm gefiel, schon seit ihrer ersten Begegnung? Manchmal war sie so abweisend, dann half sie ihm wieder.

Er versuchte sich jedes Detail ihres Gesichts einzuprägen, den weichen Schwung ihres Mundes und den kleinen Wirbel in der rechten Braue. Dann fühlte er sich plötzlich ertappt, als sei er in einen geheimen Ort eingebrochen; als beobachte er sie heimlich im Schlaf.

John hielt gemeinsam schlafen für einen ungeheuren Vertrauensbeweis, den er bislang keinem Menschen zugestanden hatte. Sogar in der einen kurzen Beziehung, die er bislang geführt hatte, war er immer irgendwann nachts gegangen.

»Hey, Milena? Genug geschlafen«, sagte er nun leise und gestattete es sich ein letztes Mal, über ihre Stirn zu streichen. Sie musste ihn gehört haben. Ihre Glieder verloren die Schwere der Ohnmacht. Sie regte sich langsam und schlug die Augen auf.

Sich auf dem Boden in Johns Schoß wiederzufinden, überraschte sie. »Oh«, sagte sie leise. »Oh, es tut mir leid.«

»Das braucht es nicht.« John konnte sich das Grinsen schwer verkneifen.

»Hab ich dir wehgetan?«, fragte Milena und biss sich dabei auf die Unterlippe. John fand, dass es sie noch verführerischer machte. Würde er sie je küssen dürfen?

»John? Hallo? Habe ich dich verletzt?« Milena richtete sich auf und rutschte ein Stückchen von ihm weg.

Dort, wo sie eben noch gelegen hatte, breitete sich nun Kälte aus. John schob sein Bedauern gedanklich beiseite. Er hatte sich die Nähe ohnehin nur erschlichen. Milena musterte ihn mit zusammengezogenen Brauen.

»Nein, du hast mir nicht wehgetan, Milena.«

Sie atmete erleichtert auf.

»Aber ich glaube, viel hat nicht gefehlt. Kannst du dich erinnern?«

Sie nickte und zog die Knie an, was sie ungleich verletzlicher erscheinen ließ als den mythischen Raubvogel Minuten zuvor. »Ein wenig zumindest. Es hat mir Angst gemacht. Und ich glaube, wenn ich eine Harpyie bin, hat Aello mehr Macht über mich. Ich wollte nur noch hinaus und fliegen und … dich töten.«

»Mich hast du ja noch einmal verschont, aber einen hat es leider doch erwischt.« John hätte es gern verschwiegen, doch Milena würde den toten Raben früher oder später auch so entdecken. Sie zuckte zusammen. »O nein, schon wieder! Sie wird mich massakrieren.«

John sah sie mitfühlend an.

»Nimmst du mich vielleicht doch wieder in den Arm«, bat sie ganz leise.

Das brauchte sie ihn sicher nicht zweimal fragen. Er hob den Arm, sie kuschelte sich hinein und dann lehnten sie sich gemeinsam gegen das verschlossene Scheunentor und schwiegen. John genoss es, seine Wange an ihren Kopf zu lehnen, während er den Duft ihres Haares tief einsog. Ihr Geruch war eine Mischung aus Sonne, Heu und Jasmin-Shampoo. Sanft strich er über ihren Arm.

»Als ich eine Harpyie war, hast du mich auch berührt, oder?«

John hielt inne, fühlte sich ertappt. »Ja. Ich dachte, wenn mich der menschliche Teil von dir nicht wahrnimmt, dann kann ich so vielleicht die Harpyie besänftigen. Milena, es …«

»Nein, du brauchst dich nicht zu entschuldigen. Ich glaube, so hast du mich zurückgeholt. Hattest du denn keine Angst?«

John lachte trocken auf und drückte sie. »Doch, und wie. Aber du hättest mich so oder so getötet, es war den Versuch wert.« Sie sahen gleichzeitig zu dem Raben, der zerfetzt im Stroh lag. Max schnüffelte an den hochstehenden Flügeln.

»Ein bisschen tut es mir leid um Rok. Ich kann mich zwar nicht genau erinnern, wann ich ihn erwischt habe, aber Aellos Stimme schien irgendwie aus ihm herauszukommen und dann …«

»Sie schickt einen Neuen, oder?«

»Ja, da bin ich mir sicher, wie soll sie mich sonst beobachten. Was ist eigentlich mit dem Körper des Letzten passiert?«

»Das hab ich mich auch schon gefragt. Du hast ihn gestern also nicht irgendwo versteckt?«

»Nein.« Milena brauchte nichts mehr sagen. Die logische, wenn auch unglaubliche Schlussfolgerung war, dass die Raben auf magische Weise verschwanden.

»Was hast du jetzt vor, John?«

»Ich muss die Tsirkas finden und ...«

»Ich verstehe. Aber wie, sie werden doch sicher nicht im Telefonbuch stehen.«

»Nein, da habe ich sogar schon nachgesehen. Vielleicht kannst du mir helfen. Erzähl mir noch mal von deiner Entführung. Alles, woran du dich erinnern kannst. Jedes Detail kann wichtig sein.«

Milena schob ihren Kopf an seiner Schulter zur Seite und sah ungläubig zu ihm auf. »Du willst doch nicht hinfahren und einfach da reinspazieren!«

John grinste. Wenn er darüber nachdachte, war es eine bescheuerte Idee, aber die waren oft die besten. »Doch, genau das. Wenn ich es richtig verstanden habe, sind da Götter und Wächter und so was. Und in den Sagen machen die Helden immer eins: Sie suchen sich Unterstützung bei einem Gott. Vielleicht schaffe ich das auch.«

»Klar, du antiker Held«, neckte Milena ihn, dann lehnte sie sich zurück an seine Schulter und begann zu erzählen.

~

Der neue Rabe hatte noch am Abend an Milenas Zimmerfenster geklopft. Er war ohne eine Nachricht gekommen, was sie fürs Erste erleichterte. Sicherlich war Aello mittlerweile klar geworden, dass ihr Schützling seine Aufgabe nicht erfüllte. Milena verbrachte den Abend damit, die Kiste mit den Andenken an Stefan durchzusehen und ihn bewusst aus ihrem Herzen zu verjagen. Es klappte erstaunlich gut. Die einzigen Tränen, die noch flossen, galten ihrer eigenen Dummheit. Sie hatte sich so lange hinters Licht führen lassen.

Im Nachhinein war man immer schlauer. Ihr fielen viele Situationen ein, in denen sie eigentlich Lunte hätte riechen müssen. Das half nun, Stefan womöglich das Leben zu retten, ohne jemanden zu ermorden. Aello und ihren unheimlichen Freunden würde das sicher nicht gefallen. Wer versuchte, die Götter auszutricksen, wurde damit selten glücklich, das wusste selbst Milena, die sich nie sehr für Sagen und Mythen interessiert hatte.

Am nächsten Morgen klingelte der Wecker wie üblich viel zu früh. Die beiden freien Tage ohne Praktikum waren rasend schnell vorübergegangen und obwohl Milena hundemüde war, freute sie sich auch ein wenig auf die Arbeit auf der Vogelstation.

»Milenamaus, bist du wach?«, hallte es aus dem Flur herauf.

»Ja, Mama, ich komme gleich runter.« Sie setzte sich im Bett auf und schubste den Raben fort, der begonnen hatte, den Spitzensaum ihres Kopfkissens mit dem Schnabel zu malträtieren. Nun stolzierte er über den Teppich und krächzte sie vorwurfsvoll an.

»Du kannst draußen warten, such dir ein paar Würmer oder friss eine Taube, ist mir egal«, sagte sie leise, aber bestimmt und öffnete das Fenster. Der neue Rok gehorchte, wenn auch nur widerwillig.

Kurz darauf eilte Milena in ihren Lieblingsklamotten die Treppe hinunter. In Jeans, Sneakers und dem verwaschenen, dunkelblauen T-Shirt mit einem aufgedruckten Baum fühlte sie sich eben am wohlsten.

Sie drückte ihre Mutter, die ihr gerade zwei dampfende Scheiben Toast auf den Teller legte.

»Na, bereit für die Kindergartenkinder?«

»Was für Kinder?«, fragte Milena verschlafen und schraubte mehrere Marmeladengläser auf, um daran zu riechen.

Ihre Mutter sah sie mitfühlend an. »Na heute kommen doch die Kinder zur Vogelstation, das hat Anja zumindest gesagt, als ich dich bei ihr entschuldigt habe.«

»Ach das, o Mann«, nuschelte Milena mit vollem Mund. Sie hatte bereits eine Ecke vom Toast abgebissen, ohne sich für eine Marmelade zu entscheiden. Sie war um diese Uhrzeit einfach noch nicht in der Lage, so schwerwiegende Entscheidungen zu treffen. Ratlos betrachtete sie noch einmal die vor ihr aufgereihten Gläser.

»Rhabarbermarmelade und Orangenhonig«, sagte ihre Mutter prompt. Milena hatte keine Einwände. Während sie

Butter und Belag verteilte, fühlte sie den Blick ihrer Mutter auf sich ruhen.

»Wie geht es dir?«, fragte die schließlich.

Milena hielt erschrocken inne, dachte an ihre Verwandlung, den nun unter Beton begrabenen Toten und daran, wie es war, Arm in Arm mit John dazusitzen und zu reden. Doch all das konnte ihre Mutter nicht wissen, nicht mal ahnen.

»Es geht«, antwortete sie ausweichend.

»Dich hat schon früher, als du ganz klein warst, kaum etwas aus der Bahn schmeißen können. Aber wenn du mit jemandem reden möchtest, ich bin immer für dich da.«

»Ich weiß, Mama, danke.«

»Gut. Und wie geht es Stefan? Du warst doch noch einmal bei ihm im Krankenhaus, oder?«

»Immer noch schlecht … Desirée war auch da. Sie hat mir gesagt, dass sie schon seit November was miteinander haben.«

»Na da hört doch jetzt alles auf!«, sagte ihre Mutter zornig und stand auf. »Wenn es den Jungen nicht schon schlimm genug getroffen hätte … oh, ich könnte … erwürgen möchte ich ihn. So was meiner Kleinen anzutun!«

Milena sah auf ihren Teller und seufzte, aber der Schmerz war nicht mehr so schlimm wie noch ein, zwei Tage zuvor.

»Lass nur, Mama«, sagte sie leise. »Wird Zeit, dass ich ihn vergesse.«

»Tapfere Maus. Wenn ich dich fahren soll, musst du dich ein bisschen mit dem Essen beeilen.«

»Danke, aber ich nehm das Fahrrad.«

»Fährst du nachher noch zum Krankenhaus?«

Milena schüttelte den Kopf. »Nein, heute nicht.«

»Ist vielleicht auch besser so. Dann mache ich mich jetzt auf den Weg. Bis heute Abend. Wenn du dir was zu essen machen willst, der Kühlschrank ist voll, ich war gestern noch schnell einkaufen.«

»Ja, mal sehen.« Milena stand auf und umarmte ihre Mutter zum Abschied. Sie musste plötzlich daran denken, wie es wäre, um ihr Leben fürchten zu müssen. John machte genau das gerade durch. Unvorstellbar.

Wahrscheinlich würde sie auch alles versuchen, um die Gefahr von ihrer Mutter abzuwenden, und wenn sie sich mit allen Göttern der Mythologie anlegen müsste.

»Hey, was ist denn los, du zitterst ja.«

»Nichts, gar nichts. Hatte nur 'nen schlechten Traum«, log Milena schnell und löste sich aus der Umarmung. Birgit sah sie kurz irritiert an, hob dann zum Abschied die Hand und ging.

~

John hatte sich für diesen Tag eine schwierige Aufgabe vorgenommen. Er wollte die Götter aufspüren oder irgendjemanden, der mit ihnen in Kontakt stand. Und dazu würde er versuchen das Restaurant zu finden, in das Milena von den Maskenmännern verschleppt worden war.

Ihre Beschreibung war jedoch mehr als dürftig. Ein Zwanzig-Minuten-Radius um ihren Entführungsort herum, schlechte Straßen und eine Küche, in der es nach Rosmarin, Lammfleisch und Knoblauch roch. Im Ruhrgebiet lagen die Städte so nah beieinander, dass oft einfach nur ein verwittertes Ortsschild darüber Auskunft gab, dass man sich plötzlich nicht mehr in Mülheim, sondern in Oberhausen, Duisburg oder Essen befand. Von Milenas Entführungsort aus war Duisburg am schnellsten zu erreichen.

John sah auf seine Liste. Dreiundzwanzig Restaurants in drei verschiedenen Städten standen darauf. Sicherheitshalber hatte er alle hinzugefügt, auf die die Beschreibung passen könnte: mehrere türkische Restaurants, ein Balkan-Grill und ein Korse.

Ob er überhaupt erkennen würde, wann er im richtigen stand?

Ein Gefühl sagte ihm *Ja*.

Er brach um kurz nach elf auf, vorher hatte es keinen Sinn, die meisten Läden öffneten erst mittags.

Es fühlte sich merkwürdig an, schwer bewaffnet ins Auto zu steigen, so, als plane er einen Überfall. Das Schwert drückte sich unangenehm in seinen Rücken und er begann vor Nervosität zu schwitzen. Was, wenn ihn ausgerechnet heute ein Polizist anhielt und sich nicht mit der Kontrolle der Papiere begnügte? Nein, daran wagte er gar nicht zu denken. Ein Blick in den Rückspiegel reichte aus, um ihm klarzumachen, dass er allerdings nicht gerade vertrauenerweckend aussah mit halblangem Haar, Lederjacke und einem grün und blau geschlagenen Gesicht.

Zuerst fuhr John dorthin, wo Milena entführt worden war. Nichts deutete darauf hin, dass mit dieser Gegend etwas nicht stimmte. Die Straße war eine breite Allee alter Kirschbäume, von denen nur noch wenige blühten. Die Häuser stammten aus den Fünfzigerjahren, ihre Gärten waren liebevoll gepflegt. Auf einer Wiese tummelte sich ein ganzes Rudel Gartenzwerge.

John kurbelte die Fenster herunter, machte den Motor aus und lauschte einen Moment lang in sich hinein. Nein, hier gab es nichts, was für ihn wichtig war.

Das erste Restaurant, welches er anfuhr, war offenbar schon seit einigen Monaten geschlossen, das zweite entpuppte sich als Pommesbude, die inklusive Verkaufsraum sicher kleiner war als die von Milena beschriebene Kühlkammer alleine.

Das dritte Restaurant mit dem abgedroschenen Namen *Athene* sah vielversprechender aus. Es lag an der Stadtgrenze von Mülheim zu Duisburg in der Nähe einer viel befahrenen Straße. Davor waren Schlaglöcher.

John parkte und beobachtete, wie ein Kellner im Biergarten die Tische mit Decken und Vasen ausstattete. John fühlte nichts Ungewöhnliches, sah nichts Verdächtiges. Sicher würden sich die Maskenmänner nicht jedem Passanten zeigen.

Er stieg aus, sah sich mehrfach um und ging dann zum Restaurant. Der Kellner stutzte kurz, als er John ins Gesicht sah, begrüßte ihn dann aber freundlich.

»Ein Autounfall«, sagte John hastig, dann wurde ihm klar, dass er sich nicht vor einem Fremden für sein Aussehen rechtfertigen musste.

»Dann hatten Sie wohl Glück im Unglück. Ein Tisch für zwei? Oder erwarten Sie mehr Gäste?«

John schüttelte den Kopf. »Heute möchte ich mich nur umsehen. Ist es bei Ihnen auch möglich mit größeren Gruppen zu feiern?«

Der Kellner lächelte erfreut. »Aber selbstverständlich. Folgen Sie mir, ich zeige Ihnen unsere Räume.«

Nach wenigen Minuten hatte John genug gesehen. Ausgestattet mit einer Kopie des Menüs und einer Visitenkarte eilte er zurück zum Auto. Dieses Restaurant war es nicht, doch den Trick mit der geplanten Familienfeier würde er auch bei den nächsten Adressen versuchen. Es war unverdächtig und die Angestellten hatten sich beinahe überschlagen, um ihm alles zu zeigen. Er hatte auch einen Blick in die Küche werfen dürfen, wo sich weder eine große Kühlkammer noch ein Eingang zum Olymp befand.

Am frühen Nachmittag hatte er die Hälfte seiner Liste abgearbeitet, jedoch ohne Erfolg. Das Ergebnis seiner Suche bestand aus einem Stapel von Visitenkarten und Menüplänen. Sein Magen knurrte mittlerweile vernehmlich. Im letzten Restaurant hatten sie ihm sogar ein Schälchen Oliven angeboten, nachdem es aus seinem Bauch knurrte, als habe er ein Raubtier verschluckt. Es war ihm peinlich gewesen und er hatte sich sehr zusammengerissen, wirklich nur ein Mal zuzugreifen.

John nahm sich vor, im nächsten Lokal eine Kleinigkeit zu essen. Vielleicht war es Zeit, seinen Plan zu überdenken.

Was, wenn man Milena nicht in ein echtes Restaurant gebracht hatte. Vielleicht war sie einer Illusion aufgesessen. Immerhin arbeiteten die Maskenmänner für reale, uralte Götter und wahrscheinlich konnten sie einem Menschen alles Mögliche vorgaukeln, ohne dass dieser den geringsten Verdacht schöpfte.

Die Fahrt zum nächsten Restaurant war nicht lang. Kaum merklich hatte er die Duisburger Stadtgrenze überquert. Der Wagen rumpelte durch Seitenstraßen, deren Schlaglöcher zuletzt vor einer Ewigkeit geflickt worden waren. Manche davon waren so tief, dass man Bäume darin hätte pflanzen können. Die Erschütterungen ließen Johns angeschlagenen Körper schmerzen. Die angebrochenen Rippen pochten, als seien sie nun ganz entzwei.

Es war eine seltsame Gegend für ein Restaurant. Von den Fassaden blätterte Farbe, hier und da löste sich alter Klinker. Es gab einige Parks, doch die waren klein, heruntergekommen und dienten allenfalls noch als Hundeklo oder um darin alte Kühlschränke abzuladen. Wahrscheinlich war auch diese Adresse längst überholt. John setzte den Blinker.

Vor ihm lag eine Allee mit alten Bäumen und an ihrem Ende, wie ein Goldstück inmitten von Kies, thronte das Restaurant *Olympos*.

Von dem Gebäude ging ein unheimliches Leuchten und Pulsieren aus, doch John war sich sicher, dass es die allermeisten Menschen nicht bemerkten. Ihm wurde sofort klar, dass er am richtigen Ort war.

Er parkte den Wagen in einiger Entfernung, aber so, dass er im Notfall keine Zeit mit Ausparken verlieren würde. Sicher waren diese Wesen nicht glücklich darüber, dass er ihr geheimes Tor aufgespürt hatte. Er hatte keinen Plan, wie er vorgehen wollte. Vielleicht war es tatsächlich das Beste, wenn er sich einfach etwas zu essen bestellte, sich umsah und abwartete.

Ihm war allerdings der Appetit vergangen. Während er noch einmal den Sitz seiner Waffen überprüfte, spülte Adrenalin wie ein Fieber durch seine Adern und ballte seine Innereien zu einem einzigen glühenden Klumpen zusammen. Er fühlte sich unbeschreiblich wach, leicht und stark zugleich.

Jetzt gab es kein Zurück mehr!

Niemand beobachtete ihn, während er quer über die Straße ging und auf den Eingang zuhielt. Je näher er dem Gebäude kam, desto seltsamer wurde es. Die Luft darüber flimmerte. Alle Konturen waren unscharf, wie bei zwei übereinanderliegenden Bildern, die nicht ganz deckungsgleich waren. Zum einen gab es das, was die gewöhnlichen Menschen sahen: ein etwas heruntergekommenes Lokal, weder Restaurant noch Schnellimbiss, mit weißen Gipsstatuen und Schalen voll ausgeblichener Plastikblumen vor der Tür. Es war alles andere als einladend. Doch sicherlich hatten die Betreiber auch gar kein Interesse daran, normale Gäste anzulocken. Selbst die Speisekarte, die in einem kleinen beleuchteten Kasten hing, war voller Spinnweben und das Papier fettgetränkt und glasig.

John sah das andere Bild deutlicher. Das wahre Aussehen des *Olympos*, wie er vermutete. Hier war von Schäbigkeit nichts zu sehen. Der Eingang, beinahe schon ein Portal, bestand aus weißem Marmor, ockergefärbte Fresken zierten den Giebel, die Säulen waren ebenfalls bemalt. Wein und Blüten rankten daran empor.

Die Tür war aus Holz, der Griff eine Eule aus honigfarbener Bronze. John nahm allen Mut zusammen und öffnete sie.

Drinnen empfing ihn gemütliches Halbdunkel. Es roch nach exotischen Kräutern und Harzen, die den Essensgeruch beinahe vollständig überdeckten.

Ein Kellner trat ihm entgegen. Auch sein Aussehen spaltete sich vor Johns Augen in das Trugbild für Menschen und sein wahres Äußeres auf. John sah nur kurz den dicken Mann mit ungepflegtem Bart und dreckiger Schürze, dann verflüchtigte sich die Illusion und er blickte in die schwarzen Augen eines jungen Mannes, der das ebenmäßigste Gesicht hatte, das John je gesehen hatte.

»Sie wünschen?«, erkundigte er sich und klopfte dabei mit dem Finger auf eine Menükarte, die in Wirklichkeit ein glänzendes Zepter war.

John musste sich Mühe geben, nicht zu starren, wusste er doch nicht, ob seinem Gegenüber klar war, wer oder besser was er war und dass er den kleinen Illusionstrick durchschaute.

»Ich würde gerne etwas essen.«

»Aber sicher, folgen Sie mir.«

John ging hinter dem Kellner her, vorbei an einigen unbesetzten Tischen. Er sah nur zwei Menschen, zumindest glaubte er, dass es Menschen waren. Es handelte sich um ein älteres Pärchen, das sich halbe Brathähnchen und Pommes reinschaufelte und dabei alles andere als zufrieden aussah.

Der Kellner führte John durch einen Vorhang echter Weinreben in einen weiteren Raum. Seine Haut begann sofort zu prickeln. John kannte das Gefühl, es ähnelte dem, das er empfand, wenn Gräber in der Nähe waren, nur war es hundertmal intensiver. Am liebsten hätte er sich über die Arme gerieben, doch er riss sich zusammen.

Saßen dort im Schatten wirklich zwei Eulen und ein Rabe und fraßen ein halb zerrupftes Küken?

»Hier bitte, ich bringe Ihnen sofort die Karte.«

»Danke.« John setzte sich auf den ihm zugewiesenen Platz und atmete mehrmals tief durch. Jetzt durfte er nur nichts falsch machen. Er saß mit dem Rücken zur Wand. Konnte er seine Lederjacke ausziehen, ohne dass jemand das Schwert bemerkte? Wenn er es nicht tat, wäre es allerdings auch auffällig.

Schon jetzt musterten ihn die wenigen Gäste mit Argwohn. Es waren nur sechs, doch er war sich sicher, dass keiner von ihnen menschlich war. Hatte der Bärtige am Nachbartisch, der eine Käseplatte und Trauben vor sich hatte, tatsächlich Ziegenbeine? Sobald John genauer hinsah, verschwammen sie mit den Schatten, doch aus dem Augenwinkel ... er hätte es beschwören können.

Ehe John die anderen Gäste unter die Lupe nehmen konnte, musste er etwas bestellen. Er klappte die Menükarte auf und erschrak. Er konnte sie nicht lesen. Sie war weder auf Deutsch noch überhaupt in für John lesbarer Schrift abgefasst. Seine Angst nahm zu. Alles in seinem Inneren verkrampfte sich. Sie würden ihn entdecken und hinauswerfen, ehe er irgendetwas herausgefunden hatte. Nervös sah er sich um. Dann geschah ein Wunder. Als er den Blick wieder senkte, konnte er plötzlich alles entziffern.

Minuten später war der Kellner zurück, um seine Bestellung aufzunehmen. Gegrilltes Lammfleisch, Brot und Wasser.

Sie werden mich schon nicht vergiften, hoffte er.

Der Kellner verzog bei seiner Getränkebestellung pikiert das Gesicht, sagte aber nichts.

Nun hatte John weiter Gelegenheit, sich mit dem Ort vertraut zu machen. Gelächter erschallte hinter ihm und er sah sich um. In einer Nische saß ein älterer Herr mit gleich drei hübschen Mädchen, keines davon viel älter als John. Alle trugen sie altmodische Gewänder, als seien sie einem Kostümfilm entsprungen. Auf ihrem Tisch häuften sich die Köstlichkeiten. John versuchte die Illusion zu erkennen, die sie für die menschliche Welt verwendeten, doch da war nichts.

Wahrscheinlich waren sie direkt aus dem Olymp hierhergekommen und hatten gar nicht vor, das Lokal zu verlassen.

Eines der Mädchen, ihr fielen die braunen Locken weit über den Rücken hinab, warf ihm einen Kuss zu.

Ihr Begleiter schlug ihr tadelnd auf die Hand und sie schrie leise auf. John wäre am liebsten aufgesprungen und hätte ihm die Meinung gesagt, doch er musste vorsichtig sein. Hier ging es um die Sicherheit seiner Familie. Er konnte das Leben seiner Eltern nicht aufs Spiel setzen, um für eine Fremde einzustehen.

Der kleine Zwischenfall hatte etwas verändert. Die anderen Gäste schienen ihn jetzt wahrzunehmen und das war, so wurde ihm bald klar, keinesfalls gut.

Zwei ältere Frauen tuschelten, der Mann mit den Ziegenbeinen stand sogar auf, nahm sein Essen und setzte sich an einen weiter entfernten Tisch. John war hier nicht willkommen.

Die Zeit, bis der Kellner endlich sein Essen brachte, zog sich wie Kaugummi. John glaubte zwar kaum, dass er überhaupt etwas runterbekommen würde, doch der würzige Duft des Gegrillten, das endlich vor ihm auf den Tisch gestellt wurde, belehrte ihn schnell eines Besseren. Er bedankte sich und trank etwas. In dem geschliffenen Pokal, den man ihm gebracht hatte, war kein Wasser, zumindest nicht ausschließlich. *Ambrosia,* das Wort kam ihm wie von alleine in den Sinn. Der süße Beigeschmack könnte von diesem rätselhaften Elixier der Götter stammen.

John blickte sich nach dem Kellner um, doch der hatte seine Schürze abgelegt und saß nun ganz in der Nähe auf einer Bank. In seinem Schoß lag eine Leier, die er sorgfältig stimmte. Offenbar war der Job nun für ihn beendet. Die Brünette erhob sich und trat zu ihm. Sie fuhr ihm durch das lockige Haar und zauberte von irgendwo eine Flöte hervor.

John kam aus dem Staunen nicht mehr heraus und machte dadurch noch deutlicher, dass er nicht hierhergehörte.

»Iss, sonst beleidigst du den Koch und niemand will den Koch wütend sehen, glaub mir«, sagte plötzlich jemand.

John zuckte zusammen, doch da war niemand.

»Hallo?«, flüsterte er.

Keine Antwort. Er versuchte den Rat zu beherzigen und aß einige Bissen. Das Fleisch war tatsächlich köstlich. Als er aufsah und einen Schluck trank, bemerkte er, wie sich von einem Tisch ein Mann erhob, den er bislang noch nicht beachtet hatte. Er schätzte ihn auf Mitte fünfzig. Seine Schultern waren breit wie die eines Ringers, doch er hinkte schwer und stützte sich beim Gehen auf einen Stock.

Kein Zweifel, der Fremde hielt geradewegs auf ihn zu.

John konzentrierte sich auf seinen Teller, als der andere auch schon ungefragt einen Stuhl heranrückte und sich seufzend setzte.

»Was machst du hier, Junge?«

»Ich esse«, entgegnete John knapp und musterte sein Gegenüber. Der Mann trug ein schlichtes Leinenhemd, das über seiner muskulösen Brust spannte. Eine dunkle Substanz hatte sich tief in die Poren seiner Haut gegraben, doch er wirkte nicht dreckig.

»Das sehe ich«, sagte er mit tiefer Grabesstimme und faltete seine Hände auf der glänzend polierten Tischplatte. Es waren die Hände eines Handwerkers, schwielig, vernarbt und ebenfalls von der dunklen Substanz verfärbt. John zweifelte nicht eine Sekunde an seiner Kraft.

»Du hast etwas, was ich geschaffen habe, Junge, ich spüre es. Eine Klinge. Waffen sind hier verboten. Woher hast du sie?«

John sah in die dunklen Augen des Fremden, in denen der Widerschein eines fernen Feuers loderte. »Ich habe sie von meinem Vater.«

»Ja, das habe ich fast befürchtet. Hör zu, Junge …«

»Nennen Sie mich nicht immer *›Junge‹*«, entgegnete John gereizt.

»Dann sag mir deinen Namen.«

»John … Ossian.«

»Ich bin Hephaistos. Es ist mir ein zweifelhaftes Vergnügen, dich kennenzulernen, John Ossian, Sohn des Thanatos.«

John wollte seinen Ohren nicht trauen. Er wusste, wer Hephaistos war, der Gott der Schmiede. Angeblich hatte er die wundersamsten Dinge geschaffen: Zeus' Donnerkeile, feuerspeiende Stiere, die Waffen des Achilles und angeblich auch das Schwert, das Thanatos John geschenkt hatte.

Unbewusst fuhr seine Hand zum Griff der Waffe.

»Wenn du jetzt ziehst, bist du tot. Dann wird Ares seinen

Sieg haben, weil Thanatos' Sohn zu dumm war und sein eigenes Leben weggeworfen hat.«

John zwang sich durchzuatmen und legte beide Hände auf den Tisch. Er durfte keine unnötigen Risiken eingehen.

»Iss einfach weiter, während wir reden, und tue wenigstens so, als gehörtest du hierhin.«

»In Ordnung.« John nickte schnell. Die anderen Gäste beobachteten sie mit Argusaugen und er wäre am liebsten im Boden versunken oder unsichtbar geworden. Am Essen war ihm wirklich die Lust vergangen, doch er zwang sich, einige Bissen zu schlucken.

»Nun, dann sag mir, weshalb du hergekommen bist.«

»Ich will siegen. Ich will diese Sache ein für alle Mal zu Ende bringen, aber ich weiß nicht wie. Du weißt doch, wovon ich rede?«

»Natürlich weiß ich das, jeder weiß es. Es gibt nicht viele Dinge, mit denen man sich heutzutage noch die Zeit vertreiben kann.«

John biss sich auf die Zunge, um Hephaistos nicht anzuschreien, dass Menschen keine Spielfiguren waren wie auf einem verdammten Schachbrett. »Ich kann doch nicht einfach abwarten, bis sie den nächsten Angriff unternehmen. Aber wie finde ich sie?«

»Ares' Spieler sind gewitzter als du und sie bereiten sich seit Generationen auf diesen Kampf vor. Es war dumm und selbstsüchtig von deinem Großvater, die Wahrheit vor seinen Nachfahren zu verbergen.«

»Deshalb bin ich hergekommen.« John musste gar nicht erwähnen, dass er Hilfe brauchte. Das war klar. Er glaubte sich erinnern zu können, dass der Schmiedegott einen alten Groll gegen Ares hegte, der ihm die Frau ausgespannt hatte. Vielleicht war das seine Chance.

»Niemand kann Ares leiden«, sagte Hephaistos leise. »Er ist blutrünstig, sadistisch und überheblich.«

John schwieg und wartete ab.

»Du willst also wissen, wie du die Tsirkas finden kannst?«

»Nur das, mehr nicht.«

»Dann will ich es dir sagen. Es gibt eine Kreatur auf einem Friedhof nicht weit von hier. Er sieht alles, was in den Köpfen der Gesegneten vor sich geht. Zu ihm musst du gehen.«

»Und er … es … wird es mir einfach so sagen?«

»Er. Und nein, du musst ein blutjunges Mädchen mitnehmen, vielleicht deine neue Freundin. Wenn er Gefallen an ihr findet, wird er dir verraten, was du zu wissen begehrst.«

John lief es eisig den Rücken hinunter. Er sollte Milena in Gefahr bringen? Sich die Information mit ihrem Leben erkaufen? Das konnte er unmöglich tun. Er sah sie vor sich. Ihre schüchterne Art, die dennoch ihre innere Stärke durchscheinen ließ, für die er sie bewunderte. Ihr rotbraunes Haar, das sich so unvergleichbar seidig anfühlte … sein Herz zog sich nur beim Gedanken daran schmerzhaft zusammen. Er wollte ihr nicht wehtun, sondern sie mit allem, was in seiner Macht stand, beschützen. Er wollte sie endlich küssen. Er hätte es längst tun sollen.

Hephaistos legte seine Schmiedehand auf Johns Arm und es fühlte sich an, als sei sein Handgelenk in einen Schraubstock eingezwängt. »Ich dachte, du willst deine Familie schützen.«

»Ja, natürlich will ich«, keuchte er.

Sofort sah er in Gedanken seine Eltern vor sich, die zwar nicht immer für ihn da gewesen waren, die er aber trotzdem aus tiefster Seele liebte. Hier ging es um seine Familie! Es war klar, wie seine Entscheidung ausfallen sollte, nein, musste!

John schluckte hart und versuchte jeden Gedanken an Milena zu verbannen, wie sehr es ihn auch schmerzte. Seine Kehle brannte. »Gut, was muss ich tun?«

~

Milena saß auf dem Boden im reinsten Chaos. Um sich irgendwie von dem drohenden Ultimatum abzulenken und auch noch den letzten Rest Stefan aus ihrem Herzen zu verbannen, räumte sie auf. Milena hasste Aufräumen. Doch tat es irgendwie gut ihre Wut auf das Chaos in ihrem Zimmer zu konzentrieren, statt an die letzten Tage zu denken. Der Anblick des Toten drängte sich ihr trotzdem hin und wieder auf, dann machte sie die Musik lauter und sang mit, bis das blutverschmierte Gesicht wieder in den tieferen Schichten ihrer Erinnerung versank.

Gerade sang sie lauthals einen Song der *Editors* mit, als sich die Stimme ihrer Mutter dazwischendrängte.

Es klang wie: »Milena, Besuch!«

Sie krabbelte zur Anlage und drehte die Musik leiser. Die Fernbedienung war schon seit einer Weile irgendwo im Chaos versunken.

»Was, Mama?«, rief sie.

Sie hatte richtig gehört, aber Besuch? Um die Uhrzeit? Milena hatte schon seit Ewigkeiten niemanden mehr eingeladen, vor allem nicht abends. Als der Rabe, der zuvor schlafend auf dem Schreibtischstuhl gesessen hatte, plötzlich aufgeregt zu krächzen begann, bekam sie eine Ahnung.

»Ich komme!«, rief sie in den Flur, schob hastig mit dem Fuß einige Sachen zur Seite, sah kurz in den Spiegel, stellte fest, dass es hoffnungslos war, und eilte die Treppe hinunter.

Und da stand er wirklich: John, in schwarzer Jeans und Lederjacke, genauso, wie sie ihn zuletzt gesehen hatte, und er sah ungeheuer gut aus. Mit einer Bewegung, die er selber sicher kaum wahrnahm und die doch so typisch für ihn war, strich er sich die braunen Strähnen aus der Stirn, dann hörte er ihre Schritte und sah auf.

Die Zeit schien für einige Augenblicke stillzustehen.

»John?«, fragte Milena ungläubig.

»Der junge Mann sagt, er wolle dich überraschen«, meinte ihre Mutter.

»Ich *bin* überrascht.«

»Ich hoffe, nicht negativ.« Johns Grinsen war wie immer ansteckend. Gegen ihn hatte sie einfach keine Chance. Milena merkte kaum, wie ihre Mutter in die Küche ging, um sie alleine zu lassen. Wie sollte sie John begrüßen? War eine Umarmung in Ordnung? Ihm die Hand zu geben, kam ihr seltsam vor. Also tat sie nichts davon und auch das fühlte sich falsch an. Sie hatte doch am Vortag noch in seinen Armen gelegen.

»Hey«, sagte John leise und sah kurz auf seine Schuhe, als würde ihre Gegenwart auch ihn unsicher und ein wenig schüchtern machen.

»Woher weißt du, wo ich wohne?«

»Na, ihr macht kein Geheimnis draus. Stand im Telefonbuch.«

»Stimmt.«

»Milena, ich muss dringend mit dir sprechen, unter vier Augen, wenn's geht.«

»O. k., Moment, ich komme eben mit raus oder magst du mit hochkommen in mein Zimmer?« Milena dachte geniert an das schreckliche Durcheinander, das in ihrem kleinen Reich herrschte. Nicht einmal das Bett war ordentlich gemacht und abgesehen von den aufgerissenen Schubladen stand die Anti-Stefan-Kiste halb ausgeleert mittendrin.

»Ich war den ganzen Tag unterwegs. Ehrlich gesagt hätte ich nichts dagegen, mich mal fünf Minuten hinzusetzen«, seufzte John.

»Dann komm rein.« Milena trat zur Seite. John sah wirklich erschöpft aus. Er wartete im Flur auf sie.

»Einfach die Treppe rauf, die Tür steht offen. Willst du was trinken? Wasser? Saft?«

»Gerne, halb und halb, wenn's geht.«

»Klar, geh einfach schon mal hoch.«

Milena eilte in die Küche, wo sie von ihrer Mutter mit einem breiten Lächeln empfangen wurde. »Der ist nett«, flüsterte sie ihr zu. »Warum hast du deiner Mama nicht eher was gesagt? Kein Wunder, dass du so gut über Stefan hinwegkommst.«

Sie fühlte, wie sie rot anlief. »Leise! Wenn John dich hört!«

Ihre Mutter stellte ihr Sprudel, Saft und zwei Gläser auf die Anrichte und legte ihr dann eine Hand auf die Schulter. »Das wird er schon nicht und wenn doch, was soll's, ich hab nichts Unfreundliches gesagt.«

Milena verdrehte die Augen. »Mama, manchmal bist du unmöglich.«

»Ich weiß.« Sie reichte Milena ein Tablett, was sie mit einer hektischen Geste abwies. Tabletts und minutiöse Vorbereitung waren *Typisch Stefan*. John würde *Typisch Milena* bekommen. Schnell goss sie die Gläser voll.

»Mama, warum guckst du so, ich bin kein Baby mehr!«

Ihre Mutter hielt das leere Tablett vor der Brust und die Arme darüber verschränkt. »Sein Gesicht sieht schlimm aus. Er ist doch kein Schlägertyp, oder? So wirkt er nicht auf mich.«

»Nein, ist er nicht, Mama. Das war ein Unfall«, zischte Milena, schnappte sich die beiden Gläser und flitzte, so schnell es ging, die Treppe hinauf.

John hatte sich in den Lesesessel gesetzt, der unter ihm irgendwie zu klein aussah, und musterte die Anti-Stefan-Kiste. Ein eingerahmtes Bild von ihr und ihm lag gleich obenauf. »Dein Freund?«, fragte John trocken.

Milena schüttelte hastig den Kopf und hätte beinahe Johns Apfelschorle vergossen. »Ex. Er ist ein Arschloch.«

»Verstehe«, grinste John.

Milena setzte sich auf ihr Bett. Es war ein seltsames Gefühl, dass er auf einmal hier war. Beinahe schon unwirklich. Sie beobachtete John dabei, wie er sich erst das Haar aus der Stirn strich und dann die Hälfte des Glases in einem Zug leerte.

»Ah, das tut gut.«

Milena sah ihn erwartungsvoll an. Er war doch nicht einfach nur so hergekommen, oder doch? Sie kannte ihn zwar kaum, aber John wirkte nervös, auf eine positive Art aufgeregt und es lag höchstwahrscheinlich nicht an ihr. Sollte sie einfach fragen?

»Gibt es Neuigkeiten?«

»Sieht man es mir so sehr an?«, fragte er und richtete sich in dem Sessel auf. »Ja, gibt es. Ich habe den Eingang zum Olymp gefunden.«

Milena glaubte, ihr Herz setze für einen Moment aus. »Du hast was? Und warst du drin? Haben sie dich gesehen? Wie bist du den Maskenmännern entkommen?«

»Halt, halt. Also der Reihe nach. Es gab keine Maskenmänner, ich war nicht in der Kühlkammer.«

»Aber woher weißt du dann …«

»Das ist das Beste, es ist so unglaublich lächerlich …« John lachte aus vollem Hals und musste mehrfach neu beginnen, bevor er ihr von dem Restaurant mit dem Namen *Olympos* erzählen konnte, in dessen Hinterstübchen Götter saßen, Tee tranken und fettige Pommes aßen.

»Es war, wie ich gehofft hatte. Weißt du, in den Sagen gibt es immer irgendwelche Tricksereien. Die Götter sind einander alles andere als wohlgesinnt. Auch wenn Thanatos laut den Regeln der Wette nicht für mich kämpfen darf, gibt es genug andere, die noch eine Rechnung mit Ares offen haben und mir allein deshalb helfen, um ihm eins auszuwischen.«

Milena sah ihn ungläubig an. »Und wer hilft dir?«

John zog eine Grimasse. »Ich hatte Glück. Sagt dir Hephaistos etwas?«

Milena schüttelte den Kopf.

»Das ist der Gott der Schmiede. Ares hat ihm die Frau ausgespannt, er hat also allen Grund, sauer zu sein. Ich habe einen Tipp bekommen. Aber dafür brauche ich deine Hilfe.«

»Solange ich mich dafür nicht verwandeln muss.«

»Ich hoffe nicht. Letztes Mal hat mir gereicht.«

»Also was hat dir dieser Heph … Wie-auch-immer gesagt?«

»Es gibt jemanden, oder etwas, das mir helfen kann, die Tsirkas aufzuspüren.«

»Etwas?«, fragte Milena skeptisch. Das klang nicht gut.

»Ja. Er nannte es einen Traumzehrer. Angeblich kennt er alle Träume von Menschen wie dir und mir und auch den Tsirkas.«

»Menschen wie wir?«

»*Gesegnete* nannte er uns.«

»Ein Segen, auf den ich wirklich verzichten könnte«, knurrte Milena.

»Na immerhin sind deine Eltern deine Eltern und es kommt nicht auf einmal irgendein komischer schwarzer Geier an und behauptet, er sei dein Vater.«

Milena nickte. Ihre Eltern hatten sich vor einigen Jahren getrennt, aber sie gingen noch immer freundschaftlich miteinander um und sie sah ihren Vater oft. Wenn nun jemand behauptete, er sei nicht ihr Vater, wie würde sie sich dann wohl fühlen? »Ich mag gar nicht drüber nachdenken, da ist mir die Harpyie doch lieber.«

»Hilfst du mir also?«

»Klar.«

»Wir müssen noch heute Abend hin. Es ist Vollmond, da ist er angeblich leichter zu finden.«

»O. k., aber was sag ich meiner Mutter?«

»Es ist Freitag, wir gehen ins Kino. Oder ich habe eine Überraschung für dich. Du darfst doch länger raus, oder?«

»Bestimmt … meine Mutter mag dich, das ist sicher okay.«

»Aha, sie mag mich«, grinste John.

Milena stand hastig auf, ging zum Kleiderschrank und drehte John den Rücken zu. Warum wurde sie nur ständig rot, das war ja furchtbar!

»Ich bin sofort so weit.«

»Kein Problem. Milena, dein blöder Rabe starrt mich an, als würde er mir am liebsten die Augen auskratzen.«

John ahnte ja nicht, wie nah er damit der Wahrheit kam.

»Einfach ignorieren. Ich würde ja sagen, dreh ihm den Hals um, aber …«

»Vielleicht später«, sagte John halbernst. Als sie sich umwandte, hockte Aellos Spion keine Armeslänge von ihrem Gast entfernt im Regal und sie glaubte, ein feuriges Funkeln in seinen Augen auszumachen. Es war unheimlich. Vielleicht wollte die Harpyienkönigin nicht mehr länger warten und hatte ihrem Spion einen Auftrag gegeben.

»Wir sollten vorsichtig sein, John, sobald er irgendwas Komisches macht …«

»Müssen wir das Federvieh mitnehmen? Können wir ihn nicht einfach hier einsperren?«

»Einen Versuch ist es wert. Ich hoffe, er macht keinen Krach und meine Mutter merkt was.«

»Weiß sie denn nichts von dem Raben?«

»Nein. Irgendwie ist er für die meisten Menschen unsichtbar.«

John zog fragend die Brauen hoch. »Ich sehe ihn.«

Milena ging an ihm vorbei zu ihren Schuhen und klopfte ihm kurz auf die Schulter. »Du bist aber auch nicht *die meisten Menschen,* sondern ein Halbgott, John Heller.«

»Jaja, Halbgott und Kaiser von China. Übrigens heiße ich angeblich Ossian, mein Opa hat den Nachnamen geändert.«

»Aha. Noch besser. Dann los, John Ossian, das Kino wartet.«

Der Rabe breitete die Flügel aus und glitt von seinem Platz im Regal auf die Tür zu. John erwischte ihn noch in der Luft, verpasste ihm einen Schubs und der Vogel stürzte krächzend gegen die Wand. Sie huschten schnell aus der Tür und Milena drehte den Schlüssel um. Sicher war sicher.

»Das war einfach«, lachte John. »Ich hoffe, der Rest wird genauso leicht.«

~ TRAUMZEHRER ~

Geht ein Tag ferne aus, kommt ein Abend.
Brennt ein Stern in der Höhe zur Nacht.
Wehet das Gras. Und die Wege alle
Werden in Dämmrung zusammengebracht.

Mauern sind viele, und Gräber, und wenige Bäume.
Manche Tore darin, wo der Lorbeer trauert.
Viele sitzen in Haufen über den Kreuzen,
Ihre Lichter behütend, wenn der Regen schauert.

Georg Heym

John hatte sich den Wagen seiner Eltern geliehen und Milena fühlte sich darin gleich viel wohler. Zwar roch es in dem Kombi nach Lehm und Erde und alles war voller Werkzeuge und Gerätschaften, aber das war viel besser als der alte Leichenwagen seines Onkels.

Eine Zeit lang fuhren sie schweigend. Milena kratzte mit dem Finger Schlamm aus ihrem Sitzbezug und beobachtete

John, der sich ganz auf die Straße konzentrierte, aus dem Augenwinkel. Er wirkte nervös und sie hatte das Gefühl, dass er etwas Wichtiges vor ihr verheimlichte. Sie fühlte sich zum ersten Mal nicht wohl in seiner Nähe. Aber wahrscheinlich lag das nur an ihrer Nervosität.

Als sie sich der Mülheimer Innenstadt näherten, fragte Milena nach ihrem Fahrtziel.

»Dieser Traumzehrer wohnt angeblich auf dem Altstadtfriedhof.«

»Schön«, erwiderte Milena und verschränkte die Arme vor der Brust. »Wir gehen also nachts auf einen Friedhof, um da ein Ding zu treffen, das sich von Träumen ernährt?«

»Das ist der Plan«, meinte John nüchtern und Milena hatte Schwierigkeiten herauszufinden, ob seine Worte vollkommen ernst gemeint waren oder nur seiner Vorstellung von Ironie entsprachen.

»Ich glaube nicht, dass wir Angst haben müssen. Abgesehen davon ist der Friedhof sehr schön. Richtig alt, mit Statuen und Obelisken.«

»Sagt der Sohn eines Totengottes, der sicher auch in seiner Freizeit nichts Besseres zu tun hat, als Friedhöfe zu besuchen.«

Als John daraufhin nur kurz unter gesenkten Augenlidern zu ihr hinübersah, wurde ihr klar, dass sie mit ihrem Scherz offenbar unbeabsichtigt ins Schwarze getroffen hatte. Dieser Junge war *wirklich* seltsam.

Milena kannte den Friedhof, aber betreten hatte sie ihn

noch nicht. Als sie schließlich im letzten Dämmerlicht parkten, ausstiegen und an der Außenmauer entlangliefen, fragte sie sich, warum sie noch nie hergekommen war.

Der Eingang bestand aus einem alten Backstein-Torhaus, das mit seinen Giebeln und Spitzbogenfenstern aussah, als sei es einem Märchenbuch entsprungen. Ein breites, schmiedeeisernes Tor versperrte den Eingang. John rüttelte kurz daran, doch es war verschlossen.

»Und jetzt?«

»Seiteneingang.«

Milena folgte ihrem dunklen Begleiter den Zaun entlang und bald standen sie vor einem niedrigen Türchen. Es war schmucklos, aus Edelstahl und reichte ihr gerade mal bis an den Oberschenkel.

John sah sich um, wartete ab, bis gerade kein Auto auf der Straße war, und sprang mühelos auf die andere Seite. Milena folgte ihm ein wenig aufgeregt. Vor ihnen lag eine uralte Allee blühender Kastanienbäume, deren Stämme so dick waren, dass auf dem Weg dazwischen gerade noch zwei Menschen Platz hatten. Es war ein verwunschener, wunderschöner Ort und ganz und gar nicht gruselig. Über ihnen sangen die Vögel in den Baumkronen. Im bläulichen Licht der Abenddämmerung glänzte das Efeu wie lackiert und überall blühten uralte Rhododendronbüsche.

Milena blieb stehen, schloss die Augen und atmete den würzigen Duft von Gras und Frühlingsblumen ein. Plötzlich war da eine Berührung. John griff nach ihrer Hand und zog sie weiter. »Wir müssen den Traumzehrer finden, komm. Vielleicht haben wir später noch ein bisschen Zeit.«

Milena brachte kein Wort heraus. Ihr Herz raste wie verrückt. John hielt ihre Hand! Sie erwiderte den festen warmen Druck und hoffte, dass er sie nicht wieder loslassen würde, zumindest nicht so bald. Ihre Bedenken von zuvor waren dahin. Es lag ihm etwas an ihr, warum sollte sie also Angst haben, mit ihm hierherzukommen.

Sie gingen schweigend an Grabmälern vorbei. Der Kies knirschte leise unter ihren Schritten. Um John nicht anzusehen und so den Zauber zu zerstören, der sich wie eine schützende Hülle um sie gelegt hatte, betrachtete Milena die alten Bronzestatuen, die auf vielen Gräbern zu finden waren. Jede einzelne besaß eine besondere Erhabenheit. Wie entrückt lehnten Frauen an Grabsteinen, lasen in Büchern, blickten melancholisch ins Leere oder hielten Kränze in den Händen.

»Sie sehen aus, als könnten sie jeden Moment zum Leben erwachen, findest du nicht?«, fragte John leise, als sie an einer Figur vorbeigingen, die in einem Meer von Vergissmeinnicht kniete.

»Ja, aber ich hoffe, dass sie einfach nur Statuen bleiben.«

John sagte nichts, sondern drückte nur ihre Hand. Milena sah nun doch zu ihm auf. Seine Augen waren in der Dämmerung fast schwarz und noch ein wenig geheimnisvoller als bei Tag.

»Weißt du eigentlich, wo wir hinmüssen?«, fragte sie mit belegter Stimme.

John zuckte mit den Schultern. »Ehrlich gesagt, nein.«

In diesem Moment raschelte es in einem Eibengebüsch. Milena zuckte zur Seite und stieß gegen John.

»O Mann, hab ich mich erschreckt!«

Die getigerte Katze funkelte sie empört an, reckte ihren Schwanz kerzengerade in die Höhe und stolzierte auf den Weg.

»Es gibt doch nichts Arroganteres auf der Welt als Katzen«, lachte John. »Los, folgen wir ihr. Angeblich haben sie eine besondere Verbindung zum Traumzehrer.«

Das Tier schien ihre Worte verstanden zu haben, schlug eine andere Richtung ein und rannte quer über eine Grasfläche.

»Schau, da ist noch eine!« Die schwarz-weiße Katze fauchte Milena an und trabte dann neben ihnen her.

Bald sahen sie immer mehr Katzen, die herumsaßen, einander jagten oder durch die Schatten schlichen. Doch es war die Getigerte, die sich immer wieder nach ihnen umsah, manchmal sogar stehen blieb und auf sie wartete, als wolle sie, dass sie ihr folgten.

»Vielleicht sind Katzen für dieses Wesen von ähnlicher Bedeutung wie für Aello die Raben.«

»Ich denke, das werden wir bald herausfinden. Schau nur, da.« John wies auf eine rechteckige Einfassung. Es war ein Zaun, der aus geschmiedeten Rosen bestand. Überall waren Katzen zu sehen, aber kein Grabstein.

»Was ist das?«, fragte Milena verwundert.

»Das Dach einer Gruft. Siehst du, hier ist die Treppe.«

Und wirklich, links neben der Einfassung führten Stufen auf eine tiefer gelegene Wiese. Sie gingen hinunter, wenngleich allein das Wort Gruft Milena einen Schauder über den Rücken jagte. Erst als sie unten ankamen, waren die Grüfte deutlich zu erkennen. Zweiflüglige Holztüren und Gitter verschlossen sie.

»Meinst du, er wohnt da drin?«, fragte Milena leise. Sie hatte mit einem Mal das Gefühl, leise sein zu müssen. Es war seltsam. Sie konnte nicht beschreiben, was es war, doch auf magische Weise hatte sich etwas verändert. Selbst die Luft roch nun anders.

John sah sie wissend an. Er spürte es auch. Sie waren nicht mehr allein. Doch dann verstrich die Zeit und nichts geschah.

»Komm, setz dich, wer weiß wie lange das noch dauert«, sagte John.

»Bist du verrückt? Ich setze mich doch nicht auf einen Grabstein«, fuhr sie ihn an.

Ihr Begleiter blieb davon unbeeindruckt, setzte sich und sofort sprang ihm eine Katze auf den Schoß und begann zu schnurren. Milena lief langsam auf und ab. Das taufeuchte Gras durchnässte ihre Chucks und machte ihre Füße eisig kalt. Währenddessen schwand auch das letzte Tageslicht. Der Mond stand groß und voll hinter den Bäumen und malte blaue Netze auf den Boden.

Die Augen der Katzen leuchteten unheimlich im Dunkeln, doch auch sie warteten still.

Mit einem Mal nahm die Energie, die sie beide gespürt hatten, sprunghaft zu. Milena wich von der Gruft zurück, John stand auf und sah sich um, als erwarte er jeden Moment einen Angriff.

»Dieses Wesen ist doch friedlich, oder?«, fragte sie beunruhigt.

»Ich hoffe es«, sagte er.

Doch nichts geschah und ihr rasendes Herz beruhigte sich ein wenig. Die Katzen gaben den entscheidenden Hinweis. Sie sahen alle in dieselbe Richtung, auf einen Riss in der Wand, direkt neben dem Gitter der Gruft. Leuchteten dort nicht schwache Zeichen im Mondlicht?

»Zeig dich, Traumzehrer. Wir suchen deinen Rat«, rief John. Er klang freundlich, doch Milena war froh, dass er die Hand unauffällig in der Nähe des Schwertgriffs platzierte. Sicher war sicher.

Die Zeichen an der Wand leuchteten auf. Wind fuhr durch die Bäume und eine Katze sträubte ihr Fell.

»Bleib ganz nah bei mir, Milena.«

Das brauchte er ihr nicht zweimal sagen, am liebsten hätte sie sich hinter ihm versteckt. Aber feige wollte sie auch nicht sein.

Die Luft begann zu flimmern wie über heißem Asphalt, Spiegelungen entstanden und dann schwebte plötzlich ein glühendes Augenpaar in der Dunkelheit. Es war unheimlich und wechselte beständig die Farbe, gelb erst, dann ein grünliches Schimmern und schließlich türkis.

»Oh, oh, hallo, ihr könnt mich sehen, wunderbar, wie wunderbar«, sagte das Wesen und es klang ehrliche Freude aus seiner Stimme. »Was seid ihr? Wer seid ihr?«

John übernahm das Sprechen für sie. »Ich bin John Ossian, Thanatos' Sohn, und das ist Milena Weyergräber. Wir können deine Augen sehen, aber mehr leider nicht. Wie heißt du?«

»Borik bin ich. Was wollt ihr hier?«

Milena sah warnend zu John auf. Dieses Wesen, was auch immer es war, mochte vielleicht freundlich klingen, aber es machte ihr auf eine unbestimmte Art Angst. Es waren die Augen. Sie sahen sie an, als könne er in ihrem Innersten lesen, als sei kein Geheimnis sicher vor ihm. Und sein Blick war gierig.

»Ich habe Fragen, Borik, und ich hoffe, dass du mir helfen kannst. Hephaistos sagte ...«

Die Augen glommen auf wie Scheinwerfer. Eine Katze kreischte. »Der schmiedende Krüppel ist auch nicht besser als die anderen. Allesamt sind sie mies, verlogen und geizig. Sie prassen, während ich darben muss, verhungern, ja, das tue ich.«

Seine Stimme klang so kläglich, dass Milena Mitleid bekam. »Willst du dich denn nicht zeigen, Borik?«, fragte sie leise.

Die Kreatur seufzte. »Wenn mich so ein hübsches Mädchen darum bittet, wie könnte ich *Nein* sagen. Ich hoffe, meine traurige Gestalt stößt euch nicht ab.«

»Nein, bestimmt nicht.«

Milena trat noch ein bisschen näher zu John. Die Luft war an der Stelle, wo sie den Traumzehrer vermuteten, in Bewegung geraten. Schatten verdichteten sich zu Strukturen, dornig und scharfkantig. Zuerst löste sich die Silhouette spitzer Schultern aus dem Dunkel. Glänzten dort Schuppen?

Die Haut des Wesens war gräulich, knotig wie altes Holz, aber von glatten Partien unterbrochen. Er hatte ein beinahe menschlich anmutendes Gesicht, mit großen, verdrehten Hörnern auf dem Kopf, zwischen denen Stacheln und zweigartige Auswüchse hervorragten. Er musste über zwei Meter groß sein, aber das änderte nichts daran, dass er dürr und ausgemergelt wirkte.

Milena war hin- und hergerissen. Einerseits war der Traumzehrer wirklich zum Fürchten, andererseits erregte er ihr Mitleid. Beinahe wie Gollum aus den *Herr der Ringe*-Filmen, dachte sie.

»So, jetzt seht ihr mich«, krächzte der Traumzehrer. »Willst du noch immer deine Fragen stellen, John Ossian?«

»Kannst du einige Leute für mich finden? Hephaistos sagte, du könntest es.«

Das Wesen schnaubte abfällig, sobald John den Namen des Gottes nannte. »Ich sehe den Traum eines jeden Menschen, dessen Blut ein wenig Magie enthält. Wenn diejenigen, die du suchst …«

»Ja, haben sie. Die Familie Tsirkas, sie stammen von Ares ab. Ich muss wissen, wo sie sind.«

»Ah, Ares' Brut.« Der Traumzehrer kratzte sich über das Kinn und es klang wie das Schaben von Insektenflügeln. Milena schauderte. Es war ihr ein Rätsel, warum sich die Katzen vor Eifer sogar gegenseitig wegstießen, um in der Nähe der Kreatur zu sein und sich an deren Beinen zu reiben. Auch John schien keinen solchen Widerwillen vor dem Wesen zu verspüren wie sie.

»Kannst du es also?«, drängte John.

»Ja, ja, natürlich. Ihre Träume, nein, sie schmecken nicht, aber ich finde sie für dich. Der Preis, ja, du hast den Preis«, lachte der Traumzehrer.

John sah sich nervös zu Milena um. Sie wollte schon fragen, was das Wesen für seine Hilfe verlangte, doch dann schwieg sie. John legte ihr die Hand auf die Schulter. Sie fühlte sich sofort besser, auch wenn sein Griff etwas zu fest war. Er war also auch nervös.

Gebannt beobachteten sie, wie der Traumzehrer die Augen schloss, die nur noch matt durch die dünnen Häute seiner Lider glommen. Ob er jetzt nach ihnen suchte? Nach den Träumen der Tsirkas? Und was tat er damit? Aß er sie etwa, so dass sich die Menschen nie wieder daran erinnern konnten?

Milena spürte, wie etwas aus dem Traumzehrer herausfloss, unsichtbare Fühler aus Energie, die über sie hinwegtasteten. Die Berührung ekelte sie, doch sie verschwand so schnell, wie sie gekommen war, und streckte sich weiter und weiter durch die schlafende Stadt.

»Aaaaaah«, stöhnte Borik. Die hornigen Platten auf seiner Brust verschoben sich, als er geräuschvoll einatmete.

Johns Griff an Milenas Schulter verstärkte sich und sie hätte beinahe vor Schmerz aufgeschrien.

Als der Traumzehrer schließlich die Augen öffnete, musste einige Zeit verstrichen sein, doch Milena hatte jegliches Gefühl dafür verloren. Das Wesen sonderte eine unheimliche Energie ab, vielleicht hervorgerufen von gestohlenen Träumen. Es leckte sich genießerisch die Lippen. Erst jetzt bemerkte sie die nadelspitzen Zähne in seinem Mund. Spitz wie bei einer Muräne.

Der glühende Blick des Traumzehrers richtete sich auf John. »Drei leben noch, Thanatos' Sohn. Alle an einem Ort.«

»Wo denn?«, fragte er aufgeregt.

»Hier, sieh!«

John wurde wie von einem unsichtbaren Faustschlag nach hinten gestoßen. Er ließ Milena los, um seinen eigenen Sturz abzufangen.

»John!« War ihm etwas geschehen?

Er stürzte auf den Boden und presste die Hände vor die Stirn, als hätte er Schmerzen. Milena wollte zu ihm, doch plötzlich wurde sie gepackt und nach hinten gezerrt.

»Komm, süßes Liebchen, komm, Vögelchen, du bist jetzt mein!«

Die Katzen stoben fauchend auseinander. Milena schrie. Der Traumzehrer hatte sie mit seinen Klauen in der Mitte gepackt und zerrte sie unnachgiebig von John fort und hin zur Gruft.

Milena kämpfte mit aller Kraft gegen ihn an, doch ihre Finger glitten einfach an seiner harten, schuppigen Haut ab. Sie trat um sich, aber der Traumzehrer lachte nur.

Jetzt brauchte sie Hilfe. Die Harpyie musste aus ihr hervorbrechen.

»Komm, komm zu mir!«, rief sie verzweifelt. Milena hielt sich an den Gitterstäben der Gruft fest, während die Harpyie wütend ihre Glieder streckte. Prickelnd kündigten sich die Federn an. Gleich war es so weit.

Milena erhaschte einen Blick auf John, der halb besinnungslos durchs Gras tastete und versuchte sich aufzusetzen. Er konnte ihr nicht beistehen.

Der Traumzehrer hatte sie hinters Licht geführt.

Brennend wie Feuer bahnte sich die Harpyienkraft den Weg durch ihren Körper. Milena versuchte ihr so wenig Widerstand wie möglich entgegenzusetzen, ohne ihren eigenen Griff an den Gittern abzuschwächen. Irgendwann musste sie loslassen, aber noch nicht, jetzt noch nicht!

Die Hände des Traumzehrers fühlten sich an wie Geflechte aus Eisen, die sich unerbittlich in ihre Mitte gruben.

»Du wirst schon lernen mich lieb zu haben, Vögelchen«, schnurrte er.

»Lass mich los, du widerliches Ding«, schrie Milena und trat noch einmal zu. Die Kreatur zuckte kurz. Sie konnte Borik also doch wehtun. Hoffnung keimte auf. Sie konnte die Harpyie nun fühlen wie einen zweiten Körper. Doch was war das? Warum wurde sie plötzlich wieder schwächer? Wo kamen die blau glühenden Stricke her, die sich über ihre Flügel legten und ihr die starken Beine an den Körper zogen. Milena schrie verzweifelt, doch es war kein menschlicher Schrei mehr. Halb Raubvogel, halb Mädchen, kämpfte sie mit einem schier unbezwingbaren Gegner.

Der Traumzehrer schlug sie mit den gleichen Waffen, mit denen er den Menschen die Träume raubte, das wusste sie plötzlich so klar, als sei das Wesen auch in ihren Verstand eingedrungen.

Als der Traumzehrer sein knochiges Gesicht an ihre Wange presste und die Schuppen ihr die Haut aufrissen, war sie kurz davor aufzugeben. Was hatte es für einen Sinn zu kämpfen, wenn es alles nur noch schlimmer machte? Vielleicht wollte das Wesen sie weder töten noch quälen?

Doch dann drückte seine Magie das Leben aus der Harpyie. Sie zuckte wie ein hilfloser Fisch in den Armen eines Kraken und ihr wurde mit einem Schlag klar, was der Traumzehrer ihr antun würde. Er tötete die Harpyie. Sie war aus einem Traum entstanden, also konnte er sie fressen!

»Nein! Nein, du bekommst sie nicht!«

»Und was willst du dagegen tun? Hör auf mit dem Unsinn, du gehörst jetzt mir«, zischte er.

Mittlerweile brannten Milenas Arme von der Anstrengung und sosehr sie sich auch festklammerte, ihre Finger verloren nach und nach den Halt an den Gitterstäben. Einen Kampf gegen das Wesen zu führen, war schlimm genug, doch focht sie zwei Kämpfe aus und konnte sich auf keinen richtig konzentrieren. Sie würde verlieren. Die Frage war nur, wer dem Traumzehrer zuerst unterlag, sie oder die Harpyie?

Der Vogel konnte mittlerweile kaum noch die Flügel bewegen. Die blauen Energiefäden des Traumzehrers hatten sie eng an den Körper gefesselt. Immer mehr Tentakel zwangen auch den Kopf mit dem gefährlichen Schnabel in eine steife Haltung.

Mit einem schmerzhaften Reißen verlor Milena den Halt an den Gitterstäben. Der Traumzehrer stolperte rückwärts. Sie grub ihre Finger verzweifelt in die Rillen der Steinmauer. Vergeblich.

Das Herz der Harpyie setzte aus. Milena spürte es als eisigen Stich in ihrer Brust. Zu spät!

~

John wälzte sich auf den Rücken. Er war blind, der Traumzehrer hatte etwas mit seinen Augen gemacht. Blaues Feuer war überall.

Er hörte Milena schreien. Es war unerträglich. Er musste ihr helfen. Doch wie, wenn er nichts sah und sein Körper sich anfühlte, als sei er völlig ausgezehrt?

John tastete nach etwas, das ihm Halt geben konnte. Gras riss unter seinen Fingern, dann fühlte er kalten, glatt geschliffenen Stein. Das war besser. Er zog sich an dem Grabstein auf die Knie.

»O nein, hilf mir, hilf mir, John!«

Blind griff er nach seinem Schwert. Er konnte doch nicht einfach zuhören, wie das Monster Milena umbrachte, und nichts dagegen tun.

Sobald er die Hand um Thanatos' Schwert schloss, zog sich das blaue Leuchten aus seinem Kopf zurück. Das Schwert heilte ihn. John sprang auf. Die Schlieren vor seinem Blick zogen sich zurück und er sah gerade noch, wie der Traumzehrer seine Hand um Milenas Kehle schloss, um ihr den Atem abzudrücken.

Es war beinahe zu spät.

»Lass sie los! Lass sie los, oder …«

Die Augen des Traumzehrers leuchteten auf, während sich Milena kraftlos gegen seinen eisernen Griff aufbäumte. »Nein, das wagst du nicht! Sie ist mein, mir gehört sie. Sie war der Preis.«

John sah sofort, dass Milena verstand. Nun wusste sie, dass er sie verkauft hatte, um die Information zu bekommen. Das Entsetzen in ihrem Blick war wie ein Schlag ins Gesicht. Im gleichen Moment erlahmten ihre Abwehrbewegungen, als hätte die Enttäuschung über seinen Verrat ihren letzten Widerstand gebrochen. Nein, sie durfte nicht sterben. Er hatte einen schrecklichen Fehler begangen, aber er konnte ihn wiedergutmachen.

John holte aus und hieb dem Wesen mit aller Kraft in den Rücken. Die Klinge prallte an den harten Schuppen ab. Er spürte den Aufprall bis hinauf in die Schultern. Er schwang das Schwert erneut, fester, doch das Ergebnis blieb gleich. So würde er sie niemals befreien können. Immer wieder hieb er auf den Traumzehrer ein, während der nur lachte und ihn verspottete.

Das Wesen musste doch eine Schwachstelle haben! Wenn allein die Berührung des Schwertes John von der lähmenden Magie befreit hatte, dann sollte es die Kreatur auch verletzen können.

Verzweifelt machte er einen weiteren Ausfall und wurde mit einem Tritt zu Boden befördert. Auf den Knien fasste er das Schwert mit beiden Händen und stieß es von unten gegen den Körper seines Gegners. Die Spitze rutschte an einer harten Hornplatte ab, doch dann schrie der Traumzehrer plötzlich auf, als sich die Klinge unter eine andere Platte bohrte. Die winzigen Stellen zwischen den Panzerplatten waren weiche Haut.

Zornig schlug der Traumzehrer das Schwert mit der Hand zur Seite. Er musste dazu Milena loslassen. Sie nahm einen tiefen Atemzug. Der Sauerstoff weckte ihre Lebensgeister.

John kam auf die Beine. Von der Hoffnung beseelt, sie doch noch retten zu können, stürzte er sich mit Feuereifer in den Kampf.

Nun führte er jeden Hieb von unten und immer mit beiden Händen. Wieder und wieder rutschte er ab, trennte allenfalls Hornauswüchse vom Schuppenkleid der Kreatur.

»Milena, du musst durchhalten!«

Er verstand nicht, warum sie sich nicht verwandelte, aber es spielte eigentlich keine Rolle.

Der Traumzehrer begann sich aufzulösen. Sein Fuß wurde zu Nebel, dann war er nicht mehr da. Er versuchte zu fliehen. Wo auch immer er sonst lebte, John wusste, er konnte Borik dorthin nicht folgen. Milena wäre ein für alle Mal verloren und er allein würde die Schuld daran tragen.

»Nein, du wirst nicht abhauen!«

Mit einem Aufschrei stieß er dem Traumzehrer die Klinge in die Achselhöhle. Sie drang tief ein. Das Wesen brüllte.

John fasste die Waffe noch fester, drehte sie in der Wunde und stieß sie immer tiefer in den Körper, dann ließ er die Klinge einfach los. Er musste Milena befreien, das Schwert war jetzt nebensächlich. Der Traumzehrer presste sein Opfer noch immer an sich. John war gleich, ob das Wesen nach ihm trat, ihm scharfe Klauen die Hose von den Schenkeln fetzten oder nadelspitze Zähne nach ihm schnappten.

Er fasste einen Schuppenarm mit beiden Händen, stemmte dem Traumzehrer einen Fuß in den mageren Bauch und zog und zerrte. Milena hatte nun ebenfalls wieder Mut gefasst und gemeinsam bogen und schoben sie den eisigen Griff des Wesens langsam auseinander.

Der Traumzehrer schrie, zischte und knurrte. Er hatte verloren, wollte es nur noch nicht wahrhaben.

John trat gegen den Schwertgriff und stieß die Klinge so noch tiefer in den Körper. Ein Zittern lief durch den schuppigen Leib und endlich war Milena frei. Sie fiel hin und brachte sich sofort auf allen vieren in Sicherheit.

Der Traumzehrer schwankte, doch er war noch weit davon entfernt zu sterben. Vielleicht konnte man ihn auch gar nicht töten. Sein Kopf pendelte hin und her wie der eines wütenden Stieres und seine Hörner waren sicher ebenso gefährlich.

John duckte sich, wich aus. Doch er konnte nicht einfach weglaufen. Er brauchte Thanatos' Waffe zurück.

Blitzschnell sprang er zur Seite, schnellte vor und riss die Klinge mit einem Ruck aus dem schreienden Traumzehrer.

Binnen Sekunden lösten sich Teile des Wesens auf, als könne er diese Welt erst jetzt verlassen. Dann geschah etwas Seltsames. Die Verwandlung hörte auf, als sie die Körpermitte erreichte.

Das Wesen sperrte erschrocken den Mund auf, der Schrei riss ab und dann stürzte der halbierte Körper zu Boden.

Blau glühendes Blut tränkte das Gras und verblasste dann.

Es war vorbei.

~

Milena sah John neben dem zuckenden Rest der Kreatur stehen und hasste ihn aus tiefster Seele. Er hatte sie verkauft, hereingelegt, benutzt, um ihr Leben gegen Informationen einzutauschen.

Sie blieb sitzen und schlang die Arme um die Beine, für alles andere fehlte ihr die Kraft.

Noch immer konnte sie die gierigen Tentakel des Traumzehrers in ihrem Inneren spüren. Die Harpyie war verletzt oder tot; wo zuvor ihre feurige Lebendigkeit gewesen war, konnte Milena nur einen dumpfen Fleck wahrnehmen. Schon jetzt wurde ihr klar, wie sehr sie der Verlust schmerzte.

Jede Faser ihres Körpers tat weh. Der Traumzehrer war

grob gewesen, doch nun war er tot. Seine Überreste verschmolzen in der Dunkelheit mit dem Untergrund und der Mauer dahinter. Sein Blut glühte nicht mehr.

John drehte sich um, das Gesicht starr wie eine Maske, die Augen in Schatten. »Wie geht es dir?«

»Das kann dir doch verdammt egal sein!«, fauchte sie.

»Milena … ich … es tut mir leid«, stotterte er.

»Das hättest du dir überlegen sollen, bevor du mir ins Gesicht lügst und mich an dieses widerliche Ding verkaufst.«

John seufzte, schob sein Schwert zurück in die Halterung auf seinem Rücken und trat dann trotzdem zu ihr. Er ging neben ihr in die Knie. Milena rutschte von ihm fort, bis ein Grabstein sie aufhielt.

»Milena, bitte. Du musst mir nicht verzeihen, aber bitte, hör mir wenigstens zu!«

Weil sie nicht wusste, was sie sagen sollte, und sich noch nicht in der Lage fühlte, wegzulaufen, schwieg sie.

John raufte sich das Haar. »Ich hatte nie vor, dich ihm zu überlassen. Ich wollte die Informationen haben und dann mit dir abhauen.«

»Und du hast gedacht, dass er dich einfach so verschwinden lässt? Wie naiv bist du eigentlich?«, fauchte sie.

»Nein, natürlich nicht. Und falls du das hören willst, ja, ich habe in Kauf genommen, dass dir was passiert, und ich hasse mich dafür. Aber Milena, hier geht es um meine Eltern. Die Tsirkas bringen sie um, wenn ich sie nicht vorher finde. Was hättest du denn an meiner Stelle gemacht?«

Milena wollte nicht darüber nachdenken. Sie fühlte nur tiefe Enttäuschung. John hatte sie betrogen, genau wie es Stefan vor ihm getan hatte. Er war kein bisschen besser als ihr Ex. Und ihm hatte sie helfen wollen? Ihr Leben für ihn riskieren? »Ich sollte euch beide sterben lassen, dann wäre ich besser dran«, sagte sie leise.

»Milena, bitte.«

»Ich bin eine Idiotin, so sieht es doch aus.« Milena hielt sich am Grabstein fest und zog sich auf die Beine. Sie ging mit wackeligen Schritten auf John zu, in dessen Gesicht sich sofort Erleichterung zeigte. Doch er irrte sich, wenn er glaubte, sie sei so leicht zu überzeugen. Sie wollte nicht zu ihm, sondern an ihm vorbei, zurück zum Weg.

Der Boden vor der Gruft war glitschig vom Blut des Traumzehrers. Sie wäre beinahe gefallen.

»Lass mich vorbei, John«, sagte sie energisch und griff nach dem Treppengeländer.

»Aber wo willst du denn hin?«

»Ist mir egal, weg von dir!«

»Du kannst doch jetzt nicht einfach abhauen! Es ist stockfinster. Wie willst du nach Hause kommen?«

Milena blieb auf halber Treppe stehen. »Fliegen werde ich wohl nicht können, aber mach dir keine Sorgen, was Schlimmeres als der Tod kann mir auch ohne deine Begleitung nicht zustoßen.« Sie war so schrecklich wütend und der Verrat tat so weh, dass sie ihm gerne noch viel mehr entgegengeschrien hätte. Doch gleichzeitig wollte sie alleine sein, sich irgendwo im Dunkel zusammenkauern und diese schreckliche, strudelnde Leere in sich zur Ruhe zwingen, in der die Harpyie verloren gegangen war.

Mit jedem Schritt fühlte sie sich ein wenig stärker. Sie hörte John hinter sich die Treppe hinaufsteigen, doch sie drehte sich nicht um.

Der Schotterweg war im Mondlicht leicht zu erkennen. Ohne darüber nachzudenken, begann sie zu rennen. Schnell, immer schneller trugen sie ihre Füße zum Torhäuschen aus Backstein. Diesmal war ihr das hohe schmiedeeiserne Tor egal. Der Zorn machte ihre Angst zunichte und sie kletterte und zog sich über die beinahe zwei Meter hohen Metallranken, als sei sie schon zig Mal darübergestiegen. Sie wusste nicht, wo sie hinrannte. Auf keinen Fall wollte sie Menschen sehen. Gegenüber öffnete sich ein Spazierweg in einen zugewucherten Park. Sie musste nicht lange überlegen.

»Milena, lauf bitte nicht einfach weg! Milena!«

John war ihr dicht auf den Fersen. Hoffentlich gab er bald auf, er musste doch kapieren, dass sie nichts mehr mit ihm zu tun haben wollte.

Der Weg vor ihr führte in einem weiten Bogen beständig bergauf. Ihre Lunge begann zu brennen. Lange würde sie nicht mehr so weiterlaufen können. An einer großen, baumbestandenen Wiese verließ sie den Weg, rannte durch das feuchte Gras und lehnte sich schließlich keuchend an einen schlanken japanischen Ahorn, dessen Krone sich wie ein hellgrüner Schirm über ihr ausbreitete.

Die Rinde in ihrem Rücken zu spüren, gab ihr das Gefühl, wieder ein wenig mehr Halt zu haben. Sie war glatt, nicht borkig und knorrig wie die Arme des Traumzehrers.

Milena hielt die Augen geschlossen und wünschte, es sei genauso einfach, ihre Gedanken auszusperren wie die nächtliche Parklandschaft.

Sie hörte, wie John den Weg hinaufgerannt kam. Er rief nach ihr und klang verzweifelt, doch sie drückte sich nur noch fester an den Stamm. Er sollte abhauen und sie in Ruhe lassen! Warum kapierte er das nicht?

Milena verhielt sich ganz still. Nach und nach verklangen Johns Schritte.

Als sie glaubte, lange genug gewartet zu haben, verließ sie ihr Versteck und erstarrte erschrocken, als er beinahe direkt vor ihr auftauchte. Das Gras hatte alle Geräusche gedämpft.

»Verschwinde, John«, sagte sie und wollte wegrennen. Doch sie war nicht schnell genug. Er bekam sie am Arm zu fassen und hielt sie fest. Milena schlug ihm mit der freien Hand auf die Brust und gegen den Hals, doch er packte auch ihre andere Hand und sah sie an.

»Ich kann dich nicht einfach so gehen lassen, Milena.«

Sie hasste ihn dafür, dass er so viel stärker war als sie, doch sie konnte sich nicht genauso heftig gegen ihn wehren wie gegen den Traumzehrer. Auch wenn er ihr Leben verkauft hatte, eigenhändig würde er ihr nie wehtun, das wusste sie.

Er sah sie beschwörend an. Seine Brust hob und senkte sich nach dem schnellen Lauf, sein Atem strich warm über

Milenas Gesicht und hob die Tränen darauf wie empfindliche Linien hervor. Sie hatte vorher gar nicht bemerkt, dass sie weinte.

»Was hätte ich denn tun sollen, Milena? Wie hättest du an meiner Stelle entschieden? Du bist mir in den letzten Tagen sehr wichtig geworden. Aber meine Eltern …«

»Ich hasse dich dafür. Warum hast du nicht gefragt, ob ich dir helfe? Ich war ihm einfach ausgeliefert.«

»Ich hatte Angst, dass du *Nein* sagst.«

Milena musterte ihn. Er sagte die Wahrheit. »Ich wäre mitgekommen, John.«

»Ja, das weiß ich jetzt auch. Es war ein Fehler, an dir zu zweifeln. Ich wünschte, du könntest mir verzeihen«, sagte er leise.

Eigentlich hat er genau das Richtige getan, meldete sich Milenas Gewissen. *Warum sollte er dir vertrauen, immerhin hast du versucht ihn umzubringen und es beinahe sogar geschafft, wenn Thanatos nicht zur richtigen Zeit seine Kraft eingesetzt hätte.*

»Ich verzeihe dir, John«, flüsterte Milena.

Er hob überrascht den Kopf. »Wirklich?«

Sie sah ihn einfach nur an. Seine geheimnisvollen blaugrauen Augen. Das markante Gesicht, das ein Erbe seines unsterblichen Vaters war. Und diesen Mund, den sie trotz allem gerne küssen wollte. Ihr Herz war ein mieser Verräter, klopfte wie wild und zog sie zu ihm. Milena wusste selbst nicht, woher sie den Mut nahm, John über den Arm zu streichen, sie merkte nur, dass ihr Zorn fast vergessen war. Er war unwichtig in diesem Moment. Johns Haut war weich.

Sie strich seinen Arm hinauf, spürte Muskeln, die sich anspannten, als er seine Hände auf ihre Schultern legte. Sein Blick war ungläubig, aber glücklich.

Jetzt konnte es kein Zurück mehr geben. Milena drückte sich näher an ihn, ihr Atem vermischte sich. Fest und warm war sein Mund, der Kuss vorsichtig, so ungleich viel vorsichtiger als ihr Kennenlernen. Tod und Angst gehörten nicht hierher, unter den Ahornbaum im nächtlichen Park. Hier gab es nur Milena und John und so hätte es für immer bleiben können. Er küsste wunderbar.

Seufzend drückte sie sich ganz fest an ihn, während er seine Finger in ihren Nacken legte und tief in ihren Locken vergrub. Milena klammerte sich an John, während ihr Kuss immer intensiver wurde. Als sie sich schließlich atemlos voneinander trennten, war es noch immer viel zu früh.

Sie barg den Kopf an seiner Schulter und sog den warmen, würzigen Geruch seiner Haut ein.

John seufzte, doch er lächelte dabei. »Das habe ich mir schon in dem Moment gewünscht, als ich dich das erste Mal sah. Und fast hätte ich alles vermasselt.«

»Wirklich?«, fragte sie ungläubig.

»Ja, und ich war wirklich sauer, dass die Tsirkas ausgerechnet ein hübsches Mädchen wie dich als Spionin schickten. Aber zum Glück hattest du mit ihnen nichts zu schaffen.«

Seine Worte waren wie Balsam für ihr Herz. Und doch konnte Milena sich nicht lange vor ihrem Gewissen verstecken. John verdiente die Wahrheit.

»John, ich glaube, ich sollte dir etwas sagen.«

Er schob sie an den Schultern von sich und musterte sie ernst. »Sag nicht, dass das der erste und letzte Kuss war.«

Allein schon der Gedanke daran brannte wie Säure in ihrer Kehle. »Das wirst du entscheiden müssen, wenn du gehört hast, was ich dir zu erzählen habe. Ich hoffe, du kannst mir ebenfalls verzeihen.«

Er sah sie ernst an und nickte, »Okay, ich höre.«

Mit weichen Knien begann Milena von dem verhängnisvollen Harpyienflug zu erzählen, der alle anderen Ereignisse wie eine Kette hinter sich hergezogen hatte.

John unterbrach sie kein einziges Mal, während sie ihre Geschichte um all das ergänzte, was sie bislang verschwiegen hatte. »Ich war nicht durch Zufall bei dir, deine Ahnung hat dich nicht getrogen. Ich war da, um dich umzubringen, und ich hätte es fast geschafft. Das Gift war im Kaffee, John, und wenn Thanatos dich nicht geheilt hätte …«

»Wäre ich tot«, sagte er ernüchtert. Seine Hände, plötzlich kalt und verschwitzt, rutschten von ihren Schultern. Er drehte sich um und ging mit steifen Schritten fort.

Milena sah ihm fassungslos nach. So viel also dazu, dass sie einander verziehen.

»Ich werde es nie wieder versuchen, John«, rief sie ihm hinterher und schämte sich für den kläglichen Klang ihrer Stimme. Er blieb neben einem Felsbrocken stehen, der die Wiese am höchsten Punkt zierte, und schlug mit der Faust dagegen. Als er sich danach nicht mehr rührte, nahm Milena all ihren Mut zusammen und ging zu ihm.

»Ich denke, wir sind quitt«, erklang Johns Stimme wie aus Grabestiefen.

»Quitt? Wie meinst du das?«

Er drehte sich um und für einen Moment glaubte Milena nicht nur den Sohn des Totengottes vor sich zu haben, sondern Thanatos selbst. Dann schlich sich der Hauch eines Lächelns in seine Mundwinkel und sie wusste, es würde vielleicht doch noch alles gut.

»Wie ich das meine? Du hast versucht mich zu vergiften und ich habe dein Leben für ein paar Informationen riskiert. Das eine ist so schlimm wie das andere. Wir haben einander nichts zu vergeben.«

Milena ließ sich in seine Arme fallen und drückte ihn ganz fest. Sein Herz raste so schnell wie ihres.

»Versprechen wir einander, so etwas nie wieder zu tun«, flüsterte sie und spürte plötzlich, wie sich in ihrem Inneren die Harpyie regte. Der Traumzehrer hatte sie nicht ganz bekommen.

»Ja, versprochen«, sagte nun auch John. Er merkte, wie sie innehielt. »Was ist?«

»Die Harpyie, ich spüre sie wieder!«

»Das ist … gut, oder?«, fragte er zögerlich. »Geht es ihr gut?«

Milena rief mit ihren Gedanken nach dem Vogelwesen, versuchte ihm Kraft zu schicken, die es gierig aufsog.

»Sie ist schwach, aber ich glaube, es wird wieder. Verwandeln könnte ich mich jetzt nicht.«

»Das brauchst du auch nicht. Auch wenn sie zu dir gehört, ich kann gut und gerne darauf verzichten, sie so bald wiederzusehen. Du bist mir viel lieber.«

Er strich ihr über die Wange. Seine Hände waren rau, doch das gefiel ihr.

Sie wollte ihn wieder küssen, aber vorher musste sie etwas wissen. »Wenn du schon mein Leben dafür eintauschen wolltest, hast du von dem Traumzehrer wenigstens die Information bekommen, die du brauchst?«

John nickte. »Er hat mir Bilder geschickt, ich weiß jetzt, wo die Tsirkas wohnen und arbeiten und wie sie aussehen. Es reicht.«

»Kannst du dir das alles merken?«

»Ja, er hat es mir irgendwie in den Kopf gebrannt, da war blaues Licht …«

»Ja, ich weiß, wie es aussah. Er war auch in meinen Gedanken. Lass uns heute nicht mehr davon reden.«

John war sofort einverstanden. Er legte ihr beide Hände an die Wangen, sah ihr tief in die Augen und dann küsste er sie. Es war fast noch schöner als beim ersten Mal.

»Wir sollten zurückgehen«, sagte er schließlich, »nicht, dass sich deine Mutter noch Sorgen macht und dir am Ende verbietet, mich zu treffen.«

Milena musste schmunzeln. »Meinst du nicht, sie hätte allen Grund dazu? Immerhin bin ich in deiner Nähe ständig in Lebensgefahr und du versuchst meine Seele an irgendwelche Monster auf dem Friedhof zu verkaufen.«

»Nur weil ich Angst habe, du könntest mich doch noch vergiften.«

»Sei nicht so gemein.«

»Ich sag nur die Wahrheit«, neckte er.

»Von jetzt an …«

»… gilt unser Versprechen, was auch immer passiert!«

Er zog sie fester in seinen Arm, während sie nebeneinander durch das Gras liefen. Milena kuschelte sich an ihn. Sie hatte den Arm um seine Mitte gelegt. Es war schön, die Bewegungen in seinem Rücken zu spüren. Doch die selbst gebastelte Halterung für das Schwert rieb gegen ihre Haut und erinnerte sie daran, dass John kein ganz normaler Junge war.

Aber selbst ohne die Waffe, die Götter und die Blutfehde war John geheimnisvoll und besonders. Sie war sich sicher, dass er ihr auch als Mitschüler sofort aufgefallen wäre.

Am liebsten wäre sie ewig so weiter im Dunkeln durch den Park spaziert, doch sie hatten schon den Hauptweg erreicht und traten bald auf die Straße hinaus.

Es war niemand mehr unterwegs. Nur in wenigen Fenstern brannte noch Licht. Es war Freitag und die Wohngegend trotzdem wie ausgestorben.

Typisch Mülheim, wir sind halt eine langweilige Seniorenstadt, dachte Milena, doch eigentlich war sie ganz froh, keiner Menschenseele zu begegnen.

Der gelbe Schein der Laternen zog Insekten an, auf die wiederum Fledermäuse Jagd machten. Die flinken Tierchen hatten es ihr seit jeher angetan und auch jetzt ging sie, ohne es zu merken, langsamer. John blieb mit ihr stehen und als sie den Kopf in den Nacken legte, umarmte er sie von hinten und küsste ihren Hals. Die Stoppeln auf seinem Kinn kitzelten und jagten ihr einen wohligen Schauer über den Rücken. Milena neigte den Kopf. Sie wollte ihn küssen, immer wieder küssen. Seine Nähe war wie ein Rausch, eine Traumwelt, die sie gefangen hielt. Und sie war gerne in Johns Armen gefangen.

Es war, als kenne sie ihn schon eine Ewigkeit, und doch war alles neu und aufregend. Das Schicksal hatte sie wirklich zusammengeführt.

Und dann traf sie die Erkenntnis wie ein Faustschlag.

»Nein!«, keuchte sie.

Sie riss sich von John los, stolperte in der Hast und drückte sich dann zitternd gegen eine Hauswand.

Als hätte er nur darauf gewartet, krächzte ganz in der Nähe ein Kolkrabe. Milena glaubte Aello schrill lachen zu hören. *Ja, Mädchen, verstehst du jetzt?*

John starrte sie irritiert an. »Was ist passiert? Habe ich etwas Falsches gemacht?«

Den Rücken fest an die Wand gepresst, machte sie ein paar Schritte zur Seite, weg von ihm. Ihre Knie waren weich, als würde sie jeden Moment ohnmächtig.

»Du? Du hast nichts falsch gemacht«, stotterte sie. »Ich darf mich nicht in dich verlieben. Geh, bevor es zu spät ist.«

»Gehen? Ich weiß nicht, wovon du redest, aber ich werde dich mit Sicherheit nicht einfach hier im Dunkeln zurücklassen.«

»Doch! Du musst!« Milena hätte es ihm am liebsten ins Gesicht geschrien. Der Rabe krächzte spöttisch aus seinem Versteck. Es war sinnlos, alles sinnlos.

Wie naiv war sie gewesen zu glauben, sie könne Aello und deren Freunde austricksen, indem sie Stefan ein für alle Mal aus ihrem Herzen verbannte und John trotzdem am Leben ließ. Er würde nicht überleben, nicht, wenn sie sich in ihn verliebte. Und genau das geschah gerade. Ihr Herz gehörte ihm.

»Sie haben mich überlistet«, erkannte sie bestürzt. »Nein, John, komm nicht näher.«

Er tat es dennoch, zog sie von der Wand weg und schloss sie in die Arme. »Jetzt tu nicht so, als hättest du eine ansteckende Krankheit, Milena.«

Er hielt sie fest und ihr Widerstand brach sofort. Wie sollte sie ihn davonjagen, wenn das Einzige, was sie in dieser Situation wünschte, seine Nähe war? Ihre Tränen liefen wie von allein. »Ich darf dich nicht mögen, versteh doch.«

»Unsinn, mir gefällt, dass du mich magst, und wer etwas dagegen hat, der bekommt Ärger mit mir.«

»Nicht, wenn du stirbst, *weil* ich dich mag«, klagte Milena.

John sah sie verständnislos an. »Was ist das für ein Unsinn?«

»Ich hab dir doch erzählt, dass sie Stefan umbringen wollen, wenn ich dich nicht vergifte.«

Er nickte.

»Aber das waren nicht Aellos Worte. Sie sagte, es stirbt der Junge, dem mein Herz gehört. Verstehst du? Aber das ist gar nicht er, sondern das bist du! Entweder ich bringe dich um oder ich weigere mich und sie töten dich allein deshalb.«

John öffnete den Mund, um etwas zu erwidern, doch er war sprachlos. Er atmete nur tief durch, schüttelte den Kopf und tat dann, was Milena erhoffte und zugleich fürchtete: Er wandte sich von ihr ab.

»Ich kann nicht gegen die Tsirkas und die Königin der Harpyien kämpfen. Wie soll das gehen?«

In diesem Moment rauschten Schwingen durch die Luft. Milena fürchtete schon das Schlimmste. Bevor sie John warnen konnte, zog dieser in einer unglaublich schnellen Bewegung sein Schwert und schlug einen Bogen durch die Luft.

Schwarze Federn stoben in alle Richtungen und der zerfetzte Körper eines Raben klatschte auf den Asphalt des Gehweges.

»Du kannst mich mal, Aello«, knurrte John wütend und wischte sich einige Tropfen Vogelblut aus dem Gesicht.

»Ich … ich glaube nicht, dass das eine gute Idee war«, stotterte Milena.

»Ist mir scheißegal. Ich bin so unglaublich wütend auf die Götter, wütend auf alles!« John stand breitbeinig da und sah aus wie ein Racheengel. Die Laterne meißelte seine ohnehin schon markanten Züge zu einer Skulptur aus Licht und Schatten. Der Anblick war furchteinflößend.

Rabenblut tropfte von der Klinge, und Milena starrte in einer Mischung aus Faszination und Entsetzen darauf. Die roten Perlen erreichten nie den Boden, sondern rollten die Klinge entlang, fielen und lösten sich dann in Luft auf. Das war merkwürdig.

»Sieh nur, John.«

Der tote Vogel zuckte nicht mehr. Die Konturen der Flügel und Klauen wurden unscharf, das verspritzte Blut versickerte im Stein und dann, ganz plötzlich, löste sich das Tier auf.

John zog ein Stofftaschentuch aus der Jacke und wischte damit über die Klinge, obwohl das Blut von ganz allein verschwunden war. Er nahm sich Zeit, zog langsam und sorgfältig den Stoff über den schartigen Stahl.

Milena sah ihm zu. Es machte sie nervös. Was, wenn jemand sie sah? Jederzeit konnte jemand ans Fenster treten oder mit dem Auto vorbeifahren. Doch sie ließ John in Ruhe. Er war völlig in sich gekehrt. Wahrscheinlich brauchte er ein paar Minuten, um die schreckliche Wendung der Ereignisse zu verarbeiten.

Ein Teil von ihr versuchte sich jedes Detail einzuprägen. Johns Haar, das ihm von einem steten Wind ins Gesicht geweht wurde, die Kontur seiner Wangen, angespannt vor Konzentration. Doch am besten vergaß sie das alles. Sie musste ihn aus ihrem Kopf und ihrem Herzen verbannen, damit er seinen Kampf erfolgreich zu Ende führen konnte und überlebte.

Schließlich schob John sein Schwert zurück in die Halterung auf seinem Rücken und sah auf.

»Es wird nicht funktionieren«, sagte er schlicht. »Wie soll das gehen, in fünf Tagen?«

»Ich weiß nicht. Aber es muss!« Milena kämpfte gegen die Tränen. Noch gelang es ihr.

»Sollten wir dann nicht lieber die paar Tage, die wir noch haben, genießen?« Johns blaugraue Augen waren wie ein Sog. Alles in ihr wollte *Ja* sagen, aber wie sollte sie damit leben, ihn durch ihre Gefühle umgebracht zu haben? Milena schüttelte den Kopf und jetzt weinte sie.

»Wir müssen es zumindest versuchen, John.«

»Ich habe dich doch gerade erst gefunden«, sagte er weich. Er schwankte, als könne er sich nicht entscheiden, ob er ihren Willen respektieren oder sie einfach an sich reißen sollte.

»Du musst versuchen mich zu verstehen, John, bitte. Ich will nicht, dass dir etwas passiert. Wir sind überhaupt erst in dieser Situation, weil ich es nicht ertragen konnte, dass sie dich umbringen.«

Er schluckte und nickte enttäuscht.

»Wir dürfen uns nicht mehr sehen und ich muss dich vergessen.«

»Wie du meinst«, sagte er leise und legte ihr den Arm um die Schultern. »Komm, ich fahr dich heim.«

Milena fühlte sich völlig zerrissen. Ihr kurzes Glücksgefühl lag in Scherben und sie schnitt sich bei jeder Bewegung daran.

John schwieg auf der Heimfahrt, doch seine Blicke unter

halb gesenkten Wimpern waren wie Berührungen, die alles nur noch grauenhafter machten.

Die Fahrt war schnell vorüber.

»Du bleibst bei deiner Entscheidung?«, fragte er und ließ den Motor laufen. Der Schmerz in Johns Stimme brachte sie beinahe dazu, ihr Vorhaben über Bord zu werfen, ihn einfach zu küssen und nicht mehr damit aufzuhören. Dann siegte die Vernunft. Einige Stunden Glück gegen sein Leben einzutauschen, war einfach nicht fair.

»Ja, ich muss mich so entscheiden.« Milena zwang sich auszusteigen. Schnell, es sollte schnell gehen. *Nicht zurückschauen!*, beschwor sie sich. John hielt ihre Hand fest, als sie schon halb draußen war. »Milena!«

»Ich wünsche dir viel Glück«, stotterte sie.

»Wenn ich in sechs Tagen bei dir anrufe, sprichst du dann mit mir?«, fragte er weich. Nun musste sie ihn doch ein letztes Mal ansehen. »Ja. Ja, natürlich!«

Sie riss sich los. Weinend stolperte sie die kurze Treppe zur Haustür hinauf, wo sie so lange wartete, bis er davongefahren war. Es dauerte eine Weile, bis ihre Tränen getrocknet waren. Sie wollte nicht, dass ihre Mutter sah, dass sie weinte, doch ihre Befürchtung war umsonst.

Als sie aufschloss, hörte sie im Wohnzimmer den Fernseher laufen. Ihre Mutter war eingeschlafen und schreckte nun auf.

»Hattest du einen schönen Abend?«, murmelte sie schlaftrunken.

»Ja klar, aber jetzt bin ich müde«, sagte Milena, knipste den Fernseher aus und berührte ihre Mutter flüchtig an der Schulter. »Du solltest jetzt auch schlafen gehen.«

»Mach ich. Gute Nacht, Kleine.«

»Nacht, Mama.«

Milena eilte die Stufen hinauf und wäre beinahe vor ihre Zimmertür geknallt. Sie hatte ganz vergessen, dass sie diese abgeschlossen und den Schlüssel mitgenommen hatte. Sie kramte ihn aus ihrer Tasche und schloss auf.

Aus dem Dunkel blitzten sie glühende Augen an. Der Rabe war noch hier. Aber was für einen Vogel hatte John dann mit dem Schwert erledigt? Sie war darauf vorbereitet gewesen, ihrer Mutter eine zersplitterte Fensterscheibe erklären zu müssen, und nun glotzte sie das Vieh von der Stuhllehne aus an.

Wie viele Spione hatte Aello auf sie angesetzt?

»Bist du schon wieder ein neuer Vogel oder der alte Rok?« Der Rabe legte den Kopf schief und gab ein leises Kollern von sich. Falls er wütend darüber war, eingesperrt worden zu sein, ließ er es sich nicht anmerken. Milena war es eigentlich egal. Nun würde es nichts mehr geben, was sie vor Aello verheimlichen musste.

Sie ließ sich auf ihr Bett fallen und kämpfte gegen die Trauer, John nicht mehr sehen zu dürfen, an. Wie sollte sie ihn aus ihrem Herzen verbannen? Reichte es, ihn bis zum Ende der Frist daraus zu streichen, oder musste es für immer sein?

Milena trat die Schuhe von ihren Füßen und ließ sie über

die Bettkante fallen, dann rollte sie sich einfach so, wie sie war, in die Decke ein und knipste das Licht aus.

Der Gedanke an John drängte sich wie von alleine auf. Wie sollte sie es nur schaffen, ihn zu vergessen? Es war unmöglich.

~ABGEWANDT~

Wie meine Träume nach dir schrein.
Wir sind uns mühsam fremd geworden,
Jetzt will es mir die Seele morden,
Dies arme, bange Einsamsein.

Rainer Maria Rilke

John schlief in der Scheune. Es war kein gutes Versteck, doch die Tsirkas wussten, wo er wohnte, und wenn sie zuerst im Fachwerkhäuschen nach ihm suchten, gab ihm sein Unterschlupf womöglich den entscheidenden Vorsprung. Die ganze Nacht hatte er sich unruhig hin- und hergewälzt.

Milenas Worte spukten ihm im Kopf herum. Was, wenn sie Recht hatte? Wenn er, ganz gleich, was er auch tat, in vier Tagen einfach tot umfiel, nur weil er einem Mädchen gefiel, das sich unwissentlich mit einigen Göttern angelegt hatte?

Er wollte seinen Zorn über diese Ungerechtigkeit am liebsten laut herausschreien. Doch stattdessen biss er die Zähne zusammen, bis seine Kiefer vom Druck schmerzten.

Wenn Milena nicht gewesen wäre, dann würde ich jetzt schon nicht mehr leben, dachte er ruhiger. *Dann hätten die Tsirkas schon vor Tagen gewonnen und ich hätte nicht mal eine Chance gehabt. Und ich hätte Milena niemals kennengelernt.*

Er bedauerte, dass sie sich nun bis zum Ende der Frist nicht mehr sehen würden. Doch er verstand sie. Er hätte wohl kaum anders gehandelt, um sie zu schützen. Wenn alles schiefging und er starb, sollte sie sich keine Vorwürfe machen müssen.

Nein, es war besser so, ganz gleich, wie die Sache am Ende ausging.

Er verließ die Scheune früh am Morgen. Seine Eltern sollten nicht mitbekommen, wo er die Nacht verbracht hatte. Es war einfacher, wenn sie nicht ahnten, in welcher Gefahr sie schwebten.

Max blieb kurz witternd an der Tür stehen. Auch John lauschte. Vögel zwitscherten. Die Luft schmeckte nach Gras und Frühnebel. Alles war ruhig. Er hielt seinen Schlafsack vor die Brust, um die geladene, entsicherte Pistole in seiner rechten Hand zu verbergen.

Max trottete in den Hof, schnüffelte kurz am Boden und lief auf die Hühner zu, die gackernd flohen. Es war ein morgendliches Ritual, das weder Hund noch Federvieh allzu ernst nahmen. John ging dennoch mit erhöhter Aufmerksamkeit weiter. Jede offene Fläche, die er überqueren musste, versetzte ihn in Alarmbereitschaft. Hier konnten sie ihn einfach abknallen.

Er erreichte die Tür und schloss auf. Es war Samstag und wie jeden Samstag würde er mit seinen Eltern frühstücken. Das war schon seit Jahren so und eigentlich freute er sich immer darauf. Heute scheute er sich davor. Wie sollte er mit den Waffen unbemerkt bei ihnen am Tisch sitzen?

In den vergangenen Tagen war er seinen Eltern ausgewichen. Sie kannten ihn zu gut, sie würden ihm ansehen, dass ihn mehr beschäftigte als die Verletzungen von dem brutalen Angriff und die Trauer um seinen Onkel.

Und dann war da noch die Sache mit seinem Vater, der nicht sein biologischer Vater war. Seit der Begegnung mit Thanatos war John klar geworden, dass er wirklich keine Ähnlichkeit mit dem Mann hatte, den er wie einen Vater liebte. Sie teilten weder Äußerlichkeiten noch Wesenszüge. Warum war ihm das nie aufgefallen?

Weil er nie in Frage gestellt hatte, dass seine Eltern auch wirklich seine leiblichen Eltern waren. *Und ich werde auch jetzt nicht daran zweifeln*, beschloss er zornig. Thanatos mochte ihm einiges vererbt haben, die Liebe seines Sohnes hatte er dadurch nicht verdient. Im Moment war John vor allem wütend auf ihn. Der Gott hatte seine Familie seit zig Generationen ins Unglück gestürzt, nur weil er aus Langeweile eine Wette eingegangen war. Am liebsten hätte John ihn eigenhändig erwürgt.

»So viel zur Vaterliebe, Thanatos«, sagte John leise. Er legte das Schwert, sein Erbe, griffbereit auf das Waschbecken. Dann duschte er schnell und zog sich um, damit er rechtzeitig zum Frühstück bei seinen Eltern nebenan sein konnte.

Er würde das Schwert nicht mitnehmen, die Pistole musste genügen und selbst das würde schon schwierig werden. Nach dem Essen musste er dringend das Haus der Tsirkas finden. Er wollte sehen, mit wem er es zu tun hatte, und ihnen wenn möglich eine Nachricht zukommen lassen.

Max im Schlepptau, klopfte John mit der Fußspitze gegen die Haustür. In beiden Händen balancierte er Hühnereier. Am Vortag hatte wohl niemand Zeit und Muße gehabt, die Nester zu kontrollieren, und nun gab es reichlich Beute.

»Ja?«, drang die Stimme seines Vaters unwirsch heraus. Sein Vater hatte einen Tonfall, mit dem er jeden Vertreter zur baldigen Flucht animieren konnte.

»Ich bin's.«

»Warum schließt du denn nicht …«, die Tür wurde geöffnet, John kurz gemustert und hereingelassen.

»Weil ich die Frühstückseier geholt habe«, sagte John betont fröhlich und ging auf direktem Weg in die Küche, wo seine Mutter dem üppig gedeckten Tisch gerade den letzten Schliff verlieh.

»Ah, John, wenigstens einer, der die armen Hühner nicht vergisst. Hast du sie auch gefüttert?«

»Klar, habe ich, die Kaninchen auch.« John beugte sich hinunter, damit seine Mutter ihn auf die Wange küssen konnte, und wich zugleich geschickt ihrer Umarmung aus. Sie hätte die Pistole in seinem Hosenbund sonst sofort bemerkt.

Sie nahm ihm die Eier ab, legte sie auf die Spüle und sah ihn dann ernst an. »Wir haben uns Sorgen gemacht, John.«

»Wo warst du gestern noch so spät? Du kannst dir doch

denken, dass deine Mutter, nach allem, was passiert ist, schnell an das Schlimmste denkt«, sagte sein Vater. Er lehnte an der Küchentür wie ein Wächter, jederzeit bereit, einem Flüchtenden den Weg zu versperren.

John wusste genau, dass nicht seine Mutter, sondern sein Vater den Abend neben dem Fenster verbracht und besorgt nach ihm Ausschau gehalten hatte. Aber konnte er ihm dafür böse sein? Nein, natürlich nicht.

»Entschuldigung, ich habe nicht nachgedacht«, beschwichtigte er. »Ich habe mich mit einem Mädchen getroffen.«

»Oh, schön.« Seine Mutter bekam sofort leuchtende Augen und nahm seinem Vater so für jeden weiteren Tadel den Wind aus den Segeln.

»Ist es, wie soll ich sagen … gut gelaufen? Du bist schon viel zu lange alleine, in deinem Alter …«

»Ja, Mama, und ja, wir mögen uns«, antwortete John. Es klang ein wenig barsch, aber er wollte nicht zu optimistisch von etwas sprechen, was womöglich keine Zukunft hatte. Wie hoch war schon die Wahrscheinlichkeit, dass er weder von den Tsirkas noch von Milenas Harpyienkönigin getötet wurde? John war Realist, besonders hoch waren seine Überlebenschancen nicht.

»Das ist schön, John, aber ich denke, wir sollten trotzdem reden. Seit dem Überfall ziehst du dich immer mehr zurück. Mir ist ja klar, dass das nicht so leicht zu verarbeiten ist, aber wir sollten diese Sache zusammen durchstehen!«, unterbrach sein Vater seine düsteren Gedanken.

»Was dein Vater sagen will, John …«, seine Mutter legte ihm die Hände auf die Schultern und drückte sie liebevoll. »Wir sind für dich da. Jederzeit.«

John tat es in der Seele weh, seine Eltern so besorgt zu sehen und ihnen nichts sagen zu können. Vielleicht war dieses Frühstück sogar das letzte Mal, dass sie zu dritt beisammensaßen. Nächsten Samstag würden sie womöglich schon um ihn trauern müssen. Diesen Schmerz wollte er ihnen ersparen.

»Mir geht es gut, wirklich. Ich brauche nur etwas Zeit für mich«, log er. »Ich weiß, ihr könntet meine Hilfe auf der Ausgrabung gebrauchen.«

»Die Grabung ist nun wirklich verdammt egal!«, knurrte sein Vater, zerrte quietschend einen Stuhl vom Tisch und ließ sich darauffallen.

»Wir schaffen das, mach dir keine Gedanken um die Arbeit«, beschwichtigte ihn seine Mutter und warf John zugleich einen mahnenden Blick zu. Er wusste genau, was sie sagen wollte. Sie hatten nicht darüber gesprochen, was in Großvaters Kiste gewesen war, doch sie hatte es nicht vergessen. *Bitte riskier nichts,* stand in ihren braunen Augen, ein Versprechen, das er ihr nicht geben konnte. Auch deshalb war er seinen Eltern aus dem Weg gegangen.

Aber sie würde ihn nicht in Gegenwart seines Vaters darauf ansprechen. John hatte Galgenfrist.

Während seine Mutter mit dem Rücken zu ihnen am Herd stand und Rührei zubereitete, schwiegen sie. Es war ein unangenehmes, enervierendes Schweigen, etwas, das es bei ihnen früher nie gegeben hatte. Johns Vater wirkte um Jahre gealtert. Seine Schultern hingen herab, als drücke sie ein großes Gewicht nieder. Er war zwar seit Jahren mit seinem Bruder zerstritten gewesen, aber er hatte ihn sehr geliebt. Was der Verlust für ihn bedeutete, konnte John nur erahnen.

John war so sehr in Gedanken vertieft, dass er erst spät merkte, wie sein Vater ihn musterte.

Ihre Blicke begegneten sich.

John lief es eisig den Rücken hinunter. Hatte sein Vater etwas bemerkt? Er musste etwas ahnen.

»Der Schnitt an deiner Schläfe ist nicht von dem Unfall«, stellte sein Vater nüchtern fest. »John, was geht hier vor sich? Und wage es nicht, mich wieder anzulügen.«

»Was weiß ich, vielleicht habe ich mich irgendwo gestoßen oder beim Laufen gekratzt. Das ist doch völlig unwichtig.«

»Sag mir, was plötzlich so wichtig ist, dass du beginnst deine Eltern anzulügen. Das hat es in unserer Familie nie gegeben. Wir sind immer ehrlich zueinander, auch wenn die Wahrheit manchmal wehtut. Selbst als du noch klein warst, hast du immer ehrliche Antworten bekommen!«

»Ich weiß es nicht!«

»Unsinn, das nehme ich dir nicht ab.«

»Eine andere Antwort bekommst du aber nicht.« John musste sich zurückhalten, um nicht zu schreien. Es war alles so ungerecht! Er wollte nicht mit seinem Vater streiten, nicht heute am womöglich letzten Tag, den sie noch miteinander hatten.

»John, ein letztes Mal, raus damit!« Auf der Stirn seines Vaters war eine Ader angeschwollen. John hatte ihn noch nie so wütend erlebt und er wusste, ein Großteil der Wut galt nicht ihm, sondern den Männern, die seinen Bruder und beinahe auch seinen Sohn ermordet hatten.

John hob daher nur die Hände und schüttelte den Kopf.

»Schluss jetzt, alle beide!«, sagte seine Mutter. »Streit am Frühstückstisch ist verboten, das könnt ihr später machen.« Ihr Lächeln überdeckte die Sorge, die auch an ihr nagte, doch ihre Ermahnung reichte aus. Sie stellte die Pfanne auf den Tisch und setzte sich.

Der Duft von Rührei und frischem Schnittlauch stieg John in die Nase und weckte Kindheitserinnerungen.

Eine Weile gelang es ihnen, einfach nur das Frühstück als gemeinsames Samstagsritual zu genießen, dann hielt die Realität wieder Einzug.

Sie besprachen, was in der kommenden Woche anstand. Es würde eine kleine Trauerfeier für Johns Onkel stattfinden, einen Tag nach dem Ablauf der Frist der Harpyienkönigin. John versuchte sich nichts anmerken zu lassen, sagte seine Hilfe zu und machte Vorschläge, wie Verwandte am besten unterzubringen waren und wo sie die Trauerfeier abhalten konnten.

Jedes Wort, das er sagte, fühlte sich dabei wie ein scharfkantiges Glasstück an, das er durch seine Kehle quetschte und dann ausspie, so dass es klirrend zu Boden fiel und helle Echos warf.

Alles war unwichtig geworden vor dem drohenden Kampf mit den Tsirkas.

Er hatte sich selbst etwas vorgemacht. Er konnte dieses womöglich letzte gemeinsame Samstagsfrühstück nicht genießen. Er wollte die Erinnerungen mitnehmen und behüten wie einen Schatz, doch es funktionierte nicht. Wenn er weiter hier saß und an seinen eigenen Tod dachte, brachte das gar nichts. Es war nicht mehr viel Zeit, um zu planen, und er musste die wenigen verbleibenden Stunden so gut wie möglich nutzen.

Er beeilte sich, sein Frühstück schnell aufzuessen, und verbrühte sich beinahe den Mund am Kaffee.

»Entschuldigt, ich hab heute wenig Zeit«, sagte er betreten und erhob sich. Seine Eltern, die sich über Details für die Beerdigung austauschten, sahen ihn an, als hätte er ein Sakrileg begangen.

»John, hast du denn überhaupt genug gegessen?«, fragte seine Mutter.

»Ich bin satt.« Um sie zu beruhigen, nahm er sich noch einen Apfel aus der Obstschale. »Ich muss einkaufen, soll ich euch etwas mitbringen?«

Seine Eltern schüttelten beide wie benommen den Kopf. Johns Mutter war aufgestanden, um sich zu verabschieden. Sie strich ihm das Haar aus der Stirn, wie sie es schon gemacht hatte, als er noch ganz klein war. »Pass auf dich auf, John. Versprich mir das.«

»Klar, Mama.« Sein Magen verkrampfte sich, als habe er

Steine gegessen. Sie umarmte ihn und er drückte sie ganz fest, als ob jetzt schon der Abschied für immer gekommen wäre. Er dachte an Milenas Worte. Nur jene, in deren Adern das Blut der Götter floss, wurden von Harpyien in den Hades getragen. Seine Mutter war nur menschlich. Wo all die anderen Seelen endeten, wusste er nicht. Sie würden einander womöglich nie wiedersehen, auch nicht nach dem Tod. Alles hatte sich geändert in den letzten Tagen. Früher hatte er nie an ein Jenseits geglaubt, jetzt hatte Thanatos' Besuch deutlich den Beweis erbracht, dass es den Hades gab. Doch wie sah der aus? Würden die Seelen seiner Eltern und seine eigene irgendwann am gleichen Ort sein, oder hatte sein Erzeuger anderes mit ihm vor?

Er drückte seine Mutter noch ein wenig fester, doch dann wurde es ihm plötzlich alles zu viel. Als er sich aus der Umarmung lösen wollte, rutschten die Hände seiner Mutter tiefer und sie erstarrte.

John wurde sofort klar, was geschehen war. Sie hatte die Pistole bemerkt, die in seinem Hosenbund steckte.

»Was ist das?«, fragte sie gepresst.

John machte sich sofort los und ging rasch einige Schritte von ihr weg, näher zur Tür. »Nichts, Mama.«

Sein Vater sprang auf, die Situation drohte außer Kontrolle zu geraten. Adrenalin rauschte wie ein Flächenbrand durch Johns Körper. Der Teil von ihm, der nicht menschlich war und den er gerade erst kennenlernte, erwachte schreiend zum Leben. Doch seine Eltern waren nicht seine Feinde!

»Ist das eine Pistole? Woher hast du sie?«, fragte seine Mutter mit bebender Stimme.

»Was? Du hast eine Waffe und bringst sie hier mit ins Haus? John, wo bist du da reingeraten? Sind es Drogen?«

John riss sich zusammen, um nicht zu schreien wie sein Vater. »Ja, ich habe eine Waffe, und nein, ich bin nicht in Drogengeschäfte verwickelt! Wie kommst du nur darauf?«

»Dann erklär uns, was hier los ist.«

»Das kann ich nicht!«

»John!«

»Nein, verdammt. Ich schwöre, in einer Woche werdet ihr erfahren, was los ist, aber jetzt geht das nicht.«

John sah nur noch einen Ausweg, er musste dringend verschwinden und am besten vor Ablauf der Frist nicht mehr wiederkommen. Doch so leicht war es nicht. Als er zur Tür gehen wollte, verstellte ihm sein Vater den Weg.

»Ich weiß nicht, was in dich gefahren ist, John, aber du wirst jetzt nicht einfach abhauen, und wenn ich dich mit Gewalt davon abhalten muss.«

John wich zurück. Sich mit seinem Vater schlagen, das war das Letzte, was er wollte. »Du kannst mich nicht hier einsperren.«

»Wenn ich dich dadurch vor Schlimmerem bewahren kann, werde ich es tun. Deine Mutter nimmt jetzt das Telefon und ruft die Polizei.«

»Nein, bitte nicht! Sie werden mich umbringen, sie werden uns alle umbringen!« John sah panisch zu seiner Mutter.

Die hielt ihr Handy in der Hand, wählte aber nicht. »Mama, nicht!«

»Gehört die Waffe deinem Großvater?«, fragte sie.

»So in der Art.«

Johns Vater sah irritiert von seiner Frau zu seinem Sohn.

»Du hast die Kiste hinter meinem Rücken versteckt?!«, fragte er fassungslos. Sie nickte und änderte langsam ihre Position. John ahnte, was sie vorhatte. Sie lenkte seinen Vater ab, damit er weglaufen konnte.

Es gelang. Um seine Frau weiterhin ansehen zu können, wandte er sich von John ab.

»In all den Jahren unserer Ehe …«, stotterte sein Vater gerade fassungslos, als John losstürmte, ihn zur Seite stieß und die Tür aufriss.

»Komm sofort zurück!«, schallte es aus dem Haus.

»Lass ihn. Du kannst nichts daran ändern«, hörte er seine Mutter noch sagen.

John rannte zu seinem Häuschen, stopfte Kleidung in einen Rucksack, plünderte auf der Suche nach Camping-Utensilien den Schuppen und saß schon wenige Minuten später im Leichenwagen. Staub wirbelte auf, als er das Gaspedal durchtrat und vom Hof schoss. Seine Eltern waren nirgendwo zu sehen. Nur der alte Max erschien im Rückspiegel und kläffte seinem Herrn nach.

~

Milena trat so fest in die Pedale, dass ihre Oberschenkel brannten, doch sie merkte es kaum.

Sie war schrecklich erleichtert. John würde nicht sterben müssen! Ihre Gefühle für ihn würden ihn nicht zum Tode verurteilen. Sie hatte eine Lösung gefunden, wie sie zusammen sein und sie ihm sogar in seinem Kampf beistehen konnte, ohne Aello einen Grund zu liefern, ihn umzubringen.

Fast die gesamte Strecke von ihrer Haustür bis zu Johns Hof war sie so schnell gefahren, wie sie konnte. Der Fahrradweg führte am Flussufer der Ruhr entlang. Milena kniff die Augen zusammen, weil in dem Naturschutzgebiet des Bruchwaldes so viele Insekten in der Luft schwebten. Sie sah kaum etwas, doch heute interessierten sie auch die vielen, seltenen Vögel nicht, die es hier zu entdecken gab. Heute zählte nur die gute Nachricht.

Sie malte sich aus, wie John die Tür seines kleinen Häuschens öffnete und verdutzt in ihr Gesicht sah. Wie sie ihn dann umarmte, den Duft seiner Haut einatmete und ihm alles erzählte.

Er würde sie küssen, ganz bestimmt.

Milena bog links ab, weg von dem Fluss, hinauf zwischen den hügeligen Feldern, auf denen der Raps blühte und wo Pferde auf ihren Koppeln standen oder unter alten Obstbäumen dösten.

Nun trat sie im Stehen in die Pedale. Schweiß klebte ihr das T-Shirt an den Rücken und sie lachte innerlich darüber, dass sie es zu Hause noch sorgfältig ausgesucht hatte. Ob es John gefiel, war längst zweitrangig geworden. Er war ein Junge, die merkten nicht einmal unter normalen Umständen, wenn man sich besonders hübsch gemacht hatte. Und John und sie hatten Seite an Seite gekämpft. Er hatte sie dreck- und blutverschmiert in den Armen gehalten, wen kümmerte da, ob sie ein Shirt mit Spitzenkante trug?

Nach dem langen Winter und nassen Frühling stand das Gras nun hoch. Milena fuhr wie durch einen grünen Tunnel. Die Halme peitschten ihre Beine und zwischen dem Wust wilder Möhren und Klee zirpten und summten die Insekten. Zusammen mit dem Fahrtwind bildeten diese Geräusche einen dichten Klangteppich, gegen den ihr Puls in den Ohren andröhnte.

Milena nahm die letzte Steigung. Schon konnte sie die blühende Kastanie sehen, die neben der Einfahrt der Hellers aufragte. Sie bremste, lenkte nach rechts und ihr Rad rumpelte über einen schmalen Trampelpfad. Milena fühlte Glück und Vorfreude in sich erwachen. Sie dachte an Johns geheimnisvolle blaugraue Augen und achtete kaum auf den Weg vor sich.

Der Mann kam wie aus dem Nichts.

Milena schrie, doch es war bereits zu spät. Der Fremde trat mit voller Wucht gegen ihren Vorderreifen. Das Rad schlingerte kurz, dann stieß der Reifen gegen einen Stein und sie wurde aus dem Sattel katapultiert. Milena landete im hohen Gras. Schmerz zuckte durch ihr Knie und setzte sich wie ein Blitzschlag durch ihren gesamten Körper fort.

Dann wurden ihr die Arme auf den Rücken gerissen und der Schmerz im Knie zweitrangig. Hätte der Mann ihr Gesicht nicht gegen den Boden gedrückt, ihr Schrei wäre bis zu John gehallt. Stattdessen drang ihr Gras und Staub in den Mund. Er drehte sie um und hielt ihr den Mund zu.

»Halt die Klappe, Mädchen, oder ich stopfe sie dir!«

~

John konnte noch immer nicht ganz glauben, wie glatt bislang alles lief. Er war bis zur Landstraße gefahren und hatte dort den Wagen an einem Kiesweg geparkt. Dann hatte er die Augen geschlossen und die Bilder, die ihm der Traumzehrer geschickt hatte, auf sich einstürmen lassen.

Anfangs war es schwierig gewesen, aus den wirren Träumen, die das grausame Wesen den Tsirkas gestohlen hatte, ein passendes Ganzes zusammenzusetzen, doch schließlich konnte er die Informationen, die er brauchte, aus den verschachtelten Bildern heraussortieren. Er hatte die Firma der Tsirkas, eine Autolackiererei, schnell gefunden. Er erwartete fast ein Waffengeschäft, doch anscheinend waren Ares' Nachfahren nicht so sehr an die kriegerische Natur ihres göttlichen Stammvaters gebunden wie Johns Familie, deren Berufe alle mehr oder weniger mit dem Tod in Verbindung standen.

Um sich nicht zu verraten, parkte er den Leichenwagen seines Großvaters zwei Straßen weiter und näherte sich dem Grundstück zu Fuß. Das Firmengelände war weitläufig und auf dem Schild stand nur die Firmenbezeichnung, nicht aber der Name des Besitzers. John, eine Baseballkappe tief ins Gesicht gezogen, wartete und beobachtete. Es kamen keine Kunden.

Nach einer halben Stunde trat ein älterer, untersetzter Mann vor die Tür. Er hielt ein Glas mit goldfarbenem Tee in der Hand und rauchte. John wusste sofort, mit wem er es zu tun hatte. Tsirkas senior, der Vater der beiden überlebenden Attentäter.

John war enttäuscht. Aus irgendeinem Grund hatte er sich vorgestellt, einem klischeehaften Bösewicht entgegenzutreten, wie es sie zuhauf in zweitklassigen Filmen gab. Doch dies war ein sympathischer Mann in seinen frühen Sechzigern. John fragte sich, ob der Familienvater es genauso verabscheute wie er selbst, unfreiwillig in die Wette der Götter hineingezogen worden zu sein. Der Mann fuhr sich durch die lockigen Haare, die an den Schläfen fast vollständig ergraut waren, und schloss genießerisch die Augen. Die Sonne, die sich den ganzen Frühling kaum gezeigt hatte, schien ihm nun ins Gesicht.

Es kam John merkwürdig vor, den Fremden zu beobachten, fast, als würde er Zeuge eines intimen Momentes. John hätte Tsirkas senior erschießen können, einfach so, mit der Waffe, die er dessen Sohn abgenommen hatte. Es wäre die einfachste Lösung. In einigen Tagen würde er ihn ohnehin töten müssen. Doch den Mann einfach aus dem Hinterhalt zu erschießen, war unehrlich und John zutiefst zuwider. Die ganze Situation war ihm zuwider. Er wollte niemanden ermorden, nicht mal den Mann, der seinen Onkel auf dem Gewissen hatte. Er sollte für den Rest seines Lebens ins Gefängnis und dort versauern. Aber das Schicksal zwang John einen anderen Weg auf. Er musste Blut vergießen, wenn er diesen Jahrhunderte dauernden Wahnsinn beenden wollte. Aber nicht so, nicht indem er jemandem feige in den Rücken schoss. Wenn er schon zum Mörder wurde, so wollte John seinen Widersachern in die Augen sehen.

Ich mache es mir mit jeder Minute, die ich hier stehe, nur schwerer, dachte er. *Ich bin nicht mit der Absicht hergekommen, heimtückisch und verschlagen zu töten, und ich werde meinen Plan auch nicht ändern.*

Tsirkas öffnete die Augen und sah in Johns Richtung. Einen Moment lang wagte dieser weder sich zu bewegen noch zu atmen, dann zwang er sich, so zu tun, als bekäme er einen Anruf, und nahm sein Handy aus der Hosentasche. Tsirkas zog an seiner Zigarette und wandte sich ab.

John tippte wahllos auf dem Display herum, bis er sich in Sicherheit wiegte. Es war Zeit, zu erledigen, wofür er hergekommen war.

In seiner Tasche lag ein Stein mit einer daran befestigten Nachricht. John ging um die Ecke, die Hand fest um das improvisierte Wurfgeschoss gelegt. Von der Seitenstraße aus war das Bürofenster der Werkstatt gut zu erkennen. Tsirkas war hineingegangen und John erkannte dessen kariertes Oberhemd auch durch die stark verschmutzten Fenster.

Er wartete kurz ab, zielte dann und warf.

Die Scheibe zersprang mit lautem Klirren. Als Tsirkas' zornige Schreie erklangen, war John schon einige Schritte entfernt. Ein innerer Impuls spornte ihn zum Rennen an, doch er schlenderte weiter, die Hände in den Hosentaschen vergraben. Jetzt nur nicht auffallen!

Niemand verfolgte ihn. Tsirkas rannte auch nicht in den Hof. Er musste die Nachricht sofort bemerkt haben. John erreichte seinen Wagen ohne Zwischenfälle und fuhr einige Straßen weiter, bevor er es wagte, in einer Nebenstraße zu parken und den Motor abzustellen.

Sein Herz raste. Nun konnte er nur noch eines tun: abwarten. John nahm sein Handy aus der Tasche. Es war an, der Akku noch fast voll. Wie lange Tsirkas wohl warten würde, bevor er anrief?

Wollte er sich vorher mit seinen Söhnen besprechen oder würde er einfach für sie entscheiden? Vielleicht war ihm ein offenes Duell auch zu riskant und er würde ablehnen. Schließlich riskierten sie weniger, wenn sie John in den Rücken schossen.

John überlegte kurz Milena anzurufen und ihr vom neusten Stand zu berichten. Aber nein, er hatte ihr ein Versprechen gegeben und er wollte es halten.

~

Hustend sah Milena ihren Peiniger durch tränende Augen an. Er war Mitte dreißig, dunkelhaarig und besaß ein kantiges Gesicht mit fleischigen Lippen, die ihr einen Schauder des Ekels über den Rücken jagten. Und er war nicht allein.

Ein zweiter Mann, der sich von dem ersten nur durch einen leichten Bauchansatz und einen Bart unterschied, baute sich nun vor ihr auf. Milena war sich sofort sicher, Brüder vor sich zu haben. Und nicht irgendwelche Brüder, sondern Johns Todfeinde: die Tsirkas! Den schlankeren hatte sie vielleicht schon mal gesehen. War er der Angreifer, der aus der Scheune geflohen war, als sie sich verwandelt hatte? Ihre Erinnerungen waren von denen der Harpyie überdeckt und die kümmerte sich nicht um Gesichter.

Sie ließen sie aufstehen, trotzdem war an Flucht nicht zu denken.

»Lasst mich gehen, was wollt ihr von mir?«

Die Männer tauschten einen Blick und wurden sich offenbar schnell einig. Milena wollte sich nicht so einfach geschlagen geben. Sie versuchte ihre Arme frei zu bekommen, doch das Einzige, was sie erreichte, war ein stechender Schmerz in der Schulter. Der Mann, der sie gepackt hielt, lachte trocken auf und verdrehte ihren Arm. Der Schmerz zwang Milena in die Knie, der Schrei blieb ihr in der Kehle stecken. Die Harpyie in ihr rebellierte, doch alles, was Milena wehtat, schwächte auch sie. *Ruhig bleiben,* beschwor sie sich. Sie musste aufhören zu kämpfen und sich dann im richtigen Moment verwandeln.

»Hör auf zu zappeln, Vögelchen.« Der Dicke übernahm das Reden und jagte Milena einen heftigen Schrecken ein. Wussten sie, wer oder genauer *was* sie war?

»Wo wolltest du hin?«

»Ich bin nur Rad gefahren«, log sie mutig.

»Märchen kannst du anderen erzählen«, sagte nun der schlankere der Männer. »Du wolltest zu John Ossian, du vögelst ihn, verarschen lassen wir uns nicht. Ich hab dich neulich in der Scheune gesehen.«

»John Ossian, wer soll das sein?«, sagte sie und fühlte zugleich, wie ihr die Röte in die Wangen stieg.

Die Ohrfeige kam überraschend. »Lügen bekommen dir nicht, versuch es noch mal«, knurrte der Dicke. »Wo ist dein Stecher?«

»Er ist nicht da?«, fragte sie hoffnungsvoll und sah zum ersten Mal zwischen den Büschen hindurch auf den Hof der Hellers. Weder Johns Leichenwagen noch das Auto seiner Eltern stand im Hof. Nicht einmal Max war zu sehen, nur die Hühner pickten wie immer im Staub.

Milena war schrecklich erleichtert. Die Männer waren hergekommen, um John zu ermorden, und hatten ihn verpasst.

»Also, wo ist er?«

»Ich weiß es nicht.« Es war eine ehrliche Antwort und Milena war froh, dass sie es wirklich nicht wusste. Egal, was sie ihr antun würden, sie konnte Johns Versteck nicht verraten, weil sie es schlichtweg nicht kannte. Das schienen auch die Brüder zu verstehen und sie wirkten ein wenig ratlos.

»Lasst mich doch einfach gehen, ich sag niemandem, was passiert ist«, versuchte sie es.

»Das hättest du wohl gern. Mir fällt da schon was ein,

Kleine. Ossian wird sich sicher freuen, wenn er dich wiederbekommt. Falls er den Kampf mit uns überlebt, was ich eher nicht glaube.«

Die Männer lachten und Milena wurde kalt ums Herz.

Sie musste fliehen und ihm beistehen, statt zu seiner Achillesferse zu werden.

Ein Blick hinauf in den Baum über ihnen genügte, um zu wissen, dass Aellos Spion wie immer über sie wachte, aber selbstverständlich würde die Harpyienkönigin auch jetzt nicht eingreifen, um ihr zu helfen.

Ein Telefon klingelte. Der Dicke griff in seine Hosentasche.

»Ja, Paps?«

Er lauschte. »Nein, woher soll ich wissen, was für eine Überraschung du hast. Ossian ist nicht hier, wir warten schon zwei Stunden«, antwortete er gereizt.

Sosehr sich Milena auch konzentrierte, sie verstand nicht, was der Anrufer zu sagen hatte. Was es auch war, es brachte den Bruder ihr gegenüber dazu, derart konzentriert zu lauschen, dass sein Gesicht jegliche Anspannung verlor.

»Was ist, Danis?«, erkundigte sich der Dünnere. Sein Atem strich dabei über ihr Gesicht. Er roch nach altem Tabak. Seine Hände, die noch immer ihre Gelenke umfasst hielten, schwitzten.

Der, den er Danis genannt hatte, machte eine abwehrende Handbewegung. Er würde ihm später alles sagen, sollte das heißen.

Milena sah sich um. Wenn nur irgendwo ein Radfahrer

oder Spaziergänger zu sehen wäre. Doch um diese Uhrzeit an einem Samstag waren wohl die meisten Menschen noch beim späten Frühstück oder einkaufen. Nach Hilfe zu rufen, würde ihr nichts einbringen außer einem weiteren Schlag ins Gesicht.

Die Harpyie brauchte noch immer Zeit, um sich von der letzten Ohrfeige zu erholen, und die würde sie bekommen. Die Kreatur war Milenas einziger Trumpf.

»Wir haben Ossians Mädchen, sie hat uns fast mit dem Rad über den Haufen gefahren«, sagte Danis soeben. Die Stimme des Anrufers wurde laut, es klang wütend, dann folgten knapp einige Befehle und das Telefonat war beendet.

»Also, was ist?«

»Wir sollen sie mitbringen. Wir können die Kleine schlecht hier erledigen, vielleicht kann sie noch nützlich sein.«

»Also warten wir nicht länger?«

»Nein, nicht nötig, Ossian ist bei Paps aufgetaucht. Er will ein Duell. Mittwoch bringen wir es zu Ende, Grigoris.«

Milena sah ihn ungläubig an. Das hatte John also vorgehabt? Einfach zu den Tsirkas fahren und sie zu einem Duell herausfordern? Es war eine ebenso simple wie schreckliche Lösung. Auf die Art brachte er seine Eltern aus der Schusslinie und konzentrierte das ganze Feuer auf sich.

Es war außerdem ein verrückter Plan. Die Tsirkas, so wusste sie nun, waren mindestens zu dritt. John hingegen war allein.

Wieder einmal bewunderte sie seinen Mut. Doch er war nicht ganz auf sich gestellt. Sie würde ihm beistehen und an seiner Seite kämpfen. Dafür musste Milena aber erst freikommen. Sie würde es den Tsirkas nicht leicht machen und erst recht würde sie sich nicht dafür benutzen lassen, John zu erpressen.

Ja, wahrscheinlich hatten sie genau das vor. Milena war für die Tsirkas ein willkommener Bonus, den sie einsetzen wollten, um John zur Aufgabe zu zwingen, womöglich ohne überhaupt ihr eigenes Leben zu riskieren.

Milena wünschte, John wäre kaltschnäuziger. Aber so war er nicht. Wenn es hart auf hart kam, würde er ihr Leben retten und sich selbst aufgeben. Tief in ihrem Herzen wusste sie, dass es so war.

»Los, hauen wir ab«, sagte Danis Tsirkas nun, nahm ihr Fahrrad, warf es in ein Gebüsch und zerrte einige Äste darüber, bis es kaum noch zu sehen war.

Grigoris stieß Milena unsanft an und führte sie auf einen dunkelblauen Passat zu, mit dem die Brüder hergekommen waren. Sie wehrte sich nicht, der Mann fasste sie dennoch grob an. Als er den Kofferraum öffnete, wurde ihre Angst zu lähmender Panik.

Danis nahm einen blauen Spanngurt heraus und begann ihre Fußknöchel zu fesseln. Würde sie sich trotzdem verwandeln können? »Das müsst ihr nicht tun, ich versuche nicht abzuhauen.«

»Erzähl die Märchen jemand anderem«, lachte Grigoris.

»Bitte!«

»Keine Chance, ich bin von Natur aus herzlos.«

Sie banden auch ihre Arme auf dem Rücken zusammen und Milena bekam eine schreckliche Ahnung. Sie wollten sie doch nicht etwa im Kofferraum transportieren?

Im nächsten Moment sah sie aus dem Augenwinkel einen Schatten heranrasen und dann kam der Schmerz. Ihre Knie gaben nach und ihr Körper sackte einfach zusammen, wie der einer Puppe.

Die Welt drehte sich, als die Männer sie hochhoben und in den Kofferraum legten, und drehte sich noch weiter, während sie ihre Beine wie leblose Dinge in Position schoben.

»Gute Nacht, Kleine.« Milena konnte nicht zuordnen, welcher der Männer es gesagt hatte, aber was spielte das auch für eine Rolle.

Die Klappe fiel mit einem Knall zu. Die Vibration spürte sie bis in die Knochen.

Dunkel. Es war dunkel und die Panik war wie ein riesiges Tier, bereit zum Sprung.

~FINSTERNISSE~

Was vor uns liegt und was hinter uns liegt,
sind Kleinigkeiten, verglichen mit dem, was in uns lebt.

Henry David Thoreau

Zu warten und nichts tun zu können, fraß an Johns Nerven. Er holte sich erst einen Kaffee, später ein Stück Pizza, das lauwarm und labberig schmeckte.

Drei Stunden waren vergangen und er sah mit wachsender Resignation auf sein Handy, als es im gleichen Moment klingelte. Vor Schreck ließ er es beinahe fallen.

Die Nummer war unterdrückt.

»Ja?«, meldete er sich.

»John Ossian?« Die Stimme war tief und gelassen.

»Der bin ich.«

»Mein Bürofenster ist kaputt.«

»Das tut mir leid, aber in meinem Haus ist auch so einiges zu Bruch gegangen«, antwortete John gereizt und war überrascht von seiner eigenen Kaltschnäuzigkeit.

»Wo ist mein Neffe?«

John schluckte. Die Frage hatte er nicht erwartet. »Er ... er ist begraben. Niemand wird ihn finden.«

Der Mann schwieg. Oder hatte er aufgelegt? Nein, wenn John sich konzentrierte, konnte er ihn atmen hören.

»Du willst also ein Duell, Junge?«

»Lieber wäre es mir, wenn wir uns ohne Blutvergießen einigen könnten.«

Der Mann lachte kurz auf. »Das ist nicht dein Ernst! Kannst du vergessen.«

»Ich habe geahnt, dass Sie so reagieren würden. Also bringen wir es zu Ende. Es sollen keine Unschuldigen mehr mit hineingezogen werden.«

»Ein nobler Gedanke. Ist dir klar, dass du alleine gegen drei antreten wirst?« Er klang belustigt.

»Ja.« Johns Inneres fühlte sich kalt und leblos an. Er wusste, dass diese Verabredung fast automatisch seinen Tod bedeutete.

»Umso besser für uns. Ich sage noch nicht, dass wir darauf eingehen werden, aber wie stellst du dir dieses Duell vor?«

John holte tief Luft. »Wir treten einander ehrlich gegenüber. Keiner schießt dem anderen in den Rücken und wenn ich eine Bedingung stellen darf ...?«

»Ich höre.«

»Keine modernen Schusswaffen, keine Pistolen, keine Gewehre ...«

»Ich habe verstanden.« Tsirkas schwieg eine Weile. John krampfte die linke Hand um das Lenkrad, auf und zu, auf und zu, als könne ihn die stete Bewegung der Muskeln beruhigen. Wann antwortete der Kerl endlich? Er widerstand der Versuchung, die Bedingung zu wiederholen. Stattdessen konzentrierte er sich weiter auf Tsirkas' Atem, während der Patriarch über Johns Angebot nachdachte.

»In Ordnung. Wir kämpfen Mann gegen Mann, das macht die Sache persönlicher. Du wählst den Ort aus. Schick mir eine Nachricht, wenn du weißt, wo du sterben willst. Ich freue mich schon auf den Moment, wenn mir dein warmes Blut über die Hände fließt. Ich verspreche dir eins, Junge. Wir werden dir dein Herz aus der Brust schneiden und es in unserer Familie als Erbstück von Generation zu Generation weitergeben.«

John lief es eisig den Rücken runter. Der alte Tsirkas war keineswegs der freundliche, väterliche Mann, nach dem er ausgesehen hatte. Kurz wünschte sich John, ihn erschossen zu haben, als er die Chance dazu hatte.

»Wir werden noch sehen, wer blutet«, gab er kämpferisch zurück.

Tsirkas lachte wieder. »Mut hast du ja. Es wird eine Freude sein, mit dir zu kämpfen. Wie mir scheint, hat Thanatos' Sippe doch nicht nur Feiglinge hervorgebracht, die wimmern und sich in dunkle Ecken verkriechen. Falls du es aber doch deinen Verwandten nachmachen willst, haben wir eine kleine Motivation für dich … Milena heißt sie, soweit ich weiß.«

Johns Herz setzte einen Schlag aus. »Was? Lasst sie aus

dem Spiel, sie hat nichts damit zu tun! Ich biete doch kein Duell an, um dann nicht zu erscheinen.«

»Es tut mir leid, sie wollte es nicht anders, ist uns einfach so in die Hände gelaufen.« Tsirkas' Stimme hört sich fast belustigt an.

John wurde unglaublich wütend.

»Ich will mit ihr reden!«

»Morgen vielleicht, Junge«, sagte Tsirkas senior. »Bis zum Duell herrscht Waffenstillstand. Also komm nicht auf den Gedanken, hier reinzustürmen wie Rambo, um dein Schätzchen zu befreien. Wir bringen sie ohnehin woanders unter.«

»Schwören Sie, dass ihr nichts passiert«, presste John wütend hervor.

»Bei meiner Ehre, solange du dich benimmst, wird ihr kein Haar gekrümmt. Aber eins sage ich dir, Ossian: Wenn ich dich hier in der Nähe sehe, und wenn du auch nur vorbeifährst, schlitze ich der Kleinen höchstpersönlich die Kehle auf, verstanden?«

John hatte keine andere Wahl, als ihm zu glauben. »Ganz gleich, wie das Duell ausgeht, Milena kommt frei!«

»Du bist nicht in der Position, Forderungen zu stellen. Aber ich bin kein Unmensch, Ossian. Genug der Worte, geh deine Messer schleifen, wir sehen uns …«

Das Freizeichen erklang. John starrte verzweifelt auf sein Handy. Was anfangs so gut zu laufen schien, war zum Albtraum geworden. Seine Eltern waren in Sicherheit, doch Milena?

Ihm wurde schlecht dabei, sie in den Händen der Tsirkas zu wissen und nichts, rein gar nichts dagegen unternehmen zu können.

Das Duell war erst in vier Tagen. Was sollte er bis dahin tun?

Der Wald war schattig und kühl.

Die Blätter der Buchen hatten noch das unwirkliche, blendende Grün des Frühjahrs und aus dem Boden stieg satter Erdgeruch.

Zum Glück sollte es in den nächsten Tagen trocken bleiben.

Den Rucksack über die Schulter geschlungen, in der Hand eine Flasche Wasser, suchte John nach einem Ort, der still und abgeschieden genug war, um ihm für vier Tage eine Heimat zu sein.

Er war schon immer gerne zelten gegangen, aber keine zehn Kilometer von daheim entfernt war das auch für ihn ungewöhnlich.

John stieß auf den zugesperrten Entwässerungsschacht eines alten Stollens. Die Überreste aus dem längst vergangenen Zeitalter des Kohlebergbaus, als noch mit primitiven Werkzeugen nach dem schwarzen Gold gegraben wurde, waren über das gesamte Ruhrgebiet verstreut zu finden.

John richtete sich sein provisorisches Lager am Fuße einer alten Buche ein. Ein Dickicht aus Ilex und Eiben schützte ihn vor Blicken. Solange kein Förster ausgerechnet hier vorbeikam, war er für die nächsten vier Tage sicher, denn der nächste Spazierweg war ein gutes Stück entfernt.

Zuvor war er einem Impuls nach in einen kleinen Esoterikladen gegangen, wo er auf gut Glück Räucherharze und Kräuter erstand. Er war mit der Hand über die Schalen und Kästchen gestrichen, hatte sich von seinem Gefühl leiten lassen. Dort, wo er ein Ziehen oder Kribbeln verspürte, griff er zu. Die alte Verkäuferin in ihrer selbst genähten Kleidung war entzückt gewesen. Ob er eine Art Priester sei, den Waldgott Cernunnos oder gar die Mutter Gaia verehrte, hatte sie gefragt.

John schüttelte nur den Kopf.

Die Antwort, dass er der Sohn eines Totengottes war und versuchen wollte mit seinem Vater zu sprechen, ersparte er ihr. Aber er hatte sich ihren Gesichtsausdruck vorgestellt und das hob seine fatalistische Stimmung ein wenig.

In seinem kleinen Lager schob er Laub zur Seite, bis darunter feuchter Waldboden zum Vorschein kam, dann platzierte er einen flachen Sandstein in der Mitte.

Räucherkohle und Harze waren schnell vorbereitet. John hatte nur kurz nachgelesen, doch ihm war sofort klar geworden, wie wichtig Olivenöl in jedem alten Ritual war, mit dem die Götter des Olymps angerufen wurden. Das übliche Öl zum Kochen würde hoffentlich genügen.

John atmete einige Male tief durch, bevor er das Kohlestückchen anzündete und auf den Stein legte. Knisternd und funkelnd wanderte die Glut als helle rote Linie hindurch.

Von jedem Kraut und jedem Harz gab er etwas darauf und schloss mit einigen Tropfen Öl, die zischend verbrannten, ab. Dichter Qualm stieg auf und mischte sich mit dem würzigen Waldgeruch.

Und das soll wie eine Standleitung in den Olymp sein? John war mehr als skeptisch. Wenn Thanatos überhaupt aufmerksam zur Erde sah, woran sollte er erkennen, dass es John war, der ihn rief?

Was taten diese Götter überhaupt die ganze Zeit?

Ratlos stach sich John in den Finger und tropfte etwas Blut auf die Kohle. »Nun sollte der Absender ja klar sein!«, sagte er laut und schüttelte den Kopf über die Absurdität der ganzen Aktion.

Wenn ihm vor einigen Tagen jemand gesagt hätte, dass er wie ein selbst ernannter Priester Hokuspokus im Wald betreiben würde, er hätte diesen Menschen für völlig verrückt gehalten.

Er lief unruhig in seinem kleinen Lager auf und ab und bemühte sich krampfhaft an Thanatos zu denken und nicht zuzulassen, dass seine Konzentration schwand und er seinen inneren Blick auf Milena lenkte.

Milena konnte er am besten helfen, indem er sich an Tsirkas' Anweisung hielt. Vielleicht konnte er auch Thanatos irgendwie dazu überreden, sie zu beschützen.

~

Sie hatten Milena in einen Kellerraum gesperrt. Dort lag sie auf einer Luftmatratze. Die alte Wolldecke, die sie ihr übergeworfen hatten, kratzte und stank nach einer Mischung aus Schimmel und Benzin. Sie stieß sie von sich, bereute die schnelle Bewegung, mit der sie sich aufgesetzt hatte, jedoch sofort. Der Schwindel kam wie eine Welle. Übelkeit und Schmerz brachen über sie herein. Milena atmete tief ein und aus, bis es wieder etwas besser wurde.

Auf der langen Fahrt war sie ohnmächtig geworden. In dem Kofferraum war es extrem stickig gewesen und irgendwann hatte auch die Panik ihren Tribut gefordert. Sie erinnerte sich noch, wie sie glaubte ersticken zu müssen. Ihr Herz hatte immer schneller und schneller geschlagen. Sie kämpfte mit aller Willenskraft, versuchte, die Angst nicht zuzulassen, doch es ging einfach nicht mehr. Die Ohnmacht war plötzlich gekommen, als sie an einer Ampel gehalten und sie das Ticken des Blinkers gehört hatte, ein Rhythmus, der verglichen mit ihrem Puls unendlich langsam gewesen war. Bevor sie wieder losfuhren, war es dann vorbei gewesen, als kippe ihr Verstand rückwärts in einen Abgrund.

Und nun war sie hier. Eingesperrt in einem Raum mit einer Metalltür und einem winzigen vergitterten Fenster.

Hier kam nicht mal die Harpyie mit ihren immensen Kräften raus.

Resigniert griff Milena nach einer kleinen Wasserflasche aus Plastik. Sie war kalt, Feuchtigkeit war daran kondensiert und tropfte hinunter.

Offenbar war seit ihrer Ankunft noch nicht viel Zeit vergangen. Milena leerte die Flasche bis zur Hälfte und fühlte sich etwas besser. Sie lauschte in sich hinein und es war, als hebe die Harpyie ihr Haupt und sehe zu ihr auf. Die Kreatur war wach, nicht im Vollbesitz ihrer Kräfte, aber bereit aus ihr hervorzubrechen und die Klauen in jeden zu schlagen, der Milena zu nahe kam.

»Gut so«, sagte sie leise. »Wir wollen abwarten, du und ich.«

Sie würde nur eine Chance bekommen und die wollte sie nutzen. Milena stand langsam auf, um ihrem Kreislauf Zeit zu geben, in Gang zu kommen, und stützte sich an der Wand ab. Der Putz war feucht und die Wand dünstete Kellermief aus.

Der Raum war in aller Eile geleert worden, stellte sie fest. Auf dem staubigen Boden war noch deutlich zu erkennen, wo Kisten und runde Dinge, vielleicht Reifen, gelagert hatten. Die Tsirkas waren also wirklich nicht auf eine Entführung vorbereitet gewesen. Auf gewisse Weise beruhigte sie das.

Sie hatten ihr keinen Eimer für ihre Notdurft bereitgestellt. Also würden sie sie zu einer Toilette bringen, hoffte sie. Vielleicht ergab sich dabei die Gelegenheit zur Flucht. Es schadete nicht, sich die Sache schon einmal anzusehen, bevor sie ihren vagen Plan in die Tat umsetzte.

Sie sammelte all ihren Mut, ging dann zur Tür und klopfte. »Hallo? Hört mich jemand?«

Sie widerstand dem Drang zu schreien. Sie wollte den Tsirkas das artige, verängstigte Mädchen vorspielen und sie in Sicherheit wiegen. Wenn Milena zu laut war, kamen sie womöglich auf die Idee, sie zu fesseln und ihr den Mund zuzukleben. Das durfte nicht passieren.

Milena würde sich eher auf die Harpyie verlassen als auf die winzige Chance, ein Nachbar oder Passant könne sie hören und die Polizei rufen.

»Entschuldigung, ich muss zur Toilette!«, versuchte sie es noch einmal. Und wirklich, es erklangen Schritte auf dem Gang. Je näher sie kamen, desto mehr ersetzte Angst ihre Courage.

~

John legte den Kopf in den Nacken und sah zu, wie die letzten Rauchschwaden zum Blätterdach hinaufstiegen und sich zwischen den Zweigen verloren.

Warum war er so enttäuscht? Hatte er wirklich geglaubt, der Rauch funktioniere wie eine Art Türsummer und könne Thanatos einfach so herrufen?

Die Idee war von Anfang an verrückt gewesen, aber sein Bauchgefühl hatte ihn so sicher in die Irre geführt, dass er sogar Wetten darauf abgeschlossen hätte, dass es gelang.

Er ließ sich auf den weichen Waldboden sinken und dachte nach.

Als Thanatos das letzte Mal zu ihm gekommen war, hatte

er vorher mehrfach dessen Namen gesagt und laut um Hilfe gebeten. »Ach ja, und ich lag im Sterben«, ergänzte er laut.

Aber Gift nehmen? Das ging ein wenig zu weit. Seufzend streckte sich John auf seinem Lager aus und sah zu den Bäumen hinauf. Der Blick in die sacht schwingenden Zweige, über denen sich der Himmel nach und nach in das Rot der Abenddämmerung kleidete, war beruhigend. John sah eine Weile hinauf und spürte Leere in sich hineinsickern. Mit ihr kam eine seltsame Müdigkeit. Er fühlte sich schwer, als laste ein unsichtbares Gewicht auf ihm, das ihn in den Boden drückte. Und sank er nicht tatsächlich in den weichen Grund ein?

Der Erdgeruch nahm zu, oder nicht?

Johns Augen schlossen sich wie von allein. Als er versuchte sie wieder zu öffnen, war die Dunkelheit überall. Das Gewicht zog ihn hinab, doch nun war da kein Waldboden mehr unter ihm.

John fiel. Fiel in einen endlosen, dunklen Abgrund. Trotz seiner Angst war sein Puls langsam wie im Schlaf. Eine fremde Macht hatte Gewalt über seinen Körper errungen.

Der Fall endete ruckartig und John ertastete kalten Stein. Er setzte sich auf und nun konnte er auch wieder sehen. Er war in einem dunklen Gewölbe. Im Zwielicht schimmerten Hunderte weißer Blumen. John kannte den intensiven Duft genau. Es waren Lilien. Totenblumen. Wenn das ein Traum war, dann war er verdammt real.

John setzte sich auf und fuhr mit den Händen über den

Marmorboden. Er war staubig. Knochenmehl und Splitter bildeten eine feine Schicht auf seiner Haut. Schnell wischte er seine Hände an der Hose ab.

Wo war er hier nur? Wenn es nur nicht so dunkel wäre. Kaum hatte er den Gedanken zu Ende geführt, da flammten in einigen Nischen Kerzen auf. Ihr warmgoldener Schein brach sich auf zahllosen Knochen. Es mussten Millionen sein. Nein, solch einen Ort konnte man nicht erträumen. Er war real, so real, wie das Reich der Götter nur sein konnte.

Die Knochen bildeten eine halbhohe Verkleidung entlang der Außenwände. Ellen, Rippen und Schlüsselbeine waren kunstvoll zu geometrischen Mustern arrangiert. Schier endlose Reihen von Rückenwirbeln nahmen die Linien auf und führten bis weit hinauf zum kuppelförmigen Dach. Die Flächen dazwischen waren in dunklen Blautönen gehalten. Malereien zeigten die Gestirne, sterbende Menschen und Vögel, vielleicht Harpyien.

»Gefällt es dir hier?«, erklang eine Stimme und hallte zwischen den Marmorsäulen wider.

John zuckte erschrocken zusammen und stand rasch auf. Wohin er auch sah, der Sprecher war nirgends zu sehen.

»Es … es ist … so etwas habe ich noch nie gesehen«, brachte er hervor. So finster der Ort auch war, hatte er schnell erkannt, dass hier zwar dem Tod, aber keinesfalls der Gewalt gehuldigt wurde. John begann zu ahnen, dass sein göttlicher Vater ihn doch erhört hatte. Irgendwie hatte er ihn hergebracht, in sein eigenes, finsteres Reich.

»Thanatos?«, rief John in die Dunkelheit hinein. Die Kerzen wurden heller und die Blüten der Lilien neigten sich ihm zu, als besäßen sie ein Eigenleben und beobachteten ihn. Es war unheimlich.

John verschränkte fröstelnd die Arme und stellte fest, dass er den Gurt mit dem Schwert auf dem Rücken trug. Aber das war doch … das konnte nicht sein.

Der Schwertgriff schmiegte sich wie angegossen in seine Hand. Eindeutig, die Waffe war da. Er erinnerte sich nicht daran, den Gurt umgeschnallt zu haben, eigentlich erinnerte er sich an gar nichts, außer, dass er auf dem Waldboden gelegen hatte, als ihn eine lähmende Müdigkeit überkam.

»Folge mir«, erklang die Stimme wieder.

Jetzt klang sie weniger mysteriös. Der Hall fehlte. Der andere musste sich unbemerkt genähert haben und es war nicht Thanatos. Die Stimme war dünn. Eher die eines Jungen vor dem Stimmbruch als die eines Mannes.

John nahm sich vor, achtsam zu sein. Die Hand an der Waffe ging er langsam näher. »Zeig dich, wenn du nichts Böses im Sinn hast.«

»Ich? Böse?« Der andere lachte glockenhell. »Hier bin ich, Sohn des Todes. Im Gegensatz zu dir bringe ich niemandem Harm, nur Wohlergehen und Freude.«

Die Lichter flammten auf. Ein schlanker junger Mann trat hinter einer Säule hervor. Seine Haut war bleich, als hätte er noch nie die Sonne gesehen, die Wangen schimmerten rosig und aus seinem lockigen, schwarzen Haar lugten zwei kleine, gedrehte Hörner hervor. »Verzeih, wenn ich dir Angst gemacht habe, John Thanatos-Sohn. Du bist unter Menschen aufgewachsen, mein Anblick muss dir seltsam erscheinen.«

»Ich habe schon Schlimmeres gesehen«, sagte John mit ehrlicher Erleichterung.

Der Jüngling, ja, der altmodische Begriff passte, verzog schmollend seinen Mund. »Folge mir, ich bringe dich zu deinem Vater. Das Schwert kannst du getrost steckenlassen, hier bist du sicher.«

John war nicht ganz überzeugt, immerhin befand er sich offenbar in einer Art Jenseits. Ares konnte ganz in der Nähe sein. Doch was würde ihm sein Schwert schon gegen den leibhaftigen Gott des Krieges nützen? Nichts.

Seufzend schob er die Hände in die Taschen und ging neben dem Jungen her. Der schien es nicht eilig zu haben. Sein Gang war nicht viel mehr als ein Schlendern. Sie passierten eine kleine Tür und erreichten einen Säulengang, an dessen Ende es heller wurde. Schien dort die Sonne?

»Du siehst meinem Herrn wirklich ähnlich.«

»Thanatos?«

»Wem sonst? Dem Weihnachtsmann?«

John musste lachen. Das war der letzte Vergleich, den er seinem Begleiter, der bis auf eine Art Rock und Sandalen nackt war und zudem Hörner auf dem Kopf trug, zugetraut hätte. Als der ihn irritiert ansah, zuckte John mit den Schultern. »Dass ich Thanatos ähnlich sehe, ist mir auch schon aufgefallen.«

»Es ist eine Ehre für dich. In all den vielen, vielen Jahren hat der Erhabene nur drei Kinder mit dem Menschengeschlecht gezeugt.«

»Meine Mutter wäre sicher nicht so begeistert, wenn sie sich daran erinnern könnte«, rutschte John heraus, dann riss er sich zusammen und sparte sich weitere Kommentare. Er war immerhin Gast und hatte gewissermaßen darum gebeten, hergebracht zu werden. Besser, er rettete sich in Smalltalk, bis er endlich bei Thanatos war.

Diese düsteren Gänge schienen endlos zu sein und sein Mut sank mit jedem Schritt. »Wie heißt du?«, erkundigte er sich bei seinem Begleiter.

»Galaktíon«, sagte dieser, drehte sich zu John um und reichte ihm die Hand. »Freundlich von dir, dass du fragst.«

Sie traten in einen kleinen Garten hinaus, der eindeutig nicht in Deutschland lag. Ölbäume und Feigen schützten vor der glühenden Sonne. In einem Winkel lag eine Katze und riss einem kleinen, zuckenden Vogel die Federn aus.

John wandte sich irritiert von dem martialischen Anblick ab. Die Katze grinste überheblich, wie es nur Katzen konnten.

»Und was bist du, Galaktíon?«

»Ich bin so sehr Satyr, wie du ein Gott bist, John Ossian. Mein Vater nahm sich eine Menschenfrau und vergaß, was passieren kann, wenn man seinen Samen in einer Sterblichen vergießt. Eine Nymphe stahl mich aus dem Kinderwagen, als meine Hörner gerade zu wachsen begannen, seitdem bin ich hier. Ich kann froh sein, dass mich überhaupt jemand in seinen Dienst genommen hat.«

»Kennst du deinen Vater?«

»Nein. Hier entlang, wir sind gleich da.«

Staunend folgte John Galaktíon über einen weiten Platz aus weißem Marmor. Tempel aus längst vergangenen Zeiten säumten ihn. Sie waren bunt bemalt, unberührt vom Zahn der Zeit, und überall waren Katzen. Nach Menschen oder gar Göttern hielt er vergeblich Ausschau.

Dampfschwaden stiegen aus einem Gebäude auf und hier endlich war auch Thanatos. Er stand im Schatten eines Säulengangs, als sei er ein Teil der Dunkelheit. Seine unwirklichen, dunklen Schwingen streckten sich bis unter die Decke. Er war nicht übermäßig groß gewachsen, sondern überragte John nur um einige Zentimeter. Heute trug er einen silbernen Lorbeerkranz auf seinem dunklen Haar, dazu ein Gewand aus Dunkelheit, changierend zwischen nachtblau, schattengrau und schwarz.

»Dein Sohn, Herr.« Galaktíon verbeugte sich tief und ehe er darüber nachdachte, neigte auch John das Haupt. Immerhin stand er einem leibhaftigen Gott gegenüber.

Thanatos' Flügel raschelten leise. »Danke, Galaktíon. Willkommen, Sohn.«

John spürte eine Berührung an der Schulter. Thanatos' Hand war eisig. Er sah auf in ein Gesicht, das seinem so sehr ähnelte, während es zugleich unendlich fremd war.

»Es ist gut, dass du hergekommen bist. Ich hörte von deiner Forderung nach einem Duell. Das ist ein edler Zug von dir, aber auch riskant.«

»Ich schieße niemandem in den Rücken.«

»Und das macht mich zu einem stolzen Vater, wenngleich es den Ausgang des Spiels nicht unbedingt zu unseren Gunsten verbessern wird. Aber komm, du sollst die Annehmlichkeiten des Bades mit mir genießen.«

John sah ihn irritiert an. Er war sicher nicht hergekommen, um ein Bad zu nehmen. Galaktíon wartete seine Reaktion nicht ab. Diensteifrig öffnete er ein riesiges Holztor und verneigte sich.

»Ich will nicht unhöflich sein …«

»… das bist du bereits. Keine Sorge, ich weiß, warum du nach mir gerufen hast, und ich werde dir helfen, soweit es die Regeln zulassen, doch zuerst die Therme. Jeder gute Sportler und Krieger sollte in der Wärme seine Muskeln lockern und seine Sinne erfrischen. Das *Balaneion* ist auch ein Ort des Lehrens und der Weisheit.«

»In Ordnung«, seufzte John. »Bringen wir es hinter uns.« Er hatte wohl keine andere Wahl und wenn Thanatos ihm helfen würde, sollte er sich eigentlich freuen. Die Möglichkeit, eine echte griechische Therme benutzen zu dürfen, war etwas, das sich seine Eltern als Archäologen in ihren kühnsten Träumen nicht vorstellen würden.

Das *Balaneion* war ein großer, verwinkelter Komplex. John versuchte erst gar nicht, den Aufbau zu verstehen. Warum sollte er auch nach Fluchtmöglichkeiten suchen, er wusste nicht mal, wie er diese merkwürdige Dimension, in der sich die Welt der Götter befand, verlassen konnte.

Abgesehen davon machte es ihn schrecklich nervös neben Thanatos herzugehen, als sei es alltäglich. Wenn der Gott nicht sprach, war das Gesicht seines Vaters so unbeweglich wie das einer Statue, so als benutze er Mimik nur aus Höflichkeit. Raschelnd streiften die großen Flügel an Wänden und Säulen entlang. Thanatos kümmerte es nicht. John hingegen war weit davon entfernt, die riesigen ledernen Schwingen als normal anzusehen, und er musste sich zusammenreißen nicht schaudernd zusammenzuzucken, wenn sie ihn zufällig berührten.

Sie folgten Galaktíon in einen lichtdurchfluteten Raum, in dem es mehrere Becken gab. Der Boden wurde von unten beheizt und die Wärme durchdrang die Sohlen seiner Turnschuhe sofort.

Hier trafen sie zum ersten Mal seit Johns Ankunft auf andere Menschen oder vielleicht waren es auch nur menschenähnliche Wesen. Barfuß und in schlichter, weißer Kleidung versahen sie den Dienst in der Therme, die keine anderen Besucher hatte.

»Galaktíon, du kümmerst dich um John. Ich möchte, dass es meinem Sohn an nichts fehlt.«

Der Satyr verneigte sich elegant. »Selbstverständlich, Herr.«

Zwei junge Männer, kaum dem Knabenalter entwachsen, traten zu Thanatos. Er gab ihnen knappe Anweisungen in einer fremden Sprache, die wie eine längst vergessene Form des Griechischen klang. John war unschlüssig, was nun von ihm erwartet wurde, doch Galaktíon ließ ihn nicht lange im Zweifel.

»Ich helfe dir, dich zu entkleiden.«

John schob energisch seine Hände fort. »Nein … versteh mich nicht falsch, aber das bekomme ich gerade noch selbst hin.«

Galaktíon zog irritiert die Brauen zusammen, sagte aber nichts, während John sich die Schuhe von den Fersen trat und unwirsch die Jeans auszog. Der Satyr sammelte die Kleidung auf und faltete sie. John fühlte sich unwohl, als er ihm auch den Schwertgurt und sein T-Shirt reichte und Galaktíon seine Sachen davontrug.

Ein Rascheln ließ John aufhorchen. Thanatos' Flügel waren verschwunden. Geblieben waren dunkle Schatten, die wie ein Fetzen Nacht hinter dem Totengott schwebten.

»Auch die Unterhose!«, sagte Galaktíon, der wieder hinter John aufgetaucht war.

Vollständig entkleidet fühlte sich John so wehrlos wie noch nie in seinem Leben.

Sie wurden zu zwei nebeneinanderliegenden Becken geführt. Dampf stieg aus ihnen auf. Es roch nach Kräutern und würzigen Essenzen. John stieg in das warme Wasser und setzte sich. Seine Muskeln entspannten fast augenblicklich.

Nebenan seufzte Thanatos genießerisch und schloss einen Moment lang die Augen. Als er sie wieder öffnete, galt sein bohrender Blick John.

»Und nun, mein Sohn, erzähl mir von dem Mädchen.«

»Milena?«, fragte John erschrocken.

»Ja. Und ich will jedes Detail wissen, ganz gleich, wie unwichtig es dir erscheint. Ihr Auftauchen widerspricht dem Plan. Ihre Rolle ist unklar, Trumpf oder Untergang.«

~

Draußen sangen bereits die ersten Vögel und Milena hatte noch immer kein Auge zugemacht. Ihr Plan war nicht aufgegangen. Niemand hatte sie zur Toilette gebracht. Ein Mann, keiner von den Tsirkas, war gekommen und hatte ihr einen alten Farbeimer in ihr Gefängnis geworfen. Es war so schnell gegangen, dass sie keine Zeit gehabt hatte zu reagieren. Seitdem war niemand mehr hineingekommen.

Doch allein war sie nicht.

ER war dort draußen. Er schlich dort herum und beobachtete sie durch das kleine Fenster. Lange hatte sie ihn nicht bemerkt. Beim Gedanken, unter seinem gierigen Blick ihre Notdurft verrichtet zu haben, wurde ihr noch immer ganz schlecht.

Sie wollte nicht, dass er sie sah, doch wenn sie sich vollständig mit der stinkenden Wolldecke zudeckte, konnte sie ihn nicht mehr hören und das machte ihr noch mehr Angst.

Wenn doch nur die Tsirkas bald zurückkämen! Vor den Brüdern hatte sie erstaunlicherweise weniger Furcht als vor dem Helfer mit dem gierigen Blick und den leisen, schlurfenden Schritten. Er trank, während er über sie wachte. Sie konnte es hören. Ihn, das Zischen der Bierflaschen, sein Schlucken und die gelegentlichen Rülpser.

Und dann geschah, wovor sie sich schon die ganze Zeit instinktiv gefürchtet hatte. Er machte sich an der Tür zu schaffen.

Milena zwang sich ruhig zu bleiben. Besser, er dachte, sie schliefe. Die Decke bis hinauf ans Kinn gezogen, harrte sie aus und beobachtete die Tür unter gesenkten Lidern.

Der Schlüssel schrammte mehrfach über das Metall, bevor er das Schloss traf.

Milenas Herz raste wie verrückt. Die Harpyie in ihrem Inneren war wach, zischte und klapperte laut drohend mit dem Schnabel.

Der Mann betrat den Raum. Er trug einen Arbeitsoverall über einem fleckigen, roten T-Shirt. Sein blonder Bart stand struppig in alle Richtungen. Auf dem Kopf fehlten die Haare fast ganz. Kurz fiel Licht aus dem Flur herein, dann zog er die Tür zu und schloss hinter sich ab.

Milena musste mit aller Kraft gegen ihren Fluchtinstinkt ankämpfen und gegen die Harpyie, die sich sofort auf den Fremden stürzen wollte. Die Kreatur verstand nicht, dass sie im Augenblick der Verwandlung völlig hilflos waren.

Milena atmete flach und langsam. Reichte es, um ihm Schlaf vorzutäuschen?

Noch merkte er nichts. Langsam näherte er sich ihr. Er versuchte zu schleichen, doch der viele Alkohol in seinem Blut ließ die übertriebenen Bewegungen zu einer Parodie verkommen. Sein Atem stank.

Nach der grauenhaften Begegnung mit dem Traumzehrer würde Milena nicht zulassen, dass sie noch einmal in solch eine Situation geriet.

Der Mann kniete sich neben ihr Lager und klemmte dabei zufällig oder sogar mit Absicht die Decke ein. So schnell würde sie ihren Arm nun nicht mehr frei bekommen. Ihre Panik wuchs, aber sie durfte ihr nicht nachgeben.

Der Kerl leckte sich die Lippen.

»So ein hübsches kleines Mäuschen und keiner kümmert sich um dich.«

Na, auf das, was du unter Kümmern verstehst, verzichte ich gerne, dachte Milena. Die Harpyie wütete in ihrem Innern und machte es ihr schwer, ruhig zu bleiben. Viel länger würde sie ihr anderes Ich nicht mehr zurückhalten können.

Der Kerl beugte sich näher zu ihr hin. Wollte er sie etwa küssen? Nein, das konnte sie beim besten Willen nicht ertragen.

Er strich ihr über die Stirn. Kratzige Schwielen an seinen Fingern hinterließen ein widerliches Gefühl auf ihrer Haut.

»Schlaf ruhig, schlaf schön weiter«, flüsterte er beschwörend. Als sein Gesicht ihrem dann so nahe kam, dass sie seinen Atem spüren konnte, schrie die Harpyie in ihr auf. Wenn es erst so weit war und sie ihr die Kontrolle überließ, würde sie zu keiner Entscheidung mehr fähig sein. Aber war das wirklich noch wichtig?

Ganz gleich, wann sie sich verwandelte, sterben würde der Kerl sowieso. In ihm lauerte ein Raubtier. Wenn sie schrie, würde er ihr den Mund zuhalten, sie womöglich schlagen.

Sie musste das Risiko der Verwandlung und der damit verbundenen, kurzfristigen Hilflosigkeit eingehen.

Als Milena vor der Harpyie kapitulierte, strich der Betrunkene ihr gerade über den Arm. Die Kreatur schnellte vor. Milenas Haut verwandelte sich in ein Nadelmeer. Sie öffnete die Augen, um seine Reaktion zu beobachten, als die Federkiele wie Stacheln ihre Haut durchstießen und sich entfalteten.

Er hielt inne und riss die Augen auf. »Verdammt, was ist das? Was ist das?!«

Er betastete die Spitzen, dann zuckte er zusammen, kam auf die Beine und wankte zurück. »Was bist du für eine Missgeburt?! Bah!«

Milena konnte die Verwandlung nicht länger aufhalten. Es war besser gelaufen, als sie gehofft hatte. Der Mann war in Panik. Er suchte seine Hosentaschen nach dem Schlüssel ab, doch er war so nervös, dass er die Hände nicht mal in die Taschen bekam. Er hatte sich so weit von ihr entfernt, wie es der kleine Raum zuließ.

Dies war ihre Gelegenheit. »Komm«, sagte sie zu der Harpyie und die Kreatur kam. Es war wie die Male zuvor, beängstigend und berauschend zugleich. Ihr Körper wurde schwerelos, die kleine, vergitterte Kellerlampe verschwand im Nebel. Magie knisterte.

Wie aus weiter Ferne hörte sie den Mann schreien. Es waren hohe Töne. *Wie ein panisches Wiesel,* dachte die Harpyie, *ich werde ihn mit meinen Klauen zerquetschen, damit seine dreckigen Finger nie wieder ein Mädchen anfassen!*

Bring ihn nicht um! Das war das Letzte, was Milena denken konnte, dann übernahm die Harpyie endgültig das Regiment.

Die veränderten Sinneseindrücke waren wie ein Rausch.

Jeder Schritt auf ihren neuen Beinen war ein Balanceakt. Ihre Augen sahen weniger bunte Farben, dafür leuchtete das Herz des Fremden durch dessen Körper und seine Seele schwebte als weißer Feuerball unter dem Sterngeflecht seiner Adern. Das kleine Licht übte eine schier magische Anziehungskraft auf die Harpyie aus.

Klack, klack machten die Krallen auf dem kalten Beton, während sie näher an den Mann heranging.

Sie breitete die Flügel aus und schnitt ihm so den Fluchtweg zur Tür ab. Die Spitzen der Schwungfedern schabten über die Kellerwände und rissen feuchten Putz ab. Doch der Mann dachte gar nicht mehr an Flucht. Er kauerte sich in eine Ecke und wimmerte.

Beinahe tat er Milena leid, doch sie hatte nicht mehr das Sagen. Die Harpyie stakste auf den Mann zu, legte die Flügel an und schrie.

»Tu mir nichts, bitte!«, flehte er.

Die Harpyie fauchte und ließ ihren Schnabel laut auf- und zuklappen. Eine Beute, die sich wehrte, gefiel ihr eindeutig besser. Milena, gefangen in der Harpyie, wollte ihm zurufen, er solle den Schlüssel nehmen und die Tür aufschließen, dann könne er gehen. Doch die Harpyie zischte nur.

Sie hob eine Klaue und zerfetzte mit einem Streich die Hose des Fremden. Er schrie, Blut floss kaum. Doch als er merkte, dass sie nur mit ihm spielte, änderte sich etwas in ihm.

Wut ersetzte die Angst.

Milena spürte eine Welle der Freude durch den Geist der Harpyie rauschen, als der Mann auf die Beine kam und nach der Harpyie schlug. Der Vogel wich aus und fetzte ihm noch mehr Kleidung vom Körper. Ein Flügelschlag katapultierte ihn quer durch den Raum. Er krachte mit dem Rücken gegen die Wand, etwas knackte in seinem Körper und er rutschte zu Boden.

Die Harpyie war sofort bei ihm. Milena sah durch den seltsamen Blick der Vogelaugen, wie sich der Mann einnässte. Er wimmerte nur noch und zitterte am ganzen Körper. Aus seinem Mund lief Blut.

Die Harpyie schnappte nach ihm. Der Schnabel grub sich ins Fleisch und angewidert schmeckte Milena Blut.

Nein, du wirst ihn nicht fressen! Das geht zu weit!, wütete sie im Inneren der Kreatur. Die hielt tatsächlich für einen Moment inne und betrachtete ihr wimmerndes Opfer.

Das Herz ihres Peinigers pulsierte durch den halb transparenten Körper schnell und rot. Die Harpyie legte den Kopf schief, um es zu betrachten. Sie schien zu überlegen, ob sie es ihm aus der Brust reißen sollte.

Milena bangte.

»Bitte, bitte, nein!«, wimmerte der Mann. Sie konnte seine Angst und den Urin riechen.

Die Harpyie fällte ihre Entscheidung. Weder sein Fleisch noch sein Herz lockte sie. Sie wollte seine Seele, das helle Licht in der Brust. Mit einem Aufschrei setzte sie dem panischen Mann die linke Klaue auf die Schulter, drückte ihn hinunter und schnappte mit dem Schnabel nach dem leuchtenden Schein.

Es war nicht so einfach. Milena erinnerte sich daran, wie sie in ihrem Traum Johns Gegner die Seele genommen hatte. Es war beinahe über ihre Kräfte gegangen. Diesmal hatte die Harpyie leichteres Spiel. Es war kein Nachkomme eines Gottes, der hier vor ihr lag, sondern nur ein ganz gewöhnlicher Mensch, der Höllenqualen litt.

Ganz gleich, ob er sie begrapscht hatte oder was vielleicht passiert wäre, wenn sie sich nicht gewehrt hätte, jetzt lag er vor ihr, bettelte um Gnade und erregte ihr wenn auch widerwilliges Mitleid.

Sein Körper bäumte sich auf. Die Seele wollte sich einfach nicht lösen.

Milena fällte eine Entscheidung. Sie würde zumindest versuchen die Harpyie aufzuhalten. Ein erbittertes Tauziehen begann. Der dämonische Vogel zerrte an der Seele und Milena rang wiederum mit ihm um die Vorherrschaft.

Lass los!

Die Harpyie dachte gar nicht daran. Stückchen für Stückchen rutschte das grelle Seelenlicht durch die Haut ins Freie und erleuchtete die kleine Kammer. Es war schon fast zu spät!

Da kam Milena der rettende Einfall: Wenn sie die Harpyie nicht überzeugen konnte, den Mann in Ruhe zu lassen, würde sie sich zurückverwandeln. Mittlerweile wusste sie schließlich, wie es ging. Sie stellte sich die Harpyie bildlich vor und zog sie in Gedanken zurück in den Raum, den das Wesen in ihrem Geist einnahm.

Die Harpyie schrie, doch sie konnte nicht an zwei Fronten zugleich kämpfen. Dieser kurze Moment der Unsicherheit reichte. Sie ließ die Seele los, die den Körper bereits zum größten Teil verlassen hatte. Milena sah gerade noch, wie das Licht durch die Rippen zurücksank, dann kam die Leichtigkeit der Verwandlung und der Nebel.

Kreischend und kämpfend kehrte die Harpyie in ihre Kammer zurück, dann war es vorbei.

Als Milena erwachte, lag sie auf dem Rücken auf dem Boden des Kellers. Der Beton war kalt und das half dabei, die aufkeimende Übelkeit zu ersticken. Sie setzte sich hin und kroch auf allen vieren zu dem Mann.

»Hey, sind Sie in Ordnung?«

Er rührte sich nicht, auch dann nicht, als sie ihn an der Schulter fasste und schüttelte. Seine Haut fühlte sich kalt an und er stank noch immer durchdringend nach Urin.

Der Mann war bleich. An seinem Oberkörper waren mehrere runde Einstiche, aus denen Blut rann. Dort hatte die Harpyie ihre Krallen hineingeschlagen, um ihn festzuhalten.

Milena atmete tief durch. Die Harpyie, das war sie selbst und sie war es auch gewesen, die ihrem Opfer ein kleines Stück Fleisch aus der Schulter gerissen hatte.

Jetzt wurde ihr wirklich übel.

Vorsichtig tastete sie nach dem Puls des Fremden. Erst fand sie ihn nicht, doch da war er, schwach, aber stetig, und ihre Erleichterung war groß. Die Harpyie wütete in ihr, als sie dem Ohnmächtigen rasch mit einem Stoffstreifen den Arm abband und so die Blutung aus einem tiefen Schnitt stoppte.

Dann kam der Teil, vor dem sie sich am meisten ekelte.

Sie musste seine Taschen durchsuchen, um den Schlüssel zu finden. In der Brusttasche war er nicht.

»Das wäre auch zu schön gewesen«, seufzte sie.

Blieben noch die Hosentaschen. Angewidert griff sie erst in die rechte, dann in die linke Tasche. Durch seine Leibesfülle und den Umstand, dass er sich in die Hose gemacht hatte, wurde es noch unangenehmer. Milena biss die Zähne zusammen und rümpfte die Nase. Außer einigen Münzen und einem alten Kassenbeleg förderte sie nichts zu Tage.

»Verdammt! Das kann doch nicht wahr sein!« Sollte sie jetzt etwa die ganze Zeit mit ihm hier herumhocken und darauf warten, dass die Tsirkas ausgeschlafen hatten? Zornig gab sie dem reglosen Mann einen Schubs. Glänzte dort nicht etwas? Der Schlüssel war halb unter ihm begraben. Milena schob ihre Hand unter den Hintern des Mannes und endlich hatte sie ihn.

Es war der richtige Schlüssel. Die Tür öffnete sich quietschend. Der Weg in die Freiheit stand offen, doch sie durfte jetzt nichts übereilen. Vielleicht war er nicht der einzige Wächter gewesen. Sie sah sich im Vorraum um. Hier machten die Arbeiter ihre Pausen. Es gab einen Tisch, eine kleine Einbauküche, Werkbänke und einen Kühlschrank. Mehrere Bierflaschen standen auf dem Tisch, eine Tüte Chips war bis auf den letzten Krümel geleert.

Milena lauschte angestrengt. Irgendwo tropfte Wasser aus einem undichten Hahn, ansonsten war es still. Ihre Finger klebten. Sie wusch sich in der Küche mit Sandseife die Hände und fühlte sich sofort besser. In einer Klappbox lagen Werkzeuge. Ein Hammer wurde zur provisorischen Waffe auserkoren.

Leise schlich sie die Treppe hinauf und fand sich in einem Büro wieder. Hier standen ein großer Schreibtisch, ein Drucker und ein Kopierer.

Milena stellte sich vor, wie die Tsirkas hier jeden Tag ganz normal ihrem Geschäft nachgingen. *Eigentlich waren sie ebenso unschuldig wie Johns Familie,* überlegte sie, dann verdrängte sie den Gedanken energisch. Trotzdem verspürte sie den Wunsch, sich umzusehen. Vielleicht konnte sie etwas entdecken, das John helfen würde. Sie wusste nicht, wonach sie suchte. Sie sah kurz in die Regale, wo in Aktenordnern Rechnungen der Werkstatt aufbewahrt wurden, und fand nichts Ungewöhnliches. Dann nahm sie sich den Schreibtisch vor. Eine Schublade war abgeschlossen, die anderen enthielten Dinge wie Stifte, Druckerpatronen und Notizblöcke.

»Ach, das ist doch alles Unsinn«, sagte sie leise.

Als sie sich umwandte, nahm sie etwas aus dem Augenwinkel wahr. Lag dort auf dem Stuhl etwa ihre Jacke?

Sie war es wirklich. Als sie die Jacke hochhob, fiel ihr Handy auf den Boden. Es hatte nur darauf gelegen. Auch ihr Portemonnaie war noch da. Milena konnte ihr Glück kaum fassen.

Jetzt war es höchste Zeit zu verschwinden. Sie wusste ja nicht, wie lange der Kerl im Keller noch ohnmächtig blieb. Ein möglicher Fluchtweg war ihr bereits aufgefallen, als sie den Büroraum betreten hatte. Eine Spanplatte versperrte ein Fenster, das offenbar vor kurzem kaputtgegangen war, dort wollte sie es versuchen.

Es war einfach, die Nägel herauszuhebeln. Die Platte jedoch war für Milena zu schwer. Sobald genug Nägel locker waren, rutschte sie ihr einfach durch die Hände, krachte herunter und machte dabei einen Höllenlärm.

Milenas Puls verdoppelte spontan seine Geschwindigkeit. Mit jagendem Herzen wartete sie darauf, dass jemand angelaufen kam und ihrer Flucht ein Ende setzte.

Eine Minute verstrich, dann noch eine. Die Uhr an der Bürowand tickte mit jeder Sekunde lauter.

Sie musste weg, und zwar sofort.

Milena öffnete das zerborstene Fenster, um nicht über die im Fensterrahmen steckenden Splitter steigen zu müssen, und stieg hinaus. Bis zum Boden waren es eineinhalb Meter. Sie sprang. Unter ihren Turnschuhen knirschte das Glas.

Milena hatte Glück, denn es bohrte sich kein Splitter durch die Sohle. Irgendwo raschelte es. Milena erstarrte sofort in der Bewegung. *Sie dürfen mich nicht erwischen, nicht ausgerechnet jetzt!*, dachte sie panisch.

Sie hatte noch immer den Hammer. Die Hand, mit der sie ihn gefasst hielt, war schweißfeucht. Wenn es sein musste, würde sie zuschlagen. Milena presste sich gegen die Hauswand. Sie wollte es unter allen Umständen vermeiden, ihre provisorische Waffe einzusetzen.

Das Rascheln kam näher und ihr wurde plötzlich klar, dass es vom Dach über ihr kam. Das war seltsam. Wenn die Tsirkas nicht gerade einen Wachposten auf dem Gebäude positioniert hatten, konnte es nur eines bedeuten: Ihre Nerven lagen so blank, dass sie bereits Gespenster hörte. Den Mut, einfach so aus der sicheren Deckung zu treten, brachte sie dennoch nicht auf.

Sie legte den Kopf in den Nacken, versuchte etwas zu erkennen. Der Rabe wählte genau diesen Augenblick, um seine Flügel auszubreiten und krächzend zu ihr hinabzusegeln. Halbherzig schlug Milena mit dem Hammer nach dem Tier.

»Rok, du verdammtes Biest!«, zischte sie.

Der Rabe landete, hopste einige Schritte und krächzte sie dann beleidigt an.

»Geh, schau nach, ob da jemand ist. Los, mach dich nützlich! Spionieren kannst du doch am besten!«

Er legte den Kopf schief. Dann flog er einige Meter und landete auf dem Dach eines geparkten Wagens. Er krächzte.

Milena entschied, dass es wie ›*Die Luft ist rein*‹ klang, und wagte sich hervor.

Sie kletterte über einige Reifen, die gefährlich wackelten, und zog sich hoch. Zwischen Birken und Schmetterlingssträuchern verborgen überwand sie die Mauer. Als sie auf der anderen Seite heruntersprang, war sie so erleichtert, dass sie sich am liebsten einen Moment hingesetzt hätte. Doch sie musste fort, und zwar so schnell wie möglich.

Erst als sie zwei Straßen weiter war, fühlte sie sich sicher genug, um kurz innezuhalten. Das Viertel war wie ausgestorben. Kein Wunder, war es doch noch früh am Morgen und Sonntag. Was auch bedeutete, dass kaum Busse und Bahnen fuhren und sie wohl oder übel lange würde warten oder laufen müssen. Doch erst mal war ihr das völlig egal. Hauptsache, sie war frei und auf dem Weg nach Hause.

Natürlich würden die Tsirkas dort zuerst nachsehen, sobald sie ihr Verschwinden bemerkten. Milena bezweifelte aber, dass sie einen Versuch machen würden, sie erneut zu entführen. Es war zu riskant, überlegte sie.

Die Tsirkas konnten ja nicht wissen, ob sie zur Polizei gegangen war und die Beamten nur darauf warteten, sie zu schnappen. Milena stellte sich vor, wie die Tsirkas Hals über Kopf flohen, um sich bis zum Duell irgendwo zu verstecken, und das verschaffte ihr ein wenig Genugtuung.

Abgesehen von Aellos Ultimatum und den Tsirkas, die ihr eventuell auf den Fersen waren, gab es noch ein weiteres Problem: ihre Mutter.

Birgit machte sich bestimmt furchtbare Sorgen. Wie sollte sie ihr erklären, warum sie diese Nacht nicht nach Hause gekommen war?

Milena hasste es zu lügen, doch die Wahrheit konnte und wollte sie ihrer Mutter nicht zumuten. Birgit würde sofort Anzeige erstatten und Milena in den kommenden Tagen nicht mehr allein vor die Tür lassen. Nein, sie musste lügen.

Plötzlich war sie froh, dass sie mindestens noch zwei längere Fahrten mit dem Bus von ihrer Mutter trennten. Bis dahin musste sie eine Ausrede gefunden haben.

~ IM SCHATTEN DES OLYMPS ~

Felsen waren da
und wesenlose Wälder. Brücken über Leeres
und jener große graue blinde Teich,
der über seinem fernen Grunde hing
wie Regenhimmel über einer Landschaft.
Und zwischen Wiesen, sanft und voller Langmut,
erschien des einen Weges blasser Streifen,
wie eine lange Bleiche hingelegt.

Und dieses einen Weges kamen sie.

Voran der schlanke Mann im blauen Mantel,
der stumm und ungeduldig vor sich aussah.

Rainer Maria Rilke

Nach dem Besuch in der Therme, der John belebt hatte wie nichts zuvor in seinem Leben, ging er mit seinem Vater im Kräutergärten der Anlage spazieren.

Sie hatten ihm seine Kleidung nicht zurückgegeben. Das Gewand, das er nun trug, war gewöhnungsbedürftig, aber nicht unbequem.

Thanatos hatte lange geschwiegen, nun räusperte er sich.

»Es wäre besser, das Mädchen würde sterben.«

Das hatte er nicht gesagt, oder? John sah Thanatos fassungslos an. »Nur über meine Leiche!«

»Genau das wird passieren, fürchte ich, wenn sie weiterlebt. Aello ist eine gefährliche Gegnerin, John. Sie ist eine sture, jähzornige Frau. Wenn sie sich ein Ziel gesetzt hat, dann erreicht sie es für gewöhnlich.«

»Ach, und dann kann sie einfach darüber entscheiden, dass ich sterbe? Ich bin dein Sohn, oder nicht? Zählt das denn gar nicht?«

»John … du wirst eine neue Freundin finden.« Er seufzte. »Wenn du willst, gehe ich selber zu deiner Milena. Sie wird einfach einschlafen und ihre Seele im Hades wieder erwachen. Keine Schmerzen für sie, ich schwöre es.«

»Niemals!«

Thanatos fasste John an den Schultern und drehte ihn zu sich, um ihm in die Augen zu sehen. Seine eigenen waren so dunkel geworden, dass John glaubte, in den Pupillen die Unendlichkeit des Sternenhimmels zu sehen. Nein, er hatte sich geirrt, auch wenn dieser Gott sein Vater war, er war diesem Wesen auf keine Weise ähnlich.

Thanatos machte ihm Angst, eine Angst, gegen die er mit dem Kopf nicht ankam.

Johns Knie wurden weich. Etwas in seinem Inneren, das nicht Rationalität, sondern reiner Instinkt war, verstand. Der leibhaftige Tod stand vor ihm und wollte ihn weiterleben sehen!

»Lass mich los«, brachte John mit letzter Kraft heraus.

»Bitte, John, untersage es mir nicht. Was sind schon einige Jahre auf Erden? Ich nehme ihrer Seele doch nicht die Ewigkeit.«

»Nein!« Er schrie.

»Vielleicht bekommt sie in einigen Jahren Krebs und quält sich ganz fürchterlich bis zum Ende, oder sie hat einen Unfall, John …«

»Hör auf, ich will nichts mehr davon hören. Wenn es passiert, dann passiert es, aber es ist ihr Leben. Ich habe einmal den Fehler begangen und sie, ihr Leben, riskiert, aber ich mache das nie, *nie* wieder.« John stieß Thanatos' Hände von sich und ging auf Abstand.

»Mein Sohn …«

»Kein Wort mehr darüber.«

Thanatos holte tief Luft. »Dann wird Aello dich töten.«

Eine schreckliche Kälte kroch in Johns Körper. Sie ließ alles erstarren, seine Furcht, seinen Zorn und jede andere starke Emotion. Zurück blieb eine befreiende Leere und Berechnung.

Der Blick des Totengottes war erfüllt von Trauer, aber er akzeptierte Johns Entscheidung und rührte nicht mehr daran.

»Du bist diese Wette eingegangen und du hast dich entschieden, zu meiner Mutter ins Bett zu schleichen, vergiss das nicht, vergiss es niemals!«

»Wie könnte ich«, erwiderte er niedergeschlagen. »Du bist sehr gut darin, mich stetig daran zu erinnern.«

Es erfüllte John mit Genugtuung zu sehen, dass es seinen Vater zumindest ein wenig berührte.

Er fasste Thanatos am Arm und drängte ihn dazu, weiterzugehen. »Wenn ich schon für dich diese Leute umbringen soll, dann zeig mir, wie ich das Gemetzel gewinne, bevor mich Aello zerreißt.«

»Ich werde dich alles lehren, was ich dir in der kurzen Zeit beibringen kann. Versprochen. Deine Entscheidung für alte Kampfweisen war gut und könnte unser Glück sein.«

Sie liefen auf einen Sandplatz zu, auf dem mehrere junge Männer trainierten. Sie rangen, warfen Speere oder traten mit Holzschwertern gegeneinander an.

Beim Anblick der muskulösen, braun gebrannten Körper der Kämpfer wurde John mulmig. Dem Aussehen nach waren sie allesamt stärker und besser als er. Sie trainierten sicher schon eine Ewigkeit.

»Später gehen wir in meinen Palast, John. Dort unterweise ich dich in den Dingen, die vor neugierigen Blicken besser verborgen bleiben.«

»Versprichst du mir etwas?«

»Wenn es in meiner Macht steht«, antwortete Thanatos.

»Nach dem Duell, wenn ich nicht mehr bin, wachst du dann über Milena und über meine Eltern?«

Thanatos legte den Kopf in den Nacken und sah zum Himmel auf, der stahlblau und wolkenlos war. »Wenn das dein Wunsch ist, dann sei es so.«

Dann ist nun für alle gesorgt, dachte John. Mittlerweile erleichterte ihn Milenas Entscheidung, ihn nicht mehr zu treffen. So würde sie nicht miterleben müssen, wie Aello ihn umbrachte.

John traute ihr zu, sich seinetwegen mit der Harpyienkönigin anzulegen und womöglich auch ihr eigenes irdisches Dasein zu riskieren. Nun würde er allein sterben. Gut so.

~

Der Bus setzte sie in der Nachbarstraße ab. Milena war auf der Fahrt mehrfach beinahe eingeschlafen. Sie fühlte sich völlig erschlagen, aber jetzt klärte Nervosität ihre Sinne.

Mit bleiernen Schritten ging sie auf ihr Haus zu. Den Raben, der über die Jägerzäune hüpfte und hier und da nach Insekten und Spinnen pickte, beachtete sie nicht.

Drei Treppenstufen hinauf und sie war da. Schlüssel oder klingeln? Es war sieben Uhr morgens an einem Sonntag. Milena war noch nie einfach über Nacht fortgeblieben, ohne Bescheid zu sagen.

Ihre Mutter hatte sicher vor Sorge kein Auge zugemacht. Sie würde sich etwas einfallen lassen müssen.

Milena kramte den Schlüssel aus ihrer Jackentasche, schloss auf und schlich auf Zehenspitzen hinein.

Alles war ruhig. Nichts ließ darauf schließen, dass ihre Mutter eine durchwachte Nacht hinter sich hatte.

Milena schlich ins Wohnzimmer. Es war leer.

Mit leisen Schritten ging es die Treppe hinauf. Die Schlafzimmertür stand offen. Sie sah hinein. Ihre Mutter schlief friedlich.

Vielleicht hatte sie Glück und aus irgendeinem Grund glaubte ihre Mutter, Milena sei in ihrem Zimmer. Was es auch war, vorerst war sie ihre Sorge los.

Sie öffnete die Zimmertür, schlich hinein, streifte die Schuhe von den Füßen und ließ sich, so wie sie war, aufs Bett fallen.

Milena erwachte, als das Küchenradio leise zu plärren begann. Zugleich setzten auch die Kirchenglocken ein.

Sie wälzte sich herum. Konnte es wahr sein? Hatte sie drei Stunden geschlafen? Sie fühlte sich nicht so, sondern war eher noch fertiger als vorher. Aber es half ja nichts, sie musste aufstehen und ihrer Mutter eine Erklärung geben und dann musste sie so schnell wie möglich mit John sprechen.

Sie quälte sich aus dem Bett ins Bad und wusch sich mit kaltem Wasser das Gesicht. Sofort fühlte sie sich besser. Als sie sich abtrocknete, bemerkte sie im Spiegel, dass ihre Mutter in der Tür stand und sie beobachtete.

»Mama?«

»Ist etwas schiefgelaufen, meine Kleine? Du siehst völlig fertig aus.«

Milena wusste nicht, was sie sagen sollte. Es war ungefähr alles schiefgelaufen, was nur schieflaufen konnte! Aber was glaubte ihre Mutter, was geschehen war?

»Mama, ich …«, stotterte sie.

Ihre Mutter zog sie in die Arme und plötzlich konnte Milena einfach nicht mehr. Sie klammerte sich fest und kam sich nur einen Augenblick lang viel zu alt dafür vor. Erst jetzt schien ihr Körper zu verstehen, dass sie in Sicherheit war. Es war wie ein Urinstinkt, der an die Nähe und den unverwechselbaren Geruch ihrer Mutter gekoppelt war.

Sie presste das Gesicht ganz fest in Birgits Pulli, während die ihr über das Haar strich.

»Ist ja gut, ist ja alles gut«, sagte sie leise, beruhigend wie nur Mütter es konnten.

»Es tut mir so schrecklich leid, ich wollte nach Hause kommen, ich …«, schluchzte Milena und war kurz davor, alles zu erzählen, wenn sie nur genug Luft bekommen hätte für die vielen Worte. Es war ihr egal, ob Birgit später darauf bestand, zur Polizei zu gehen.

»Hast du deine Meinung geändert oder habt ihr euch gestritten?«, erkundigte sich ihre Mutter, während sie Milena weiter im Arm hielt.

»Gestritten?«, schniefte sie.

»Du hast mir doch gestern Abend die Nachricht geschickt, dass du bei John bleiben willst. Ich fand es ein bisschen früh, aber nachdem Stefan dich so hintergangen hat, wollte ich nicht so streng sein.«

»Ich habe was gemacht?« Milena verstand kein Wort, doch dann wurde ihr plötzlich klar, was geschehen war. Die Tsirkas hatten ihr Handy benutzt und anscheinend eine Nachricht geschickt. Milena wischte sich die Augen und begegnete zum ersten Mal Birgits fragendem Blick. »Habt ihr euch gestritten, John und du?«

»Ich, wir … nein.« Jetzt musste sie wohl oder übel lügen. »Es war einfach noch zu früh. Wir müssen es langsamer angehen lassen.«

»Das hab ich von Anfang an gedacht. Aber sonst ist alles in Ordnung?«

Milena nickte schnell. »Ja, ja, alles gut.«

»Wehe, wenn nicht. Aber er scheint ein lieber Kerl zu sein.«

»Ja, das ist er.« Sie wollte nicht weiter über John sprechen und noch mehr erfinden müssen. »Gibt es Frühstück?«, fragte sie daher und zwang sich zu lächeln.

»Natürlich gibt es Frühstück!«, sagte ihre Mutter mit gespielter Entrüstung, fasste sie an der Hand und zog sie hinter sich her.

Milena vermied jedes Gespräch über John. Sie redeten über Banalitäten: den Einkauf, den Geburtstag ihrer Tante, das Praktikum in der Vogelstation.

»Was hältst du davon, wenn wir deinen Vater für nächsten Sonntag einladen, um das Ende deines Praktikums ein wenig zu feiern?«

»Das ist eine super Idee«, nuschelte Milena, den Mund noch voller Butterstuten. Sie hatte ihren Vater schon fast einen Monat lang nicht mehr gesehen.

»Hoffentlich hat er Zeit«, sagte Birgit. »Ich rufe gleich nach dem Frühstück mal an.«

»Da weckst du ihn bestimmt«, lachte Milena.

Sie sahen gleichzeitig zur Küchenuhr, auf der die Zeiger gerade beide auf elf rückten. »Wie konnte ich nur so vergesslich sein«, lachte Birgit. »Dabei hat er mich mit seinem sonntäglichen Schlafmarathon immer zur Weißglut getrieben.«

Während Milenas Mutter von alten Unizeiten und den Abenteuern erzählte, die sie mit Gregor erlebt hatte, lehnte sich Milena im Stuhl zurück und genoss. Beide Hände fest um die dampfende Kaffeetasse geschlossen, fühlte sie sich wie in einer Zeitkapsel gefangen. Als hätte sie sich mit letzter Kraft aus einem tödlichen, rasenden Fluss auf eine Insel gerettet.

Für einen Moment konnte sie sich ausruhen und die müden Glieder strecken. Doch auch diese Insel würde untergehen. Sie musste weiter, aber nicht jetzt, nicht, solange sie hier saßen und frühstückten.

Sobald sie wieder in ihrem Zimmer war, kehrte die Unruhe zurück. Der Rabe saß auf dem Baum vor ihrem Fenster und pickte an einem Stück Brot, das sie ihm mitgebracht hatte. Immer wieder sah er missmutig zu ihr hinein. Sie wollte das Tier nicht in ihrem Zimmer haben. Nicht, wenn sie John anrief. Aello sollte ihr Gespräch nicht belauschen, durfte nicht wissen, was Milena vorhatte. Wahrscheinlich war sowieso alles umsonst und der Vogel hörte es trotzdem, aber sie musste es zumindest versuchen.

Mit angezogenen Beinen hockte sie auf ihrem Lesesessel. Endlich konnte sie überprüfen, was die Tsirkas ihrer Mutter geschrieben hatten.

Es waren drei Nachrichten. Eine kurze Unterhaltung, in der sie angeblich darum bat, bei John übernachten zu dürfen.

Milena seufzte. Der kleine Trick ihrer Entführer hatte ihr viel Ärger erspart und beinahe war sie ihnen dankbar dafür. Sie wählte Johns Nummer, lauschte, doch er ging nicht dran. Sie hinterließ ihm eine Nachricht.

»John, ich bin es. Ich weiß, du wunderst dich jetzt sicher, warum ich mich melde. Ich glaube, ich habe einen Weg gefunden, wie ich dir helfen kann, ohne dass Aello dir was antut. Meld dich bitte bei mir, so schnell es geht!«

~

John war mit der Kraft am Ende. Aber das hatte er auch schon vor einigen Stunden geglaubt und trotzdem war es irgendwie weitergegangen.

Immer wenn er mit brennenden, zitternden Muskeln zusammenbrach, sein Körper übersät mit blauen Flecken und Schnitten, manchmal Blut in den Sand spuckend, kam Thanatos. Sein Vater richtete ihn auf, gab ihm gewässerten, mit

Ambrosia versetzten Wein zu trinken und sprach ihm gut zu. Es war ihm ein Rätsel, warum die Erschöpfung dann nach wenigen Minuten verschwand.

Aber als er dieses Mal zusammenbrach, nachdem er waffenlos gegen einen Gleichaltrigen angetreten war, spürte er, dass ihm auch kein Trank mehr helfen konnte.

Die untergehende Sonne tauchte den Himmel in blutiges Rot. Vögel stimmten die Abendgesänge an und Thanatos' Schritte im Sand waren nicht mehr als ein Flüstern.

»Genug für heute, John. Du hast dich besser geschlagen, als ich es je erwartet hätte.«

»Aber ich habe keine Zeit auszuruhen«, keuchte er und wusste doch, er hatte keine Wahl. Thanatos' kalte rechte Hand schob sich unter seinen Arm und zog ihn hoch. Johns Knie waren weich. Sie knickten einfach immer wieder unter ihm weg, ganz gleich, wie viel Willenskraft er aufwandte, um sie daran zu hindern.

»Das ist kein Grund, dich zu schämen. Halte dich an mir fest, der Weg ist nicht weit.«

Seufzend ließ John seinen Stolz im Sand der Arena zurück und legte seinem Vater eine Hand auf die Schulter. Mittlerweile erschrak er nicht mehr davor, wie fest und kalt sich dessen Körper anfühlte. Ob das für alle Götter zutraf? Oder nur für einen Totengott? Aber das war eine Frage, die er niemals stellen würde. Es war unhöflich. Ohnehin hatte er im Moment andere Sorgen, als sich darüber den Kopf zu zerbrechen. Sein eigener Körper fühlte sich an, als würde es Wochen dauern, sich von den Strapazen des Trainings zu erholen. Die erstaunliche Verbesserung seiner Fähigkeiten würde ihm im Duell mit den Tsirkas nicht helfen, wenn er zu erschöpft war, um das Schwert zu heben.

»Ich werde tot umfallen, bevor ich auch nur in deinem Haus ankomme«, seufzte er. Thanatos richtete seinen rätselhaften, dunklen Blick auf ihn und begann dann tief und aus voller Kehle zu lachen. »Du bist hier im Olymp, Junge.«

John sah ihn verständnislos an.

Er schlurft neben Thanatos über den Kiesweg. Seine Wunden stachen und pulsierten vor Hitze wie Dutzende kleine Sonnen. Die Schatten unter den Olivenbäumen wurden immer länger. Fremdartige Kreaturen huschten umher und schnappten nach summenden Zikaden. John schenkte nichts davon sonderlich Beachtung, denn nun konnte er Thanatos' Anwesen sehen.

Galaktíon kam ihnen durch eine Allee von Trauerweiden entgegengeeilt. Es sah aus, als versuchten die biegsamen Zweige vergeblich ihn festzuhalten. Die Blätter waren unnatürlich dunkel. Dahinter erhoben sich verwinkelte Säulen und Erker aus grauem Vulkangestein.

»Komm, hilf uns.«

Galaktíon griff John sofort von der anderen Seite unter die Arme.

»Wie ist es gelaufen, Herr?«

»Mein Sohn hat sich prächtig geschlagen«, sagte Thanatos und John hörte deutlich den Stolz in seiner Stimme.

Der Satyr nickte erfreut. »Es ist schon alles vorbereitet, er wird sich sofort erholen können.«

»Gut so, wir haben auch noch viel vor, nicht wahr, John?«

»Zumindest mein Geist ist willig«, stöhnte der und musste nun selber lachen.

»Du gibst alles, John«, sagte Galaktíon aufmunternd. »Und wenn du trotzdem verlierst, wird nur das Leben, wie du es kennst, enden. Thanatos ist als Totengott einer der wenigen, die jederzeit in den Hades hinabsteigen können, um dich zu besuchen.«

»Na, das ist ja sehr tröstlich«, seufzte John und konzentrierte sich auf die Treppenstufen vor ihm. Jede war mit Mosaiken verziert. Es gab Ornamente, Muster und geheimnisvolle Tiere, die nach seinen Füßen zu schnappen schienen.

Hier, im Land der Götter, schien jeder Schatten ein Eigenleben zu haben. Er wünschte, er hätte Zeit, all diese kleinen Wunder zu erforschen. Zeit … Seine eigene war beinahe vollständig abgelaufen. In Ruhe noch einmal herkommen, ja, das wäre schön, am besten zusammen mit Milena.

»Denk nicht immer an das Mädchen, John. Sie ist dein Untergang.«

Er zuckte zusammen. Konnte Thanatos etwa seine Gedanken lesen? »Halte dich aus meinem Kopf fern«, fauchte er ihn an.

Der Gott sah ihn nur bedauernd an, löste seinen stützenden Griff und ging voran in den weiten Saal mit Springbrunnen und Säulen, den er Zuhause nannte.

»Sie ist dein Untergang«, murmelte er und schlug mit der Hand durch einen Wasserstrahl. Das Wasser spritzte auf den Boden wie Blut aus einer Wunde.

~

Er war wie vom Erdboden verschluckt. Milena konnte es nicht glauben. Wo war John? Er konnte sich doch nicht einfach in Luft auflösen!

Sie hatte ihn unzählige Male angerufen, ihn überall gesucht. Sie war sogar schon bei ihm auf dem Hof gewesen und hatte mit seinen verzweifelten Eltern gesprochen. John war Samstag nach einem Streit abgehauen, aber nicht ohne zu versprechen am Donnerstag wiederzukommen. Das war der Tag nach dem Duell.

Früh am Mittwochmorgen traf Milena eine Entscheidung. Heute Nacht lief auch Aellos Ultimatum ab. Sie musste John endlich finden.

Er hatte sich gut versteckt, das musste sie ihm lassen. Doch schließlich hatte sie darauf bestanden, den Kontakt bis nach dem Duell abzubrechen. John konnte ja nicht ahnen, dass sie ihre Meinung geändert hatte.

Milena wusste, dass ihr nur noch eine Möglichkeit blieb, um ihn rechtzeitig ausfindig zu machen. Sie musste sich verwandeln. Die Harpyie konnte seine Seele aufspüren und damit auch ihn.

Sie packte alles ein, was sie für den Tag brauchte, um direkt nach Ende ihres Praktikums aufbrechen zu können. Obwohl sie endlich wieder zum Beobachten der Greifvögel rausgefahren waren, war Milena kaum bei der Sache. Nicht einmal die niedlichen Eulenküken, die sie vermaßen und beringten, konnten sie von ihrer Sorge ablenken. Endlich war es so weit. Auch dieser Praktikumstag war vorbei. »Tschüss, bis morgen«, rief sie Anja zu und sprang aus dem Wagen.

Mit dem Fahrrad ging es auf direktem Weg in den Wald. Dort, so hoffte sie, würde es leichter sein, sich zu verwandeln, und hier würde ein Raubvogel, selbst ein ungewöhnlich großer, nicht allzu sehr auffallen.

Der Rabe folgte ihr auch jetzt.

»Verschwinde, ich kann dich nicht gebrauchen«, knurrte sie ihn an, doch wie immer ließ er sich nicht vertreiben. Obwohl Rok jedes Mal in neuen Körpern zurückkehrte, brachte sie nicht mehr über sich, das Tier zu töten.

Um diese Uhrzeit war kaum jemand auf den schattigen Waldwegen unterwegs. Die Erwachsenen arbeiteten und Schüler verirrten sich nur selten außerhalb der Grillplätze so tief in den Wald. Das war Milena nur recht. Sie passierte eine kleine Kreuzung, bog ab und schob ihr Rad kurz darauf über einen kaum sichtbaren Trampelpfad. Er führte in ein Kiefernwäldchen inmitten von Buchen, wo sie im Herbst mit ihrer Mutter oft Pilze sammeln ging.

Vor Blicken geschützt vom dichten Adlerfarn ließ sie sich auf den moosbedeckten Boden sinken. Über ihr gab es eine Lücke in den Baumkronen, groß genug für die Harpyie.

»Ja, hier ist es gut«, sagte sie leise und schob ihren Rucksack auf dem Rücken zurecht. Sie hoffte, die Harpyie würde ihn mitnehmen. Wenn ihre Kleidung die Verwandlung unbeschadet überstand, warum dann nicht auch ihr Gepäck?

Die Harpyie in ihrem Inneren kreischte aufgeregt. Sie freute sich darauf, endlich wieder ihre Flügel strecken zu dürfen, und überschüttete Milena mit einer Welle von Glücksgefühlen.

»Du bringst mich zu Johns Seele, verstehst du?«

Die Kreatur schrie zustimmend.

»Du tust ihm nichts. Wenn du ihn gefunden hast, tauschen wir wieder die Körper. Machst du es gut, dann verspreche ich dir, dich regelmäßig fliegen zu lassen.«

Die Harpyie klapperte mit dem Schnabel. *Alles verstanden.*

Milena schloss die Augen und die Verwandlung riss sie fort.

Unter ihr glitt der Wald dahin. Ein grünes wogendes Meer aus Baumkronen. Ringeltauben stoben auf, wenn der gewaltige Schatten der Harpyie über sie hinwegstrich. Bussarde und Eulen duckten sich tief, um nicht bemerkt zu werden.

Die Vogelaugen streiften nur kurz die A 3, die als graues, lärmendes Band durch das Grün schnitt. Milena fiel jeder Gedanke schwer. Sie hatte sich der Harpyie ergeben und sie wusste, sie konnte sich noch weiter zurückziehen, in eine Art Dämmerschlaf fallen. Aber das wollte sie nicht. Erst heute Abend würde sie ihren Verstand für eine Weile ganz aufgeben und so John, wenn alles gut ging, das Leben retten.

Die Harpyie segelte auf beinahe geradem Wege ostwärts, in Richtung Essen, wo John wohnte. Die Kreatur teilte ihr Empfinden mit Milena, den Sog der Anziehung, welche die gesuchte Seele auf sie ausübte.

Als sie den Duisburger Wald hinter sich ließen, erst den Auberg mit seinen weiten Wiesen und Birkenalleen überflogen und dann dem gewundenen Ruhrtal flussaufwärts folgten, wuchs Milenas Hoffnung. John war nicht weit weg gelaufen, sondern verbarg sich irgendwo ganz in der Nähe seines Elternhauses. Die Anziehungskraft der Seele wuchs mit einem steten Pulsieren. Die Harpyie zog die Flügel an und schoss pfeilschnell tiefer. Die Ruhr unter ihnen war braun vom Schlamm, den die vergangenen, regenreichen Wochen ins Wasser gespült hatten. Sie kreuzten den Fluss, Blesshühner stoben auseinander und die Harpyie gewann am anderen Ufer wieder an Höhe. Über einem Rapsfeld trug sie warmer Aufwind empor.

Dann ein kurzes Krächzen. John war gefunden.

Milena sah noch nichts. Vor ihr lag ein dichter Wald aus alten Buchen und Eichen, doch die Harpyie war sich sicher.

Es ging abwärts. Sie suchte nach einem Weg zwischen den Baumkronen hindurch und fand schließlich eine alte Sturmschneise.

Milena hatte das Gefühl, vor Aufregung nicht mehr atmen zu können, als es in einem atemberaubenden Slalom zwischen den Stämmen tiefer ging.

Flieg doch langsamer, verdammt!, dachte sie, doch noch hatte die Harpyie die Kontrolle und sie dachte gar nicht daran, sich von Milena den Spaß verderben zu lassen.

Vorbei ging es an einem Hochsitz, Schwingen kratzten über Holz und brachten den Vogelkörper beinahe aus dem Gleichgewicht. Die Harpyie krächzte und wurde noch ein wenig schneller. Ihre Sicht verschwamm.

Vor ihr ragte eine Mauer aus stacheligem Grün auf. Ilex.

Nein, halt, haaalt!

Milenas Schrei mischte sich mit dem der Harpyie. Es war mehr Sturz als Landung. Die scharfen Krallen schnitten durch den weichen, nassen Boden und fanden keinen Halt. Die Harpyie riss die Flügel nach vorn, doch der Sturz ließ sich nicht mehr aufhalten.

Sie schlitterten durch das Laub, dann kam der Nebel der Verwandlung und ihre Gedanken zerrissen wie nasses Papier.

Als Milena wieder zu sich kam, drang ihr satter Waldgeruch in die Nase. Sie setzte sich sofort auf.

»John?«

Nichts als Wind und Vogelgesang.

Milena sah sich um. Dort waren sie gelandet. Tiefe Furchen im Erdboden kündeten davon. Ihr Rabe pickte Regenwürmer und Käfer aus der aufgewühlten Erde und sah dabei sehr überheblich aus. Wenn Vögel lachen könnten, er würde sich jetzt laut über ihre Bruchlandung lustig machen.

Sie stand auf und schlug sich Dreck und Laub von der

Kleidung. Der Rucksack war noch immer auf ihrem Rücken. Alles gut gegangen.

Wo ist John?

Vor ihr breitete sich das Dickicht von Ilex und Eiben aus, das ihren Flug so abrupt beendet hatte. Es war dunkelgrün, dicht wie eine Mauer, »… perfekt, wenn man nicht gesehen werden will«, führte sie ihren Gedanken laut zu Ende.

Milena sah sich konzentriert um. Im Notfall würde sie das gesamte Dickicht umkreisen, doch das war nicht nötig. Trotzdem, wenn sie nicht danach gesucht hätte, wäre ihr der schmale Durchgang sicher nicht aufgefallen.

Sie schob die weichen Eibenzweige zur Seite, fluchte, als sie sich am Ilex stach, und stand nach einigen Schritten auf einer kleinen Lichtung an einem Hang. Ein vergitterter Schacht fiel ihr zuerst ins Auge und dann, als sie näher kam, entdeckte sie John.

Er lag reglos auf einer Isomatte. Schlief er?

Er sah so anders aus. Sein Oberkörper war bloß und braun gebrannt, muskulöser als zuletzt. Das Haar war lackschwarz, glänzte ölig. Doch die größte Veränderung betraf sein Gesicht. Er hatte keine Verletzungen mehr. Die Schnitte und Blutergüsse waren spurlos verschwunden.

Hier war ein kleines Wunder geschehen.

Milena kniete sich leise neben ihn. Jetzt bemerkte sie auch das seltsame Kleidungsstück, das er an Stelle seiner Jeans trug.

»John?«, sagte sie leise, »John, hörst du mich?«

Seine Augenlider zuckten kurz, das blieb die einzige Reaktion. Hoffentlich ging es ihm gut.

Und wenn jemand anders versucht hatte ihn zu vergiften?

Von plötzlicher Sorge erfüllt, fasste sie ihn an der Schulter und schüttelte. »Wach auf, mach mir keine Angst.«

Seine Reaktion kam so schnell, Milena blieb keine Zeit mehr auszuweichen. Er schlug ihre Hand zur Seite, erst dann riss er die Augen auf. »Milena?«

Sie hielt sich den Arm. Der Schlag war hart gewesen, fest genug, um die Harpyie in ihrem Innern anzustacheln.

»Ich ... ich bin so froh, dass ich dich gefunden habe«, stammelte sie.

John sah sich irritiert um. Musterte erst seine Umgebung, dann seine seltsame Aufmachung. Hastig tastete er nach seinem Schwert und war erst beruhigt, als er es mit beiden Händen umklammerte. Dann begegneten seine Augen wieder den ihren und er lächelte endlich. Sie hatte schon geglaubt, er würde sich gar nicht freuen, sie wiederzusehen. Jetzt strahlte er bei ihrem Anblick übers ganze Gesicht und das entschädigte sie sogar für seinen Schlag, von dem ihr Arm noch immer etwas wehtat. Ihr Herz pochte in seiner Nähe wie verrückt. Die paar Tage, die sie einander nicht begegnet waren, hatten ihre Gefühle für ihn nicht abgeschwächt, ganz im Gegenteil. Sie fühlte sich mehr als je zuvor zu ihm hingezogen.

»Ich war eben noch im Olymp, Milena«, rief er aufgeregt.

»Was?«, fragte sie irritiert und musste sich mit Gewalt davon losreißen, seine nackten, braun gebrannten Arme anzustarren. Bei der Vorstellung, von ihm umarmt zu werden, lief ihr ein heißes Prickeln über den Rücken.

»Bei Thanatos, meinem Vater.« Erst jetzt schien ihm etwas klar zu werden. »Was machst du hier? Hat Tsirkas mich angelogen? Haben sie dich gar nicht gefangen genommen?«

Milena schluckte. Mit der Erinnerung kam eine Angst, die sie nicht zulassen wollte. »Doch, haben sie. Aber die haben nicht geahnt, mit wem sie sich einlassen. Ich konnte mich befreien.« Sie fühlte sich fast verwegen, als sie das sagte.

John atmete erleichtert auf. »Richtig so. Ich bin sehr froh, dass es dir gut geht. Haben sie dir etwas getan? Bist du sehr lange eingesperrt gewesen?«

»Eine Nacht … lass uns bitte nicht mehr darüber reden.«

John sah aus, als wollte er sie weiterfragen, doch dann nickte er nur und sagte: »In Ordnung, aber dir geht es wirklich gut?«

»Ja, ganz bestimmt. John, ich hab schon seit Tagen nach dir gesucht, deine Eltern sind wahnsinnig vor Sorge.«

Johns Augen weiteten sich überrascht. »Wie lange, sagst du? Was für ein Tag ist heute?«

»Mittwoch. Heute Abend ist es so weit, John.«

Er ließ sich zurücksinken und seufzte. »So lange kam es mir gar nicht vor. Also war ich vier Tage dort.«

»Warum?«

»Thanatos sollte mir beibringen, wie man kämpft.«

Milena rückte näher, bis sich ihre Körper beinahe berührten.

»Und? Konnte er dir helfen?«

»O ja«, sagte John und runzelte die Stirn. »Ein Wunder, dass ich das überlebt habe.« Er bedeckte seine Stirn mit dem Unterarm.

Milena zögerte kurz, dann zog sie seinen Arm herunter, um ihn ansehen zu können. Seine warme Haut zu berühren, war elektrisierend. Und er spürte es auch.

Wie sehr hatte sie ihn in den letzten Tagen vermisst.

Er verflocht seine Finger mit ihren. »Ich weiß zwar nicht, wie du mich gefunden hast, aber ich bin froh, dass du hier bist«, sagte er weich.

Milena lächelte. Seine Worte taten so gut. Vorsichtig legte sie ihre rechte Hand auf seine bloße Schulter. Ihr Herz klopfte wie verrückt. »Du siehst anders aus, John. Als wärst du direkt aus der Antike hierhergezaubert worden.«

Er grinste. »Aber anscheinend seh ich nicht so schlimm aus, dass du schreiend wegläufst.« Er zog sie näher und bald berührten sich ihre Lippen. Sie küsste ihn vorsichtig, konnte gar nicht glauben, dass sie ihn wieder berühren, wieder halten durfte.

Sein dunkler Blick schlug sie in seinen Bann und sie überließ sich dem Sog. Fest an seinen bloßen Oberkörper geschmiegt, vereinten sich ihre Lippen. Der weiche Waldboden unter ihnen raschelte, umhüllte sie mit seinem intensiven Duft wie eine Decke. Das moosige Fleckchen war das schönste Liebesnest.

»Darf ich?«, fragte John leise und zupfte an ihrem T-Shirt.

Sie nickte mit glühenden Wangen und half ihm dabei, ihr das Shirt über den Kopf zu streifen. Er verharrte einen Moment, betrachtete sie und ein Lächeln spielte um seine Mundwinkel. Milena wünschte sich, sie hätte am Morgen hübschere Unterwäsche ausgesucht. Johns Hände setzten fort, was sein Blick begonnen hatte. Vorsichtig fuhr er mit dem Finger über die Spitzenkante ihres BHs. Milena hielt den Atem an. Seine Berührung kitzelte verführerisch. Sie beobachtete sein konzentriertes Gesicht. Die schwache Falte zwischen seinen zusammengezogenen Brauen. Die Bögen seiner dunklen Wimpern. Sein Mund war leicht geöffnet, die Lippen noch feucht von ihren Küssen.

An seiner Kehle pochte eine Ader und lenkte ihren Blick auf die kleine Vertiefung, in der die Schlüsselbeine zusammentrafen. Sie fand diese Stelle wunderschön, stellte sich vor, wie sie dieser Struktur mit einem Finger oder gar ihren Lippen folgen würde. Schon die Vorstellung weckte in ihr ein wohliges Schaudern. Aber warum nicht? Selbst wenn dieser neue John makellos war wie ein Gott, er war noch immer John.

Milena überwand ihre Scheu, ließ ihre Hände über seine breiten Schultern und festen Muskeln gleiten, schmeckte das Salz auf seiner Haut und den Odem des Olymps, der noch immer an ihm haftete.

Sie ließen sich Zeit, erkundeten den Körper des anderen wie ein fremdes Land. Schließlich wurden ihre Küsse hitziger. Es reichte nicht mehr, einander nur zu berühren. Sie wollten mehr, einander ganz und gar besitzen, sich so nahe kommen, wie es zwei Menschen nur möglich war.

Sie liebten einander im Waldschatten, gebettet auf weichem Moos, zum Klang von rauschenden Zweigen und Vogelgesang.

Es war schöner als alles, was Milena zuvor mit einem Jungen erlebt hatte.

Als sie schließlich eng umschlungen dalagen und glücklich schwiegen, kehrte die Realität langsam zurück, leise, aber unaufhaltsam, wie ein samtpfotiges Raubtier, das gekommen war, um den Schleier ihres Glücks mit scharfen Klauen zu zerreißen.

Milena hatte den Kopf auf Johns Schulter gebettet, ihre Hand lag fest in seiner. Immer drängender wuchs ihre Nervosität, bis sie schließlich seufzte und John einen Kuss auf das Kinn drückte.

Er lachte. Sie lauschte auf das Echo in seiner Brust.

»Jetzt kann ich zufrieden den Heldentod sterben«, schmunzelte er und strich ihr dabei immer wieder durch das lange Haar.

Milena schluckte die aufkeimende Panik hinunter und versuchte genau so locker zu antworten. »Nicht, wenn ich es verhindern kann.«

»Du rettest mich?«, fragte John fast spöttisch und sah sie aus seinen betörenden blaugrauen Augen an. Milena vergaß beinahe ihre Antwort.

»Ich … ja.«

»Bist du deshalb hergekommen? Um mir das zu sagen?«

»John, ich glaube, ich weiß, wie ich dir im Kampf helfen kann und Aello dich trotzdem nicht bekommt.«

John zog die Augenbrauen zusammen und sah sie neugierig an. »Da bin ich aber gespannt. Lass hören.«

Milena wandte sich um. Der Rabe saß keine zwei Schritte von ihr entfernt und putzte sich sein Gefieder. Sie hob einen Stock vom Boden, warf ihn nach dem Tier und Rok flog krächzend außer Hörweite.

Trotzdem beugte sie sich vor, ganz dicht zu John, um ihm direkt ins Ohr zu flüstern. »Erinnerst du dich daran, wie du mich in der Scheune gebeten hast, mich zu verwandeln?«

»Natürlich, du hast mich fast umgebracht.«

»Nicht ich, die Harpyie. Sie empfindet nichts für dich, sie kann dich nicht mal leiden.« Milena sah John an. Verstehen blitzte in den Tiefen seiner Augen auf.

»Und du meinst …?«, fragte er hoffnungsvoll und lächelte vorsichtig.

»Ja, wenn ich mich verwandle und mich ganz zurückziehe, dann ist niemand in meinem Herzen, verstehst du? Aello hat dann keine Macht mehr über mich!«

John legte ihr die Hände an die Wangen, zog ihr Gesicht heran und küsste sie gut gelaunt auf die Augenlider, die Stirn und Nasenspitze. »Das könnte wirklich funktionieren! Thanatos wird sich wundern!«, rief er glücklich.

»Warum?«

»Er meint … ach nicht so wichtig.« Johns Blick war dunkel

geworden und Milena spürte, wie sich sofort Kälte in ihr ausbreitete. Das ließ nichts Gutes erahnen.

»John, sag es mir!«

Niedergeschlagen sah er auf seine Hände, dann in die Schatten zwischen den Eibenzweigen. »Er glaubt, du seist mein Untergang, er hat sogar angeboten, dich zu töten, um Aello keine Macht über mich zu geben.«

»Du hast es abgelehnt.«

»Natürlich und er war verdammt wütend darüber. Ich glaube, er mag dich genau so wenig wie deine Harpyie mich.« Einen Moment herrschte Stille, dann mussten sie beide lachen. Milena beugte sich vor, legte John einen Finger auf den Mund und fuhr die geschwungene Kontur seiner Oberlippe nach. Er hielt ganz still und sah sie unverwandt an. Seine Nähe machte etwas Verrücktes mit ihr. Sie konnte sich kaum noch auf die wichtigen Dinge konzentrieren. »Es ist ganz egal, was sie von uns halten. Hauptsache, wir mögen uns«, sagte sie weich.

Er lächelte, doch dann war plötzlich alle Sanftheit dahin und er riss sie an sich. Der Kuss, der darauf folgte, drückte Verzweiflung aus. Zähne, die Lippen berührten, gleich Kriegern, die sich im Kampf taxierten, seine Hand in ihrem Nacken, die kein Ausweichen zuließ. Milena grub ihre Nägel energisch in seinen Rücken, wollte ihn nie wieder fortlassen.

Schließlich neigte John sich ein wenig zurück, ohne sie loszulassen. Er atmete schwer und in seinen Augen war ein ganz besonderes Leuchten, das allein für Milena reserviert war.

»Wir müssen bald los, fürchte ich.« Seine Stimme war rau.

Milena nickte. Der Zauber wurde von der bitteren Realität fortgespült. »Lassen wir sie nicht warten.«

»Mir wäre immer noch lieber, wenn du dich da raushalten würdest.«

»Ich weiß, aber ohne mich wirst du sterben!«

Er küsste sie auf die Stirn. »Wenn wir siegen, werden wir endlich mehr Zeit füreinander haben.«

»Dann gehen wir wieder in den Wald«, sagte Milena und fühlte, wie ihr das Blut in die Wangen schoss.

Dummes Schamgefühl, dachte sie, *hast du verpasst, was vorhin Wundervolles passiert ist?*

Milena weigerte sich, darüber nachzudenken, was geschehen würde, wenn John verlor. Er durfte nicht verlieren. Er war ihr in den wenigen Tagen, die sie einander kannten, so unendlich wichtig geworden, dass sein Tod für sie unvorstellbar war.

Sie hatte sich verliebt. Es war, als würden sie einander aus einem anderen Leben kennen.

Warum? Wie?

Doch das war unwichtig. Was sie füreinander empfanden, war das Einzige, was zählte.

Schweigend zogen sie sich an. Ihre Blicke trafen sich und hielten stumme Zwiesprache.

Dieser Abend war ein Schatz, den ihnen niemals wieder jemand würde nehmen können, ganz gleich, wie der Kampf ausging.

Milena half John dabei, sein Lager abzubrechen. Er hatte es

gar nicht gebraucht. Ihre Hände berührten sich beim Zusammenrollen der Isomatte.

Schließlich hob Milena das Gewand auf, welches John bei seiner Rückkehr aus dem Olymp an Stelle seiner Jeans getragen hatte. »Was ist damit?«

»Meinst du, irgendjemand erwartet, dass ich so was zum Duell trage?«

»Unsinn. Stell dir doch mal die Tsirkas-Brüder darin vor.«

John schnaubte und schüttelte den Kopf. »Da gibt es Schöneres. Wirf es weg.«

»Wirklich? Nein, ich behalte es und du ziehst es irgendwann noch mal für mich an«, scherzte Milena und stopfte es in ihren Rucksack. John grinste schief. Dann hängte er sich sein Schwert um und sein Gesicht wurde ernst, als sei plötzlich der Schatten des drohenden Todes darüber gefallen. Er würde erst wieder von ihm genommen, wenn der Kampf vorüber war.

Hand in Hand verließen sie die kleine Lichtung. Das Grün schloss sich wie eine Wand hinter ihnen.

»Wie wollen wir es machen?«, fragte Milena, während John sie über gewundene Wege aus dem Wald führte.

»Ich denke, es ist besser, wenn sie glauben, ich käme allein. Du fährst mit mir, aber so, dass dich keiner sieht.«

»Ihr Helfer hat meine Verwandlung gesehen und einer der Brüder ahnt auch etwas, derjenige, der aus der Scheune abgehauen ist. Glaubst du, sie kommen nur zu zweit?«

»Sicher ist der Vater dabei, vielleicht bringen sie auch Verstärkung mit. Das ist ein Punkt, den wir nicht abgeklärt haben. Jetzt ist es dafür zu spät, sonst verrate ich mich.«

»Denk dran, du bist nicht allein.« Sie drückte seine Hand.

John blieb stehen und zog sie herum, so dass sie ihn ansah. »Du musst auf dich aufpassen, versprochen?«

Und wenn ich es dir tausendmal verspreche, was wird das ändern? Sie verzog den Mund zu einem falschen Lächeln und bemerkte im gleichen Augenblick, dass die Dunkelheit, die sie bei John gesehen hatte, nun auch in ihr Einzug hielt.

Es war kurz vor acht, als sie den Wald endgültig hinter sich ließen und das Auto erreichten. Sie waren allein auf dem kleinen Parkplatz. Der Leichenwagen jagte Milena noch immer Ekelschauer über den Rücken. Als John sich daranmachte, die hintere Tür aufzuschließen, blieb ihr kurz der Atem weg.

»Du erwartest doch nicht, dass ich mich da drin verstecke, oder?«

»Nein, natürlich nicht«, sagte er ernst, öffnete die Klappe und erstarrte in der Bewegung, als er seinen Rucksack hineinwerfen wollte. Metall funkelte im Zwielicht des großen Laderaums.

»Das kann doch nicht …« Der Rucksack war John längst aus der Hand gefallen.

»John, was ist denn?« Milena drängte sich neben ihn, um zu sehen, was ihn derart aus der Fassung brachte. Ihr Begleiter hatte bereits nach einem goldglänzenden Dolch mit Elfenbeingriff gefasst und drehte ihn staunend in der Hand.

Doch das war nicht die einzige Waffe. Auf den ersten Blick

erkannte Milena mehrere Speere, einen Köcher mit Pfeilen, einen weiteren Bogen, Bein- und Armschienen.

»Das sieht aus, als hätte jemand ein Museum ausgeraubt!«, staunte Milena.

»Ich schätze, das ist ein Geschenk von meinem olympischen Vater. So langsam fange ich an, Thanatos zu mögen, obwohl er uns das alles eingebrockt hat.« John lächelte grimmig.

»Dann kannst du mit den Waffen umgehen?«

»Zumindest etwas und hoffentlich besser als meine Gegner. Thanatos sagt, soweit er weiß, hat Ares seine Kämpfer nie getroffen, geschweige denn sie mit ins Götterreich genommen. Vielleicht ist das auch gar nicht möglich.«

»Warum?«

»Das hat etwas damit zu tun, wann er zuletzt sein Blut eingebracht hat. Angeblich hat Ares seit mehreren Generationen keine Nachfahren mehr gezeugt. Aber ich …«

»Du bist ein Halbgott.«

John sah kurz auf seine Fußspitzen, als sei es ihm peinlich.

»Wie auch immer … mir macht es auf jeden Fall nichts aus, dort zu sein, und Galaktíon meinte, ich hätte sogar ein Anrecht darauf.«

»Galakt- … wer?« Milena verstand nur die Hälfte von Johns Geschichte.

»Ein Satyr. Ist auch egal. Wir müssen los.«

~

Milena verbrachte die Fahrt auf der Beifahrerseite im Fußraum. Sie versuchte es sich so bequem wie möglich zu machen, trotzdem stieß sie sich bei jedem Richtungswechsel Kopf oder Knie an. Aber die blauen Flecke, von denen sie sich so einige zuzog, waren ihre letzte Sorge.

Sie beobachtete John dabei, wie er konzentriert fuhr. Auch seine Gedanken waren nun ganz auf den baldigen Kampf gerichtet. Milena wollte etwas Tröstendes sagen, doch ihr fiel nichts ein. Ihr wurde klar, dass alle Worte an dieser Stelle nur leere Hülsen waren. John und sie bedurften ihrer nicht. Sie würden kämpfen, gemeinsam, bis zum Letzten.

»Wir sind fast da«, sagte John leise. Milena ließ ihre Hand auf seine gleiten, drückte sie kurz. »Gegen die Brüder will ich alleine kämpfen, falls noch mehr da sind …«

»Okay.«

»Denkst du, deine Harpyie wird machen, was du sagst?«

»Ja. Mittlerweile klappt es gut. Aber du musst immer daran denken, dass sie dich nicht erkennt. Sei vorsichtig. Ich weiß nicht, wie lange es dauert, die Kontrolle wiederzugewinnen, wenn ich mich erst mal so weit zurückgezogen habe.«

»Ich bleib auf Abstand, bis du dich wieder verwandelt hast.«

John betätigte den Blinker, und Milena hörte den Wagen über Kies rollen. »Willst du eine Waffe mitnehmen? Ich hab jetzt mehr als genug.«

»Nein. Ich hab eine, die wirksamer ist als alles, was dir dein Vater gegeben hat.«

Sie hatten alles besprochen. John lenkte den Wagen auf eine Industriebrache, weiter ging es über rissigen Asphalt, aus dem ein lichter Grasteppich spross. Neben einem halb verfallenen Backsteinbau hielt er an. Hier wuchsen Schmetterlingsflieder und Birken zu einem undurchdringlichen Dickicht. Während John tat, als wolle er sich erleichtern, huschte Milena geduckt aus dem Wagen. Sie sah ein letztes Mal zurück. John begegnete ihrem Blick. Wortlos versprachen sie einander, vorsichtig zu sein, dann zwang sich Milena weiterzugehen.

Durch die verwilderte Vegetation schlich sie auf ein angrenzendes Gebäude zu. Es war eine Lagerhalle aus Backstein und Stahl mit eingeschlagenen Bleiglasfenstern und morschem Dach. Durch eine eingestürzte Wand konnte sie hineinsehen. Die weite Halle wurde von vier eisernen Säulenreihen gestützt. Die Träger waren nicht schlicht, sondern mit kleinen Verdickungen und Bändern gegossen. Rost war überall. Auch der Boden war rotbraun verfärbt und an manchen Stellen dick verkrustet. Eine Verladerampe aus Beton führte ins Obergeschoss. Wenn sie da hinaufwollte, würde sie auf einem kurzen Wegstück völlig ungeschützt sein. Milena sah sich um. Bis auf den Raben, ihren ewigen Begleiter, war sie allein, zumindest soweit sie es erkennen konnte.

John fuhr unterdessen auf den Hof. Sie erkannte den Wagen am Motorengeräusch, das jetzt erlosch. Vielleicht hatte sie Glück und die Aufmerksamkeit möglicher Beobachter richtete sich auf ihn.

Geduckt huschte sie die Rampe hinauf und war erleichtert.

Der Raum sah aus wie das Erdgeschoss. Hier wuchsen Birken neben ölig schimmernden Pfützen. Milena sah nach oben und entdeckte, worauf sie gehofft hatte. Im Dach klaffte ein breites Loch. Die Holzbalken waren durchgefault und über mehrere Meter herausgebrochen. Dort konnte das Wasser eindringen, das den wachsenden Wald in der Halle versorgte. Das Loch war groß genug, damit die Harpyie hindurchfliegen konnte. Ein gutes Versteck.

Milena wunderte sich selbst, wie ruhig sie blieb. War sie noch im Auto schrecklich aufgeregt gewesen, so hatte die Nervosität einer angespannten Ruhe Platz gemacht. Eine zermürbende Ruhe, wie sie wahrscheinlich auch auf der Lauer liegende Raubtiere empfanden. Sie schlich an der Wand entlang, bis zur breiten Fensterfront, die sich zum Hof hin öffnete.

Der Boden war von Glasscherben übersät. Leise, ganz leise, schob sie diese mit dem Fuß zur Seite und ging neben dem Fenster in die Hocke. Sie konnte John deutlich erkennen. Er stand neben dem Wagen und war gerade dabei, glänzende Schienen an seinen Unterschenkeln zu befestigen. Sobald der altmodische Schutz angebracht war, zog er wieder die Jeans darüber. Auch für die Unterarme hatte Thanatos Schienen bereitgelegt. Milena hoffte, sie würden John einen weiteren kleinen Vorteil bringen und die Waagschale ein wenig in seine Richtung neigen.

John schlang sich einen Pfeilköcher über den Rücken, nahm Bogen und Speere in die Hand und überquerte den Platz. Die tief stehende Abendsonne machte aus Johns Schatten den eines riesenhaften Kriegers. Sein Anblick weckte in Milena einen törichten Stolz. Dieser Junge mochte sie. Er sah super aus, konnte sicher fast jedes Mädchen haben, aber sie war es, die er küsste und der er vertraute, dass sie ihm den Rücken freihielt.

Schnell wischte sie den Gedanken fort. Es gab Wichtigeres als ihren absurden Stolz. Allerdings hatte ihr Herz es nach Stefans Betrug auch bitter nötig, ein wenig aufgebaut zu werden.

Ihr Blick folgte Johns geschmeidigen Bewegungen. Er ging das Gelände ab, obwohl es ihm angeblich bis ins kleinste Detail vertraut war, weil er früher oft mit Freunden hier gewesen war. Aber sicher war sicher. Womöglich hatten die Tsirkas ihm Fallen gestellt oder Waffen versteckt.

John schob einen Speer hinter einen Stapel alter Fallrohre. Eine gute Idee.

Mit jeder verstreichenden Minute wurde Milena unruhiger.

Es war nun schon fast neun Uhr! Die anderen waren immer noch nicht da. Für John war die Warterei sicherlich noch viel schlimmer. Die Harpyie rüttelte an den Gitterstäben ihres Gefängnisses. Mittlerweile fiel es Milena leicht, das Wesen kraft ihres Willens einzusperren.

Sobald ich dich rauslasse, wirst du alles tun, um John zu schützen, hörst du? Alles. Und ihn rührst du unter keinen Umständen an.

Die Harpyie kreischte zustimmend, aber missmutig. Milena kam es vor, als würde sie beinahe alles dafür machen, um ihre Schwingen ausbreiten und in den Kampf ziehen zu können. Konnte sie der Bestie wirklich trauen? Doch sie hatte keine Wahl, wenn sie nicht riskieren wollte, dass Aello ihre Drohung wahr werden ließ.

Wenn er dir einen Befehl gibt, dann mach, was er sagt, versprich es mir.

Beinahe glaubte sie die stechenden Raubvogelaugen sehen zu können, mit denen sie wütend angestarrt wurde. Doch die Antwort, die sie erhielt, war widerwillige Zustimmung.

Ein seltsames Gefühl ließ Milena erstarren. All ihre Muskeln waren plötzlich angespannt, obwohl sich nichts geändert hatte. Wie tausend kleine Nadeln rann die Vorahnung über ihre Haut. Etwas hatte sich dort draußen getan. Auch John war stehen geblieben. Es war so weit. Die Tsirkas kamen.

Milena sah ein letztes Mal mit ihren eigenen Augen hinab, dann rief sie die Harpyie. Die Zeit ihrer Regentschaft war angebrochen!

~

John riss den Arm hoch. Eine hilflose Geste gegen ein heranfliegendes Geschoss, mehr Instinkt als rational getroffene Entscheidung. Der Kampf hatte begonnen und jegliche bewusste Entscheidung wich dem Überlebensinstinkt.

Der Ninjastern, der wie aus dem Nichts kam, prallte gegen die Schiene an seinem rechten Unterarm, sprang ab und streifte Johns Schulter.

John spürte den Schnitt kaum. Adrenalin schoss durch seinen Körper. Nun war der Moment gekommen, nun würde er beweisen müssen, dass er bereit war, für sein eigenes Leben und das seiner Eltern zu kämpfen, selbst wenn sie wahrscheinlich niemals davon erfahren würden. Aber darum ging es nicht. Er wollte keinen Ruhm.

Der ältere der Tsirkas-Brüder trat aus der Deckung. Milena hatte ihn Grigoris genannt. In seinem kantigen Gesicht malmten die Kiefer, während er geübt eine lange, an einem Stock befestigte Eisenkette umherschwang. Das Metall zischte durch die Luft und machte dabei ein Geräusch wie sommertrunkene Zikaden.

Diese Waffe konnte John schnell zum Verhängnis werden. Er durfte Grigoris nicht zu nah heranlassen. Er versuchte ruhig zu bleiben. Den Speer mit beiden Händen haltend, wich er langsam vor seinem Gegner zurück. Sie umkreisten einander.

»Was, hast du schon keinen Mut mehr? Wie traurig«, feixte Grigoris und holte zu einem mörderischen Schlag aus.

John duckte sich und die Kette zischte ganz dicht über seinen Kopf hinweg. Noch einen Schritt zurück und noch einen.

Er stach mit dem Speer blitzartig nach vorn. Grigoris wich aus und mit einen lauten Klirren wickelte sich die Kette um den Speerschaft. John drehte die Waffe sofort um und ehe Grigoris ihn mit einem Ruck aus dem Gleichgewicht bringen konnte, rutschte die Kette wirkungslos vom stumpfen Ende des Speeres herunter. John nutzte das Überraschungsmoment, drehte sich ein und schlug seinem Gegner mit der Rechten ins Gesicht. Dann ging er sofort wieder auf Abstand.

Grigoris wischte sich das Blut von der Nase und spuckte aus. Er war wütend und genau das hatte John erreichen wollen, als er den Vorstoß wagte. Wut machte unvorsichtig, das hoffte er zumindest. Er reizte den anderen mit dem Speer, lockte ihn näher zu Büschen und Gebäuden, wo Grigoris' Waffe hoffentlich ihren Vorteil verlor. Fast hatte er ihn so weit. Einen Schritt noch.

»Er trickst dich aus, Bruder«, erklang plötzlich ein Ruf. Doch die Warnung kam zu spät, statt zu helfen, lenkte sie Grigoris ganz kurz ab. Dies war Johns Gelegenheit. Er machte einen Ausfall. Sofort wehrte sein Gegner den Speer ab und John ließ los. Grigoris stolperte, diese Reaktion hatte er nicht erwartet. Die Kette war noch immer um den Speer geschlungen, der sich zwischen Geäst verkeilte.

John zögerte keinen Augenblick. Er zog sein Schwert, führte es tief an dem Speer vorbei und rammte es Grigoris in den Unterleib. Der brüllte, doch John setzte schon zum zweiten Hieb an, stieß zu und Grigoris fiel und verstummte für immer.

Mit einem Aufschrei kam Danis aus seiner Deckung. Er warf im Laufen mehrere Wurfsterne. John riss die Arme hoch. Die Armschienen fingen die meisten Geschosse ab, nur eines bohrte sich in seinen Oberschenkel. John biss die Zähne zusammen und riss es heraus. Die Spitze schnitt ihm den linken Mittelfinger auf und verurteilte ihn dazu, einhändig zu kämpfen.

Danis führte ein Katana. Die Frage, warum sich die Brüder für asiatische Waffen entschieden hatten, blitzte kurz durch Johns Kopf, doch das war jetzt unwichtig.

Erbittert droschen sie aufeinander ein. Der Stahl des Katanas hinterließ tiefe Furchen in der Schneide von Johns Bronzewaffe. Es war ein ungleicher Kampf. Viel zu häufig brach Danis durch Johns Deckung. John konnte nur ausweichen oder den Schlag mit seinem Arm abwehren. Bald schon atmeten sie beide schwer, trieben sich gegenseitig über den Platz und fügten einander immer wieder kleine Schnitte zu.

Johns Muskeln brannten, doch er war sich sicher, dass es seinem Gegner nicht besser ging. Mit jedem anderen Schwert hätte John sicherlich längst verloren, aber dies war Thanatos' Schwert, das Schwert eines Gottes. Es schien einen eigenen Willen zu besitzen und als John vor Erschöpfung aufhörte, dagegen anzukämpfen, übernahm das Schwert die Kontrolle.

Schneller, immer schneller schlug er nach Danis, machte Ausfälle und täuschte Hiebe an.

Als seine Klinge in Danis' rechten Arm schnitt, wusste John, dass der Sieg nahe war. Jetzt durfte er nur keinen Fehler mehr machen.

Er griff nun vermehrt von links an und zwang so seinen Gegner immer wieder mit dem verwundeten Arm zu blockieren. Schließlich trat Danis nach ihm, doch John wich aus. Danis hatte sich zu früh verraten. John schlug nach dem Bein seines Gegners und der ging mit einem Aufschrei in die Knie.

Zugleich schrie ein Mann. John brachte etwas Abstand

zwischen sich und Danis und sah auf. Auf dem Dach eines Gebäudes stand der Vater der Tsirkas-Brüder und schrie seine Verzweiflung heraus. Der Mann war so in seiner Trauer versunken, dass er seine Umgebung komplett ausgeblendet hatte.

Doch John sah den dunklen Schatten sofort.

Dicht über den Glasdächern raste die Harpyie heran, packte Tsirkas senior von hinten und trug ihn weit in den Himmel hinauf.

Danis sah seinem Vater nach und als der Greifvogel ihn aus fast einhundert Metern fallen ließ, führte John den Todesstoß aus.

~ DIE TORE DES HADES ~

Nichts rührt dich, Moira,
Die du im Dunkeln thronst.
Ohnmächtig windet der Mensch
Sich im Staub,
Gleich dem elenden Wurm,
Daß du den Bösen verschonst
Und den Guten gibst den Keren
Zum Raub.
Ohnmächtig droht dir der Mann
Mit der Faust zum glühnden
Himmel hinan.
Ohnmächtig flucht er dem Blitz
Und dem Sturm.

Georg Heym

Alle Tsirkas waren tot. John hatte gewonnen. Er schwankte, aber er stand aufrecht. Die Harpyie kreiste noch am Himmel, doch Milena wagte es, ihr Bewusstsein langsam wieder nach vorne tasten zu lassen. Die von Aello gesetzte Frist war verstrichen. John war sicher. Er sah zu ihr hinauf und hob grüßend das blutige Schwert. Sie sah ihm seine Erschöpfung an, auch von hier oben. Ja, sie hatten es geschafft.

Die Harpyie schrie. Es war Zeit, sich zurückzuverwandeln. Bald würde sie John in die Arme schließen können. Es war vorbei, endlich vorbei. Dieser Albtraum hatte ein Ende. Sie würden ganz normal weiterleben können.

Kreisend segelte sie tiefer, um so nah wie möglich bei John zu landen, als sie plötzlich eine Bewegung wahrnahm. Dort, hinter einem alten Trafohäuschen, da war noch jemand. Entsetzt erkannte Milena den Helfer der Tsirkas, der sie beinahe vergewaltigt hatte. In diesem Moment wünschte sie sich, die Harpyie hätte ihn umgebracht und in tausend Stücke gerissen. Metall blitzte in der Dunkelheit. Sie wollte John eine Warnung zurufen, doch aus ihrer Kehle kam nur ein heller Vogelschrei.

Nein! Das dürfen sie nicht tun.

John hatte den Kampf für sich entschieden. Keiner der Tsirkas-Söhne lebte noch. Aber das schien den Mann nicht zu interessieren. John drehte sich gerade zu ihm um, als das Mündungsfeuer aufblitzte und der Knall die Nacht zerriss. Langsam hob John die Hand zur Brust, schwankte und fiel.

Nein! Milenas Zorn blühte auf wie eine Explosion.

Die Harpyie raste abwärts. Der Schütze hatte gerade noch Zeit, die Augen aufzureißen, bevor sie sich auf ihn stürzte und ihn zerfetzte. Dann wurde der Schmerz zu groß. Sie landete, fühlte den Nebel der Verwandlung kaum, wusste nur, dass sie rannte, quer über den rissigen Beton des Innenhofs mit seinen Blumen, die makaber im Wind wippten, als würden sie ihr zuwinken.

John bewegte sich quälend langsam. Viel zu langsam.

Als Milena neben ihm auf die Knie fiel, blieben seine Augen geschlossen.

Ein dunkler Fleck breitete sich auf seinem T-Shirt aus und wurde immer größer. Die Kugel hatte seine Lunge getroffen oder das Herz oder beides.

»Nein, nein … John, das kann nicht sein.« Sie nahm seine Hand, drückte sie ganz fest.

»Milena?« Seine Stimme war nicht mehr als ein Flüstern, rasselnd, als würden sich seine Lungen schon mit Blut füllen.

»Ja, ich bin es, ich bin hier bei dir. Es tut mir so schrecklich leid, John, ich habe ihn nicht gesehen. Ich dachte …«

»Nicht deine Schuld«, brachte er hervor. Er öffnete die Augen. »Näher.«

Sie beugte sich zu ihm, ihr Gesicht ganz nah an seinem, bis sich ihr Atem mischte. Seiner war kühl, kalt beinahe und roch nach Eisen. Ihrer war glühend heiß.

»Das ist nicht fair«, weinte sie. Er schmiegte sein Gesicht in ihre Hand. Auch die Haut war kalt. Sie konnte den Tod fühlen, er war schon ganz nah. Ein Teil von ihr wollte den Notarzt rufen, doch ihr Herz wusste, das es zu spät war. John starb und es gab nichts, was sie tun konnte.

»Milena? Ich sehe dich nicht«, stöhnte John.

»Ich bin hier, hier bei dir!« Was sollte sie machen, damit er wusste, dass sie da war? Verzweifelt presste sie ihren Mund auf seinen. Er krampfte. Seufzend verließ die letzte Luft seine zerstörten Lungen. Sie sog ihn ein, seinen letzten Atem, dann war es vorbei.

Die Harpyie in ihrem Inneren tobte. Es war ihr gleich. Sollten ihre Klauen doch Milenas Rippen zerfetzen, dann hätte sie es hinter sich.

Kraftlos ließ sie sich auf Johns Brust sinken, den Kopf auf seiner Schulter, wie noch vor wenigen Stunden im Wald. Doch nun hielt er sie nicht mehr, nun war der kostbare Rhythmus seines Herzens verstummt.

Es war so schrecklich ungerecht. Milenas Wut war verschwunden. Bleierne Trauer zog sie hinab, sog sie ein wie klebriger Schlamm. Wie konnte sie diesen Jungen, den sie nur wenige Tage kannte, so schrecklich gern haben?

»Ich liebe dich doch, du kannst nicht einfach sterben, nicht jetzt«, wisperte sie. Tränen tropften auf sein Gesicht, während sie zitternd seine Augenlider küsste, die dunklen Bögen der Wimpern, die nun für immer geschlossen waren.

Sie hatte ihm nicht einmal gesagt, was sie für ihn empfand. Der richtige Moment war nie gekommen. Es war ihr zu früh vorgekommen. Und jetzt?

Milena wandte den Kopf gen Himmel und sah zu den heller werdenden Sternen hinauf. Sie konnte Johns Anblick nicht länger ertragen, ohne völlig zu zerbrechen.

Die Harpyie war nun wieder still, doch was kümmerte sie das?

Es war alles egal.

Wind kam auf. Es roch plötzlich nach Lavendel, nach Rosmarin und Zitronenblüten. Wo kam das her?

Aus der Dunkelheit lösten sich drei Gestalten. Zwei von ihnen hatten Flügel.

Milena war sofort klar, wer dort kam. Ares, Thanatos und Aello. Sie wäre ihnen gerne mit all ihrer Wut entgegengetreten, doch Johns Tod hatte etwas in ihr zerstört. Die Kraft, die sie zuvor angetrieben hatte, war mit ihm verschwunden.

Und so hockte sie einfach da, Johns Kopf in ihren Schoß gebettet, und streichelte sein dunkles Haar, drückte seine leblose Hand und weinte.

»Hast du wirklich geglaubt, du könntest mich austricksen, Mädchen?«, erklang Aellos schneidende Stimme.

»Geh weg«, sagte Milena nur müde. »Er ist tot, das macht dich doch sicher froh.«

Die Harpyienkönigin zischte einen Fluch. Milenas Kinn wurde hochgerissen. Tränenverschleiert starrte sie zu der Frau hoch, die das Unglück über sie gebracht hatte. Angst empfand sie keine. »Bring mich um oder verschwinde«, sagte sie matt.

Thanatos fasste die Harpyienkönigin an der Schulter und schob sie zur Seite. »Geh, du hast bekommen, was du wolltest.«

Aello fauchte und löste sich auf. War es so einfach?

Ares, ein muskulöser Mann in blutroter Toga, grinste abfällig. Sein Gesicht drückte all die Grausamkeit aus, die einen

Krieg ausmachte. Er war sein Element. »Wer hätte das gedacht. Nun ist es also vorbei.«

Thanatos, der John so ähnlich sah, dass Milena am liebsten gar nicht hingesehen hätte, nickte. »Mein Kämpfer ist nach deinen gestorben, ich habe gewonnen.«

»Bedauerlicherweise.«

»Dann haben wir nichts mehr miteinander zu schaffen. Verschwinde und lass mich mit meinem Sohn allein.«

»Ich vergaß, der Tod ist sentimental«, lachte Ares, drehte sich um und ging. Dort, wo er hintrat, welkten die Blumen im Asphalt.

Schließlich kniete sich Thanatos neben Milena. Er streckte die Hände aus und legte eine auf Johns Stirn und eine auf Johns Brust direkt über seinem Herzen. Milena wollte ihn zur Seite stoßen, doch als sie die Trauer in seiner Miene sah, brachte sie es nicht fertig.

»Danke, mein Sohn«, sagte er leise.

»Er ist tot«, schluchzte Milena.

Thanatos sah auf und sein schwarzer Blick war wie ein Messerstich. Schmerz schoss in Milenas Kopf und sie stöhnte gequält auf.

»Er ist tot, ja. Aber du bist eine Harpyie! Wenn du John wiederhaben willst, dann flieg. Flieg und bring seine Seele zurück, wenn es noch nicht zu spät ist.«

Das konnte doch nicht wahr sein. Milena wollte ihren Ohren nicht trauen. »Aber wie?«

Thanatos fasste sie an den Schultern. Sein Griff war so

schmerzhaft wie sein Blick. »Genau in diesem Moment trägt eine andere Harpyie seine Seele fort. Sie sind auf dem Weg zum Hades. Finde sie und hol das Licht zurück, wenn du kannst. Geh!«

Milena wurde förmlich aus ihrem Körper herausgerissen.

Es war wieder wie früher. Ihre Harpyiengestalt wurde vom Erdboden verschluckt und dann fiel sie, fiel unendlich tief, bis das Dunkel wieder lichter wurde und sie unter einem fahlgrauen Himmel schwebte, an dem nie Sonne oder Mond aufgingen.

Milena kannte diese Welt und sie wusste genau, wohin sie fliegen musste.

Zum weißen Tor! Schnell, so schnell ich kann!

Die graue Ebene zog unter ihr dahin. Büsche und Bäume waren knorrig und verkrüppelt. Wuchsen sie seit der Schöpfung dieser Lande hier oder waren sie bereits in ihrer jetzt sichtbaren Form erschaffen worden? Ihre schwarzgrünen Blätter sahen nicht so aus, als könnten sie genug Kraft aus dem dämmerigen Zwielicht gewinnen, das hier zu jeder Tages- und Nachtzeit herrschte.

Milena schlug so schnell und stark mit den Flügeln, wie sie konnte. Jede Faser ihres Vogelkörpers brannte, als sie endlich einen Schemen vor sich entdeckte. Hin und wieder schimmerte ein mattes Licht auf. Da war sie: Johns Seele! Sie hatte noch eine Chance, eine letzte Gelegenheit, ihn zu retten und ihren Fehler wiedergutzumachen.

Hoffnung spornte sie an. Noch hatte die andere Harpyie sie nicht entdeckt. Milena flog tiefer, dicht über den Bäumen und hoffte so dem scharfen Blick der anderen zu entgehen. Am liebsten hätte sie Johns Seele zugerufen, dass sie gleich bei ihm war. Aber würde das Licht sie überhaupt erkennen?

Ganz eng war es zwischen den schuppigen Klauen eingezwängt. Wurde es schon schwächer?

Milena sammelte ihre letzten Reserven. Näher, immer näher kam sie dem anderen Vogel. Als der Wald plötzlich zurückwich und der staubige Grund zu den Ufern des Unterweltflusses Styx hin abfiel, war es so weit. Mit einem schrillen Angriffsschrei legte Milena die Flügel an und schoss vorwärts wie ein lebendiges Geschoss.

Das Moment der Überraschung reichte aus, um die fehlende Distanz zu überwinden. Sobald Milena unter ihrer Gegnerin war, breitete sie die Flügel aus und wurde vom plötzlichen Luftstrom nach oben gerissen. Die andere Harpyie versuchte auszuweichen, doch Milena hatte das Manöver vorausgesehen. Sie drehte sich auf den Rücken und schlug der Harpyie ihre Klauen in die Brust, fühlte, wie die scharfen Spitzen durch Fleisch und Federn drangen. Die andere schrie. Verzweifelt begann sie nach Milena zu hacken. Ihre gefährlichste Waffe, die Krallen, konnte sie nicht einsetzen, dann würde sie das Seelenlicht unweigerlich verlieren und das durfte nicht passieren. Trotzdem setzte sie sich erbittert zur Wehr. Sie hackte nach Milenas Augen, schlug mit den Flügeln nach ihr.

Du bekommst meinen John nicht! Lieber sterbe ich hier unten, als ihn dir zu überlassen, du gefiedertes Mistvieh!, dachte Milena, während sie gegen den Schmerz ankämpfte und versuchte in der Luft zu bleiben. Die andere Harpyie riss ihr mit dem Schnabel die Schulter auf.

Überrascht vernahm Milena plötzlich die Stimme ihrer Gegnerin in ihren Gedanken. *Lass ab von mir, Schwester, du kannst ihn nicht mehr retten. Er ist tot.*

Nein, ich werde ihn retten! Mit einem wilden Aufschrei riss sie eine Klaue frei, nur um sie der anderen gleich darauf noch tiefer in die Brust zu schlagen.

Das war zu viel. Zu einem Knäuel ineinander verkeilt, stürzten sie ab. Milena versuchte den Sturz im letzten Moment mit einigen Flügelschlägen abzufangen, doch es war zu spät. Sie konnte sich gerade noch so weit um sich selbst drehen, dass die Wucht des Aufpralls die andere traf.

Dornbüsche zersplitterten unter ihnen. Scharfkantiges Holz und Stacheln waren überall. Milena ignorierte den Schmerz, der von allen Seiten auf sie eindrang.

Die andere hatte es schlimmer getroffen. Ein Flügel war gebrochen und stand in einem unnatürlichen Winkel vom Körper ab. Die Harpyie lag auf dem Rücken und hielt Johns Seelenlicht nur noch in einer Klaue, die andere streckte sie abwehrend nach vorn.

Gib es mir, ich will dich nicht töten müssen. Milena wollte es nicht tun, aber sie würde. Sie hatte nichts mehr zu verlieren.

Die andere klapperte nur drohend mit dem Schnabel, an

dem Milenas Blut und Federn klebten. Wütend versetzte Milena ihr mehrere Schläge mit den Flügeln, dann setzte sie alles auf eine Karte und ging zum finalen Angriff über. Sie sprang die andere Harpyie an und konzentrierte sich auf ihr Ziel. Mit aller Verzweiflung hackte und kratzte sie an der Klaue, die das Seelenlicht hielt. Während sie sich jede Zehe einzeln vornahm, zuckte und zitterte ihre Gegnerin vor Schmerz. Noch immer versuchte sie Milena abzuwehren, trat und schnappte nach ihr und schloss ihren Schnabel schließlich um einen Flügel.

Als sich die scharfen Spitzen durch Milenas Fleisch bis hinab auf den Knochen bohrten, stieß sie einen gellenden Schrei aus, der weit über das graue Niemandsland hallte. Doch es gab nur diese eine Chance. Während der Schmerz von ihrem Flügel aus in glühenden Wogen durch Milenas Leib brandete, widmete sie sich den letzten beiden Zehen, die das Licht umklammerten. Sie biss und fetzte sich durch verhornte Vogelhaut. Blanker Wille hielt sie davon ab, vor dem Schmerz in ihrem Flügel zu fliehen und sich selbst zu retten. Knackend ächzte ihr Knochen, dann endlich hatte sie es geschafft. Johns Seele war frei. Sie kämpfte sich aus dem malmenden Schnabel der anderen, umfasste vorsichtig das kleine Licht und stieß sich mit letzter Kraft vom Boden ab. *Weg, nur weg von hier.*

Sie achtete nicht auf das Pochen in ihrem Flügel oder auf das warme Blut, das beständig von ihren Federn spritzte und als feiner roter Regen hinabfiel.

Thanatos, ich hab ihn! Doch als Milena den Fluss Styx überquerte, wurde ihr klar, dass sie nicht wusste, wo sie hinfliegen musste. Verzweifelt hielt sie nach einer Öffnung oder einem Tor Ausschau, doch da war nichts. Über ihr war nur grauer Himmel. Unter ihr breitete sich wüstes Land aus, in dem jene Seelen umherirrten, die kein Geld hatten, um den Fährmann Charon zu bezahlen, damit er sie über den Styx ruderte.

Johns Licht wurde schwächer und zugleich schwerer. Wenn sie sich nicht beeilte, würde sie ihn irgendwann nicht mehr halten können. Dann müsste auch Johns Seele für immer durch das Niemandsland irren.

Was soll ich nur tun?, dachte sie verzweifelt.

Weder Aello noch Thanatos antworteten.

Verzweifelt zog sie einen weiteren Kreis, da flackerte die Seele kurz und ein Impuls tief in ihrem Herzen zeigte ihr den Weg. Plötzlich wusste sie, was sie tun musste. Ganz dicht presste sie die Klauen mit der wertvollen Fracht an den Körper, barg Johns Seele in ihren Federn und stieg auf.

In steilen Kurven schraubte sie sich zum Himmelsgrau hinauf. Der Schmerz in ihrem Flügel hatte eine unbeschreibliche Intensität angenommen. Als sie kurz davor war, das Bewusstsein zu verlieren, schlossen sich die Wolken, die keine richtigen Wolken waren, um sie. Es roch mineralisch, nach Asche und stinkendem Schwefel.

Ich glaube, wir haben es geschafft, John. Halte noch ein wenig durch.

Alles wurde schwarz und Milena blieb nur noch zu hoffen,

dass es keine Ohnmacht war. Dann wären sie endgültig verloren.

~

Schwefel, Asche und der metallische Geruch von Blut. So roch es also in der Unterwelt, in dem sonnenlosen Reich der Toten, wo er von nun an bis zum Ende der Zeiten bleiben würde. John konnte seine Augen nicht öffnen oder waren sie offen und hier unten war es wirklich so dunkel?

Eine Traurigkeit ergriff von ihm Besitz, die sich an ihm festsog wie zäher Schlamm und jede Minute schwerer wog. Er hatte es nicht geschafft, hatte sein Leben verloren und damit auch Milena.

Eine kalte Berührung. Jemand legte ihm die Hand auf die Schulter.

Ob das sein Führer war? Ein Dämon, der ihn zu seinem Platz im Hades begleiten würde?

Wohin, Freund?, dachte John. Er wollte sich hier keine Feinde machen.

Du kannst nicht fortgehen, John Ossian. Deine Zeit ist noch nicht gekommen. Kehr um, kehre zurück in deinen Körper.

John kannte diese Stimme. Es war sein Vater, aber nicht sein menschlicher. »Thanatos?« Als er den Namen aussprach, wurde der Griff an seiner Schulter zum eisernen Haken, der ihn gnadenlos fortzerrte.

»John, wach auf! Du bist zurück.«

Zurück? Aber wie kann das sein? Ich habe doch gespürt, wie die Kugel meine Lunge zerfetzt hat, bin erstickt an Blut und Schmerz. Ich habe meinen Körper dort liegen sehen, wollte er sagen. *Meine Seele hat ihn verlassen und zugesehen, wie Milena um mich klagte, während die Götter einfach nur herumstanden und redeten.*

»John!« Die Stimme wurde eindringlicher, das Schütteln stärker.

»Thanatos?«, fragte er.

»Ja, ich bin hier bei dir.«

John öffnete die Augen und sah in einen Himmel, der mit Sternen übersät war. Nein, dies war tatsächlich nicht die Unterwelt! Aber das bedeutete auch, dass *sie* ganz in der Nähe sein musste.

»Milena?«

»Sie ist hier, John«, sagte Thanatos weich und strich ihm das Haar aus der Stirn. »Du hast den Kampf gewonnen. Ich konnte dich nicht mehr fragen, was du dir wünschst, also habe ich für dich entschieden. Als Siegespreis gebe ich dir dein Leben zurück.«

»Und Milena? Milena, warum sagst du nichts?«

»Sie hat alles gegeben, um deine Seele zurückzuholen. Sie ist hier, John, aber sie kann dich nicht hören.« Thanatos' Worte waren wie Klingen, die seinen geheilten Körper erneut in Stücke schlugen. »Wo ist sie?« Verzweifelt versuchte John sich aufzurichten. Der Schmerz in seiner Brust kehrte mit aller Macht zurück. Er schaffte es nicht aus eigener Kraft. Thanatos half ihm sich aufzusetzen und dann sah er sie. Milena lag neben ihm. Ihre Augen waren geschlossen.

»Sie lebt, John.«

Er rutschte näher. An der Anspannung in ihrem Gesicht erkannte er, dass sie Schmerzen hatte. Blut sickerte aus einer Wunde in ihrem Oberarm. Die Haut war an dieser Stelle regelrecht zerfetzt.

»Milena, hörst du mich?« Er berührte ihre Wange. Unter ihren Lidern bewegten sich ihre Augen, doch sie öffnete sie nicht. Eine einzelne Träne perlte durch ihre Wimpern. Der Anblick zog John das Herz zusammen, hatte mehr Wirkung auf ihn als Worte oder Schmerzensschreie.

»Wir müssen sie verbinden, sie verliert zu viel Blut!« Während John hektisch seinen Gürtel löste, sah Thanatos ihn nur skeptisch an. »Sie hat in Harpyiengestalt gekämpft. Die meisten Verletzungen wirst du nicht einmal erkennen können. Kein Arzt aus deiner Welt ist dazu in der Lage, sie zu heilen.«

»Dann hol jemanden aus dem Olymp, der es kann. Du hast mich geheilt, also hilf ihr auch.«

»Ich habe dich geheilt, weil du der Sieger des Wettstreites bist und dir die Erfüllung eines Wunsches zusteht.«

»Dann ist das mein Wunsch.«

»John, dein Leben …«

»Verstehst du das wirklich nicht? Ich will mein Leben nicht auf diese Art.« Der Schmerz in seiner Brust wurde überwältigend stark. Vorsichtig zog er Milena in seine Arme, vergaß die Welt um sich herum und sah nur noch ihr Gesicht. Sie hatte ihr Leben geopfert, um ihn aus der Unterwelt zurückzuholen. »Es tut mir so schrecklich leid«, klagte John. Ihr weiches, rotbraunes Haar rann wie Wasser durch seine Hand.

»Du liebst sie wirklich«, meinte Thanatos nüchtern.

»Was verstehst du schon davon. Wenn du uns nicht helfen willst, dann lass uns gefälligst allein!«, presste John zwischen zusammengebissenen Zähnen hervor. Er war jetzt wirklich wütend und die Tränen, die auf ihr regloses Gesicht tropften, waren gleichermaßen die der Trauer und des Zorns.

»Ich gehe, wenn du das willst, aber beantworte mir vorher eine Frage. Was würdest du dafür tun, dass ich sie heile?«

»Was ist das für eine schreckliche Frage? Alles.«

»Ich kann dir ihre Rettung nicht schenken, John, aber wir können einen Handel machen.«

John horchte auf. »Was? Was muss ich dafür tun?«

»Das weiß ich noch nicht. Irgendwann werde ich kommen und dich um etwas bitten. Vielleicht passiert es auch nie.«

»In Ordnung.«

Thanatos' Miene blieb bleich und ausdruckslos, wie immer. Er nickte. »Gut, mein Sohn, ich bin gleich wieder da. Gib acht, dass sie bis dahin nicht stirbt.«

Der Totengott breitete seine Flügel aus und war im nächsten Moment verschwunden. Mit ihm verschwanden zu Johns Erstaunen die Leichen der Tsirkas-Brüder. Und während er sich noch darüber wunderte, öffnete Milena ihre Augen. Ihre

Blicke begegneten sich. Sie lächelte schwach. »Du lebst«, wisperte sie.

»Ja, dank dir. Du musst durchhalten, hörst du? Hilfe ist unterwegs.« John wollte und konnte in dieser Situation nicht darüber nachdenken, auf welch einen Deal er sich eingelassen hatte. Das Einzige, was zählte, war, ihr in die Augen zu sehen und ihre Hand zu halten.

Ein helles Klirren kündigte Thanatos' Rückkehr an. Er trug einen Kelch in seinen Händen und in diesem Moment wusste John: Alles würde wieder gut werden.

~ EPILOG ~

Schon seit dem Morgen brannte die Sonne vom Himmel und Milena hatte nur noch einen Wunsch: endlich in den See zu springen.

Sie hatte den Picknickkorb schon vor fast einer Stunde gepackt, viel zu früh, doch jetzt war es zwanzig nach vier und John war noch immer nicht da.

Milena nahm den Korb und verließ das Haus. Im Schatten auf den Treppenstufen konnte sie genauso gut warten und sie würde nicht mehr versucht sein, ständig in den Spiegel zu schauen und zu überprüfen, ob ihr das Sommerkleid wirklich stand oder es an ihr nur wie eine Verkleidung aussah.

John mochte Kleider und sie wollte ihn überraschen. Eine Belohnung hatte er sich verdient, immerhin würde er den Nachmittag mit einem Dutzend alberner Mädchen am Baggersee verbringen.

Vielleicht hat er doch keine Lust, überlegte sie, doch es war nicht seine Art, einfach nicht aufzutauchen, und in den letzten drei Monaten hatte er sie noch nie versetzt. Beunruhigt sah Milena auf ihr Handy. Keine Nachricht. Ein Schatten fiel auf das Display.

Am Himmel zogen Wolken auf. Wind fuhr in die Baumwipfel.

Irgendwo krächzte eine Krähe und jagte Milena einen Schauer über den Rücken. Seit dem Duell waren Aellos Spione nicht mehr aufgetaucht. Trotzdem gab ihr jedes Krächzen ein ungutes Gefühl. Hin und wieder wechselte sie die Gestalt und flog als Harpyie durch die Nacht, doch die Träume, in denen sie Seelenlichter transportierte, waren seltener und seltener geworden.

Ein schwarzer Peugeot bog in die Straße ein. Sie kannte den Wagen nicht, aber sie wusste trotzdem, wer dort kam. Erleichtert sprang sie auf und eilte mit ihrem Korb die Stufen hinunter. John hielt in der Einfahrt, stieg aus und begrüßte sie mit einem Kuss. »Du siehst toll aus.« In seinen Augen funkelte es verführerisch. Er meinte es ernst.

»Was ist das für ein Auto?«

»Mein Neuer. Klapprig, aber bei dem Preis konnte ich nicht *Nein* sagen. Hat ein bisschen länger gedauert, die Nummernschilder zu bekommen. Entschuldige.«

»Nicht schlimm.« Sie stellte sich auf die Zehenspitzen, küsste ihn noch einmal und stieg dann auf der Beifahrerseite ein. Den Korb behielt sie auf dem Schoß.

»Rieche ich Kuchen?«

»Ja, deine Nase funktioniert einwandfrei«, scherzte sie. »Ich hoffe, es ist nicht allzu schlimm für dich, da mit hinzukommen.«

»Grillen und dein Kuchen, wie könnte ich da widerstehen?«

»Ich meine es ernst, wir können abhauen, sobald es nicht mehr schrecklich unhöflich ist.«

John fuhr los. Zur Sechs-Seen-Platte in Duisburg war es nicht weit. Sie schwiegen eine Weile.

»Geht es dir gut?«, fragte John schließlich.

»Ja. Es wird nur ein bisschen komisch. Stefan wird auch da sein. Und … Desirée.«

Sie standen an einer Ampel. John sah sie forschend an. »Ist das ein Problem für dich?«

»Nein, nur komisch.«

»Wenn er dir an die Wäsche will, haue ich ihn mit seinen eigenen Krücken.« Seine Augen blitzten, doch er lächelte.

»John, du bist unmöglich.«

»Ich weiß.« Jetzt grinste er übers ganze Gesicht.

Milena ließ sich anstecken. Nein, eigentlich hatte sie keine Bedenken wegen Stefan. Er würde wieder gesund werden. Sie hatte sich ihm gegenüber nichts zu Schulden kommen lassen. Ob er mit Desirée herumturtelte, war egal. Immerhin hatte sie John und John war das Beste, was ihr je passiert war.

»Mein Vater hat sich gestern bei mir gemeldet.«

»Thanatos? Was will er denn?«

»Wir sollen ihn besuchen.«

»Wir?«

»Ja, wir beide.«

Milena schluckte. Instinktiv hielt sie nach einem schwarzen Vogel Ausschau. Aber es blieb ein herrlicher Sommertag, von Unglücksboten keine Spur.

Vielleicht will er wirklich nur mit seinem Sohn und dessen Freundin Zeit verbringen wie ein ganz normaler Vater, überlegte sie. Vielleicht …

~ DANKSAGUNG ~

Dieser Roman hat von der Idee bis zum fertigen Buch mehrere Jahre gebraucht. Und wie jedes Buch verdankt auch »Das Herz der Harpyie« seine Existenz vielen Menschen, die bewusst oder unbewusst zu dessen Entstehung beigetragen haben.

Mein größter Dank gilt meiner Mutter Růžena Pax, meiner Schwester Rafaela Pax und ihrer Familie. Sie sind immer für mich da, ohne die morgendlichen Telefonate würde etwas Wichtiges fehlen.

»Das Herz der Harpyie« ist ein Ruhrgebietsbuch, mein erstes, das in meiner Heimat- und Geburtsstadt spielt. Daher nimmt es für mich eine ganz besondere Stellung ein. Viele der im Roman beschriebenen Orte haben für mich besondere Bedeutung. Der Altstadtfriedhof, der mit seinen Statuen und uralten Bäumen wirklich einen Besuch wert ist, begleitet mich schon lange, denn dort hat auch mein Vater Rolf Pax seine letzte Ruhestätte gefunden.

Die Ruhr und die Wälder Auberg und Uhlenhorst, in denen auch Milena »untertaucht«, sind mir so vertraut, dass ich beinahe jeden Baum kenne. Oft bin ich dort stundenlang zu Fuß oder auf dem Pferderücken unterwegs. Die besten Romanideen sind Wald- und Wasser-Ideen.

In der Salvatorkirche in Duisburg habe ich als Studentin auf einer archäologischen Ausgrabung gearbeitet und viele, wirklich sehr viele Skelette ausgegraben. Und wie es die Fantasie so will, war der gedankliche Weg zu den Totengöttern nicht mehr weit.

In intensiven Schreibphasen bin ich in Gedanken oft mehr in der

Geschichte als in der Realität und es braucht besondere Freunde, um mich dann auszuhalten. Mein Dank gilt daher Timo Sauer und Melanie Hohmann für viele gemeinsame Film- und Grillabende. Melanie Panz, die gemeinsam mit mir nicht älter wird: danke für viele, viele zurückgelegte Kilometer und wunderbare Gespräche.

Brandon Lopez ist zwar in seiner Heimat Los Angeles weit weg, aber nun schon seit 10 Jahren fester Bestandteil meines Lebens. Danke für die vielen gemeinsam erlebten Abenteuer.

Angela Kaufmann, Sergej Chernobrov, danke für Seil- und Freundschaft. Ein Hoch auf Plastikboote, die Ente, Steine und Aussicht de Fleckenstein!

Damit mir nicht die Decke auf den Kopf fällt, arbeite ich besonders im Sommer gerne auf archäologischen Grabungen. Ulrich »Ocki« Ocklenburg, du bist der beste Chef der Welt und ein herrlicher Ruhrpott-Wirrkopf, die Schönwetter-Archäologin dankt.

Meinen lieben Kolleginnen Jennifer Benkau und Andrea Gunschera danke ich wie immer für gemeinsames Quatschen, Jammern, Plotten und vor allem Sushi. Markus Heitz, danke für Rat und Tat und den wunderbaren Austausch über kurze und lange Leute.

Schreiben ist eine einsame Arbeit, gut, dass es katzische Gesellschaft gibt. Nach vielen gemeinsamen Jahren sind Siri und Maurice nun beide im Katzenhimmel. Ich vermisse sie sehr.

Im Carlsen Verlag hat mein Roman ein perfektes Heim gefunden. Pia Trzcinska und Anna Herberhold haben das Buch unterstützt und liebevoll lektoriert und hatten jederzeit ein offenes Ohr für neue Ideen. Und zuletzt danke ich Maria Hecher für die schönen Zeichnungen.

~QUELLENVERZEICHNIS DER GEDICHTE~

S. 5: Andreas Gryphius: *Es ist alles eitel.* Aus: Freuden und Trauer-Spiele auch Oden und Sonnette sampt Herr Peter Squentz Schimpff-Spiel. Hrsg. Johan Lischke. Breslau 1658.

S. 12: Gustav Schüler: *Das Ende wird so wie der Anfang sein …* Aus: Meine grüne Erde. Dresden 1904.

S. 24: Rainer Maria Rilke: *Ein Frühlingswind.* Aus: Rilke »Gedichte 1906 bis 1926. Vollendetes«, nach der von Ernst Zinn besorgten Edition der Sämtlichen Werke. Insel Verlag, Leipzig 1957.

S. 45: Georg Heym: *Bist du nun tot?.* Aus: Der ewige Tag. Rowohlt Verlag, Leipzig 1911.

S. 57: Friedrich Nietzsche: *Doch alle Lust will Ewigkeit.* Aus: Also sprach Zarathustra, Ein Buch für Alle und Keinen, Vierter und letzter Teil. Verlag von E. W. Fritzsch, Leipzig 1885.

S. 77: Alberta von Puttkamer: *Horror vacui.* Aus: Alberta von Puttkamer – Jenseits des Lärms, Dichtungen. Schuster & Loeffler, Berlin und Leipzig 1904.

S. 107: Georg Büchner: *Dantons Tod, Dramatische Bilder aus Frankreichs Schreckensherrschaft.* Sauerländer Verlag, Frankfurt am Main 1835.

S. 140: Edgar Allan Poe: *Der Rabe.* Aus: Der Rabe; Ein Gedicht von Edgar Allan Poe. Mit einer biographischen Skizze des Dichters. Übersetzt von Carl Theodor Eben. Barclay & Co., Philadelphia 1869.

S. 159: Alberta von Puttkamer: *Thanatos*. Aus: Neue litterarische Blätter, Zeitschrift für Freunde zeitgenössischer Litteratur. Hrsg. Heinrich Stümcke. Verlag Eduard Renzel, Berlin 1894.

S. 172: Georg Büchner: *Wozzeck (Woyzeck)*. Aus: Georg Büchner's sämmtliche Werke. Hrsg. Karl Emil Franzos. Sauerland Verlag, Frankfurt am Main 1879.

S. 205: Charles Baudelaire: *Klagen eines Ikarus*. Aus: Die Blumen des Bösen. Übersetzt von Stefan George. Bondi Verlag, Berlin 1901.

S. 239: Georg Heym: *Allerseelen 1*. Aus: Umbra Vitae, nachgelassene Gedichte, Postum herausgegeben. Rowohlt Verlag, Leipzig 1912.

S. 275: Rainer Maria Rilke: *Wie meine Träume nach dir schrein …* Aus: Erste Gedichte, Rainer Maria Rilke. Insel Verlag, Leipzig 1913.

S. 299: Zitat von Henry David Thoreau, übersetzt von Rebekka Pax.

S. 332: Rainer Maria Rilke: *Orpheus, Eurydike, Hermes*. Aus: Neue Gedichte. Insel Verlag, Leipzig 1907.

S. 371: Georg Heym: *An das Schicksal*. Aus: Umbra Vitae, nachgelassene Gedichte, Postum herausgegeben. Rowohlt Verlag, Leipzig 1912.